KB174281

풀어쓰는 중국 역사이야기

춘추전국지

2

춘추전국지_풀어쓰는 중국 역사이야기 ②

1판 1쇄 인쇄_2020년 12월 05일
1판 1쇄 발행_2020년 12월 15일

편저자_박세호
감수자_이수웅

펴낸이_홍정표
펴낸곳_작가와비평
등록_제2018-000059호

공급처_(주)글로벌콘텐츠출판그룹
대표_홍정표 이사_김미미 편집_하선연 김수아 권군오 이상민 홍명지 기획·마케팅_이종훈
주소_서울특별시 강동구 풍성로 87-6(성내동) 전화_02) 488-3280 팩스_02) 488-3281
홈페이지_http://www.gcbook.co.kr 메일_edit@gcbook.co.kr

값 14,800원
ISBN 979-11-5592-266-8 03820

풀어쓰는 중국 역사이야기

춘추 전국지

2

이수웅 감수 | 박세호 편저

작가와비평

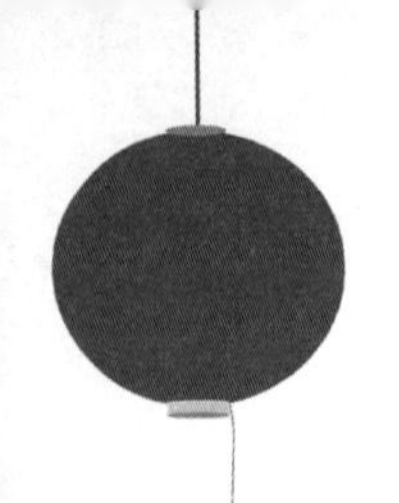

차 례

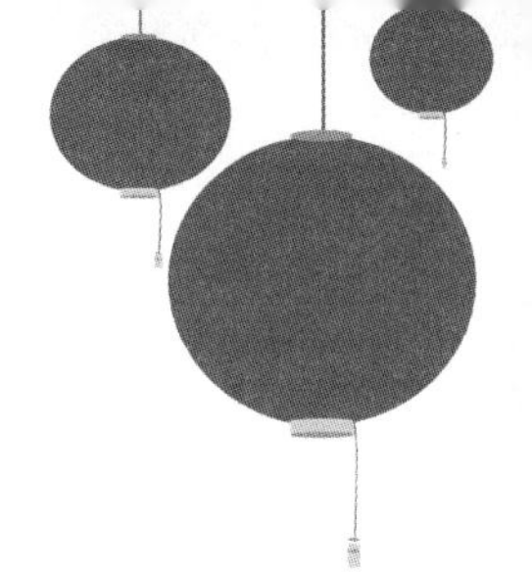

현자(賢者)는 권력을 피해서

벼슬하지 않고

인생의 달인(達人)은 은둔해서

초야에 묻힌다.

현자는 산림에 숨어서

명리(名利)를 뜬구름 같이 보지만

달인은 산중에 초막을 짓고

원숭이를 벗 삼아 즐긴다.

제24장

벌제위명(伐齊爲名)

마구 사람을 죽이는 자일수록 살해되는 것을 두려워한다. 성질이 잔악한 사람 중에 근본적으로 겁이 많은 자가 많다. 그리고 겁쟁이일수록 염라대왕의 꽁무니를 접하기 싫어한다. 진혜공은 그것을 그림으로 표현한 사람이고 그것을 지상에서 실행한 멍청이였다.

그는 진(晋)나라 왕실의 공자를 다 살해하려고 했지만 이복형인 공자 중이(重耳)를 죽이지 못해 항상 두려워하고 있었다.

인접한 초대국인 진(秦)나라는 사의(思義)가 있고 인척관계가 있었던 것은 별도로 치더라도 절대적으로 적대시하지 못할 강대국이었다. 그럼에도 불구하고 진혜공은 몰상식하게도 거병하여 용문산에서 무참히 패배를 맛본 후 밖으로는 일체 접촉도 하지 않고 안으로는 인심이 돌아서자 심정이 뒤틀려 꼼짝 않고 있었다.

아니, 단지 그것뿐이라면 아무 일도 없었을 것이다. 혜공은 거듭 언급해서는 안 될 염라대왕(秦國)의 꼬리에 붙어 화를 만들고 계속 두려워하는 모습(重耳)을 염라대왕과 결부시켜 결국 절체절명의 궁지에 빠졌다. 용문산의 전투 후의 종결로서 진(秦)나라에 보낸 인질 태자

어(太子圉)를 진(秦)나라의 도성에서 탈출시켰던 것이다. 인질이면서도 진(晋)나라 태자 어는 옹성에서 아무 불편함 없이 평안히 지냈을 뿐만 아니라, 목공은 공녀인 회영(懷嬴)과 결혼까지 시켜주었다. 즉, 집안에서는 융숭한 대접을 해주고 있었다. 그런 까닭에 진목공은 태자 어가 한 마디 인사도 없이 진(晋)나라로 도망쳐 돌아간 것을 알고는 불 같이 화를 냈다.

"부모가 부모라면 자식도 자식이다. 이젠 용서할 수 없다. 용서한다고 해도 더 나빠질 뿐이다. 이렇게 된 이상은 공자 중이를 진(晋)나라의 군주로 옹립시킬 수밖에 없다."

목공은 결단을 내렸다. 그리고 그 당시 초나라에 의지하고 있던 공자 중이를 맞아들이려고 대부인 공손 지(公孫枝)를 초나라로 파견했다.

제나라를 유랑하고 있던 중이는 유년시절부터 그의 영특함에 주위의 찬사가 드높았다. 특별히 현재(賢才)였기 때문이라기보다 현량(賢良) 스승을 곁에 두어 기량을 닦았기 때문이었다. 사실 그는 좋은 보좌역과 훌륭한 측근을 만났다. 그를 따라서 망명한 조쇠(趙衰), 호언(狐偃)은 당대 일류의 군사의 기질이 있는 인물이고, 위주(魏犨), 개자추(介子推)는 세상에 널리 알려진 호걸이며, 호모(狐毛), 선진(先軫), 전길(顚吉) 등도, 어디에도 뒤지지 않는 문무 양도에 뛰어난 쟁쟁한 인물이었다.

그들의 쟁쟁한 측근에 가려, 때로 쓴잔을 마시거나, 때로 모욕을 받은 적도 있었지만 중이는 공자로서의 체통을 유지하며 그런대로 쾌적한 망명생활을 보낼 수 있었다. 특히 진나라에서 마중오기 전 3년을 초나라에서 중이는 고귀한 빈객으로서 대접받았지만, 그것은 초왕이 중이 본인보다는 그 측근인 일재(逸材)에게 경의를 표했었기 때문이다. 진(秦)나라 목공도 또한 그 중이의 주종을 맞이하기 위해서 특별히 관사를 수축하고, 공손 지에게 안내되어 도성으로 들어온 중이 일행을 예를 갖추어 대접했다. 그러나 목공은 중이를 맞이하는 데 있어 곤란한 일이 한 가지 있었다. 중이는 유별스럽게 권력에는 욕심이 없으면서 미인에게는 곧잘 빠진다고 목공은 공손 지로부터 전해 들은 바 있었다. 하지만 진나라의 공실에는 그에 걸맞은 걸출한 미인이 없었다. 그러나 이미 태자 어에게 결혼시킨 공녀 회영만은 보기 드문 미인이었다. 하지만 지금 그녀는 미망인이다. 미망인은 어떤가? 하고 중이에게 전하는 것은 예법에 어긋나고 부끄러웠지만 궁여지책으로 목공은 공손 지를 통해서 넌지시 사리분별이 밝은 호언에게 타진시켰다. 하지만 어렵다고 생각한 일은 막상 해보면 생각보다 쉬운 법이다. 그리고 역시 호언은 목공의 어려움을 통찰이라도 했던 양 역시 사리분별이 밝았다.

"염려하실 필요 없습니다. 처음 안장을 얹은 말보다는 조련을 한 말이 훨씬 승마감이 좋고 안전합니다. 책임을 지고 설득시키겠습니다."

하고 웃으면서 보장했던 것이다. 공손 지는 사례를 표하고 결과를 목공에게 보고했다.

"역시, 그것 참 명언이다. 호언은 겉보기와는 달리 상당한 풍류인이 아니더냐?"

목공은 안도의 숨을 내쉰다. 그리고는 후궁에서 미인 다섯 명을 골라서 그들을 승녀(媵女: 시집가는 공녀를 시중드는 측녀)로 삼아 회영을 중이와 결혼하도록 시켰다. 그리고 3일에 일연(소연), 5일에 일향(대연)을 주최하여 중이 일행을 환대했다. 동시에 호시탐탐 진(晋)나라의 정세를 살펴 중이를 옹립시켜 거병할 기회를 노렸다. 그러나 막상 6명의 미인들에게 둘러싸인 중이는 제정신을 잃고 있었다. 강대국 진(秦)나라의 후원에 힘입어 측근들은 의기헌묘(意氣軒昴), 조쇠, 호언을 중심으로 이마를 맞대고 협의했다.

해가 바뀌어 진혜공 14년(기원전 537년), 혜공이 병으로 쓰러졌다는 정보가 진(秦)나라에 퍼졌다. 진목공은 곧바로 출병의 준비를 시작했다.

"진(晋)나라의 신하로서, 중이를 따라서 망명한 사람은 그들 가족과 함께, 즉시 망명하기 전의 우리 진나라로 소환하라. 귀국하는 자는 그 전의 죄를 절대로 묻지 않고 구직에 복귀할 것을 허락한다. 귀환하지 않는 자는 그 이름을 범서(凡書: 범죄자 명부)에 기록하여 그 추궁을 게을리 하지 않고, 소환의 수속을 게을리 하는 자 및 소환에 응하지 않는 자 의 일족은 모조리 죽여 버리겠다."

하고 포고령이 내려졌다. 중이로부터 그 측근을 떼어내는 작전이었는데 측근들의 일족, 특히 부모형제는 놀라서 실색했다. 그러나 호모, 호언 형제의 아버지 호돌(狐突)은 제일 먼저 아들을 불러서 귀환하도록 편지를 쓰라고 강요당했지만 과감히 거부했다. 그뿐만이 아니다.

"중이 공자는 주공의 형이시다. 주공이 맨 먼저 편지를 쓰시는 것이 순서일 것이다. 주공이 쓰신다면 그때 생각을 고쳐도 될 것이다."

말 중간에 훼방을 놓듯이 농을 부렸다. 호돌은 진나라 조정의 원로였다. 그것만으로도 영향력이 커서 본보기의 효과 또한 컸다. 이에 화가 난 혜공은 곧바로 호돌의 처형을 명령하고 호돌은 즉일 사형 당했다.

그 정보가 이윽고 진(秦)나라의 도성에까지 흘러들어와 호모는 울면서 복수를 맹세하고, 호언은 입술을 깨물면서 눈물을 흘렸다. 남은 측근들도 각각 일족의 운명을 우려한 탓인지 근심스러운 얼굴을 하고 있었다. 드디어 중이도 손을 쓰지 않을 수 없게 되었다.

그곳에 진(晋)나라의 대부 난지(欒枝)가 밀사로 파견되어 옹성에 나타났다. 그는 중이에게 보낸 밀서를 휴대하고 있었다.

조정에서는 여성(呂省)과 극예(郤芮)를 제외한 모든 조정신하들이 중이 공자의 옹립을 맹세했다. 진(秦)나라 군대를 빌려 귀국하면 내통한다. 혜공은 위독하여 그 생명이 경각에 달려 있으니 조급히 귀국해 달라.

하는 내용이 적혀 있었다. 다음날 아침, 혜공이 숨을 거두었다고 하는 통지를 또 보내왔다. 이제 일각도 지체할 여유가 없었다. 갑자기 옹성 안에서 병마의 움직임이 시끄럽게 들려왔다. 목공이 손수 병거 6백 대를 거느리고 성문을 나섰다. 황하(黃河)에서 그 병거대를 셋으로 나누어, 공자 칩(縶)과 공손 지에게 각각 병거 2백 대를 주고는 강을 건너라고 명령했다. 목공은 남은 병거 2백 대를 통솔하여 하서(河西)에 주둔했다. 진나라 도성으로 향한 병사들이 강을 건널 준비를 시작했다. 목공이 본진에서 중이의 주종을 전별하는 연회가 열렸다. 목공이 잔을 들었다.

"눈으로 첩정의 기를 바라보고 귀로 승고의 울림(첩보)을 듣는다."

하고 중이의 주종을 축복하고 진나라 군대의 두 장군을 격려했다.

도하 준비에 바쁜 병사들과 뒤섞여, 중이 주종의 행계(行李: 하물)에서 일해 온 호숙(壺叔)이 부지런하게 움직이며 돌아다녔다. 제나라를 유랑할 때 중이 일행은 길을 가면서 생활에 필요한 도구류와 식료품의 부족으로 여러 보도 고생을 했었다. 그 경험에서부터 터득한 호숙은 쓰다 낡아 버린 솥과 식기, 무너진 유막(본진)에서 먹다 남은 식품, 게다가 마시다 남긴 술까지 열심히 배에 싣고 있었다. 그것을 보고 중이가 히죽 웃어 보였다.

"여어, 호숙! 이제 그런 것은 필요도 없네. 고국에 돌아가면 궁전에서 살게 될 걸세. 그런 잡동사니는 버리게나."

하고 타일렀다. 호숙은 대답도 않고 사뭇 불만스런 표정을 지었다. 곁에서 호언이 상냥하게 말을 걸었다.

"내가 오랫동안 자네에게 고생을 시켰는데 이젠 괜찮네. 그만해두게 호숙!"

"아닙니다. 버리는 것은 돌아가 도착했을 때 버려도 늦지 않습니다. 아니 정말로 필요치 않게 되면 소신이 기념으로 가지고 보관하겠습니다."

호숙이 말했다.

"으음, 그런가. 좋을 대로 하게."

호언이 웃으면서 중이에게 맞장구를 쳤다.

"빨리 빨리 버리게나, 호숙. 쓸데없이 말하는 것이 아닐세. 저런 것을 보고 있으면 지나온 과거를 생각하게 되네."

중이는 자못 불쾌한 표정을 지었다. 그 표정에 순간적으로 혐오의 빛이 스쳐 지나갔다. 중이의 눈빛이 저주라도 하는 듯 괴상하게 빛났다. 그 눈빛에 호언은 아연실색했다.

아무래도 중이는 지나가는 소리로 말한 것이 아니라, 본심으로 낡은 도구에 원망을 품고 있었던 것처럼 보였다. 그것을 눈치채고 호언은 무심결에 탄식의 소리를 냈다. 갑자기 눈앞이 캄캄해졌다. 귀국하면 군위에 오를 중이에게 있어서 망명 중에 고생을 함께 한 측근들도 또한 저 낡은 도구와 같은 처지가 되고 마는 것이 아닐까? 더구나 낡은 도구들은 단순히 불쾌한 옛일을 상상하게 만드는 모체 밖에는 되지 않는다. 하지 만 측근들은 직접 불쾌한 생각과 연결되어 있다. 더구나 측근 중에서도 특히 자신은 가끔씩 충고를 간언하고, 기분을 상하게 하고, 비위를 거스르게 하여 불 같이 노엽게 만든 일조차 있었다. 예를 들자면, 망명하기 전의 제나라에 그대로 있자는 것을 무리하게 꾀어내었을 때의 일이다.

제나라에서 그런대로 예우를 받고 있던 중이 일행은 일단 아무 불편함 없이 쾌적하게 생활하고 있었다. 특히 제강(齊姜)을 처로 맞아들인 중이는 그녀를 위하여 권력 야심이 적어져 그대로 제나라에 주저앉을 생각이었다. 원래 제나라로 망명했던 것은 패왕 환공의 위광을 빌려 그 협력을 구걸하기 위함이었다. 하지만 제환공이 세상을 떠나자 제나라에 정변이 일어났다. 효공(孝公)이 등극하면서 정변은 진정되었지만 패권은 이미 제나라에서 벗어나 있었다. 그렇게 되자 진(晋)나라의 정권을 탐하는 중이 일행에 있어서 지리적으로 제나라 수도는 진나라(晋國)에서는 너무나도 멀었다. 처음부터 효공에게 사정을 이야기하고 원만히 제나라를 떠나는 것은 가능한 일이었으나 가장 중요한 점은 중이에게 그런 생각이 없었기 때문에 어찌할 도리가 없었다. 그래서 측근들은 초조하기 시작했다. 어느 날 그들은 한자리에 모여서 성문을 열었다. 그리고 어느 뽕나무의 거목 밑에서 밀담을 나눴다. 성 안에서의 이목을 피하기 위함이었다.

"안락을 취하고 있는 사이에 세월은 가차 없이 지나 제나라에 온 것인가? 그래서 단안을 내렸소. 어디론가 주공을 모시고 사라지는 수밖에 타결책은 없소."

말문이 막혔다.

라고 조쇠가 입을 열었다.

“어디론가, 라는 것은?”

호모가 물었다.

“송나라의 양공이 패권을 탐하고 있소. 무엇보다도 우선 송나라에 몸을 피해 형편을 살피는 것도 좋을 듯싶소. 그곳이 안 된다면 초나라나 진나라나 상관없소.”

호언이 조쇠를 대신해서 대답했다.

“찬성입니다만, 문제는 어떻게 해서?”

호모가 또 묻는다.

“사냥을 하러 간다고 위장하고 그대로 국경을 넘는 거요.”

역시 호언이 대답했다.

“제나라의 군주에게는 아무 소리 하지 말고 인사도 하지 않고 말인가?”

“때가 때인지라 하는 수 없소.”

조쇠가 말했다.

“그것은 좋지만 주공이 사냥을 거부한다면?”

“으음 그렇겠군, 그렇다면….”

조쇠와 호언은 야유하며 말문이 막혔다.

“갑자기 급소를 찔러 기절시켜 수레에 태우면?”

위주가 오른손의 주먹을 쥐면서 말했다.

“좀 난폭하지만, 경우에 따라서는 그것도 하는 수 없지….”

호언이 조쇠를 바라보며 고개를 끄덕였다. 호모, 선진, 전길도 일제히 수긍하며 찬성했다.

“주공은 총명하신 분이오.”

"때가 되면 깨우치게 될 거라 생각하오."

개자추는 다른 의견을 제시했지만 심하게 반대하지는 않았다. 그렇게 하여 모의는 삽시간에 성립되었다. 성에 돌아온 7명의 측근들은 물론 잡역의 호숙도 가담하여 긴급히 준비를 시작했다. 이윽고 서쪽 하늘에 노을이 지기 시작했다. 호언이 다음 날 아침 일찍 사냥을 하러 가자고 중이를 꾀러 중이의 관사로 발을 옮겼다.

안내를 청하자 중이는 나오지 않고 제강이 환하게 웃으면서 호언을 맞이했다.

"마침 여러분을 위해서 연석을 마련하던 참이었습니다. 조금 후에 마중꾼을 보내려고 생각하고 있었습니다만 이렇게 때마침 와주셨군요. 오늘 밤은 여러분 모두 한자리에 모여서 천천히 마음껏 드십시오."

하며 아닌 밤중에 홍두깨와 같은 말을 했다. 호언의 가슴이 덜컥 내려앉으며 심장이 순간적으로 고동을 멈추었다. 제강이 소리를 내어 계속 말을 이었다.

"기탄없이 말씀드리겠습니다. 나만 생각해서 공자와 여러분의 장래를 그르칠 수는 없다고 계속 고민해 왔습니다. 오늘 밤 연회는 제가 눈물을 삼키며 여러분의 장행(壯行)을 축복하는 연회를 열고 싶습니다. 공자를 취하게 할 터이니 아무쪼록 어디든지 적당한 나라로 데려가 주십시오."

제강은 복잡한 심경을 얼굴에 나타냈다. 호언은 눈이 휘둥그레지며 말문이 막혀 버렸다.

"이번에는 괜찮았습니다만, 벽과 마찬가지로 뽕나무 밑에 귀가 있었습니다."

하고 제강이 비밀을 밝혔다. 밀의를 했던 뽕나무 아래에서 그때 제강의 시녀가 뽕잎을 따고 있었던 것이다. 호언은 황공하여 깊숙이 머리를 숙였다. 그리고 입술을 악물고는 물러났다. 그날 밤 제강이 정성을 다한 연회는 밤을 잊은 채 유유히 계속되었다. 새벽이 되기 전에 만취된 중이는 준비된 수레로 업혀서 뉘어졌다. 이윽고 첫 닭이 울고 성문이 열렸다. 일행은 수레를 끌고 천천히 남문을 나왔다. 남문을 떠나자 이번에는 말에 안장을 얹어서 질주를 했다.

중이가 수레 안에서 눈을 떴을 때는 이미 태양이 중천에 떠있었다.

"목이 타는 것 같소. 물 좀 주시오."

중이가 잠에 취한 목소리로 말했다.

"잠시만 참으십시오. 수레 안이라 물이 없습니다."

옆에 있던 위주가 대답했다.

"무슨 일이오? 이유를 말해라!"

이번에 눈치를 챈 중이가 마부석에 앉아 있는 호언에게 캐물었다.

"우리들은 제효공의 양해도 없이 성을 탈출했습니다. 제나라 군사가 쫓아올 위험이 있습니다. 한시라도 빨리 국경을 넘지 않으면 안 됩니다. 자세한 내용은 국경을 넘고 나서 보고 드리겠습니다."

"그래 알았다. 수레를 멈춰라!"

중이는 격노하여 상체를 벌떡 일으켰다.

"옆으로 누워 주무십시오."

위주가 각본대로 중이를 도와주듯 눌러 옆으로 눕혔다. 호언은 개의치 않고 수레를 달렸다. 위주의 소 때려눕힌 양팔 안에 중이는 단념하고 눈을 감고 조용히 수레에 몸을 맡겼다. 수레는 계속해서 남서쪽으로 질주하여 드디어 작은 강가에 이르렀다. 그곳을 건너면 조나라의 영내이다. 그 국경선을 건너서 일행은 수레를 멈추었다.

“물을 좀 떠오겠습니다.”

위주가 중이의 곁을 떠나 수레에서 내렸다. 위주가 남겨 두고 간 창을 손에 쥔 중이가 느닷없이 호언에게 달려들었다. 그것을 피하여 호언이 도망쳤다. 곧바로 중이가 쫓아갔지만 등 뒤에서 개자추에게 잡혀 창을 빼앗기고 말았다. 그 전에 일동은 중이 앞에 무릎 꿇어 엎드려 용서를 구했다. 그리고 호언이 주모했던 것이 아니고 이것은 일동의 모의였다고 해명했다.

“모든 것은 조국 진(晋)나라와 그리고 전하를 위해서 고안해낸 일이었습니다.”

하고 호언이 말했다.

“그렇다고는 하더라도 만약 일을 성취시키지 못한다면, 네 고기를 난도질해 먹을 것이다.”

중이는 납득을 하면서도 화를 진정시키지 못했다.

“좋습니다. 하지만 일이 성취되면 전하는 식탁에 만재된 산해진미를 앞에다 놓고 신하의 고기 따위는 거들떠보지도 않으실 겁니다. 성취하지 못하면 신하는 반드시 어딘가의 전쟁터에서 시체가 되어 있을 테니까 찾아낼 시간도 없을 겁니다.”

하고 호언은 웃었다. 덩달아서 중이도 씁쓰레 웃었다. 이러한 분위기에 주종은 싱겁게 화해했다. 위주가 떠온 물로 호숙이 재빨리 탕을 끓였다.

그것이 6년 전의 일이었다. 확실히 그때는 싱겁게 화해했었다. 하지만 그때 호언에게 창을 들이댔던 중이의 증오에 찬 얼굴을 떠올리며 호언은 새삼스럽게 등골이 오싹해졌다. 그렇다면 현재 지금 귀국길에 오른 배 안에, 호숙이 운반해온 낡은 도구를 보고 과거를 생각하는 것도 싫다고 실토한 중이는 저 제나라와 조나라 국경의 소천(小川) 주변에서의 혐오스런 과거의 추억을 잊을 수 없을 것이다. 이렇게 생각하면서 호언은 교묘히 중이의 속을 떠보았다.

"황하를 건너면 건너편 강가는 고국 땅입니다. 강대국 진(秦)나라가 후원해 주는 이상 전하가 오랜 소망을 이룩하시는 일은 만에 하나라도 착오가 있을 수 없는 일입니다. 신하는 몸도 마음도 너무나 지쳐 있습니다. 이제는 저기에 있는 낡은 도구와 마찬가지입니다. 지금까지 신하의 부족함으로 인해 망명 중 전하께 고통을 드리고, 그뿐만 아니라 전하의 역정을 산 적도 있었습니다만, 어찌 되었든 너그럽게 용서해 주십시오. 그리고 요즈음 몸을 좀 뒤로 하여 어딘가에서 첩을 두고 싶습니다. 허락해 주신다면 그것보다 더한 기쁨은 없을 것 같습니다. 은둔한다고 해도 제가 딴 마음이 있는 것이 아니라는 증거로 천별의 연회에서 진목공(秦穆公)으로부터 기념으로 하사받았던 진주를 강에 던져 강에다 맹세하겠습니다."

호언은 속주머니에서 꺼낸 진주를 쥐고는 느닷없이 황하에 휙 던져 버렸다.

"무슨, 느닷없이 엉뚱한 이야기를 꺼내느냐?"

중이는 당황해 한다. 그리고 곧 눈치를 챈다.

"알았네, 알았어. 호숙에게 낡은 도구를 버리라고 말했던 것이 엄청난 오해를 초래했었나 보군. 하지만 그것과 이것과는 뜻이 다르네. 자네와 조쇠 두 사람은 언제까지나 내 곁에 있어 도와주지 않으면 안 되네. 귀국해서 군주의 자리에 오르더라도 오래도록 자네들과 정권을 함께 분담하여 협의할 것을 나 또한 강물에다 맹세를 하지."

중이도 마찬가지로 진주를 안주머니에서 꺼내 그것을 호언에게 보여주고는 마찬가지로 황하에 던져 버렸다.

언제 나타났는지 개자추가 중이의 등 뒤에 서 있었다. 가끔 용건이 있어서 옆에 온 적은 있었지만, 우연히 개자추는 중이와 호언의 맹세를 목격하고 두 사람의 이야기를 들었다.

'그랬군! 언젠가 변함없이 옆에 있어 줄 사람은 호언과 조쇠 두 사람뿐인가'

하고 개자추는 마음에 새기어 콧방귀를 끼며 용무도 묻지 않은 채 그대로 조용히 사라졌다.

이윽고 강 건널 준비가 완료되었다. 우선 공손 지 휘하의 병거 2백 대를 이끌고 강변을 떠났다. 이어서 중이 일행을 태운 공자 칩(公子縶)의 2백 대가 황하를 건넜다.

그곳은 이미 진(晋)나라 영토였다. 상륙 전 진(秦)나라 군대는 동쪽을 향하여 전진했다. 눈앞에 영호성(令狐城)이 보였다. 군위를 보이려고 진(秦)나라 군대는 단숨에 영호성을 공략하고 입성하여 진(晋)나라 쪽에서 어떻게 나올지를 관망하고 있었다.

영호성 함락의 소식은 곧장 진나라 수도인 강성(絳城)에까지 다다르고, 즉위 후 얼마 되지 않은 진회공(晋懷公)은 즉각 여성과 극예 두 장군에게 병사를 주어 진(秦)나라 군대와 맞서 싸우게 했다. 두 장군은 대군을 이끌고 출격하여 노유(廬柳)와 요충에 포진했다. 공자 칩과 공손 지는 진(晋)나라 군대가 전개한 진형에서 여성과 극예 두 장군이 결전의 뜻이 없다고 간파하고는 공자 칩이 목공의 이름으로 재빨리 투항을 권고 하는 글을 보냈다.

목공의 글을 받아 들은 두 장군은 망설였다. 8년 전에 용문산에서 진(秦)나라 군사와 결전하여 무참히 패배를 당했던 진(晋)나라 군대는 이제껏 그 후유증을 극복하지 못하고 있었다. 게다가 도성에서는 즉위를 한 지 얼마 안 되는 회공으로부터 신임을 잃고 있었다. 하지만 투항해도 과연 중이가 쾌히 그것을 받아줄지 어떨지 걱정이었다. 두 장군은 긴 상담 끝에 조건대로라면 투항하겠다는 뜻의 애매모호한 답장을 보냈다.

여성과 극예의 마음이 흔들리고 있다는 것을 깨달은 공자 칩은 곧바로 병거를 타고 진(晋)나라 군대의 원문(轅問)에 도착했다. 결국 두 장군은 정중히 공자 칩을 맞이하여 심경을 밝혔다.

"안심하십시오. 공자 중이는 정치의 판단력이 넓은 분입니다. 우선 고분고분히 따를 뜻을 보여, 병사를 서북의 순성(郇城)까지 퇴각시키시오. 그렇게 하면 책임을 지고 공자에게 과거의 죄는 묻지 않을 것을 납득 시키겠소."

공자 칩은 두 장군의 신변안전을 보장하면서 원문을 나섰다.

공자 칩을 배웅한 두 장군은 즉각 병사를 순성으로 퇴각시켰다. 영호 성으로 돌아온 공자 칩의 진언으로 중이는 호언을 대리인으로 세워 공자 칩과 함께 순성으로 향했다. 순성에 도착한 공자 칩과 호언을 마중한 여성과 극예는 피로써 중이를 군주로서 옹립시킬 것을 맹세했다. 호언은 모든 조정신하의 옛날 죄를 묻지 않고 일시동인(一視同仁: 신분이나 국적에 관계없이 모든 사람에게 평등하게 인애(仁愛)를 베풂)에 붙일 것을 중이를 대신하여 맹세했다.

혈맹을 끝마친 공자 칩과 호언은 즉각 영호성으로 돌아갔다. 다음날 아침, 중이는 진(晋)나라 군사의 보호를 받으며 순성으로 들어갔다. 여성과 극예 두 장군이 배반했다는 정보는 곧바로 강성에 다다랐다. 진회공은 두 장군의 배신에 분개하며 대책을 강구한 조정회의를 열려고 조정 신하들에게 비상소집을 열게 했다. 그렇지만 조정신하들은 구실을 삼아 관에서 나오지 않았다. 달려온 자는 단 한 명도 없었다.

"군신은 모반을 일으킬지도 모릅니다. 빨리 성을 떠나 어디든지 피난하지 않으시면 위험합니다. 신하가 동반하겠습니다."

시종 무관인 발제(勃鞮)가 수레를 준비했다. 그리고 회공을 태우고 고량(高梁)으로 피난했다. 중이는 진(秦)나라 군대와 여성과 극예 두 장군의 군세를 따라 한발 앞서 옛 수도인 곡옥성(曲沃城)으로 들어갔다. 그곳으로 지금의 수도인 강성에서 문무백관이 대거 마중하러 나왔다. 중 이는 문무백관의 마중을 받으면서 강성으로 돌아왔다. 중이는 즉위하여 진문공(晋文公)이라 칭했다.

당시 문공은 이미 62세, 포읍의 거성에서 적(翟)나라로 망명한 것은 43세였으므로 19년의 망명생활을 한 것이다.

즉위한 문공은 곧 위주에게 명령하여 고량으로 도망친 회공을 치게 했다. 회공은 고량까지 수행했던 단 한 사람의 조정신하인 발제에게 버림받아 덧없이 살해되었다. 아버지 혜공으로부터 군위를 계승하여 아직 반년도 채 되지 않은 때였다.

회공을 살해한 것으로써 진문공의 지위는 반석이 되었다. 그것을 끝까지 지켜 본 공자 칩과 공손 지는 진(秦)나라 군대를 거느리고 귀국했다. 그때를 기다리고 있었다는 듯이 여성과 극예가 움직이기 시작했다. 원래 여성과 극예 두 사람이 아주 간단하게 중이를 옹립했던 것은 강대한 진(秦)나라에 압도되었기 때문이었다.

게다가 두 사람은 문공이 즉위 했어도 조정의 인사에 착수하지 않는 것에 의심을 품었다. 문공이 인사이동에 착수하지 않은 것뿐만 아니라 측근의 논공행상조차 거론하지 않고 있는 것은 나쁜 계략이 있기 때문이라고 두 사람은 생각한 것이다. 그렇다면 선수를 치는 수밖에는 없다고 판단하고는 행동을 개시한 것이다.

하지만 살펴보건대, 군신 중에서 두 사람의 움직임에 장단 맞춰 줄 사람은 아무도 없었다. 아니, 헌공·혜공·회공 3대에 걸쳐서 시종 무관을 힘써 온 발제뿐이다. 그는 두 번이나 -한 번은 환공의 명으로 포성에, 또 한 번은 혜공의 명으로 적나라까지 달려가서- 중이를 습격했었다. 즉 발제는 중이에게 있어서는 불구대천의 원수였다. 틀림없이 협력 할 것이라고 믿고 두 사람은 고량에 숨어 있던 발제를 은밀히 성으로 불러들였다. 궁전에 불을 질러서 문공을 태워 죽이는 음모를 짜서 자기들 편이 될 것을 요구했다. 발제는 두 번째 대답에서 수긍했다. 그날 밤 세 사람은 극예의 관사에서 혈맹하고 그 달의 말일을 기약하고 한밤중에 결행할 것을 약속했다.

10월도 거의 반이나 지나갔다. 혈맹을 약속한 다음 날 여성과 극예는 서둘러 각각 봉읍으로 돌아가고 사람을 모아서 궐기를 준비했다. 그러나 발제는 두 장군이 성을 나간 것을 지켜본 뒤 마음이 변했다.

아니 그에게는 본래부터 문공을 반역할 의사는 추호도 없었다. 그럼에도 불구하고 굳이 두 사람과 혈맹하였던 것은 그 나름대로 계산이 있었기 때문이었다.

날이 저물자 발제는 호언의 관사를 방문했다. 역시 호언도 그의 방문에 몹시 놀랐다.

"옛날 자네가 신군(新君)에게 무슨 짓을 했었는지를 설마 잊고 있는 것은 아닐 테지. 고량에 숨어 있으면 모르는 척하고 있었을 텐데 어째서 뻔뻔스럽게 나타났던 말이오?"

호언은 부연해 했다.

"걸제(폭군)의 개는 성제(聖帝)에게 으르렁거린다고 말합니다. 잘못 짖을 수도 없다면 맘대로 짖을 수도 없습니다. 모든 것은 주군을 위해서 입니다. 헌공도 혜공도 이미 세상을 떠나셨습니다. 지금은 신군 문공이 주군입니다. 그 주군에게 도움을 주고 싶어서 생각한 끝에 찾아왔습니다."

발제는 말했다. 버릇없는 인물이라고 생각했지만 뜻밖에 분별력이 있다고 호언은 놀라면서 빤히 그의 얼굴을 응시했다.

"실은, 대단한 기밀을 입수하여 알려 드리려고 찾아뵈었습니다."

발제가 술술 회공의 모략을 밝혔다. 호언도 사실은 여성과 극예 두 사람이 모여 봉읍으로 돌아간 것이 수상쩍었던 참이었다.

"참 잘 말해주었네. 단 절대 다른 소리하면 용서 없다. 그보다 두 사람이 의심하지 않도록 자네는 극예의 관사로 가서 한 발짝도 밖으로 나오지 말도록 하게."

호언은 다짐해 둔다. 그리고 다음 날 아침 일찍, 조정이 열리기 전에 호언은 일부 자초지종을 문공에게 알렸다.

조정이 한창 열리는 중간에 불현듯 기분이 나쁘다고 하고는 왕좌를 떴다. 또 다음 날 문공은 고의로 발걸음을 휘청거리면서 조정에 나타났다. 그리고 일단은 옥좌에 앉았지만 역시 상태가 좋지 않다며 퇴조했다.

또 그 다음 날 조정의 문공의 병이 중해 시월 한 달은 조정을 열지 못 한다는 고시가 나붙었다. 동시에 일체의 면회와 문병을 사절하는 게시판을 내궁의 입구에 내걸었다. 그리고 그날 밤에 문공은 호언과 위주의 보호를 받으면서 몰래 성을 빠져나갔다.

성을 떠난 문공 주종은 국경을 건너서 진(秦)나라 영토로 들어갔다.

왕성(산서성 대협현 동쪽)에서 만나고 싶다고 진목공에게 밀서를 보냈다. 목공은 진(晋)나라에 이변이 있음을 깨닫고 사냥을 구실 삼아 왕성에서 문공을 맞이했다. 사정을 듣고 목공은 즉각 병사를 공손 지에게 주어 황하 서북쪽에 주둔시키고 진나라 수도의 정변에 대비하라고 명령했다.

"여성과 극예패 따위가 무슨 일을 할 수 있겠소? 이것으로 조정 숙청의 기회를 포착할 수 있을 것이오. 천천히 술이라도 마시면서 길보를 기다리도록 하지요."

목공은 문공을 위로했다. 그런 것도 모르고 봉읍(封邑)에서 궐기의 준비를 끝마치고 귀성한 여성과 극예는 문공의 병이 중하다는 것을 듣고 득의에 찬 미소를 지었다. 그리고 이것이야말로 진짜 천우신조라고 기뻐하며 발제와 더불어 승리의 전야제를 열었다. 그리고 드디어 시월의 마지막 날이 찾아왔다. 하늘은 흐리고 바람이 불고 있었다.

"어두워서 병사를 움직이기 쉽소. 바람이 부니까 불길은 빠르게 번질 것이오."

여성과 극예가 서로 어깨를 두드리면서 활짝 웃었다. 그리고 계획대로 병사를 두 갈래로 나누어 궁전을 포위했다. 발제는 조문(朝門)으로 소화기를 들고 뛰어나오는 조정신하들을 저지하는 임무를 떠맡았다. 후궁으로 연기가 피어올라 성 안은 온통 대소동이 일어났다. 여성은 도망치려고 아등바등하는 궁인들 사이를 뚫고 나가서 문공의 침실에 다다랐다. 그런데 도망친 흔적도 없는데 문공의 모습이 보이지 않았다. 한발 늦게 극예가 모습을 드러냈다. 두 사람이 고개를 갸우뚱거리고 있을 때 발제가 나타났다.

"소화기를 쥐고 뛰어온다고 생각했습니다만, 그들은, 즉 모든 대부들은 무기를 갖고 있습니다. 그들이 뛰어오는 것을 저지할 수가 없습니다."

하고 빠른 말로 보고했다. 바람이 부채질하여 불길이 하늘을 치솟고 있었다. 여성과 극예 두 사람은 망연히 서 있었다.

"모습은 보이지 않지만 이 불길 속에서 문공은 소사(燒死)를 면할 수 없을 것 같군요. 나는 먼저 성을 나가서 돌아가는 형편을 보고 와야 될 것 같습니다."

발제가 말했다. 두 사람은 묵묵히 수긍하고, 혼란에 빠져 성문을 나왔다.

궁전의 불은 새벽녘에는 소화되었지만 모든 대부는 문공의 모습이 보이지 않는 것에 당황했다. 하지만 조쇠는 호언과 위주가 보이지 않는 것으로서 대강의 실마리를 깨달을 수 있었다.

"영제(令弟)는 언제 성을 나갔단 말인가?"

호언의 형인 호모에게 물었다.

"잘 모르겠네. 수일 전에 궁전에 들어왔을 때 집에 돌아오지 않았네."

하고 호모는 대답했다.

"그런가, 역시 대단하군."

조쇠는 감탄 섞인 어조로 말했다.

"주공은 훨씬 이전에 성에서 탈출하셨소. 호언과 위주가 함께 동행했으니까 심려할 일은 없을 것이오."

하고 모든 대부에게 알렸다.

그래서 모든 대부는 안심했지만 우연히 화재가 났을 것이라고 보고 있던 것이 여성과 극예와 발제의 음모로 인한 방화라는 사실을 알고는 아연실색했다.

또 그 삼인조가 이미 성 밖으로 도망친 사실을 알고 아직 멀리 도망치지는 못했을 테니 쫓아가 체포하자고 웅성거렸다.

"그럴 필요는 없소. 호언은 모반을 예지하고 있었음에 틀림없으므로 반드시 손을 쓰고 있을 것이오. 섣불리 체포해서는 그의 계략을 망치게 될지도 모르오."

조쇠가 저지했다.

성 밖에서 상황을 강구하고 있던 여성과 극예는 진문공이 불에 타 죽지 않은 사실을 알고 암담해 했다.

"설령 소사를 모면하였더라도 중이는 빈사(瀕死)의 병인이므로 저 대화의 쇼크를 받아서 오래 살지는 못할 겁니다. 그것보다도 진나라의 여러 공자는 혜공 손에 근절되었기 때문에 중이를 계승해야 되지만 공자는 없고 게다가 진(秦)나라가 여태껏 3대째 진(晋)나라 군주의 정위(定位)에 관여해 왔습니다. 그러므로 지금부터 진나라로 가서, '궁전의 실화로 중이는 낙명했으므로, 그 후계자를 정해 주십시오.' 하고 신청하고 암암리에 진(秦)왕실의 공자를 중이의 양자로 하여 진(晋)나라 군주로 맞이하는 것도 좋을 것 같다는 의견을 내면, 반드시 진나라를 우리들의 후원자로 만들 수 있다고 생각합니다."

"하지만 진(晋)나라를 진(秦)나라에 팔아넘기는 꼴이 되지 않는가?"

하고 여성이 떫은 표정을 지었다.

"이때가 기회입니다. 달리 우리들이 살아남을 길은 없습니다. 권력만 있으면 됐지, 우리들에게 있어서 누가 군주가 될 수 있다고 생각하십니까? 그것과는 관계없는 일입니다."

하고 발제는 역설했다. 머리가 혼란해 있는 여성과 극예는 망설이면서도 다른 묘안이 떠오르지 않은 채 발제의 말에 따라서 진(秦)나라로 수레를 몰았다. 하지만 국경에 당도하여 황하의 서북쪽에 진(秦)나라 군대가 주둔해 있는 것을 보고 두 사람은 이상하게 여겼다. 그러자 또 다시 발제가 제언했다.

"심려할 필요 없습니다. 아니, 이것이야말로 천하의 배제(配劑: 우연 이라고는 할 수 없을 만큼 세상사나 운명이 묘하게 되어 있는 일)라는 것입니다. 소신이 강을 건너 진나라 군대 주둔의 진의를 탐색하고 돌아오겠습니다. 그리고 경우에 따라서는 우리들의 계획을 터놓고 목공의 중개를 의뢰하지 않으시겠습니까? 순조롭게 일이 진행되면 소신은 곧 돌아오겠습니다. 만일 돌아오지 않으면 일이 잘못 되었음을 깨닫고 어디론가 적당한 곳으로 피난하여 다시 방법을 계획하십시오."

"잘 알았네. 아무쪼록 잘 부탁하네."

하고 두 사람은 승낙한다. 발제는 재빨리 황하를 건넜다.

황하의 서북 해변에서 발제는 진의를 공손 지에게 고했다. 공손 지는 기뻐서 여성과 극예를 꾀어 들이는 서신을 발제에게 보냈다. 편지는 간단명료했다.

강 서쪽에 병사를 주둔하고 있는 것은 귀국의 신군이 할양한다고 익숙한 영토를 검사하기 위함이다. 하지만 신군이 화염으로 세상을 떠났다고 한다면 체념하는 수밖에 달리 방법이 없다. 더욱이 후계자 건의 내가(來駕)를 환영한다. 기쁘게 우리들이 군주를 계승해 주고 싶다.

동쪽 해안으로 돌아온 발제로부터 공손 지의 편지를 받아 들은 여성과 극예는 빙그레 웃었다. 그리고 서둘러 강을 건넜다. 공손 지는 정중히 세 사람을 영접했다.

"기회가 좋아 군주님이 지금 사냥 때문에 왕성에 도착해 계십니다. 즉각 모시겠습니다."

하고 세 사람을 왕성으로 안내했다. 왕성에 도착한 세 사람은 곧 목공의 알현을 허락받았다. 여성이 찾아온 뜻을 고했다. 시종 상냥하게 듣고 있던 목공이 불쑥 말을 던졌다.

"특별한 손님을 소개하지요."

하고 배후의 칸막이를 치우게 했다. 진문공과 호언과 위주의 모습이 그 곳에 있었다. 여성과 극예는 날벼락이라도 맞은 듯이 넙죽 엎드려 움직이지 않았다. 발제도 평복했다.

"여성과 극예, 과인에게 무슨 원한이 있었느냐? 못 다한 말이 있으면 남김없이 이야기 하라!"

문공이 조용히 말했다.

"이것은 발제가 계획한 음모로 우리들은 그 감언이설에 넘어간 것뿐입니다."

여성이 말했다.

"정말 그렇습니다."

극예도 말을 덧붙였다.

"역시 그대로다. 발제가 음모를 꾸미지 않았더라면 너희들을 놓쳐버렸을지도 모르겠군."

하며 문공은 고소해 했다.

그제야 발제에게 배반당한 것을 깨닫고 두 장군은 후회했다. 그러나 여성과 극예는 그 자리에서 포박당하여 즉각 목이 베어졌다.

"여성과 극예의 패거리는 수가 많고 그 힘은 무시할 수 없습니다.

위주와 발제에게 두 사람의 머리를 가지고 귀국시켜 그 족당의 움직임을 봉쇄하는 것이 바람직하다고 생각합니다."

하고 호언이 문공에게 진언했다.

"그것보다 우리들도 빨리 귀국하지 않으면 안 되오."

문공이 말했다.

"아닙니다. 국내에는 조쇠가 있습니다. 염려하실 필요 없습니다. 그보다 군주가 겁을 먹고 외국에서 피난했다는 것은 그다지 보기 좋은 모양은 아닙니다만…."

"어떻게 하면 좋겠는가?"

"그것은 이후에 상담 드리겠습니다. 그보다 즉각 위주와 발제에게 귀국을 명령하십시오."

하고 호언이 재차 진언했다. 귀국하는 두 사람을 호언은 성문까지 배웅했다.

"두 사람의 목숨은 그대들이 적당히 어디선가 처리한 것으로 해 두게."

하고 헤어지기 직전에 다짐한다.

"그렇게 말해도…."

하고 위주가 곤란한 표정을 지었다.

"그러면 조쇠와 상담해서 정하도록 하게."

하고 호언이 말했다.

제25장

무릇 병사가 군주의 기량을 헤아린다

호언(狐偃)은 성문까지 발제와 위주를 배웅하고 나서 진문공에게 말했다.

"전하는 여극의 난을 피해 진(秦)나라로 도망치신 게 아니고 부인을 맞이하기 위해 진나라 수도로 발걸음을 옮기신 것이라고 하면 어떻겠습니까?"

"음, 그것 참 좋은 묘안이군. 잠시 기다리시오."

문공은 말을 머뭇거렸다. 회영(懷嬴)을 진나라 수도로 맞아들이는 데에 이견이 있는 것이 아니었다. 그러나 부인이라 하면 정실을 일컫는 말이다. 그 부인이라는 말에 문공은 신경이 쓰였던 것이다.

문공은 망명할 때에 복길(福姞)이라는 아내를 포성(蒲城)에 남겨 두고 떠났었다. 그리고 적나라에서는 계외(季隗)를, 제나라에서는 제강(齊姜)을 아내로 맞아들였다. 게다가 그 아내들이 모두 빼어난 미인들이었다. 어쨌든 문공은 제강에게 특히 마음을 빼앗기고 있었다. 그런데 회영을 부인이라고 칭한 호언의 말을 듣고 당혹해 했던 것이다. 물론 호언은 문공의 심중을 꿰뚫어 보고 있었다.

"어느 것이 붓꽃이고, 어느 것이 제비꽃인가 하며 망설이고 계실 때가 아닙니다. 뭐니 뭐니 해도 진(秦)나라는 강대국입니다. 우리 진(晋)나라는 존립을 위해서도 패권을 바라본다면 한층 더 진(秦)나라와 강한 밧줄로 묶어 놓지 않으면 안 됩니다. 때문에 부인은 어떤 일이 있어도 진(秦)나라에서 모셔 와야 합니다."

하며 호언은 강하게 진언했다.

"음. 그러나 제나라 또한 진(秦)나라에 뒤지지 않는 대국이 아니오?"

역시 문공은 제강을 정실로 들여앉히고 싶은 생각을 버리지 못했다.

"맞습니다만, 그러나 천하의 형세는 이미 중원 제나라와 남쪽의 초나라, 서쪽의 진(秦)나라로 삼분되어 있습니다. 진(秦)나라와 공존하는 길은 있습니다만, 역시 제나라와는 서로 중원의 패권을 다투지 않으면 안 됩니다."

"중원은 넓소. 하려고만 들면 제나라와 우리가 공존하는 일도 가능하지 않소?"

"아닙니다. 나라들끼리는 그때그때마다 세력이 강한 쪽으로 흐릅니다. 감상적인 바람이나 희망적인 관측은 아무런 도움도 되지 않습니다."

"아아, 원칙론은 그렇겠지만 그러나…."

문공은 포기하지 않고 한층 반론의 말을 생각하기에 급급했다.

"원칙론을 늘어놓고 있는 게 아닙니다. 그렇다면 구체적으로 말씀드리겠습니다."

"좋소. 어디 한 번 들어보세."

"19년간이나 망명하셨던 전하에게는 목숨을 내맡길 수 있을 정도로 오랜 세월 보살펴온 군대가 없습니다. 국내의 군대는 외국의 침략을 격퇴할 수도 있지만, 동시에 전하가 자고 있는 사이에 목을 떼어 갈 수도 있습니다. 공녀이신 회영님을 진(秦)나라로부터 모셔오면, 예에 의해 목공은 정예화된 병사를 공녀님의 호위병으로 붙여줄 것은 정해진 이치입니다. 그 호위병이 적어도 당분간은 궁내의 안전보장에 필요불가결합니다. 정략적으로도 전하의 안전보장 견지에서도 부인은 진나라에서 모셔 와야 합니다."

하고 호원은 역설했다. 그런 이해타산은 문공에게도 적용되지 않는 게 아니다.

"음, 알겠소."

문공은 매우 망설이다가 힘겹게 승낙했다.

진문공의 의사는 즉시 공손 지를 통해 진목공에게 전해졌다. 목공은 의외로 기뻐하며 한발 앞서 왕성(王城)을 떠났다.

도성 옹성으로 돌아오자 목공은 순식간에 정예화 된 병사 천 명을 선출하여 호위병으로 임명했다. 호위병은 양쪽 조정에서 모두 급료를 받기 때문에 선출된 병사들은 매우 기뻐했다.

호위병은 3백 명 이하가 일반적인 통념이다. 목공이 그것을 열 배로 늘린 것은 진(晋)나라 공실의 특수 사정을 염려한 것이었다. 아니 실은 호언이 공손 지에게 사전 교섭한 것이 효력을 발휘한 것이었다.

왕성에 남은 호언은 즉시 일의 절차를 조쇠에게 고하는 급사를 진(晋)나라 수도 강성으로 보냈다. 그리고 삼일 후에 문공은 호언의 수행을 받으며 옹성에 들어갔다.

공녀 회영의 결혼으로 옹성은 축제 분위기로 들떠 있었다. 궁전의 넓은 방에는 회영의 신혼 가구들이 산더미처럼 쌓여 있었다. 그보다도 문공은 호위병의 수가 3천이라는 소리에 놀라 눈이 휘둥그레졌다.

"목공의 정성입니다. 아무리 많아도 장애가 되지는 않습니다. 이제 궁전이 불에 탈 염려도 없고, 두 번 다시 한밤중에 뒷문으로 빠져나가는 흉내를 내지 않아도 됩니다."

호언은 쓴웃음을 지었다.

그 다음 다음 날 진문공은 부인 회영과 시녀 5명을 거느리고 호위병 3천 명의 호위를 받으며 옹성을 나왔다. 황하 서쪽 해안에서 하룻밤을 묵고 강을 건넜다. 동쪽 해안에는 조쇠가 여러 대부를 이끌고 마중 나와 있었다. 호언과 조쇠를 제외하고 '칠인중(七人衆)' 다른 사람의 모습은 없었지만, 조쇠의 등 뒤에 두 손을 비벼대며 등을 굽힌 두수(頭須)가 대기 하고 있었다.

조쇠를 비롯한 여러 대부들이 문공에게 인사를 마치자, 그 두수가 무릎을 굽힌 채 문공 앞으로 다가와 이마를 땅에 대고 엎드렸다. 순간 문공이 얼굴을 붉히더니 눈을 치떴다.

"두수의 죄를 용서해 주시길 신들이 간절히 바라고 있습니다."

하고 조쇠가 재빨리 간언했다. 문공이 두수를 보고 노기를 드러내며 입을 우물거렸다.

"신들도 특별히 자비를 베풀어 주시길 바랍니다."

하고 갑작스레 호언도 탄원했다. 호언은 조쇠의 의도를 모르지만 그가 그렇게까지 하는 데에는 반드시 깊은 연유가 있을 것이라고 생각하여 조쇠의 행동에 따른 것이다. 물론 문공도 사정이나 연유는 모르지만 두 지혜로운 충신들이 그렇게 행동하는 데에는 필시 여러 대부들의 앞에서 말할 수 없는 뭔가가 있을 거라고 깨달았다. 그래서 노여움을 눌러 참고 그 탄원을 받아들였다.

"용서할 수 없으나 중신들의 얼굴을 봐서 용서하겠다. 물러 가거라."

하며 두수를 사면했다. 이제 일의 이치를 맞게 해주셨다고 조쇠가 마음속으로 중얼거리며 호언에게 미소를 띠고 나서 문공에게 감사의 시선을 던졌다.

두수는 그 옛날 문공이 포성에 있었을 때 고장관(庫藏官), 즉 금고지기인 회계원이었다. 문공이 적나라로 망명했을 때에도 그를 수행했었다. 그런데 적나라에서 급작스레 혜공의 명을 받은 발제에게 습격당해 도망쳤을 때 그는 일행을 놓쳐버린 것이다.

고장관이기 때문에 그의 수레에는 여비나 망명처에서 쓸 비용에 해당하는 금은보화가 잔뜩 쌓여 있었다. 일행을 놓쳐 버린 두수는 난감했다.

일행의 행방을 알 길이 묘연하고, 그보다 금은보화를 실은 수레를 타고 찾아다니는 것은 위험천만한 일이었다.

어찌할 방도가 없어서 난처해진 두수는 생각 끝에 지리를 잘 아는 포성 교외의 자기 집으로 돌아가 근처 계곡에 금은보화를 감추었다. 그리고 빈 수레로 중이(문공)일행의 행방을 찾아 나섰다.

그러나 막 나가려는데 전에 포성에 두고 떠난 중이의 아내인 복길과 노상에서 마주쳤다. 포성으로부터 난을 피한 복길은 아직 어린 사내아이와 태어난 지 얼마 안 된 계집아이를 품에 안고 몰래 마을에서 숨어 지내고 있었다. 그리고 복길은 농부의 아낙으로 초라하게 모습을 바꾸어, 익숙하지 않은 손놀림으로 야채를 일구며 근근이 입에 풀칠하고 있었는데 마침 야채를 팔러 나온 길에 우연히 두수와 만나게 된 것이었다.

복길은 보기에도 불쌍하고 가련했으며 피골이 상접하도록 말라 있었다. 복길의 이야기를 들으니 그녀가 고생하고 있을 뿐만 아니라 병을 얻었다고 했다. 두수는 마음이 아파서 자기도 모르게 눈물을 흘렸다. 그리고 생각 끝에 두수는 숨긴 금은보화의 그 일부를 약값으로 하라고 복길에게 선뜻 내놓았다.

자신은 어차피 얼마 살지 못할 것이니 아이들을 잘 부탁한다고 복길은 어깨에 지고 있던 야채 바구니를 내려놓고 양손을 모았다. 그래서 두수는 다짐하고 복길을 수레에 태우고 곧바로 의사에게 데려갔다.

병은 이미 깊어 쉽게 낫긴 힘든 지경이라 굳이 고치려 한다면 아주 비싼 약을 조제해야 되지만 약값이 너무 비싸다고 의사는 말했다.

약값은 상관없으니 얼마가 들어도 사람만 살려 달라고 두수는 의사에게 애원했다. 의사는 말 못할 사정이 있는 거 같은 모습을 알아차리고는 오히려 약값에 바가지를 씌웠다. 그런데도 복길의 병은 좀처럼 쾌유될 가망이 보이지 않았다. 눈 깜짝할 사이에 약값으로 들어가는 돈이 많아졌다. 게다가 그 보람도 없이 반 년 정도 지나서 복길은 세상을 떠나고 말았다.

어쩔 수 없이 두수는 남은 두 남매, 환(驩)과 백희(伯姬)를 떠맡아 먼 친척뻘 되는 수씨(遂氏)에게 양육을 부탁했다. 그 수씨라는 여자는 욕심이 많아 두수에게 엄청난 양육비를 요구했다. 이래저래 숨겨놓았던 금은보화가 눈에 띄게 줄어들었다.

그 무렵 두수는 풍문에 중이 일행이 제나라에 몸을 의지하여 융숭하게 대접받고 있다는 소리를 듣게 되었다. 그래서 두수는 생각했다. 이제 새삼스레 남은 돈을 돌려주어도 어쩔 수가 없다. 아니 중이의 장래는 아직 불투명하고, 그보다 자녀 양육이 더 큰일이 아니겠는가? 게다가 환과 백희는 진(晋)나라의 공자며 공녀이다. 길게 보자면 그에 걸맞은 교육을 받게 해주어야 하는데 그러려면 비용이 많이 들 거라고 생각하고 두수는 하늘의 뜻에 맡기기로 했다.

그리고 무려 18년이라는 세월이 흘렀다. 중이는 망명 19년 만에 귀국하여 문공이라 칭하여 이제 군주의 자리에 올랐다. 그때가 때마침 숨겨 놓았던 금은보화도 바닥을 보일 때쯤이었다.

두수는 복잡한 심정으로 이제 문공이라 칭하는 중이를 알현하려고 도읍 강성에 나타났다. 궁전에 화재가 일어났던 그 이틀 후의 일이었다. 두수는 가장 사려가 깊은 호언을 찾아갔지만 그는 부재중이라 만날 수 없었다.

그래서 두수는 조쇠의 거처로 발길을 옮겨 조쇠에게 지금까지의 경위를 밝혔다.

"공자 환과 공녀 백희는 어디에 계시느냐? 왜 데려오지 않았느냐?" 하고 얘기를 듣던 조쇠가 물었다.

"아, 그 두 분께는 고귀한 신분이라고만 가르쳤을 뿐 아버님의 성함은 밝히지 않았습니다. 두 분의 안전을 생각한 끝에 한 일이지만…."

두수는 말을 끊었다.

"물은 바에 솔직히 대답해라. 어디에 계시느냐?"

조쇠가 다시 물었다.

"글쎄, 그것은 아무튼 말씀드리겠습니다. 그 전에…."

"알았다. 고집이 센 놈이로군. 인질로 잡아두려는 속셈이 아니냐?"

"죄송합니다. 그러나 소신도 저의 안전과 그리고, 그…."

"포상 말이냐! 좋다. 단, 지금 이 일은 앞으로 절대로 누구에게도 말하지 말라. 자네는 어디까지나 새 왕의 보물을 슬쩍해서 도망쳤던 자라고 해두자."

"아니 전부터 이미 세상에서는 소문이 나돌고 있습니다. 그래서 소신은 괴롭게 생각하고 있었습니다. 그러나 그렇다면 소신이 너무 불쌍하지 않습니까?"

"그것은 알겠다. 그러나 자네를 위해서이다. 참고 기다려라. 실은 우리들도 몰랐었기 때문에 자네를 미워하고 있었느니라. 여비가 궁해서 너무 고생하질 않았느냐? 너도 괴롭겠지만 말했듯이 잠자코 있어라. 단, 절대로 해가 가게는 하지 않겠다."

조쇠는 굳게 두수의 입을 막고 바깥출입을 못하게 했다.

그래서 진(秦)나라로부터 부인을 맞이하여 귀국하는 문공을 황하의 동쪽 해안에서 마중하러 갈 때 두수를 데리고 갔던 것이다.

그런데 여러 대부들 앞에 영문도 모른 채 두수의 죄를 사면해준 문공은 잠시 쉬는 틈을 이용해서 조쇠와 호언에게 연유를 물었다. 조쇠는 사정을 설명한 후에 또 진언했다.

"여성과 극예의 잔당을 구슬리고 있습니다만, 그들은 의심을 품고 있습니다. 그래서 재물을 훔친 두수조차 사면했다고 하면 그들도 의심을 품지 않을까 생각하여 묘한 연극을 생각해 냈습니다. 그리고 또 청이 있습니다. 두수를 전하의 수레의 마부로 기용해 주십시오."

"오! 그것 참 좋은 생각이군."

"전하, 신들도 청원 드립니다. 부디 그렇게 해주십시오. 얼핏 보면 속이 훤히 들여다보이는 연극 같습니다만, 그 효과는 경우가 경우인 만큼 예측할 수 없을 정도로 크리라 생각합니다."

호언이 덧붙였다.

"좋소."

문공은 솔직하게 허락했다.

잠시 휴식을 취한 뒤, 일행이 움직이기 시작했을 때에는 두수가 문공의 수레 마부석에 앉아 있었다. 일행은 수레를 바삐 몰아 도성으로 향했다. 성문 밖의 일행을 맞이한 그들 각자는 문공의 수레를 끄는 두수의 모습을 보고 눈이 휘둥그레졌다. 가장 기이한 얼굴을 한 것은 여비를 가지고 도망가서 망명 중에 호되게 경을 친 7인중 호언, 조쇠를 제외한 다섯 명이었다. 여성과 극예의 잔당이 의외라는 표정을 지으며 가슴을 쓸어내린 것은 말할 필요도 없었다.

진(晋)나라 문공이 진(秦)나라에서 회영을 맞이했다는 정보가 전해지자 제나라 효공은 제강(齊姜)을 강성으로 보냈다. 잇따라 계외도 적나라에서 강성으로 들어와 진나라 문공의 후궁은 갑자기 떠들썩해지기 시작했다. 그리고 계외와 함께 숙외(叔隗)도 진(晋)나라의 수도 강성으로 들어왔다.

숙외는 계외의 누이동생으로 조쇠가 적나라에서 아내로 맞이한 여인이다. 더구나 숙외는 조쇠가 아직 본 적이 없는 순(盾)이라는 17살이나 된 아들을 동반하고 있었다. 후에 이 조쇠의 이 진나라 조정의 정치를 좌지우지한 바로 그 조순이다.

그리고 곧이어 두수에게 안내된 공자 환(公子驩)과 공녀 백희(伯姬)가 예에 따라 강성에 들어왔다. 이미 성년이 된 환은 궁정에 들어오자마자 곧바로 태자로 추대되고, 백희는 한 살 연하인 조순과 부부의 인연을 맺었다. 두수는 민첩하게 논공행상(論功行賞)에 즈음해서 진나라 조정의 재무관으로 등용하겠다는 조쇠의 언질을 받아놓고 있었다.

문공이 좀처럼 논공행상을 실시하지 않았던 이유는 전에 호언의 입을 통해 옛 조정신하를 똑같이 대우하겠다고 약속했기 때문이다. 다시 말해서 당분간 옛 신하들이 어떻게 행동하는지를 보고 나서 결정해야겠다고 생각했기 때문이었다. 그보다 정확한 사실은 통치기구와 정치제도를 개혁하려고 계획하고 있었기 때문에 기구의 쇄신 및 제도개혁과 동시에 논공행상과 인사이동을 단행하려고 생각했던 것이다.

물론 거기에는 그만한 경위가 있었다. 19년간에 걸친 망명생활동안에 조쇠와 호언은 선진(先軫)을 동참시켜 그러한 쇄신과 개혁의 개요를 훌륭히 마무리 짓고 있었다. 망명생활 속에서 특별히 두드러진 역할을 완수하지 못했지만, 선진은 뛰어난 군략가이자 병법가였다. 그는 진나라 제일의 병법가로 칭송받던 극곡(郤穀) 밑에서 병법을 배웠다.

극곡은 무욕염담(無欲恬澹)한 인물로 극예의 일족이었다. 그러나 정치 싸움에는 가담하지 않고 오로지 병법 연찬에만 몰두한 인물로 알려져 있었다. 말하자면 선진은 그의 문하생이었다. 그리고 극곡이 일찍이 관중이 제나라에 시행한 '정치를 군사(軍事)에 의탁하라'는 제도를 더 한층 심화시켜 정치를 군사와 합일시키는 제도를 완성시키는 연구에 몰두하고 있었을 때에 선진은 그 보좌역을 맡았었다. 따라서 선진은 중이(重耳)를 수행하고 7년 동안이나 제나라에 망명한 인연으로 제나라의 제도를 상세히 관찰할 기회를 얻어, 매우 조예가 깊었다.

게다가 진나라는 건국하자마자 시작된 치열한 전쟁, 이전에 언급한 곡옥(曲沃)과 강(絳)의 정통 다툼으로 일찍부터 형명법제(刑名法制: 법치주의적인 통치 형식)가 싹트고 있었다. 그 위에 그것을 가지고 헌공(문공의 아버지) 시대에 추진된 부국강병책이 효력을 발휘해서 상당한 성과를 올리고 있었다. 그렇지만 뒤를 이은 혜제(傒齊), 도자(悼

子), 혜공(惠公)이 법형(法刑) 집행을 등한시하는 바람에 그 동안에 강력해졌던 국력을 헛되이 소모시켜 버렸다. 그렇지만 저력은 아직껏 온존되어 있었다. 따라서 법형과 질서를 엄격하게 집행할 제도를 확립한다면 진나라는 중원에서 패권을 장악할 수 있다고 선진은 생각했다. 그래서 그는 '정군합일(政軍合一)'과 동시에 '집질관(執秩官)' 요컨대 법형과 질서의 집행기관의 설립을 연구하고 있었던 것이다.

그러므로 선진을 중심으로 조쇠와 호언이 완성한 방책을 이용해서 치세의 대개혁을 감행하려고 세 사람은 문공에게 진언하기에 이르렀고, 그것을 받아들인 문공은 그 기회를 엿보고 있었던 것이다. 그러나 두수가 태자 환과 공녀 백희를 인질로 삼아 논공행상을 요구하고, 조쇠가 언질을 준 사실로 부득이 제도개혁과 논공행상을 따로 떼어 논공행상을 먼저 하지 않으면 안 되게 되었다. 그렇다고 해도 7인에게 봉읍을 주거나 또는 금품을 주는 것을 막아 관리로 임명하지 않았고, 내통한 옛 조정신하에게도 작위를 올릴 뿐이었고 직무에는 변동이 없었다.

따라서 그러한 중도무이한 논공행상에서 정상적인 혜택을 받은 사람은 재무관으로 승진한 두수, 그리고 망명 중에 허드렛일을 한 호숙(壺叔) 두 사람뿐이었다. 호숙은 그 공으로 성 안 고물상의 총 담당에 임명되어 오래된 궁전 집물의 불하를 혼자서 도맡는 특권을 누렸다.

그런데 이러한 불완전한 논공행상이 뜻밖에도 하인을 후하게 대접하는 명행상이라고 대단한 호응을 얻어 문공은 사람들의 칭송을 받았다. 그러나 그와 동시에 문공은 돌이킬 수 없는 실수를 범하게 되는데, 바로 개자추의 존재를 깜빡 잊은 점이다.

망명 중에 일어난 일인데, 적나라에서 제나라로 힘겨운 고생 끝에 겨우 다다를 쯤에 두수가 일행을 놓쳤기 때문에 일행은 먹을 것이 떨어진 적이 있었다. 그때 개자추는 사흘이나 계속 식욕이 없다고 거짓말을 하며 분배받은 얼마 안 되는 음식을 문공에게 준 적이 있었다. 그 때문에 개자추는 죽을 것 같은 고역을 여러 번 넘기면서 참았다. 나중에 그 사실을 안 문공은 그의 깊은 심성에 감복한 나머지 훗날에 그 생각이 미칠 때면 종종 그것을 이야깃거리로 삼기도 했다.

그 개자추에게 문공은 봉읍을, 아니 금품조차 주는 것을 잊어버린 것 이었다. 물론 거기에는 개자추 자신한테도 책임은 있었다.

전에 언급했듯이 진(秦)나라에서의 귀향길에 황하를 건너는 배 안에서 개자추는 우연히 문공과 호언이 맹세할 때 주고받았던 대화, 호언과 조쇠 두 사람만은 언제까지나 곁에 있어 달라고 한 문공의 말을 들었다. 그 소리가 귓가를 떠나지 않던 개자추는 자신의 존재가 하찮음을 비관한 나머지 귀국하자마자 병을 핑계로 칩거하여 조정에는 얼굴 한 번 내밀지 않았다.

개자추에게는 연로한 어머니가 있었다. 노모를 부양하기 위해서 그는 집에서 열심히 짚신을 삼고 있었던 것이다. 개자추가 망명 중에는 친구인 장해(張解)가 그의 노모를 돌보고 있었다. 그 장해가 논공행상에서 개자추가 빠져 있다는 사실을 알고 분노했다. 더욱이 개자추가 태연한 태도를 하고 있는 것이 더욱 마음 아파서 그것은 이치에 어긋난다고 언성을 높이기 시작했다.

이른바 의로운 분풀이였다. 그러나 타산적인 생각도 많이 포함되어 있었다. 개자추는 인정이 많은 사람으로 그가 상을 받으면 당연히 자기에게 그 몫을 나누어 줄 것이라고 장해는 기대하고 있었다. 그래서 장해는 문공의 부당한 처사를 만인에게 알리기 위해서 성벽에 벽보를 붙이겠노라고 큰소리쳤다.

이에 당황한 개자추는 장해를 달래서 간신히 성벽에 글을 써 붙이는 일은 사흘만 미루어 달라고 양해를 얻었다. 그리고 이튿날 이른 아침에 개자추는 노모와 함께 몰래 성을 떠났다.

걸식하는 것처럼 상을 조를 생각은 없다네. 오랫동안 노모를 보살펴 준 답례로 이 집을 주겠네. 두 번 다시 돌아올 일은 없을 테니 자네 마음대로 처분하게. 여태까지의 자네의 우정에 감사하고 있네.

하고 장해 앞으로 편지를 남겼다.

그날 오후에 편지를 읽은 장해는 날이 저물기를 기다려 즉시 성벽에 글을 붙였다.

龍欲上天, 七蛇爲輔, 龍已昇雲, 六蛇入宇, 一蛇無厝

용욕상천, 칠사위보, 용기승운, 육사입우, 일사기조

하늘로 올라가려는 용이 일곱 마리의 뱀의 도움으로 마침내 구름 속으로 올라갔다. 여섯 마리의 뱀은 봉읍을 받았지만 뱀 한 마리는 살 집도 없다는 뜻이다.

이튿날 아침, 그것을 본 관리는 즉시 호언에게 달려가 그 사실을 알렸다. 호언과 조쇠는 개자추를 잊고 있었던 것은 아니었다. 단지 개자추가 아프다고 믿었기 때문에 그의 병이 완쾌되어 조정에 나오면 그에 합당한 봉읍을 내리도록 문공에게 진언하려고 생각하고 있었다.

일이 이상하게 꼬였다고 후회하면서 두 사람은 일이 진행되는 상황을 문공에게 보고했다.

"아뿔싸!"

하며 개자추를 깜빡 잊고 있던 문공은 즉각 개자추의 행방을 탐색하라고 명령을 내렸다.

동서남북의 성문으로 나온 탐색 부대는 제각기 사방팔방으로 찾아다녔지만 개자추의 모습은 보이지 않았다. 그러던 어느 날 저녁, 성으로 돌아온 한 무리가 단서를 잡았다.

"근처 산에서 노파를 업은 개자추 같은 남자를 봤다는 자가 있습니다. 그 자를 데리고 왔습니다."

하고 문공에게 보고했다.

"그 자에게 포상을 하라."

명하고 문공은 이튿날 아침 경호병을 거느리고 몸소 산기슭으로 나가서 탐색을 지휘했다.

"어딘가 동굴이나 바위 뒤에 숨어 있는 게 분명합니다. 바람이 불어가는 쪽에서 불을 지펴 산을 태우면 틀림없이 나올 것이라고 생각합니다."

하고 찾아 헤매다 지친 탐색대장이 진언했다. 과연 그것이 좋겠다고 생각한 문공은 숲에 불을 지피라고 명했다. 곧 불길은 하늘로 치솟았지만 역풍을 맞아 불의 순환은 느렸다. 그러나 태양이 서쪽으로 기울 저녁 무렵 산은 거의 벌거숭이로 변해 버렸다.

그런데 새는 떼 지어 날아오르고 짐승은 앞을 다투어 도망쳤지만 개자추의 모습은 보이지 않았다. 아니 그것뿐이라면 다행이었다. 잠시 지나서 커다란 버드나무 아래에서 노모를 부둥켜안은 개자추의 시체가 발견된 것이다.

현장으로 급히 달려가 그 모습을 본 문공의 두 눈에서는 눈물이 하염없이 흘러내렸다.

"용서하게! 자추."

하고 울부짖으며 문공은 시체 옆에 웅크리고 앉아 통곡을 했다. 타다 남은 불길을 부채질하는 산바람이 문공의 통곡을 진동시켜 고개 숙인 탐색 대원들의 오열을 자아냈다.

유달리 큰 소리를 내며 울어대던 장해가 흐느껴 울면서 시체로 변한 개자추에게로 접근했다. 그때,

"멈춰라. 전하의 모습이 눈에 안 보이냐?"

하며 경호 무사에게 제지당했다. 그 소리에 거의 눈물이 메마른 문공이 일어났다.

"누구냐?"

하며 그 중에서 다른 복장을 한 장해를 수상하게 여겨 물었다.

"자원해서 탐색 부대에 가담한 개자추의 친구입니다."

탐색대장이 대답했다.

"상관없다. 좋을 대로 이별을 고하게 해라."

문공은 명하고 시체 곁에서 떠났다. 장해는 시체를 부둥켜안고 더 한층 오열하며 울부짖었다. 장해는 자기가 개자추를 죽인 것이라며 하염없이 눈물을 쏟았다.

그러한 까닭을 알지 못하는 문공은 개자추에 대한 장해의 뜨거운 우정에 감동을 받아 장해를 불러들였다.

"이 산을 개자산(介子山)이라고 명명하겠소. 그대는 개자산 꼭대기에 개자추를 모시는 사당을 지으시오. 개자산을 에워싼 논밭을 개자묘의 영지로 정해 그대에게 관리를 명하겠소. 그 수익으로 오늘 이 날을 제사일로 정해 해마다 성대하게 제사 지내시오. 제사에는 칙사

를 파견하겠으니 소홀히 하지 마시오!"

하고 시달하고, 우선 정중하게 개자추와 노모를 장사지내라고 명했다. 진문공 2년 3월 5일의 일이었다. 덧붙여서 말하면 개자묘의 제사는 후세까지 이어져 지금도 산서성 태원(太原)·안문(雁門) 일대의 사람들은 3월 5일에는 '금연(禁煙)'과 '냉식(冷食)'을 하며 문에 버드나무 가지를 꽂아 개자추의 혼을 달랜다.

그해 4월에 진문공은 주(周)나라 왕실에서 일어난 정변을 진압하기 위해서 낙양으로 군사를 보냈다. 주나라 왕실에 정변이 일어난 것은 그 전 해이다. 주나라 양왕의 정실인 적후(翟后)가 양왕의 이복동생인 태숙대(太叔帶)와 간통한 사실이 발각되자 역으로 태숙대가 돌변하여 적후의 고향인 적나라의 군사를 빌려 왕위를 찬탈했다.

왕위를 빼앗긴 양공은 난을 피해 정(鄭)나라 영토인 범읍(氾邑: 하남성 양성현)에서 숨어 지냈다. 그러나 정나라는 양왕의 복위를 도울 마음도 없거니와 힘도 없었다. 진문공으로서도 국내의 제도 개혁을 아직 시행하지 않았기 때문에 처음 한동안은 그것에 관심을 보이지 않았다.

그런데 새해가 되자 진(秦)나라 목공(穆公)이 중원제국에 그럴 기색이 없다고 단정하고, 그렇다면 되든 안 되든 해보려고 움직이기 시작했다. 3월 말에는 대군을 황하의 서안에 주둔시키고 강을 건널 기회를 엿보고 있었다. 그 통보에 접한 진(晋)나라가 비로소 동요하기 시작했다.

"서쪽의 진(秦)나라가 주나라 왕실의 정변을 수습하고 양왕을 복위시키는 사실만으로는 중원제국의 면목이 서지 않습니다. 그보다 주나라 왕실의 내분을 수습하면 중원 제국에 패권을 장악할 발판이 확보되게 됩니다. 국내 정비가 선결 문제이지만 진(秦)나라가 움직이기 시작했기 때문에 이 기회뿐입니다."

전처럼 낙양에 병력을 보내자고 조쇠가 문공에게 진언했다.

"허나 이미 군사를 움직이려 하는 진나라에는 어떻게 대항했으면 좋겠소?"

문공은 진목공을 염두에 두며 고개를 갸웃거렸다.

"목공도 실은 전하를 염려해서 강 건너는 것을 주저하고 있을지도 모르며, 진나라 군사의 의도가 어디에 있는지도 확실하지 않습니다. 하지만 그 점은 진나라 군사는 어디까지나 우리나라가 주나라 왕실의 내분을 수습하는 것을 도우려고 병력을 움직인 것처럼 해서 호의는 고맙지만 그럴 필요는 없다고 예를 다하여 정중히 거절하면 될 줄로 사료됩니다. 아울러 아마도 그런 식으로 거절당하면 진나라 군사는 물러서지 않을 수 없을 것입니다. 호언을 사신으로 보내면 틀림없이 잘 해결될 것입니다."

하고 조쇠는 말했다. 이에 문공은 즉시 호언을 사신으로 보냈다. 과연 호언은 진목공을 구슬려서 진나라 군사를 황하 서쪽 해안으로부터 철수 시키는 데 성공했다.

그리고는 드디어 진(晋)나라 군사가 움직이기 시작하면서 진문공은 몸소 범읍에 나가 양왕을 맞이하고, 군사를 좌우로 양분시켜 먼저 낙양 근처에 위치한 온읍으로 진격했다. 그 이유는 왕위를 찬탈한 태숙대가 낙양 궁전에서는 지내기 어려웠던지 적후와 온유에 궁전을 지어 그곳에서 지내고 있었기 때문이었다.

문공은 좌군 장수로는 난지(欒枝)를, 우군 장수로는 극주(郤湊: 극곡의 아우)를 각각 기용했다. 두 사람 모두 옛 조정신하들이었다. 그리고 부장수로는 좌군에 위주(魏犨), 우군에 전길(顚吉)을 기용했다.

이 전쟁은 진(晋)나라의 세력으로는 그야말로 '식은 죽 먹기'였다. 예상한 대로 온읍성을 좌군이 포위하기 시작하자 태숙대는 성을 포기하고 적후를 마차에 태워 도망을 시도했다.

이때 진나라 군사는 도망치는 태숙대를 얕잡아 보며 뒤쫓았지만 의외로 많은 희생자를 내고 말았다. 태숙대는 적후가 연모해서 사통한 남자인 만큼 얼굴이 수려하고 화사했으며, 의외로 무용(武勇)에도 뛰어났다.

그러나 결국 태숙대는 위주한테 포위당하고 거대한 창에 찔려 수레에서 떨어져 절명하고 말았다. 수레에 남겨진 아름다운 적후에게 위주는 창을 휘두르지 않고 병사에게 활로 사살할 것을 명령했다. 명을 받은 병사들은 재미있어하며 빗발치듯 화살을 퍼부었고, 무수히 많은 화살을 맞은 적후는 고슴도치 같은 모습으로 짧은 생애를 마쳤다.

진문공은 주양왕을 옹립하며 우군과 함께 낙양성에 들어서자 수문장이 성문을 활짝 열었다. 복위한 주양왕은 마지못해 온읍(溫邑)과 양번(陽樊), 또 원읍(原邑)과 찬모(欑茅)의 여러 영토를 진나라에게 양도했다.

그런데 원읍은 경사 원백관(原伯貫)의 봉읍지로, 원백관은 성 안에 굳게 버티며 내주기를 거부했다. 진나라 군사는 마음만 먹으면 하룻밤 새 원성(原城)을 함락시킬 수도 있었다. 그렇지만 조쇠는 다른 지혜를 발휘했다.

"지금 천하의 제후들은 우리들이 어떻게 나오는지를 주시하고 있습니다. 이 기회에 패자(霸者)의 풍격을 여봐란 듯이 보여줍시다."

하고 조쇠는 먼저 말했다.

"어떻게 할 작정이오?"

문공이 물었다.

"병력을 이용해서 성을 함락시키지 말고 위엄으로 성문을 열게 하는 것입니다."

"그런 일이 가능하겠소?"

"가능합니다. 그뿐만 아니라 동시에 우리가 데려온 병사들에게 '신(信)'을 보이는 다시없는 기회입니다. 병사들은 잠자코 있습니다만 전하의 즉위 이후 가만히 새 군주의 기량을 측정하고 있다는 사실을 아셔야 합니다."

"과인의 기량을?"

"그렇습니다. 병사에게 있어서 군주의 기량이란, 신상필벌(信賞必罰)을 실행하느냐 못하느냐의 여부입니다. 즉 바로 그 말은 신뢰할 수 있는 지 없는지 하는 점입니다."

"구체적으로는?"

"원성공략 지휘는 전하가 몸소 하시기 바랍니다. 신이 모시고 가겠습니다."

조쇠는 말했다.

조쇠의 진언을 받아들여 문공은 우군을 낙양에 머물게 하고 좌군과 닷새 분의 식량을 가지고 원성으로 진격했다. 이윽고 성 아래에 이르러 병사에게 포고했다.

> 천자는 원읍을 우리 진나라한테 주었다. 따라서 원성은 진나라의 성이다. 그런데 수문장은 건네주기를 거부한다. 따라서 성을 포위하겠지만 성을 파손시키거나 양민을 해치는 일은 없을 것이다. 포위한 채 기

세를 올리며 다가가면 틀림없이 성문을 열 것이다. 만일 사흘이 지나도 성문이 열리지 않으면 철수해서 별도로 방책을 강구하겠다.

하고 병사들에게 고하고 군사를 전개시켰다. 동시에 편지를 묶은 화살을 수 없이 성 안으로 쏘게 했다.

진나라는 천자로부터 원읍을 배령(拜領)했다. 성문을 열기를 거부하는 것은 명을 거역하는 반역 행위이다. 성을 공격해서 쳐부수는 일은 쉽다. 그러나 전화(戰火)로 인해 양민에게 악영향을 미치는 것을 우려하여 공격을 사흘만 미루겠다. 사흘이 경과해도 성문을 열지 않으면 일단 병사를 철수한 뒤 사흘 동안 천천히 생각할 시간을 주겠다. 그래도 성문을 열지 않으면 양민은 수문장과 함께 천명을 무시하며 진나라에 적대한 것으로 간주하고, 그 즉시 성을 공략하여 불을 지를 것이다. 우리 진나라는 순종하는 자를 안무함에 인색치 않고, 거스르는 자를 징벌함에 용서는 없다. 숙고하라.

하고 양민에게 성문을 열 것을 권고하는 한편 경고했다.

성을 포위한 진나라 군사는 전고(戰鼓)를 치고 함성을 지르며 기세를 올렸다. 그리고 이따금 성벽으로 기어 올라가서 성 안의 정세를 살피는 동시에 칼을 휘두르고 창을 바싹 잡아당기며 위협을 주었다.

조쇠의 지시를 받은 위주가 성 안 망루에서 잘 보이는 장소에서 식용으로 데려온 소와 격투하거나 창에 병사를 매달아 휘두르는 여흥을 연출하면서 무용을 과시했다. 이틀째에는 그러한 광경을 구경하려고 양민들이 성벽으로 간혹 모여들고, 점차로 양민의 수가 증가하자 성 안은 동요하기 시작했다.

그리고 눈 깜짝할 사이에 사흘이 지났지만 성문이 열리지 않자 문공은 약속대로 군대의 철수를 명했다.

"성 안에 불온한 움직임이 있습니다. 어쩌면 오늘밤에라도 양민이 성문을 열지도 모릅니다. 철수는 내일 아침까지 미루는 것이 좋을 줄 아룁니다."

좌군 장수 난지가 기다리기를 권유했다.

"아니오. 병사들과 양민과의 약속이기 때문에 그렇게 할 수는 없소."

문공은 병사들이 점심 식사를 마치자마자 철수를 명해 포위를 풀었다. 그리고 해지기 전에 성 밑에서 병력을 퇴각시켜 버렸다.

날은 저물고 식량은 하루 분이 더 남아 있었다. 철수한 진나라 군사가 근처 강가에 야영을 치자 곧 해가 지고 어두워졌다. 그때 어둠을 틈타서 양민 대표가 야영의 원문에 나타났다.

"내일 아침 날이 밝기 전에 양민이 봉기해서 일제히 네 개의 성문을 열겠습니다. 제발 철수하지 마시고 성문을 열면 바로 입성할 수 있도록 준비해 주시기 바랍니다."

하며 양민 대표가 용건을 말했다.

"진나라 군사가 약속대로 사흘 만에 철수한 '신(信)'에 양민들이 감동해서 성문을 열 결의를 한 것입니다."

하고 덧붙여 말했다. 조쇠가 문공을 돌아보며 빙긋이 미소 짓자 문공이 만면에 웃음을 가득 띠며 끄덕였다.

이튿날 아침 성주인 원백관은 양민의 반란을 알아차리고는 스스로 귀순을 자청했다. 진문공은 성 안의 양민들의 환호를 받으며 원성에 입성했다.

입성한 진문공은 일 년 면세를 약속하며 양민들을 진정시켰다. 그리고 예를 다하여 원백관을 성에서 내보내고 원읍을 조쇠의 식읍으로 봉했다.

원성에서 일단 낙양으로 돌아온 진문공은 주양왕으로부터 받은 원읍과 온읍 등의 여러 땅을 진나라 영토로 편입하는 절차를 마치고는 그곳에서부터 태행산(太行山) 남쪽에 이르는 지방을 남양(南陽)이라고 명 했다. 그리고 양왕이 베푼 사흘간의 위로연을 받으며 진나라 수도 강성으로 귀환했다.

결과적으로 진나라는 아주 적은 희생으로 광대한 영토를 획득하게 된 것이다. 더구나 처음으로 국제사회에 등장한 문공은 순식간에 혁혁한 명성을 만방에 떨쳤다. 그에 따라 진문공은 중원제국의 패권에 한 걸음 다가간 계기가 되었다.

그래서 문공은 귀국하자마자 그의 숙원인 '정군합일(政軍合一)'을 달성하는 대개혁을 단행할 준비에 착수했다. 우선 그때까지 상군과 하군 밖에 없던 군대에 중군을 창설해서 삼군(三軍)으로 늘렸다. 종래에는 예에 따라 제후국은 소국이 일군(一軍), 대국은 이군(二軍)으로 정해져 있었다. 다시 말하면 삼군은 주나라 조정에만 허용되어 있었지만 지금은 주나라 조정의 몰락으로 유명무실하게 된 '주나라 예'를 무시하고 진나라는 삼군을 구축한 것이다.

중군을 구축하는데 거의 일 년이라는 세월이 걸렸다. 그리고 이듬해 진문공 3년(기원전 634년)에 그 삼군과 문무백관을 모두 모아 놓고 드디어 대개혁을 선포했다.

문공은 먼저 모든 문관에게 무관을 겸임하도록 하는 인사 쇄신을 분부했다. 아울러 그 자리에서 인사이동을 발표하는 동시에 각자를 삼군에 배치하고 임무를 맡겼다. 그리고 이 인사이동 중에 현안이 되었던 '칠인중'의 논공행상을 교묘히 집어넣었다.

그것은 어쨌든 중군의 장수는 '원수(元帥)'로 이는 구제도의 재상을 겸하는 것이었다. 그러한 중군의 장수에는 조쇠, 호언, 선진이 추천한 병법가인 극곡이 기용되었고, 중군의 부장수에는 극주가 발탁되었다.

좌군의 장수에는 호언이 예정되었지만 그 자신의 의향에 의해 그 형인 호모가 임명되었다. 그리고 호언은 부장수로 등용되었다.

우군 장수에는 난지가 등용되었고 선진이 부장수로 취임했다.

조쇠는 이때 생긴 집질관을 관장하며 대사마(大司馬)를 겸임했다.

이미 세상을 떠난 개자추를 제외한 '칠인중'에 남은 두 사람 가운데 위주는 문공을 수호하는 거우장(車右將)에, 전길은 후영장(後營將)으로 임명되었다.

이때 진나라 문공이 단행한 대개혁은 춘추전국사를 빛낼 쾌거이며, 후세에 '피로수(被蘆蒐) 집질관'이라고 불려졌다. 또한 그 통치 조직과 제도는 정치제도사에 이채를 발했으나 유가(儒家)사상에는 심한 반발을 일으켰다. 참으로 2천 수백 년이 경과하면서 이 지배형태가 중국의 '인민공사(人民公社)'의 모델이 된 만큼, 생각해보면 수긍이 간다.

제26장

기호지세(騎虎之勢)

진문공이 중군을 창설해서 군대를 삼군으로 증원시켜 '피로수'를 행하고, '집질관'을 설치한 정치 대개혁으로 진나라는 중원에 필적할 만한 나라가 없을 정도로 강대국이 되었다. 이리하여 문공은 드디어 본격적인 패업을 목표로 세력을 확장하기 시작했다.

확실히 중원에는 진(晋)나라에 대항할 강대국은 존재하지 않았다. 그러나 남방권에서 중원으로 세력을 확장한 강대한 초나라가 문공의 앞길을 가로막고 있었다.

일찍이 중원의 패권을 잡았던 제나라는 관중과 환공의 죽음으로 이미 그 위용을 잃어가고 있었다. 그리고 제나라의 패업을 계승하려던 송나라의 양공(襄公) 역시 그 꿈을 이루지 못하고 근심의 나날을 보내다 죽고 말았다. 그러한 패자 부재의 틈사이로 초나라가 침입해서 중원 여러 나라를 잠식하기 시작한 것이다.

그 때문에 진나라 문공이 중원에서의 패업을 이루기 위해서는 싫어도 초나라와의 충돌은 피할 수 없는 상황에 놓이게 되었다. 그것은 문공에게 있어서 괴로운 일이 아닐 수 없었다. 왜냐하면 가능하면 싸우고 싶지 않았기 때문이었다.

진문공은 긴 망명생활의 말기에 초나라에서 3여 년을 보냈는데, 그 때 초나라 성왕(成王)으로부터 제후와 같은 동등한 예우를 받아 문공은 그것을 큰 은혜로 받아들이고 있었다. 게다가 자신이 직접 관찰한 바가 있어 초나라의 강대함을 누구보다도 잘 알고 있기 때문이다.

더구나 그 총명한 군주와 노련한 영윤(令尹)이 다스리는 초나라가 어찌하여 이미 십수 년이래, 국제간에 존재해온 '천하삼분(天下三分)'이라는 암묵의 양해를 깨고 중원에 침입한 것일까?

그 이유를 곰곰이 생각하다가 어느 날 문공은 조쇠에게 물었다.

"중원에 패왕이 없기 때문입니다."

조쇠는 태연하게 답했다.

"그건 그렇겠지만, 허나 그것은 천하삼분의 양해를 유린하는 어리석은 행동이 아니오?"

"지금은 국제적인 암묵의 양해는 차치하고 혈맹한 협정조차 믿을 수 없습니다. 어리석은 행동을 무릅쓴 것은 초나라가 아니라 오히려 중원의 여러 나라들입니다. 초나라는 어쩌면 중원의 패권을 꿈꾸었을지도 모르지만 굳은 의지로 야망을 관철시키겠다는 것은 아닐 것입니다."

"그런가? 과연 그렇겠군."

"틀림없습니다. 작년에 초나라가 제나라에 침입했을 때는 노나라가 원인을 제공했습니다. 또 송나라를 공격한 것도 정나라와 노나라 양국이 부추겨서 생긴 일입니다. 위나라와 조나라는 안전보장을 위해서 스스로 초나라의 비호를 구하며 부용국이 되었습니다. 초나라가 중원에서 마음대로 세력을 과시하게 된 것은 중원의 여러 나라가 끌어들였기 때문입니다. 결코 초나라가 스스로 야망을 드러낸 것만은 아닙니다."

"그렇다고 해도 중원 제국이 무기력하게 된 것은 우려할 일이오."

"지당하신 말씀입니다만 그것을 비난하는 일은 아무도 할 수 없습니다. 이 모든 것은 바로 중원에 패왕이 없기 때문에 생긴 일입니다."

"그건 일이 성가시게 되는군. 일찍이 주나라 조정에서 일어났던 정변을 수습하려고 움직인 진(秦)나라 목공에게 돌아가 달라고 한 것처럼 초나라 성왕에게도 중원에서 손을 떼게 하는 교섭은 할 수 없는 거요?"

"그건 소용없는 일입니다. 아니, 손을 떼기에는 초나라가 이미 너무 깊숙이 들어와 버렸습니다."

"그렇다면 어떻게 하면 좋겠소?"

"역시 힘으로 쫓아내는 수밖에 없습니다."

"그렇겠지, 그러나…."

"아니, 정면충돌을 하자는 것이 아니므로 심려하실 필요는 없습니다. 게다가 초나라를 궁지에 몰아넣다가는 우리가 곤경에 빠지게 됩니다. 여봐란 듯이 강력한 힘을 보여주고 퇴로를 열면 철수하지 않을 수 없을 것입니다."

"그렇게 해준다면 다행스런 일이지만."

"틀림없이 그렇게 될 것입니다. 천하는 삼분되어 있으니까요."

"무슨 소리요! 조금 전에 그것은 믿을 수 없다고 말하지 않았소?"

"그렇게 말했습니다. 그러나 의미가 다릅니다. 천하삼분을 암묵의 양해로 아는 것은 옳지 않습니다. 허나 천하삼분은 인식으로써가 아닌 눈앞에 존재하는 냉철한 사실입니다. 요컨대 어떠한 대국이라고 해도 자국이 속하는 천하 밖에서 패권을 잡는 일은 용납될 수가 없습니다."

"아무리 초나라라 해도 중원에서 패왕의 역할은 할 수가 없다는 말이오?"

"바로 그것입니다. 그 천재적인 군사(軍師) 관중의 지혜로 중원의 패권을 장악했던 제나라의 환공조차도 중원 제국의 연합군을 거느리고 남쪽의 초나라로 출병했으면서도 결국은 손쓸 엄두도 못 내고, 겨우 적당히 퇴각하지 않을 수 없었습니다. 이미 힘을 과시한 우리 진나라가 움직이기 시작하면 초나라도 중원에서는 수족을 펼 수 없을 것입니다. 단 그것을 위해서는 전략과 전술상에서 나름대로의 연구가 반드시 필요합니다."

"그렇소. 바로 그 점이오. 그것을 말해 보오."

"조금 전에 말씀드렸지만 정면충돌을 피해 궁지에 몰아넣지 않는 것 입니다."

"구체적으로 예를 들면?"

"유감스럽게도 신은 병법가가 아니어서 그것은 잘 모릅니다. 그러한 일을 위해서 극곡을 원수로 추대하고 싶습니다. 또한 선진도 있습니다. 그 두 사람에게 물으시기 바랍니다. 전략의 기본을 이해해두시면 틀림없이 훌륭한 전략과 전술을 세우게 될 것입니다."

"그 얘기를 들으니 마음이 한결 가벼워지는군. 헌데, 그대에게도 모르는 것이 있었던가! 아, 통쾌하군!"

문공이 갑자기 웃음을 터뜨리자 조쇠가 허리를 뒤로 빼며 자세를 고쳐 앉았다.

"전하께 말씀드릴 것이 있습니다."

다시 격식을 차린 어조로 말했다. 그러자 문공은 놀라는 표정을 지으면서 웃음을 그치고는 그를 주시했다.

"신은 모르는 것을 모른다고 말할 수 있기에 훌륭하다고 생각되시지 않습니까?"

하고 조쇠가 말하자 문공이 또 한 번 웃음을 터뜨렸다. 실로 오랜만에 군주와 신하 두 사람은 하나가 되어 참으로 유쾌한 듯이 포복절도했다.

진나라가 강대해지는 것을 보고, 중원 제국 가운데에서 제일 먼저 진나라를 따르고 싶다고 자청한 나라는 송(宋)나라였다. 그 사실을 안 노나라의 대부(大夫) 장손진(臧孫辰)이 재빠르게 초나라에 보고했다.

그것을 송나라의 배신으로 판단한 초성왕은 즉각 영윤인 자문(子文)에게 송나라를 공격하라고 명했다. 그러나 자문은 고령을 핑계로 출정을 거절하고 은퇴를 청원했다.

이미 자문은 나이가 들어 원정을 감당할 힘이 없었다. 만일 성공적으로 임무를 완수하지 못하면 초나라의 위신을 손상시켜 더욱 송구스러울 따름이라고 청원을 올리며, 이 기회에 은퇴하고 싶다고 자청한 것이었다. 그러나 자문이 청원을 올린 진짜 이유는 따로 있었다. 송나라를 치게 되면 틀림없이 진나라가 군대를 일으켜 전쟁은 피할 수 없게 되기 때문이었다. 요컨대 자문은 진나라와는 싸우고 싶지 않았던 것이다.

초나라에서 3년이나 망명생활을 한 진문공의 역량과 7인중의 기량을 자문은 잘 알고 있었다. 그보다 남방에 위치한 초나라가 중원 천하를 시끄럽게 하는 것은 그의 본의가 아니었다. 다시 말하면 천하삼분의 냉엄한 사실을 그는 분명하게 알고 있었던 것이다.

그것이 어쨌든 초성왕은 처음에는 자문의 은퇴를 달래어 머물게 하려고 했지만, 결국엔 그의 요구를 들어주었다. 그 대신 무용에 뛰어난 대부 성득신(成得臣)을 영윤으로 승격시키고 송나라 토벌의 원정군 대장으로 임명했다. 그러나 초성왕은 자문에게는 전권을 일임할 작정이었지만 성득신은 전면적으로 신뢰할 수 없는 터라 자신이 원정군을 통합하기로 결정했다. 용맹하지만 그만큼 난폭하기로 이를 데 없는 성득신을 지나치지 않도록 하기 위해서였다. 그와 동시에 이제는 군자가 된 중이(重耳)의 역량을 두 눈으로 확인하고 싶었기 때문이기도 했다.

그래서 초성왕은 즉시 초나라와 국경을 접하는 중원 제국의 정(鄭)·진(陳)·제(祭)·허(許) 네 나라를 규합해서 5개국 연합군을 조직한 뒤 송나라로 진격해 들어갔다.

초나라가 연합군을 이끌고 송나라로 향했다는 소식이 전해지자 송나라는 진나라에 구원을 요청하고, 그에 응해서 진문공은 군사회의를 열었다. 원수인 극곡과 선진은 이미 초나라를 쳐부술 수 있는 전략에 관한 기술을 익혀두고 있었다.

"직접 송나라로 지원병을 내보내면 초나라 군대와 정면충돌하게 됩니다. 그것을 피해 위나라와 조나라에 군사를 보냅시다. 위·조 두 나라는 초나라에 예속된 나라들이므로 초나라는 양국을 구하기 위해 어쩔 수 없이 송나라로부터 병력을 철수하게 될 것입니다. 그렇게 되면 결과적으로 우리는 송나라를 구한 것이 됩니다."

하고 극곡이 말하고, 다음 설명을 선진에게 위임했다. 심사숙고하는 성격의 극곡과 능란한 말솜씨를 가진 선진은 대조를 이루었다.

"그럼, 원수의 말을 보충해 드리겠습니다."

선진은 세세한 작전 계획을 설명해 나가기 시작했다.

"먼저 조나라를 공격한다고 하며 위나라에게 길을 빌립니다. 말할 것도 없이 위나라가 우리에게 길을 빌려줄 리는 없습니다. 허나 빌려주지 못 하겠다고 거절당해도 집요하게 버티어 시간을 버는 겁니다. 그 교섭에 당혹해서 위나라는 방비를 소홀히 할 것입니다. 그 틈에 우리는 수로로 병력을 이동해서 국경을 넘어 위나라 수도로 진격하는 것입니다. 그리고 수도에 다다르면 도성을 포위하고 초나라 군대가 어떻게 나오는지를 엿봅니다. 당연히 초나라 군대는 위나라 수도로 급히 이동해 올 것입니다. 그것을 확인하고 단숨에 성을 공략한 뒤 하군은 성에 남겨두고, 중군과 상군은 조나라로 이동합니다. 초나라 군대가 위나라 수도에 도착했을 때에는 이미 우리는 조나라 성을 포위하고 있을 때입니다. 그러면 초나라 군대는 조나라를 돕기 위해 서둘러 조나라 수도로 향할 것이지만, 그들이 도착하기 전에 우리는 이미 성을 함락시키고 있습니다. 마찬가지로 함락한 조나라 성에 상군을 남기고, 중군은 성에서 떨어진 지역에서 조나라 성에 접근하는 초나라 군사를 맞아 싸울 진형(陳形)을 갖춥니다. 공격 태세를 취하겠지만 반드시 싸움으로까지 이르지는 않을 것입니다. 아무리 어리석은 초나라 장수라도 우리 중군과 싸우면 상군과 하군의 협공에 부딪칠 위험이 있다는 것을 알기 때문입니다. 다시 말하면 우리는 초나라 군대를 이리저리 끌고 다님으로써 초나라 군대와 싸우지 않고 싸움을 승리로 이끌게 됩니다. 그들은 헛고생했음을 원통히 여기면서 송나라 성 밖으로 철수하지 않을 수 없을 것입니다. 철수한 초나라 군대는 화가 나서 다시 송나라 성을 공략하려고 하겠지만, 그에 대한 대책은 상황에 따라서 결정하는 작전 계획입니다."

"그런 이유에서 서둘러 송나라 성에 초나라 군대가 도착하기 전에 가능한 한 식량을 대량으로 보내주고, 송나라 군대에게는 초나라 군대의 어떠한 도발에도 성문을 열어서는 절대로 안 된다고 분부하면 뒷걱정은 없을 것입니다."

하고 말을 끝맺었다.

두 뛰어난 병법가가 세운 작전 계획에 반기를 드는 사람은 없었다. 문공도 자기 뜻과 같기라도 한 듯이 기뻐하며 즉시 그것을 승낙했다.

드디어 초성왕이 거느린 5개국 연합군이 송나라 수도에 당도했다. 때마침 진문공은 위나라로 조나라를 치기 위한 길을 빌릴 사신을 보냈다. 동시에 진나라 군대는 우회해서 남쪽으로 진격해 황하를 따라 내려가서 위나라 영토로 침입했다. 그리고 오록(五鹿: 하남성 복양현)에 상륙해서 야영을 쳤다.

야영의 본영에 들어간 문공은 개자추를 떠올리며 눈물을 흘렸다. 오록땅은 예전에 문공과 7인중이 망명 도중에 고초를 겪었던 곳이다. 개자추가 분배받은 얼마 안 되는 식량을 식욕이 없다고 속여 가며 문공에게 바치고 견디기 힘든 공복을 참았던 바로 그곳이었다.

그러한 지난 일을 회상하며 문공이 눈물을 흘리자 그 광경을 지켜보던 선진이 불쑥 나섰다. 그때 오록성으로 일행의 곤궁한 상태를 하소연하며 식량의 대여를 청했던 사람이 바로 선진이었다. 허나 성의 수문장에게 거부를 당했을 뿐만 아니라 흙을 담은 덮밥을 주며 그것을 먹으라고 하는 등 말할 수 없는 심한 모욕을 당했었다.

"오록성은 소신이 치겠습니다."

선진은 원수 극곡에게 뜻을 전하고 아울러 문공의 허락을 청했다.

"개자추의 영혼에 위안이 되기도 할 것이네. 그렇게 하게."

하고 문공은 그 자리에서 승낙했다.

"소신도 가세하고 싶습니다."

위주가 자청하며 선진을 따랐다.

"주형!"

선진이 성을 바라보면서 예전에 부르던 식으로 위주에게 말을 걸었다.

"사실은 저 성에 불을 질러 다 태워버리고 싶은 심정이오. 그러나 우리는 주공의 패업을 도와야만 하고, 패왕의 군사는 난폭하게 행동해서는 안 되오. 그래서 생각한 일인데, 만일 성의 수문장이 그때 그 사람이라면 붙잡아서 마음껏 그 놈으로 하여금 치욕을 뼈저리도록 느끼게 해줄 것이오. 허나, 성에 있는 병사나 백성에게는 해를 주어서는 안 될 것이오."

하고 강조하면서 위주에게 다짐했다.

그리고 얼마 뒤 성의 공략이 시작되었다. 오록성은 작은 성으로 선발된 하군의 정예와 두 맹장의 공격으로 성은 맥없이 함락되고, 수문장은 옛날의 그 수문장이었다. 선진은 수문장을 붙잡아 분풀이로 사흘간의 단식을 명했다.

이튿날 아침, 진나라 대군은 위나라 수도인 제구(帝丘)로 향했고, 곧이어 성은 포위되었다. 그러자 성 안에서 위나라의 대부 원훤(元喧)이 위나라 군주 성공(成公)의 아우 숙무(叔武)를 동반하고 진나라 군대 원문에 나타나 항복을 청했다. 위성공은 이미 퇴위해서 도망가고 없었다.

문공이 망명 중일 때, 그때 태자였던 성공은 위나라 수도에 들른 문공의 일행에게 대접도 하지 않고 무례하게 굴었다. 문공의 보복을 두려워한 나머지 위성공은 성에서 이미 도망친 것이었다. 그리하여 원훤은 일단 숙무를 위나라 군주로 앞세우고 항복을 자청한 것이었다.

문공은 숙무의 투항을 받아들이고, 하군을 위나라 성에 남겨 두었다. 그리고 바야흐로 중군과 하군을 이끌고 조(曹)나라 성으로 진격하려 할 때 원수 극곡이 병으로 쓰러져 위독한 상태가 되었다. 이 비보를 전해 듣고 놀라서 병상을 찾은 문공에게 극곡이 유언했다.

> 이번은 초나라 군대와의 정면충돌을 피하는 작전을 세웠지만, 중원에서 패업을 쌓는 데 있어 초나라와의 충돌은 피할 수 없습니다. 그러므로 천하삼분 형태를 뒤집기 위해서 진(秦)나라를 중원으로 끌어들여, 그것에 의하여 초나라를 견제해야만 합니다. 그리고 초나라를 증오하고 있는 제나라와 회맹하여 강화를 맺고 그것으로 초나라의 기세를 꺾을 대책을 강구하시지 않으면 안 됩니다. 제나라와는 결국 패권을 다투겠지만 당분간 그것을 염려할 필요는 없습니다. 금후의 일은 알 수 있는 한 선진에게 가르쳐 두었습니다. 그와 의논하시면 틀림없을 겁니다.

라는 말을 남기고 숨을 거두었다. 문공은 하염없이 눈물을 흘리며 그 죽음을 애도하고, 그 유해를 정중히 강성으로 호송시켰다.

그리고 조쇠와 호언 두 사람과 상의한 뒤, 선진을 2계급 특진시켜 원수에 임명했다. 원수는 중군의 장수를 겸하기도 했다. 선진이 빠진 하군의 부장수에는 하군의 준장(准將)인 서신(胥臣)을 승진시켰다.

새 원수로 임명된 선진은 위나라 성에 남은 하군에게 초나라 군대의 공격을 받아도 성을 굳게 지키며 출격하지 말라고 명한 뒤 성을 떠났다.

조나라에 도착한 진나라의 중군과 상군은 즉시 조나라의 도성을 포위했다. 조나라는 소국으로 병력도 약하고, 군주인 공공(共公)은 우매하여 민심을 잃고 있었다. 그러나 공공은 간사한 계책으로 자신의 신변을 보호하는 방법을 익혀두고 있었다. 중원에 패왕이 사라지자 재빨리 초나라의 보호국이 된 것은 그러한 결과이다. 그것은 어쨌거나 진나라 군사가 조나라 수도로 공격해 들어온다는 보고에 공공은 부랴부랴 초나라 군사에게 구원을 요청할 사신을 보내고, 황급히 조정회의를 열어 대책을 협의했다.

"싸워도 이길 가능성은 없고, 성문을 굳게 닫고 성을 지킨다 해도 계속 버틸 수는 없습니다. 게다가 즉위 전의 진나라 제후가 망명 중 우리나라에 들렀을 적에 전하께서는 그의 원망을 살 처사를 하셨습니다. 그러므로 성문을 열고 삼가 명령에 따를 것을 맹세하며, 전에 지은 죄를 사죄하고 용서를 구하는 것이 사직을 보호하는 길인 줄 압니다."

대부인 희부기(僖負羈)가 진언했다.

"그렇지만 머리를 조아렸다 하더라도 중이는 그렇게 간단히 용서하지는 않을 것이오."

공공은 심각한 표정을 지었다. 그때, 문공에게 했던 용서받을 수 없는 무례, 아니 있을 수 없는 못된 장난을 떠올렸기 때문이다.

문공은 타고난 변협(騈脅: 늑골이 나란히 연속해있는 한 개의 갈빗대)이다. 중이가 조나라의 성에 들렀을 적에 공공은 그것을 눈으로 확인하려고 중이가 목욕하는 장소에 많은 부하들을 거느리고 목욕탕으로 밀어닥쳤다. 그리고 뚫어지게 살핀 끝에 가슴을 손으로 쓰다듬으면서 기묘한 소리를 지르며 호되게 놀랐던 것이다.

더군다나 욕실에서 나온 중이를 객사(客舍)로부터 비어 있던 창고로 옮기게 했다.

"변협은 귀상(貴相)이라고 하는데, 귀인(貴人)은 창고를 숙소로 하면 더더욱 귀해지겠지."

라고 중이를 놀리며 공공은 큰소리로 웃어댔다. 그리고 끝끝내 음식도 주지 않았다.

이제 와서 돌이켜 보니 사죄해도 용서받을 수 없을 것이라고 조공공이 생각한 것은 당연했다.

"진나라 제후가 어떻게 나올 것인지는 신으로서도 판단이 서지 않습니다. 그러나 진나라 제후는 신에게 은의(恩義)를 느끼고 있을 것입니다. 그러니 우선은 신이 용서를 구해보겠습니다."

희부기가 말했다.

사실은 그때 창고에서 공복을 느끼고 있던 중이 일행에게 희부기는 음식을 날라주고, 게다가 주군 공공이 행한 예에 벗어난 행동을 용서하기 바란다며 청벽(靑壁) 한 장을 내밀었다. 그러나 중이는 고맙게 음식을 받았지만 청벽은 거절했다.

그것은 명백히 희부기의 호의에는 감사하지만, 공공의 무례한 예는 용서하지 않겠다는 중이의 의지의 표시였다. 그때 중이는 희부기에게 말했다.

"언젠가는 오늘과 전혀 다른 형태로 대좌하는 날이 올 것이오. 그때는 대부의 저택 문기둥에 흰 천을 둘러 기록으로 하시오. 은혜에 보답하는 날이 있기를 염원하고 있소."

라고 한 문공의 말이 생각났기 때문이다. 희부기는 지금까지 그러한 사실을 가슴에 품고 있었다. 그렇지만 공공에게 성문을 열 것을 설득할 필요에 봉착하자 희부기는 문공 일행에게 음식을 날라다 준 사실을 밝히게 된 것이다. 그러나 그러한 사실을 고백함으로써 그에게 엄청난 재난이 뒤따랐다.

"그것은 주공에 대한 배반 행위다. 그런 수법으로 이번에는 성을 팔 속셈이오?"

대부인 우랑(于朗)이 대들었다. 우랑은 공공의 간신으로 사실은 그 때 목욕탕에서 중이를 조롱한 패거리 중 한 명이었다.

"어찌하여 지금까지 그러한 사실을 숨기고 있었소?"

공공도 희부기를 책망했다.

"배신자는 처형되어야 마땅합니다."

우랑이 진언했다.

"허나 희씨(僖氏)는 3대가 공신이었으므로 죽음은 면하게 해주겠으나 관직을 박탈하고 칩거를 명한다."

공공의 명이 내려지자 희부기는 탄식하며 그 자리를 떠났다.

"전하, 심로에는 미치지 않을 것입니다. 성을 굳게 지키고 있으면 틀림없이 초나라 군대가 구원하기 위해 달려와 진나라의 군대를 쫓아버려 줄 것입니다."

우랑이 말했다.

그 사흘째 되는 날에는 진나라 군대가 성 밑에 도착하더니 곧 성을 포위했다.

그러나 진나라 군대가 그 날도 그 다음 날도 공격하지 않는 것을 본 조나라의 공공은 진나라 군대를 얕보기 시작했다.

"이제 곧 도착할 초나라 군대를 경계하여 병력을 억제하고 있음이 틀림없다. 그렇다면 투항을 위장해 덫을 만들어 중이를 붙잡아 인질로 하면 진나라 군대의 움직임을 막아 초나라 군대의 작전을 도울 수 있다."

라고 공공은 우랑과 함께 간사한 꾀를 생각해내었다. 그리고는 황급히 궁전에 함정을 장치한 다음, 사흘째 되는 날 아침에 투항을 알릴 군사를 내보내려고 성문을 열었다.

바로 그때 이미 공격 명령을 받은 진나라 병사가 성에서 나오는 군사를 되밀듯이 하며 성 안으로 밀어닥쳤다. 성 안은 별안간에 혼란스러워지기 시작했다.

얼마 뒤에는 성 안의 조나라 병사는 귀순하고, 공공은 붙잡혔으나 곧 적을 속이기 위한 무사라는 것이 판명되었다. 공공과 우랑은 재빨리 옷을 갈아입고 이미 도망치려고 우왕좌왕하는 성 안의 백성들 속에 섞여 들어가 있었다. 그것을 안 선진은 즉시 성문을 닫고 백성들이 흩어지는 것을 막았다. 그리고 공공을 찾는 수색이 시작되었다. 그러나 공공의 얼굴을 알고 있는 사람은 문공과 7인중뿐이었기 때문에 시간이 걸렸다. 날은 저물었지만 공공의 모습은 보이지 않았다.

처음부터 성문은 굳게 닫혀 있어 성 바깥으로 도망친 자는 아직 없었다. 어차피 독 안에 든 쥐라고 생각한 선진은 일단 탐색을 중단시켰다. 의외로 조나라 성에는 무혈입성을 달성한 것으로 진나라 군사는 이미 작전 계획을 대부분 완수한 것과 다름없었다. 선진은 병사들의 수고를 위로하고자 저녁 식사에 술을 주라고 명했다.

모든 장수를 본진에 모이게 하여 술을 마시면서 문공은 문득 희부기와의 약속을 상기했다.

"문기둥에 흰 천을 동여맨 저택에는 손가락 하나라도 건드리지 말라고 전 군사에게 전하라."

선진에게 분부했다.

"내일 아침, 그 저택을 찾아내어 희부기 대부를 정중하게 본진으로 안내하라.”

후영사령관인 전길에게 명했다.

초나라 군대가 조나라 성에 도착하기에는 아직 시간이 있었다. 전진(戰塵)을 씻어 내려고 본진의 잔치가 계속되고 있을 즈음, 전길이 적당한 기회를 보더니 위주에게 눈짓을 하며 밖으로 나갔다. 초여름의 상쾌한 밤바람이 이미 취한 두 부장수의 뺨을 부드럽게 쓰다듬는다.

“이봐, 주형, 흰 천을 동여맨 저택은 절대로 찾지 못할 것이오.”

전길이 느닷없이 말했다.

“어떻게 아나?”

위주가 물었다.

“내가 그 흰 천을 처치했기 때문이오. 사실은 낮에 탐색하던 중 그 저택을 발견했소. 아무에게도 눈에 띄지 않게 처치해 버렸소.”

“왜?”

“어쩐지 밉살스럽게 생각되었기 때문이오. 왜냐하면 생각해보라구. 우리 두 사람은 어느 누구에게도 뒤떨어지지 않게 충실히 근무에 힘써 왔소. 헌데 어떤가? 조쇠와 호언 두 대인은 논외로 치고, 이제는 선진이 원수 각하란 말이오. 호숙은 확실히 잘 근무했으니까 고물상에서 거부가 된 것은 정당하다고 해도 도둑놈 두수는 어떤가? 득의만면하며 우리를 업신여기는 듯한 얼굴을 하고 있지 않은가. 아무래도 우리 두 사람은 전하께서 무시하고 있는 것 같다구.”

“그럴 리 없네. 선진은 병법의 대가이고, 두수의 경우는 정치적인 고려에 의한 것이라고 들었소.”

“뭐가 정치적인 고려인가? 그렇다면 우리한테도 그렇게 하면 안 되나.”

"이봐, 길형(吉兄), 무슨 말을 하고 싶은 거지?"

"음, 실은 그 희부기에게도 그 정치적 고려인가가 작동하는 것 같소. 불과 얼마 안 되는 한 끼의 식사에 대한 은의(恩義)로 혼자 잘난 체하게 되는 것은 정말 말도 안 된다구."

"상관없지 않나?"

"아무 것도 모르는군. 그러니까 우리를 우습게 보는 거라구."

"난 그렇게는 생각지 않소. 그것보다 날이 새기 전에 그 흰 천을 원래대로 해놓으시오. 전하께 알려지면 질책 받을 거요."

"알았소. 실은 다른 이야기가 있소."

"어차피 쓸모없는 이야기겠지."

"아니, 중요한 이야기요. 주형, 만일 그대가 공공이라면 이 경우 어디에 숨겠소?"

"나라면 도망쳐 숨거나 하지 않지요."

"얘기를 분명히 들어보오. 만일 공공이라면 하고 묻고 있는 거요."

"알지 못하니까 모두 열심히 찾고 있는 것 아닌가?"

"그 점이오. 공공은 희부기가 전하께 은혜를 베푼 사실을 틀림없이 알고 있을 것이오. 그렇다면 희부기의 저택이야 말로 안전한 은신처가 아니겠소? 분명히 그곳에 숨어 있을 거야."

"음, 그것도 그렇군."

"틀림없다니까. 그러니까 어떤가? 지금부터 그 저택으로 가서 공공의 목덜미를 잡아 끌어내지 않겠소."

"무슨 소리요. 내일 아침이라도 늦지 않소."

"아니오. 모두가 술을 마시고 있을 때에 활개를 쳐서 우릴 다시 보게 하지 않겠나. 전하도 틀림없이 기뻐하실 거요."

전길이 말하고 앞장서서 걷기 시작했다. 위주는 취해 있었다. 그보다 '전하가 기뻐한다'라는 말을 들으니 마음이 약해졌다. 마침내 위주도 비틀비틀 걷기 시작한 전길의 배후를 따라서 희부기의 저택으로 향했다. 어느 사이에 희부기의 집 앞에 도착했다. 문을 열라고 청했지만 그럴 기색이 보이지 않았다. 그도 그럴 것이 한밤중에 더군다나 낮에 소란이 있었던 밤의 일이다.

그러나 천성이 단순한 위주는 취기도 가세해서 화를 내기 시작했다.

"예상한 대로 틀림없이 공공이 숨어 있는 거야. 그러니까 문을 열지 않는 거라구."

전길이 말했다.

"그럴지도 모르겠군."

"틀림없이 그렇소. 좋아, 불을 질러 연기를 내자."

전길이 준비해 온 부싯돌을 꺼내 불을 질렀다. 이것은 계획적인 범죄였다. 전길은 망설이지도 않고 저택에 불을 질렀다. 불은 바람을 타고 불길이 밤하늘을 그을렸다. 그것을 보고 진나라 병사가 달려왔다. 화재는 곧 달려온 병사들에 의해 불길이 잡혔다. 그러나 공공의 모습은 보이지 않고, 희부기와 그 가족은 아슬아슬하게 재난을 피해 망연히 서 있었다. 그 광경을 지켜본 위주는 동시에 술이 깨서 새파랗게 질린 표정을 하고 있었으나 전길은 웃고 있었다.

이튿날 아침, 공공과 우랑은 백성의 손에 의해 문공 앞에 넘겨졌다. 우랑은 목이 잘렸고, 공공은 감시당하는 신세가 되었다. 그 직후에 문공은 지난밤의 화재 소동의 진상을 보고받고는 아연실색해 했다.

"그것은 분별없는 범죄입니다. 방화는 죽어 마땅한 죄니 정에 있어서 참을 수 없으나 전길을 군법에 걸어 처형하지 않으면 안 될 것입니다. 위주는 종범(從犯)이므로 죄는 면할 수 없다고 해도 '장공속죄(將功贖罪: 공을 세우는 것에 의해서 죄를 면함)'하게 했으면 합니다."

조쇠가 진언했다. 문공은 금방이라도 울 듯한 얼굴로 끄덕였다.

이윽고 군법회의가 열렸다. 전길은 그래도 후영의 장수이기 때문에 선진이 자진하여 재판관을 수행했지만 전군의 병사들은 그 재판에 이목을 집중했다.

선진은 전길에게 사형만은 면하게 하려고 온갖 수단을 다하여 유도했지만, 전길은 깨끗이 죄를 인정하며 사형에 복종했다. 위주는 엄하게 견책 받고, 장공속죄를 선고받았다.

조쇠는 희부기의 저택을 찾아가 화재를 위로하고 희부기를 본진으로 안내했다. 그러나 문공 앞에 나온 희부기는 뜻밖의 불행한 일에 마음아파하며 문공이 내린 은혜에 보답하는 은상을 굳이 사양했다. 그렇다면 화재로 탄 저택의 수리비라도 받으라는 문공의 간절한 성의도 거부했다.

"좋아도 싫어도 신은 조나라 공공의 신하이며, 붙잡힌 주군 옆에서 적의 군주가 내리는 은상을 받을 수는 없습니다. 성은 패했지만 포로의 치욕을 받지 않고 끝나게 된 것에 감사합니다. 저는 화재로 집을 잃었지만 그로 인하여 전하는 소중한 고굉지신(股肱之臣)한 사람을 잃게 되었습니다. 이번 일은 이것으로 중단하기로 하고 수리비는 받을 수 없습니다."

희부기는 사양하고 물러났다.

드디어 초나라 군대가 조나라 도성에 접근했다. 선진은 진문공과 상군을 성에 주둔시키고, 중군을 이끌고 성을 떠났다. 그리고 성으로 향하는 초나라 군대를 옆에서 습격할 수 있는 작은 산을 선택해 진을 쳤다. 진지에는 먼 곳에서도 보이도록 무수히 많은 커다란 깃발을 세우고 초나라 군대의 도래를 기다렸다.

그 다음 날, 선진의 계산대로 성득신 휘하의 초나라 군대가 모습을 보이기 시작했다. 초나라 군대는 진나라 군대의 진지를 발견하고는 행군을 멈췄다. 선진은 약간 높은 구릉 위에서 초나라 군대의 동태를 응시하고 있었다.

'초나라 군대가 그대로 직진해서 조나라 도성의 성 밑을 지나 남하하면 출발지인 송나라 성 밑으로 돌아가는 거리는 가깝다. 그러나 그래서는 조나라의 성을 빠져 나가기 전에 조나라 성에 진을 치고 있는 진나라 군대가 성문을 열고 나오면 협공 당한다. 눈앞에 있는 진지를 공격하고 싶겠지만 그럴 만한 여유가 없을 것이다. 게다가 후퇴해도 마찬가지로 위나라 성 근처에서 협공당할 위험이 있다. 더군다나 갈 길은 멀다. 그렇다면 직진할 것인가 후퇴할 것인가 그렇지 않으면 중군 진지로 공격을 해올까?'

선진은 골똘히 생각하며 초나라 군대가 어떻게 나오는지를 엿보고 있었던 것이다.

이때 일단 행군을 정지했던 초나라 군대는 거의 망설이는 기색도 없이 말머리를 돌려 후퇴하기 시작했다. 그것을 보고 선진은 즉시 진지를 철수해서 느긋하게 일정한 거리를 유지하며 천천히 초나라 군대의 뒤를 쫓았다.

그런데 초나라 군대는 조심스럽게 협공의 위험을 벗어나자 갑자기 진로를 서쪽에서 남쪽으로 바꾸더니 남진(南進)하기 시작했다. 선신은 개의치 않고 그 뒤를 계속 쫓았다. 협공의 위험을 벗어난 초나라 군대는 가끔 배후를 공격하는 척하며 위협하기도 했으나, 그에 아랑곳하지 않고 진나라 군대는 배후를 따르며 일정한 간격을 유지했다.

점점 송나라 성이 가까워지자, 하루 정도의 거리가 되는 지점에서 초나라 군대는 야영을 쳤다. 진나라 군대도 거기서 비슷하게 떨어진 지점 에 야영을 쳤다. 그러나 진나라 군대는 한밤중에 본대를 철수하고, 남은 일대가 날이 밝기 전에 초나라 군대의 야영에 기습을 가했다. 항상 야습을 경계하고 있던 초나라 군대는 즉시 반격을 개시했다.

날이 밝아오자 기습을 감행했던 진나라 군대의 장수가 병사들을 내버려둔 채 쏜살같이 도망쳐서 병사들은 맥없이 포로가 되고 말았다. 그 수는 정확히 5백 명으로 반수는 위나라 병사이고, 그 나머지는 조나라의 병사였다.

선진이 일부러 데려온 성득신에게 주는 성의를 다한 선물이었다. 성득신도 그걸 깨닫고 쓴웃음을 금치 못했다. 그러나 사실은 진나라 군대에게서 뺏은 포로인 점에는 변함이 없었다. 다시 말하면, 초나라 군대는 결국 진나라 군대를 쫓아버리고 승리를 얻은 것이다. 결국 위나라와 조나라는 구할 수 없었지만 진나라 군대와의 싸움에는 대승했다고 성득신은 송나라 수도의 성 밑 본진으로 돌아와 초나라 성왕에게 보고했다.

"음, 진나라 군대를 이겼구나. 수고했소."

초나라 성왕은 성득신을 위로했다. 그리고는 송나라 성의 포위를 풀고 귀국하라고 연합군의 모든 장수에게 명령했다. 모든 장수들은 뛸 듯이 기뻐했으나 성득신만은 안색이 변했다.

"이대로 철수해서는 초나라의 면목이 서지 않습니다. 그것보다 지금까지 산하에 획득한 중원의 여러 나라가 진나라에 붙게 됩니다."

라고 말했다.

"그것으로 좋지 않나? 역시 중원은 우리 초나라에서 너무 떨어져 있잖소. 신군(新君)을 얻은 진나라에서는 용이 하늘로 오르려는 기세가 있소. 그 기세를 막는 일은 어느 누구도 할 수 없소."

성왕이 깨우쳤다.

"그것은 진나라를 너무 과대평가한 것입니다. 진나라가 어쨌단 말입니까? 반드시 혼쭐을 내어 보여 드리겠습니다."

"호언장담은 삼가게."

"그렇다면 병권(兵權)을 주시기 바랍니다. 열흘간으로 아니 길어도 한 달 이내에는 송나라 성을 함락시켜 진나라를 깜짝 놀라게 하는 것을 보여드리겠습니다."

"실패하면?"

"기쁘게 군법에 복종하겠습니다."

"좋아, 병권을 주지. 단, 성을 공격하는 데에만 전념하게. 도발에 걸려 전선(戰線)을 확장시키지 않겠지."

초성왕은 군대를 남겨 두고, 친위대를 거느리고 귀국길에 올랐다. 병권을 잡은 성득신은 5개국 연합군을 지휘하며 맹렬히 성을 공격했다. 그곳에 언제 나타났는지 배후에 진나라 군대의 유격대가 출몰하기 시작했다.

공격을 가하며 다가오는 것은 아니었지만 정말로 신출귀몰로 밤이면 공연히 전고를 두드리고, 거짓 함성을 지르고는 모습을 감추곤 했다. 그것을 되풀이 당하자 연합군 병사들은 불안에 떨며 잠을 이루지 못하고 그 때문에 독려해도 사기가 오르지 않았다. 아니, 성득신 자신도 신경이 곤두서고 초조해지기 시작했다. 하루하루가 빨리 지나고,

성득신의 초췌한 모습을 보다 못한 대부 완춘(完春)이 지혜를 짜냈다.

"성을 공격하는 군세(軍勢)가 배후를 위협받아서는 전략적인 사지(死地)에 몰립니다. 송나라 군대가 성문을 열고 나오면 협공을 모면하지 못합니다. 요컨대, 전국(戰局)을 좌우하는 주도권은 이미 우리 손아귀에서 떠나 있습니다. 발상의 전환을 하지 않으면, 이 전략적인 사지에서 이탈하지 못하고, 전국의 주도권을 회복하는 것도 이룰 수 없습니다."

"그렇다면 어떻게 하라는 말이오?"

성득신은 기운 없는 어조로 되물었다.

"송나라 성을 공격한 것은 송나라를 멸망시키기 위해서가 아니라 송나라를 우리 세력권으로 매어 두기 위해서입니다. 그리고 진나라가 위나라, 조나라 양국을 친 것은 초나라 군대를 송나라 성에서 떼어 놓기 위해서였습니다."

"그래서?"

"송나라와 협상을 하는 것입니다. 진나라가 붙잡은 조나라 군주와 추방한 위나라 군주를 복위시키면 연합군은 송나라 성의 포위를 풀겠다고 말입니다. 그러므로 송나라로 하여금 진나라한테, 만일 진나라가 진심으로 송나라를 도와주는 것이라면 조나라와 위나라 양국 군주를 복위시켰으면 한다고 요구하게 하는 것입니다."

"송나라가 응하지 않으면?"

"이익이 되는 일이니까 거부할 리가 없습니다. 단지 명백하게 그것을 말하기 어렵다는 것은 있습니다."

"그럴 경우는?"

"아주 똑같은 조건으로 영윤(성득신)께서 진나라 군대에게 화해를 청하시기 바랍니다. 진나라 군대가 화해에 응하면 우리는 일거에 송·위·조나라 삼국에게 은혜를 입힌 게 됩니다. 그것을 달성하면 송나라 성을 함락하는 것보다도 훨씬 공적이 커서 전하도 기뻐하실 것입니다."

"흠, 명안이긴 한데 전하께는 반드시 송나라 성을 함락시키겠다고 말씀드렸기 때문에…."

"승산이 없는 싸움에서는 무승부로 끌고 가는 수밖에 방법이 없을 겁니다. 발상의 전환이라고 말씀드렸던 이유는 바로 그것입니다."

"과연 그렇겠군. 해볼까."

성득신은 완춘의 책략을 받아들여 즉시 실행에 옮겼다.

그런데 송나라 성에 친서를 보냈으나 회답이 없었다. 그리하여 완춘이 사신으로 성득신의 친서를 가지고 진나라 군대로 나섰다.

선진 휘하의 중군은 이미 조나라 성으로 철수해 있었다. 완춘은 조나라 성으로 향했지만 성에 도착했을 때에는 진문공도 선진도 이미 성을 떠나고 없었다.

선진은 조나라 성에 수문장을 남겨 두고, 중군과 상군을 이끌고 오록성으로 이동했던 것이다. 마찬가지로 하군도 수문장을 위나라 성에 남겨 두고, 이미 오록성으로 이동하고 있었다. 오록성에 나타난 완춘은 그곳에 집결된 삼군의 수와 위용에 압도되어 무심결에 탄식을 자아냈다. 그러나 가슴을 펴고 진문공을 알현하고 성득신의 친서를 건넸다.

문공이 친서를 대충 훑어보고는 아무 말 없이 조쇠에게 건네준다. 그것을 읽은 조쇠가 어이없다는 듯이 웃음을 터뜨렸다.

"넉살좋게 뻔뻔스런 말을 하고 있군. 감히 어린애 속임수 같은 잠꼬대를 망설임도 없이 늘어놓고 있군."

하며 기막혀 했다.

"그 완춘이라는 사신을 구금했으면 합니다."

선진이 별안간 말했다. 그 소리에 문공도, 그리고 그 대단한 조쇠도 몹시 놀란 표정으로 일순간에 눈을 희번덕거렸다.

"아니, 발을 묶어 두는 것뿐으로 학대하는 것은 아닙니다. 성득신을 화나게 하기 위해서입니다. 다행히 초나라 성왕은 귀국했습니다. 성득신을 유인해내어 그 휘하의 초나라 군대를 한 명도 남김없이 섬멸해서 두 번 다시 중원에는 나올 수 없게 해야 합니다."

선진이 말했다.

"그렇다면 초나라 군대는 송나라 성을 포위하고 있으니까 그곳으로 출격하면 빠르지 않나?"

문공이 갸우뚱거렸다.

"아닙니다. 송성은 초나라에 너무 가깝습니다. 공격을 시작하면 초성왕이 지원군을 데리고 틀림없이 달려올 것입니다. 아무래도 중원의 깊숙한 곳으로 유인해야 합니다."

선진이 말했다. 이미 선진은 책략을 머릿속에 만들어 놓은 모양이었다.

제27장

이이제이(以夷制夷)

외국에서 온 사신을 구금하는 것은 야만적인 행위이다. 하물며 군사의 구금은 비열하기 짝이 없는 만행이었다. 그럼에도 불구하고 진나라 대원수 선진이 초나라 군대에서 파견된 군사 완춘을 구금하겠다고 주장한 것을 조쇠가 묵과한 이유는 조쇠는 나중에 선진의 뜻을 알 수 있다고 생각했기 때문이었다.

초나라의 대부 완춘은 초나라 장수의 한사람으로서 송나라 성을 공격 중인 5개국 연합군에 가담하고 있었다. 머지않아 그 연합군은 선진의 손에 의해 섬멸될 운명에 있었다. 굳이 완춘을 구금한 것은 그를 죽이고 싶지 않았기 때문이었다. 그래서 완춘의 목숨을 구하기 위해 구금했던 것이라고 역으로 생각하면 초성왕에게 은혜를 베풀어 준 것이라고도 조쇠는 생각한 것이다.

또한 선진이 주장한 전략적인 이유 외에도 완춘을 구금해야 하는 정치적인 이유가 하나 더 있었다. 완춘이 가지고 온 강화 조건이 만일 소문이라도 나면 위·조 두 나라가 초나라에 은의를 느껴 더욱 결속을 강화할 것은 의심의 여지가 없었다. 그러므로 소문을 막는 유일한 방법은 완춘을 구금하는 일이었다.

원래 진나라 군대가 위·조 두 나라를 친 것은 영토적 야심에서가 아니라, 분명히 송나라를 구하기 위해서이기도 했지만, 두 나라와 초나라와의 정치적인 결속을 단절시키기 위해서였다. 즉, 두 나라를 초나라의 패권적 지배로부터 해방하기 위해서였다. 그러므로 누가 뭐라고 하지 않아도 조만간에 위나라와 조나라의 두 군주를 복위시킬 생각이었다.

그것은 초나라도 분명히 알고 있었을 것이다. 그것을 예측하고 완춘은 교활하게도 성득신을 꼬드겨서 선수를 치며 나온 것이다. 다시 말하면, 뻔뻔스럽게도 남의 바지저고리를 입고 춤추려고 한 것이다. 그렇기 때문에 성득신의 친서를 읽은 조쇠가 그것을 어린애 속임수 같은 농담이라며 비웃었던 것이다.

그러나 어쨌든 완춘과 성득신의 간사한 꾀에 의해서 진나라는 위나라와 조나라의 군주 복위시키기를 앞당기지 않으면 안 되게 되었다. 부득이 하게 조쇠는 문공에게 진언해서 조속히 두 나라 군주를 복위시킴과 동시에 초나라와는 금후 결코 두 번 다시 공모하지 않겠다는 조건을 덧붙였다.

아울러 조쇠는 그와 같은 정치적인 해결을 전략적인 측면에서도 이용했다. 즉 위·조 두 군주에게 일부러 성득신 앞으로 보내는 절연장을 쓰게 했던 것이다. 새삼스럽게 성득신을 분노케 하기 위해서였다. 이것은 성득신을 중원 땅으로 깊숙이 유인해 내는 선진의 작전에 원호 사격을 가한 것이다.

그와 동시에 다른 방향으로 조쇠는 문공에게 진언해서 전임 원수 극곡 이 '천하삼분이라는 사실을 역수로 오랑캐(秦)로 오랑캐(楚)를 쳐라' 하고 남긴 유언을 실행에 옮겼다. 즉, 진(秦)나라에게는 중원에서 초나라 군대를 내쫓는데 가세할 군대가 파견되었으면 한다고 요청하고, 제나 라한테도 초나라의 중원 침략에 대해 공동보조를 취했으면 한다고 전언해서 은근히 파병을 요망한 것이다.

요청을 받은 진(秦)나라 목공은 즉시 백을병(白乙丙)을 장수로 임명하고 병거 백 대를 거느리고 오록성으로 가라고 명령했다. 제나라에서는 지난 해 죽은 효공(孝公)의 뒤를 이어 즉위한 제나라 소공(昭公)이 예상대로 요청에 응해서 병거 2백 대를 보냈다. 사실 제소공은 효공의 아우로, 태자를 죽이고 친위한 떳떳치 못한 인물이었다. 그 결점이 진문공을 거슬리게 해서는 안 된다고 신경과민이 되어 있었다. 그래서 진문공의 요청에 얼씨구나! 하고, 최요(崔夭)를 장수로 임명하고 병거 2백 대를 오록성으로 급히 파병하게 했던 것이다.

송나라 성을 공격하고 있던 초나라 군대의 영윤 성득신은, 진나라 군대의 유격대에 끈질기게 배후를 교란당해 공성(攻城)에 지쳐 있었다. 그러던 참에 완춘이 구금되었다는 보고를 듣고 열화와 같은 화를 냈다.

성득신이 간신히 분노를 가라앉히자마자 조나라 공공으로부터 절연장이 도착하고, 잇달아 위나라 군주로부터 보내진 같은 식의 절연장이 도달했다.

"그럴 리가 없어. 중이(重耳) 놈이 강제로 쓰게 한 것이다."

하고 부들부들 손을 떨며 입술을 꽉 깨물었다.

"중이 놈이 은혜를 원수로 갚겠다고!"

하며 절연장을 찢어 버렸다. 성득신은 생각할수록 속이 부글부글 끓고, 분노로 온몸이 덜덜 떨렸다.

"좋다! 울상을 짓게 해주겠다."

하며 장승처럼 우뚝 서서 노발대발했다.

"비열하기 짝이 없군. 단연코 용서하지 않겠다!"

라며 제정신을 잃고 자신이 앉아 있던 걸상을 걷어찼다. 그리고 느닷없이 성 공격을 중지하는 징을 치게 했다. 그에 따라 모든 장수는 병사를 후퇴시키고 의아해하며 황급히 본진으로 달려 왔다.

"성 공격을 중지한다. 병사들을 쉬게 하라. 내일 아침에는 오록성으로 진군한다. 아니 오록성에서 진나라 군대가 도망치면 진나라 수도로 쳐들어간다. 즉각 그를 위한 원정군을 편성한다. 쓸데없는 말참견은 용서치 않겠다."

성득신은 단숨에 떠들어댔다. 그런데 초나라 장수 투월초(鬪越椒)가 말참견을 했다.

"그렇지만 영윤, 전하의 분부를 어떻게 하실 겁니까? 그보다 원정은 주공의 허가를 청하지 않으면 안 될 것입니다. 게다가 군량은 어떻게 하실 겁니까?"

월초는 초나라의 대부로 5개국 연합군의 부장수였다. 그 말을 들은 성득신이 제정신으로 돌아왔다.

"흐음, 그렇다면 그대가 사신으로 나서주게. 즉시 귀국해서 원정 허가와 지원군의 요청과 식량 준비를 부탁하오."

성득신은 월초를 다그쳐서 억지로 귀국시켰다. 만약 거절이라도 하면 칼로 베어 버릴 기세였다.

마지못해 귀국한 월초는 두려워하면서 초성왕에게 일이 진행되어가는 상황을 보고했다. 잠자코 듣고 있던 성왕의 얼굴이 순식간에 불쾌해지면서 잠시 대답도 하지 않고 가만히 천장을 올려다보고 있었다.

'무의미하고 무모한 전쟁이지만, 승패야 어쨌든 간에 진나라 군대의 역량을 저울질 해보고 싶은 흥미는 있다. 그리고 자문(子文)의 측거로 그 남자를 영윤에 임명하긴 했지만 차분히 생각해 보면 호랑이를 조정에 기르고 있는 것만 같다. 확실히 용맹하지만 그런 만큼 위험한 인물이다. 그렇다면 그 호랑이를 진나라의 위주와 싸우게 해보는 것도 한 흥밋거리일 것이다. 그것과는 별도로 군사(軍使)가 구금당한 것을 묵인할 수도 없다.'

성왕은 생각했다. 그리고는 천천히 입을 열었다.

"승산은 있소?"

"틀림없이 이긴다고 확신하고 있습니다. 이기지 못하면 살아 돌아오지 않겠다고 호언하고 있습니다."

월초는 남의 일처럼 대답했다.

"그렇다면 허가하겠소. 병사를 늘리고 식량도 보내주겠소."

성왕은 승낙했다. 월초는 믿기 어렵다는 듯이 고개를 갸우뚱거리며 물러나왔다. 성왕은 대부 투의신(鬪宜申)을 불러들였다.

"도태 직전인 병거 백 대와 퇴역 직전의 노병 5천을 그러모으고 식량을 송나라의 도성 밑으로 운반하시오. 그리고 그곳에서 성득신이 편성하는 원정군에 가담해 식량 부대를 지휘하시오. 단, 결코 무리하는 일 없이 반드시 살아서 돌아오는 것이오."

라고 분부했다. 의신은 문무 두 방면에 뛰어난 성왕의 총신(寵臣)이었다. 그는 분부 받은 대로 식량부대를 이끌고 성득신의 휘하로 급히 달렸다.

본국에서 온 원군을 보고 성득신은 이맛살을 찌푸렸다. 그러나 성득신은 천성으로 인해, 반대로 투지를 불태웠다. 그것을 즉시 원정군에 편입시키고 정진(征晋)의 길에 올랐다.

먼저 우군의 장수 월초가 초군, 정군, 허군의 병거 3백 대로 편성된 우군을 거느리고 출발했다. 좌군의 장수 투발(鬪勃)이 마찬가지로 초군, 진군, 제군(祭軍)의 병거 3백 대 이상 되는 좌군을 이끌고 뒤를 따랐다. 원수 성득신은 스스로 3백 대로 편성된 중군(모두 초나라 병사)을 지휘하며 좌군을 따르고, 군수품 운송을 담당하는 치중(輜重)의 장수 의신이 이끄는 식량 부대가 최후미를 따랐다.

총 군세 천 대 이상 되는 토진(討晋) 원정의 병거와 대군이 마침내 송나라 도성 밑을 떠났다. 그때까지 성 아래에 출몰하고 있던 진나라 군대의 유격대는 이미 모습을 감추고 난 뒤였다. 배후에서 토진 원정군을 위협해서는 그 행군 속도를 떨어뜨린다고 생각해서 선진이 철수를 명했던 것이다. 선진은 성득신을 분발시켜 조기 결전으로 끌고 가려고 생각하고 있었던 것이다.

진나라 군대가 집결해 있던 오록성에는 이미 제나라에서 달려온 최요 휘하의 제나라 군대가 도착해 있었다. 잇달아 진(秦)나라에서 파견된 백을병 휘하의 진나라 군대가 도착했다. 진나라 군대의 원수 선진은 진(秦)나라 군대를 상군으로, 제(齊)나라 군대를 하군으로 편입했다. 이리하여 진(晋)·진(秦)·제(齊)의 항초(抗楚) 3개국 연합군은 총 군세 천 5백 대에 달했다. 이들은 수적으로 토진 5개국 연합군을 훨씬 능가했다.

한편 성득신 휘하의 토진군이 움직이기 시작함과 동시에 선진은 휘하의 항초군을 오록성에서 성복(城濮: 해남성 개봉현)으로 이동시켰다. 그곳에서 중군이 진을 칠 견고한 성채를 쌓고, 떨어져서 좌우에 상군과 하군의 진지를 조성했다. 그리고 대연습을 하면서 전군의 병사들에게 작전 개요를 터득하게 하고, 아울러 주변의 지형을 익히게 했다.

그 다음에 진지를 퇴거하여 사흘에 걸쳐 성복에서 90리 떨어진 지점으로 행군하여 그곳에 야영을 구축하고는 토진군이 도착하기를 기다렸다.

기다린 지 이틀이 지나자 토진군이 모습을 드러냈다. 양군은 일단 대치상태에 들어갔으나 선진이 후퇴의 뜻을 성득신에게 고하고 후퇴하기 시작했다. 3일간 계속해서 90리를 후퇴했다. 이른바 삼사(三舍: 90리)를 피했다. 상대를 두려워하여 멀리 피한다는 것이었다.

일찍이 초나라에서 망명 생활을 보내고 있던 공자 중이에게 어느 날 초성왕이 물었다.

"공자가 순조롭게 귀국해서 군위(君位)에 즉위하면 무엇을 예물로 과인에게 보내실 생각이오?"

라고 중이가 귀국해서 즉위한 날이 올 것이라는 것을 예견하고 있던 초성왕이 물었다.

"그렇습니다. 통상이라면 성이나 영토를 할양하거나 번쩍거리는 은화와 매우 아름다운 미인을 선물하겠습니다만, 그러나 초나라는 영토가 너무 넓어서 곤란하신 것 같고, 궁전 창고에는 금은보화가 넘치고 있으니 귀하지도 않은가 하면 또 후궁에 북적대는 미인한테는 신물이 나는 눈치시니 그러한 것들을 증정하는 것은 무의미하고 지혜로운 일이 아닌 줄 압니다. 그러나 입은 은고(恩顧)에는 보답하지 않으면 안 되고 그렇습니다. 만약의 경우에 대한 말씀입니다만, 전쟁터에서 서로 만나는 일이 있으면 삼사를 피해 예를 다하는 것으로서 예물을 삼겠습니다."

중이는 답했다.

"그렇소? 그거 고맙군. 그러나 부탁하오. 우리 쪽도 결코 적당히 하지는 않을 거요."

초성왕은 농담인지 본심인지 분별이 가지 않는 말을 하면서 중이의 기개에 깊이 감동했다. 그러나 가끔 곁에 있던 성득신은 중이가 하는 말을 예가 아니라고 비난했다.

그런데 지금, 그 성득신의 눈앞에서 약속대로 진나라 군대는 삼사를 피한 것이다.

일사(一舍)는 행군에 있어서 하루의 행정(行程) 거리로 치자면 30리니까 항초군이 90리를 후퇴했다는 것으로, 진문공은 초성왕에게 '삼사를 피하겠다.'는 의미를 다했다.

그것을 계산에 넣어 선진은 성복에 진지를 쌓고 그곳에서 연습을 했던 것이다. 다시 말하면, 90리를 후퇴해서 항초군은 미리 쌓아둔 진지로 돌아와 포진했다.

그곳으로 포위가 풀린 송나라 성에서 공손 고(公孫固)가 병거 5십대를 이끌고 샛길을 빠져나와 성복 진지로 달려와 항초군에 합류했다. 그러므로 항초군은 표면상 4개국 연합군이 되었다. 이리하여 중국사에 남을 '성복전쟁'이 시작되었다.

"뭐가 삼사를 피한다는 것이냐. 정말 사기꾼 아냐!"

하며 성득신은 항초군의 강고(强固)한 진지를 보고 혀를 찼다. 그리고는 산세가 험난한 곳에 본진을 구축하고 포진했다.

"지구전을 시작할 기색인데."

중군의 부장수 서신(胥臣)이 고개를 갸웃거렸다.

"갑자기 본진을 공격당하는 것을 경계한 것이다. 성득신은 성질이 급해서 조만간에 공격해 올 것이다. 그는 소문난 맹장이긴 하나 아무래도 통솔자가 될 그릇은 아닌 것 같다. 확실히 저 산에 본진을 구축하면 안전하겠지만, 그러나 저 곳에서는 싸움터를 살펴볼 수 없지. 바라던 대로 되었군."

선진은 기뻐했다. 그리고는 그날 밤 가만히 진지에서 병사들을 움직였다. 미리 정해놓은 장소로 복병을 배치했다.

예상한 대로 이튿날 아침이 되자 성득신은 중군을 그대로 두고, 좌군과 우군을 동시에 출동시켰다. 투발이 지휘하는 좌군이 항초군의 우익을 이루는 상군의 진지를, 월초 휘하의 우군이 항초군의 좌익을 이루는 하군의 진지를 공격했다.

진나라 토벌대의 좌군이 항초 상군의 진지에 공격을 가하기 직전에 항초 상군의 부장수 호언이 병거를 이끌고 진지로부터 뛰어나왔다. 그러자 조급하게 결말을 내려고 좌군 장수 투발이 호언에게 일대일을 청했다. 그러나 호언은 겁에 질린 모습으로 그에 응하지 않았다. 그것을 보고 토진 좌군의 사기가 올라가서 투발은 종횡무진으로 병거를 달리게 하여 항초 상군의 병거를 계속해서 뒤쫓았다. 쫓기며 우왕좌왕하는 항초 상군의 병사들은 결국 진지로 가는 퇴로가 막혀 혼란해졌다. 싸움이 불리하다고 본 호언이 서쪽을 향해 도망치기 시작했다. 그러자 휘하의 병사들이 한 무리가 되어서 그를 따랐다.

놓쳐서는 안 된다고 투발은 병사들을 질타하며 맹추격을 가했다. 얼마 뒤 도망친 항초 상군의 모습이 산꼭대기의 본진에서 전황을 내려다보고 있던 성득신의 시야에서 사라지고, 계속해서 그들을 쫓는 토진 좌군의 모습도 산그늘 저편으로 사라졌다. 성득신의 시야에서 항초군의 모습이 사라지자마자 항초군을 계속 쫓고 있던 토진군의 옆에서 항초 상군의 장수 호모(狐毛)가 이끄는 병거대가 돌진해 왔다.

호모는 진지의 수비를 진(秦)나라 장수 백을병에게 맡기고, 그곳에 복병과 함께 숨어 있었다.

그와 동시에 호언이 지휘하는 일대가 느닷없이 말머리를 돌리자, 투발 휘하의 좌군은 눈 깜짝할 사이에 협공을 당했다. 좌군의 초나라 병사는 혼신의 힘을 다해 싸웠지만 제(祭)나라 병사와 진(陳)나라 병사는 앞을 다투어 도망쳤다. 호모의 일대는 초나라 병사와 사투를 벌였고, 호언의 일대는 도망치는 제·진 양국의 병사를 정면으로 쳐서 모조리 포로로 삼았다.

그들 포로를 인질로, 호언은 제나라와 진나라 두 장수에게 성득신이 있는 본진으로 가서 좌군은 항초 상군을 섬멸했다고 거짓 보고를 하라고 명했다. 두 장수에게는 제각기 제나라 병사와 진(陳)나라 병사로 변장한 진(晋)나라 병사를 수행원으로 꾸며 따라가게 했다.

두 장수를 보낸 뒤 호언은 군대를 되돌려 호모의 일대와 합류했다. 결국 포위당한 초나라 군대는 곧 궤멸되었다. 투발에게는 투항하면 예를 다해 대우하겠다고 권고했으나, 그는 그것을 거부하고 장렬히 전사했다.

항초 상군이 궤멸했다고 속은 성득신은 득의의 미소를 지었다. 과연 아득히 멀리 떨어진 산기슭을 패잔병이 모래 먼지를 일으키며 도망치는 것이 보였다. 사실은 호언이 부하 병거에 나뭇가지를 드리우고 달리게 한 것이다.

항초 상군의 궤멸을 믿은 성득신은 휘하 중군을 거느리고 항초 중군의 요새를 공격했다.

토진 우군은 항초 하군의 진지를 열심히 공격하고 있었다. 그 때문에 항초 하군은 진지에 갇혀서 움직일 수 없게 되었다. 이제 좌우에서 협공 당할 염려는 없다고 성득신은 끊임없이 요새 앞에서 전고를 울리며 열심히 항초 중군의 출격을 도발했다.

그러나 전고 소리도 도전의 부름도 들리지 않는다는 듯이 항초 중군은 요새 문을 굳게 닫고 방비를 단단히 하며 도전에 응하지 않았다. 성득신은 안달이 났지만 요새를 공격하는 것은 매우 힘들고 많은 시간이 걸릴 뿐만 아니라 무슨 책략이 있을지도 모른다고 생각하고는 요새 공격을 주저했다. 그래서 오로지 전고를 치게 하며 출격을 도발했다.

실은 이때 항초군의 원수 선진은 요새 안에는 없었다. 이미 선진은 요새를 나와 하군 진지 뒤에 숨어 있었다. 그 선진이 중군의 일대를 이끌고 하군 진지의 왼쪽을 우회해서 하군 진지를 공격하고 있던 월초 휘하 우군의 오른쪽 옆으로 나왔다. 그리고 갑자기 전고를 두드리며 우군의 오른쪽 옆으로 돌진했다.

별안간에 오른쪽 옆에서 적이 돌진해 오는 것을 본 토진 우군의 정나라 병사와 허(許)나라 병사는 일제히 도망쳤다. 남은 초나라 병사는 오른쪽 옆에서 공격을 받아 왼쪽으로 이동해서 성득신 휘하의 중군에 합류했다. 그것에 맞춰 항초 하군이 우르르 진지에서 뛰쳐나왔다. 선진이 지휘하는 중군의 일대는 적의 등 뒤로 돌아갔다. 동시에 요새 문이 열리며 중군의 일대를 쏟아냈다. 그리고 모습을 감추고 있던 상군이 왼쪽에서 돌진해 왔다.

눈 깜짝할 사이에 성득신과 월초가 지휘하는 중군과 우군은 완전히 포위되고 말았다. 그런데 그러한 상황에서도 성득신은 태연자약하며, 열심히 위주의 모습을 찾았다.

일찍이 중이와 함께 초나라에 망명해 있던 위주가 어느 날 술자리에서 성득신과 언쟁을 벌였다. 그리하여 결투를 하기로 했는데 그때 초성왕과 중이로부터 심하게 꾸중을 듣고 결투가 후일로 미루어져 두 사람은 언젠가 싸움터에서 만난다면 반드시 일대일로 상대하자고 남자로서 약속했었다.

그 약속으로 인해 이 장소에 위주가 당연히 나타나리라고 성득신은 기대하고 있었던 것이다. 그리고 사실은 일대일 결투를 하고 있는 동안에 포위를 뚫고 활로를 구할 계기를 잡으려고 성득신은 궁리하고 있었다. 그런데 포위망은 점점 좁혀지는데 위주는 모습을 드러내지 않았다. 그것은 그럴 수밖에 없었다. 전쟁이 시작되기 전에 위주는 선진의 특명을 받고 성복의 전쟁터를 떠나 있었던 것이다.

"이번 전쟁에서는, 전하께서는 멀리 떨어진 안전한 높은 산 위에서 관전하시게 되었소. 따라서 그대는 거우(車右) 장수로서 지킬 필요는 없소. 그대에게는 지극히 중요하고 특수한 임무를 맡기겠소. 아는 바와 같이 전하는 초성왕에게 은의가 있소. 그것에 보답하기 위해서라도 초나라 군대는 궤멸시켜도 초나라 장수는 죽이고 싶지 않소. 그러나 마음대로 도망가게 하면 재미없으니까 일단 붙잡아서 송환하기로 했소. 그래서 얼마 안 되는 병사를 이끌고 몰래 공상(空桑)으로 가서 그곳에 잠복해 있기 바라오. 그곳은 초나라 패잔병이 본국으로 귀국하기 위해서는 반드시 지나가야 하는 지점이오. 그곳에 매복하고 있다가 병사는 제쳐놓고 장수만을 붙잡기 바라오."

하는 선진의 명령을 받아 위주는 공상으로 나가 있었다.

그런데 일이 그것뿐이라면 어려울 것도 없겠지만 공상에서 잠복해 있으면서 위주는 머리가 아팠다.

"초나라 성왕의 총신으로 투의신이라는 대부가 있소. 장신으로 살갗이 희고 미목수려한, 언뜻 보기에는 우아해 보이는 인물이오. 허나 그는 문무 양 방면에 뛰어난 영웅호걸이기도 하오. 얕잡아 보고 덤비면 부상당할 위험은 있으나 그 남자를 상처내지 말고 붙잡도록 하오. 의신을 잡기 위해서 성득신이나 모든 장수를 놓쳐도 좋소. 오히려 모든 장수들을 잡고 그 남자를 놓치는 일이 있어서는 안 되오. 꼭 명심하오."

라고 조쇠에게 명령을 하달 받았기 때문이다.

위주 입장에서는 가만히 기다리는 것은 싸움터를 이리저리 뛰어다니는 것보다 훨씬 괴로웠다. 그렇지만 조나라 성의 화재 사건으로 그는 '장공속죄'를 선고받고 있었다. 그러므로 훌륭히 임무를 산수해서 공을 세우려고 그는 계속 기다렸다.

그건 그렇지만 문무에 뛰어난 인물을 상처 하나 입히지 않고 잡는다는 것은 여간 힘든 게 아니었다. 제 아무리 무용에 뛰어나다 하여도 그렇게 하기는 불가능하다. 그런데 문(文)에 뛰어남은 곧 머리가 좋다는 말로, 머리가 비상한 남자를 상대로 하는 것은 질색이라고 생각하면서 위주는 지혜를 짜내느라고 안간힘을 썼다. 그리고 투의신을 만났을 때 능란한 말솜씨를 뽐내기 위해 대사를 생각하면서 연습하기 시작했다.

기다린 지 오랜 시간이 지나고 마침내 전방으로 보이는 노상에서 초나라 장수 같은 남자가 홀로 접근해 왔다. 때를 가늠하여 위주는 갑자기 그 앞에 병거로 가로막아 섰다. 어떤 놈인가 하고 보니 놀랍게도 의신이었다. 됐다! 하며 위주는 뛸 듯이 기뻐했다.

성복에서 식량집적장의 경호를 하고 있던 의신은, 항초군의 성채 앞에서 초나라 군대가 포위당한 것을 보고 초성왕이 분부한 대로 몰래 싸움터를 벗어났다. 연합군에 가담했던 정·허·제·진나라의 거의 모든 병사들은 이미 모두 도망치고 있었다. 또 초나라 군대의 전멸은 확실하다고 보고 그도 도망친 것이었다.

위주에게 진로를 저지당한 의신은 파랗게 질려 있었다. 일찍이 초나라 성왕이 중이와 사냥하러 나갔을 적에, 위주가 뛰어나온 곰을 주먹으로 때려죽이고, 도망치는 들소를 쫓아가 격투 끝에 때려 눕혔던 것을 의신은 이미 알고 있었다. 아무리 생각해도 정면으로 맞서 싸울 만한 상대가 아니었다. 그렇다면 이 상황을 어떻게 뚫고 나갈 것인가 하며 의신은 머리를 급회전시켰다. 그런데 뜻밖에도 위주는 빙긋 미소를 짓고 있었다.

"오오, 투대부가 아니신가. 과군의 명을 받고 기다리고 있었소. 꼭 의논하고 싶은 의(儀)가 있으니 무슨 일이 있어도 안내하라는 분부를 받았소. 동승을 부탁하오."

정중하게 그리고 거침없이 말했다.

"그거 고맙소. 그렇다면 동행하겠소."

의신은 말했지만, 동승하는 것은 허락하지 않았다. 의신은 곰곰이 생각했다.

여기에는 틀림없이 무언가의 계략이 있을 것이다. 그러나 이 버릇없고 정직한 남자가 거짓말을 하고 있다고는 생각되지 않았다. 어차피 이곳에서 달아날 수 없다면 동행하면서 별도로 처신할 방법을 생각하기로 하자. 그러나 동승을 하면 꼼짝도 못하게 된다.

고 생각해서 동승을 거부했던 것이다.

"아니, 실은 은밀히 안내하라는 분부였소. 꼭 동승을 부탁하고 싶소."

위주는 자기 수레에서 내려 의신에게 다가섰다.

"자아, 제발 바꿔 타시기 바랍니다."

라고 하며 손을 내밀었다. 만약 거부한다면 위주가 강제로 끌어내릴게 뻔했다. 의신은 단념하고 그가 타고 온 수레에서 내렸다. 위주는 한 손으로 의신이 타고 온 수레를 말과 함께 길가로 끌고 갔다.

그리고는 의신을 자신의 수레에 태워 달리기 시작했다. 가는 도중 위주는 초나라에서 보낸 세월에 대한 추억 이야기를 장황하게 늘어놓았다. 생각한 대로 위주에게는 이렇다 할 악의는 없다고 판단한 의신은 한시름 마음을 놓았다.

그때였다. 전방에서 병거 두 대가 맹렬한 기세로 돌진해 왔다. 그 포위를 돌파하고 도망쳐 나온 성득신과 투월초였다.

위주는 황급히 수레를 세움과 동시에 창을 손에 들고는 수레 위에서 우뚝 버티고 섰다. 그런데 느닷없이 성득신은 왼쪽으로, 월초는 오른쪽으로 가는 길의 방향을 돌렸다. 어차피 창이 미치지 않는 간격이었기 때문에 위주는 움직이지 않았지만, 두 장수 모두 병거 바퀴가 도랑에 빠진 것이다. 그리고 위주의 뒤를 따르던 병사가 수레를 막았다.

어떻게 할 것인지 판단이 서지 않아 위주는 우두커니 서 있었다. 수레에서 내리면 전에 한 약속대로 일대일 격투를 해야 한다. 더구나 죽이지 않고 생포한다고 하면 시간이 걸린다. 그러는 동안에 어쩌면 의신이 도망갈지도 모른다.

"저 두 사람은 귀국해도 조만간에 죽음을 면할 수 없소. 눈감아 주시는 것이 어떻겠소?"

뜻밖에 의신이 갑자기 참견했다. 과연 그렇다고 위주는 끄덕였다.

"살려 주겠다. 지체 없이 사라져!"

고함을 치고는 길을 내주라고 병사에게 신호했다. 성득신과 투월초는 수레를 길로 끌어 올리고는 쏜살같이 사라졌다. 위주는 쓴웃음을 지으며 다시 수레를 몰기 시작했다. 가는 도중에 해가 지자 그곳에 야영을 치고 하룻밤을 지낸 뒤 성복에 도착했는데, 끝내 오는 길에 초나라 병사의 모습을 한 명도 볼 수 없었다.

역시 선진의 예고대로 초나라 군대는 전멸하고 살아남은 자는 전원 포로가 된 모양이었다. 성복 진지에서는 진(晋)나라 병사들이 승리를 자축한 탓으로 술에 취해 있었고, 진(秦)·제·송 군대는 이미 철수한 뒤였다. 진문공은 이미 하산해서 요새 안에 있었다. 위주는 먼저 선진에게 결과를 보고한 뒤 의신을 문공 앞으로 안내했다. 문공은 웃는 얼굴로 의신을 맞이했다.

"신세를 졌던 초성왕의 중요한 막료께 부상을 입혀서는 안 되겠다고 생각해 완춘 대부를 오록성에 보호하고 있소. 내일 아침, 오록성으로 돌아가니 그곳에서 완춘 대부와 만나 함께 우리 강성(絳城)까지 가시기 바라오. 그곳에서 천천히 관광 유람을 하신 뒤 우리가 본국으로 배웅해 드리겠소."

문공은 정중히 말하고, 의신에게 술을 권했다. 사정을 안 의신은 자기를 연행한 위주의 예절에 대해 문공에게 사의를 표했다. 그러자 조쇠가 위주의 어깨를 툭툭 쳤다.

"제법 신통한 일을 했구나. 잘 했다. 그 공으로 전과(前過)를 말소하겠다. 정식 분부를 기다려라."

위주는 조쇠에게 머리를 숙이며 얼굴에 회심의 미소를 지었다.

성복 전쟁에 대승한 진문공은 사실상의 패권을 손에 넣고 강성으로 귀환했다. 그리고 명실공히 패왕의 지위를 확립하기 위해 그해 가을, 천토(踐土: 하남성 영양현)에서 제(齊)·송·노·위·정·제(祭)의 제후를 불러 모아 회맹을 열었다. 회맹지로 정나라 영토인 천토를 택한 것은 정나라의 전통적인 중원의 패왕과 남쪽의 패자 초나라를 양 다리에 걸치는 등, 거리 외교를 제어하기 위한 방법이었다. 동시에 정나라와 친한 초나라에게 제(齊)나라 환공에 이은 2대째의 패왕이 중원에 탄생했다는 사실을 고지할 의미도 있었다.

그런데 회맹지로 천토를 택한 일로 중원 제후들 사이에 불만의 소리가 높았다. 왜 천자의 슬하인 낙양(洛陽) 주변에 회맹을 설정하지 않은 것인가. 주나라 조정의 천자를 경시하고 무시했다고 암암리에 비난이 담긴 불만을 소곤거렸던 것이다. 물론 제후들이 진심으로 그렇게 생각하고 있는 것은 아니었다. 무심히 인연을 갖게 했을 따름이다. 그러나 진문공은 그것을 염두에 두고 고민하기 시작했다. 그래서 대책을 조쇠와 의논하기에 이르렀다.

"그건 시대착오적인 트집입니다. 걱정하실 필요가 전혀 없습니다. 이 시점에서 변명하거나 타협하거나 한다면, 패왕의 권위가 땅에 떨어질 것이 뻔합니다. 뭣하면 그것을 뒤집어서 천자를 우리 영토내로 불러들여 다시 회맹을 열면 됩니다."

조쇠가 진언했다.

그해 겨울, 진문공은 진나라 영토인 하양(河陽: 하남성 맹현)으로 주양왕을 초청했다. 그리고 다시 제후를 불러 모아 회맹을 개최했다.

이 회맹이 후에 '중국사'에서 물의를 일으킨 유명한 '하양 회맹'이다. 공자(孔子)는 사서(史書) 『춘추(春秋)』에 '국왕은 하양에서 사냥했다'라고 기록했다.

> 제후(진문공)가 왕을 불러 오게 할 수는 없다. 그것은 예가 아니고 무례한 일이다. 주양왕은 불려갔을 리가 없다. 가끔 사냥하러 나가시던 곳에서 회맹한 제후의 배알을 받았을 뿐이다.

라고 곡필(曲筆)했다. 그것을 한(漢)나라 시대의 사마천(司馬遷)은 『사기(史記)』에 '王狩河陽者, 春秋諱之也'라 기록했는데, 그 뜻은 요컨대 공자가 그 신념에 따라 사실을 개찬했다는 것이다. 다른 사람은 어떠한지 모르겠지만 태사공(太史公) 사마천이 말한 것을 공자가 곡필한 것임은 틀림없다.

그런데 조쇠의 생각대로 천자를 회맹장에 불러온 것으로 제후들은 몹시 놀라 패왕의 위광(威光)에 두려워했지만 이번에는 천자께 무례를 행했다고 험담을 했다. 그런데 그것에 아랑곳하지 않고, 조쇠가 이번에는 문공에게 진언해서 제후 대신에 제국(諸國)의 대부와의 회맹을 개최했다. 그리고 이듬해에는 호언을 책천(策泉: 주나라 낙양 동북쪽)으로 파견해서 제·송·노·진나라 등 중원 제국의 대부와의 회맹을 개최하기에 이르렀다.

이리하여 진문공은 중원의 패권을 확고부동한 것으로 만들었다. 그로 인해 중원은 겨우 안정을 되찾았으나, 얼마 안 가서 정(鄭)나라가 다시금 예에 벗어난 행동인 양 다리외교를 시작했다.

진문공 7년(기원전 630년)에 문공은 극곡이 남긴 '오랑캐(秦)로서 오랑캐(楚)를 누르라'는 명언을 상기하고 진목공과 함께 군대를 정나라로 출정해 도성을 포위했다. 이에 놀란 정나라 문공(文公)은 양다리

외교의 책임을 숙담(叔膽)에게 떠넘겼다. 그리고 반성의 증거로 숙담을 자살로 몰아넣고 화해를 청했다.

그런데 강화 사절로서 성을 나온 정나라의 대부 촉지무(燭之武)는 진목공에게 항의했다.

중원에 속하는 정나라가 남쪽의 초나라와 왕래하는 것이 나쁘다면, 서쪽에 있는 진(秦)나라는 왜 중원에 간섭하느냐며 물었다.

"그야 초나라가 중원의 질서를 문란하게 하니까 세력 균형상 중원에 발을 들여 놓았을 뿐이다. 그 증거로 과인은 천토와 하양 두 회맹에 초대 받았지만 참가를 사양했다. 남쪽의 초나라만 자중한다면 서쪽의 진나라가 중원에 발을 들여놓는 일은 없을 것이다."

진목공은 천하삼분의 이치를 말했다. 그리고는 정나라가 반성했으니 군대를 철수하겠다고 진문공에게 알리고 한 발 앞서 귀국했다.

이듬해 진문공 9년(기원전 628년), 문공은 병을 얻어 그 파란만장한 생애를 마친다. 태자 환(驩)이 왕위를 계승하고 진양공(晋襄公)이라고 칭했다. 양공은 조쇠·호언·선진 등 중신의 보좌를 받아 별다른 업적 없이 부친 문공의 패권을 계속 유지해 나갔다. 그러나 문공의 죽음으로 진(秦)나라와의 관계가 불편해지기 시작하면서 두 나라는 종종 전쟁을 벌이기도 했다.

진(秦)목공은 중원에 관련되기보다도 침착하게 서역 경략에 착수했다. 우연히 진목공 34년(기원전 626년)에 촉(蜀)나라의 융왕(戎王)이 나라에 통호(通好)사절로서 유여(由余)를 파견한 것이 계기가 되었다.

유여는 진(晋)나라에서 태어났으나 성장하여 융족(戎族)에 귀화한 이른바 '중국인'이었다. 목공은 먼저 화려한 궁전과 현란한 보물과 풍부한 장고를 자랑스럽게 내보이며, 그 문명의 높이와 생활의 풍요

로움을 한껏 과시했다. 그러나 유여가 감동의 기색은커녕 조금도 흥미를 보이지 않자 실망한 목공은 그럴 리가 없을 것이라고 굳이 감상을 청했다.

"위정자가 그만큼의 조작과 그 정도의 축적을 하면, 필시 귀신이 웃고 백성은 울었다는 이야기일 것입니다."

유여는 가시 있는 말을 내뱉었다. 이에 목공은 엉겁결에 불끈 화가 치솟아 되받아쳤다.

"중국에는 시서(詩書), 예악, 법도가 있소. 그것이 있어 때로는 세상이 어지럽기 마련이오. 융적(戎狄)에는 그것이 없기 때문에 필시 치세(治世)가 어려울 것이오."

은근히 경멸의 뜻을 담은 어조로 말했다.

"아닙니다. 그것은 큰 오해로 융국(戎國)은 매우 잘 다스려지고 있습니다. 중국에는 그것이 있기 때문에 세상이 혼란스러운 것이 아닐까요. 처음으로 예악, 법도를 만들고, 그것을 몸소 행한 황제의 치세조차 소치(小治: 대단한 것이 아닌 치세)를 이루는데 그쳤습니다. 그 자손이고 그에 따르는 제후가 대치(大治)를 이루겠다고 하는 것은 근본적으로 무리한 생각입니다. 분명히 우리 융국에는 그러한 겉치레뿐인 무용지물(無用之物)은 없습니다. 그렇기 때문에 잘 다스려져 있습니다."

"어째서 예악, 법도가 무용지물인가?"

"아니, 바르게 말하면 무용지물이라기보다 수갑과 족쇄 같은 것입니다. 자신의 손발에 고랑을 차고 움직이려 하니까 잘 움직일 수 없는 것과 같습니다."

"그 말은 폭언이로군. 그렇다면 융적은 무엇을 가지고 세상을 다스리는가?"

"선인이 만든 인위적인 제도나 관습, 혹은 인공적언 기관이나 법제가 아니라, 자연의 법칙과 인간 본래의 천성에 따르면 스스로 옳고 저절로 옳습니다. 하늘(國) 대신에 왕(王), 왕 대신에 관리가 사람들을 지배한다는 등등의 엉터리 궤변을 필요로 하지는 않습니다."

"흐음!"

목공은 감탄의 소리를 자아냈다. 이 남자는 세상에서 말하는 현인(賢人)이라고 깊이 감동한 나머지 유여를 예우했다. 그리고 내사(內史: 진(秦)의 대부) 료(廖)와 의논했다.

"이웃 나라에 현인이 있으면 그 근접한 나라는 위험하다고 들었소. 그 유여는 현인이오. 어떻게 해야겠는가?"

"예우해서 발을 묶어 두는 것입니다. 그리고 융국에는 없는 여악(女樂)을 융왕에게 데려다 주십시오. 여악은 마약 같은 것입니다. 그 여악에 융왕은 깊이 빠져 헤어나지 못하고 틀림없이 정치를 돌보지 않게 될 것입니다. 그리고 유여를 붙들어 두면 융왕은 반드시 그에게 의심을 갖게 될 것입니다. 그런 다음에 유여를 귀국하게 합시다."

"그래서…?"

"유여는 틀림없이 여악에 빠진 것을 강하게 간할 것입니다. 거꾸로 융왕은 그대야말로 진나라에서 무엇을 하고 있었느냐고 책망해서 언쟁을 일으킬 것이 분명합니다. 따라서 유여는 융국에 있기가 괴로울 것이며, 그로 인해 유여는 또 다시 우리나라를 찾아올 것이 분명합니다. 그때에 그를 중요한 지위에 임용하면 될 줄 압니다."

"과연 그거 좋은 생각이오."

목공은 내사 료에게 명하여 그 즉시 선발한 미녀로 편성된 여악 2조(16명씩 32명)를 융왕에게 보냈다. 그리고 유여에게는 후궁의 미녀를 마음대로 골라잡게 하고, 밤마다 연회를 베풀어 붙들어 두었다.

유여는 목공의 속셈을 간파하고도 부득이하게 진나라 수도에서 괴로운 나날을 보냈다.

그렇게 반년이라는 세월이 지나고, 유여는 그 우아한 금족(禁足)을 풀게 되어 귀국했다. 귀국하는 유여에게 목공은 진귀한 예물을 선물하고 예를 다하여 성에서 배웅했다.

과연 융국으로 돌아온 유여는 융왕으로부터 의혹의 눈길을 받았다. 유여는 여악에 빠져있는 융왕을 엄하게 간언했다. 그 결과는 내사 료의 예상이 들어맞게 되었다.

융국을 버리고 다시 진나라 수도에 나타난 유여를 목공은 객경(客卿)에 임했다. 그리고는 주위의 융적을 제압하는 대책을 꾀했다. 목공의 예우에 부응하여 유여는 혼신의 힘을 다해 충성을 했다. 2년 동안에 12개국의 융국을 평정하여 다스렸고, 진나라의 지배 영역은 천리에 이르렀다.

그에 따라 진목공은 '패왕'이라 칭해졌다. 중국사상 진목공은 제환공(齊桓公), 진문공(晋文公)에 이어 제 3대째 패왕으로 열거되고 있지만, 그가 중원에서 패권을 잡은 형적(形跡)은 찾아볼 수 없다. 분명히 진목공은 패왕이었다. 그러나 서역(西域)의 패왕인 것이다.

그와 같이 해서 서역의 패업을 달성하지만 진목공은 그 2년 후인 재위 39년 만에 세상을 떠났다. 본디 천성이 온후한 목공은 그의 재임기간 가운데 특히 만년에 유여의 영향으로 신하에게 온정을 베풀어 그 죽음을 애도하여 목숨을 버린 자의 수는 170여 명에 달했다고 한다. 그 가운데에는 유능한 충신이 다수 포함되어 있었다.

그 때문에 목공의 사후, 진나라의 세력은 예전처럼 떨치지 못하게 되었다. 그렇지만 서역에서 진나라에 대항하는 나라는 없었고, 따라서 진나라는 제일의 강국으로서 서역에 계속 군림했다.

그런데 진(秦)나라 목공이 죽은 해에 중원에서는 진(晋)문공의 뒤를 이었던 진양공이 세상을 떠났다. 그러자 또 다시 장기적인 정치 싸움이 시작되었다. 이미 중원의 패권은 진(晋)나라의 수중에서 떠났으나 이 진나라는 여전히 강국의 지위를 계속 유지하며, 얼마 후에는 국력을 회복한 제(齊)나라와 중원의 2대 강국으로 계속 군림했다.

남역의 초나라에서는 영명(英明)한 초성왕이 재위 46년으로 진문공이 죽은 다음 다음 해에 세상을 떠났다. 그 뒤를 이은 초나라 목왕은 범용(犯康)한 군주였지만, 남역에서도 역시 초나라에 대항할 강국은 없었기 때문에 초나라 또한 당분간은 강국으로 계속 존재했다.

이리하여 패왕은 존재하지 않게 되었으나 패업의 윤리(유효적인 지배의 적정 규모)의 귀결로서 삼분천하라는 사실은 존재했다. 그러나 국제적인 질서를 유지하는 패왕의 존재 가치와 이유에 대한 여론은 점차 퇴색되어 갔다.

요컨대, 춘추전국의 개막부터 150여 년을 걸쳐 시행착오를 되풀이한 끝에 간신히 다다른 '패왕 시대'는 그 도래와 함께 쉽게 무너지기 시작했던 것이다.

중국사의 통설로서 패왕 시대는 계속되었다. 그러나 사실상 중원에는 두 번 다시 -즉 세 번째의-패왕은 나타나지 않았다. 중원 제후가 그 자유를 침범하는 통일적인 권력의 존재를 여전히 잠재의식적으로 두려운 나머지 피해 버렸기 때문이다. 아니 그보다는 강국이 패업은 '수지가 맞지 않는다.'고 깨달았기 때문이었다.

제28장

원한은 두려움을 낳는다

진(晋)나라 영공(문공의 손자) 8년(기원전 613년)에 송(末)·노(會)·위(衡)·조(曹)·정(鄭)·진(陳)의 여러 나라를 정나라의 신성(新城)에 모아 놓고 회맹을 개최했다. 회맹의 목적은 주나라(邾國: 산동성 추현)에서 일어난 정변을 진압하고, 임금의 자리를 결정하기 위해서였다.

그리고 진영공 9년 봄, 진나라는 채나라로 병사를 파병했다. 채나라가 신성에서의 회맹에 참가하기를 거부한 죄를 문책하기 위해서였다.

그런 다음 신성의 회맹에 출석한 나라에 채나라를 더하여 그해 가을, 다시 호읍(扈邑: 하남성 원양현)에서 회맹을 주최했다. 이번에는 제나라에서 새로이 임금의 자리에 앉은 의공(懿公)이 선왕 소공(昭公)을 시해한 죄를 묻기 위한 회맹이었다.

이렇듯 진나라는 자주 회맹을 소집하고 주최했다. 그러나 진나라는 빠른 속도로 패권을 잃고 있었다. 그러므로 물론 회맹 자리에서 소귀를 잡고 제후들을 좌지우지하는 입장은 못 되었다. 즉 진나라는 회맹을 소집하고 주최했으나 회맹에서의 역할은 맹주가 아니라 회의를 주최하는 의장과 같은 자격이었다.

일찍이 패왕은 회맹에서 제후에게 명령을 하고, 그리고 참여국에 동조를 강요할 수가 있었다. 그러나 패권을 가지지 못한 의장은 제후들과 협의하여 결의사항을 추진하거나 집행하는 데 있어서 각 나라의 지지를 받아야 했다.

패왕과 회맹의 의장 사이에는 명백한 차이가 있었다. 그러나 지지나 협력을 받는다 해도 의장은 패왕의 경우와 마찬가지로 역시 국력의 후원이 있어야 했다.

그러한 이유에서 회맹의 의장을 맡는다는 것은 어쨌든 최강의 대국이라는 말이 된다. 즉 진나라는 문공 사후에 패권을 잃었으면서도 여전히 중원 제일의 강국이었다. 아니 패권 없는 패왕국이었다.

호읍에서 회맹을 개최한 진나라는 참여국의 병사를 규합하여 이끌고 제나라로 향했다. 이에 놀란 제나라 의공은 비밀리에 막대한 보화를 진나라로 보냈다. 즉 제나라가 뇌물을 진나라에게 바친 것인데 그 효과로 말하자면 즉효였다. 진나라는 적당히 어물어물해서 각 나라의 병사를 제나라에서 철수시켰다. 각 나라들은 진나라가 뇌물을 받았다는 사실을 알고 있었으나 어찌할 도리가 없었다.

만약 진나라가 패왕국이었다면 대소동이 났을 것이었다. 패왕은 패권을 행사하는 대신 거기에 맞는 정치적인 의무와 도의적인 책임을 지고 있기 때문이다. 그러므로 부정을 범하고 정치적 한계를 소홀히 하면 떠들썩한 비난을 받기 마련인 것이다.

그런데 진나라는 패왕국은 아니었지만 단순한 제후국은 또한 아닌 강국중의 하나였다. 그리고 여러 나라가 그 부정행위를 잠자코 보아 넘긴 것은 진나라가 월등히 강대한 나라였기 때문이다.

그 강대한 진나라의 재신을 유지한 사람이 바로 조쇠(趙衰)의 장남인 책나라 태생의 조순(趙盾)이었다. 그리고 호읍의 회맹에서 의장의 자리 에 앉은 것도 진영공이 아니라 조순이었다. 그러므로 제의공으로부터 뇌물을 받은 것도 물론 조순이었다.

조순은 꽤 오래 전부터 상경(上卿: 재상)의 지위에 있었다. 그리고 피로지수(被蘆之蒐)에서 정해진 제도에 따라 중군의 장수를 겸하고 있었다. 즉, 조순은 지위가 꼭대기에 이르렀다. 그러나 그래도 역시 신하라는 것에는 변함이 없었다. 그 진나라 신하가 아무리 나이 어린 임금인 영공의 대리라고는 하지만 제후와 동등하게 회맹에 참여하고 더구나 의장의 자리에 앉았으므로 진나라의 위세도 그렇지만 조순의 기량도 미루어 짐작할 만하다. 아니 이는 종래의 주례(周禮)적인 질서가 붕괴되었기 때문에 생긴 일이었다. 그것은 어쨌든, 용의 새끼는 용이지만 호랑이 새끼는 표범으로 변한다고 한다. 확실히 조쇠의 아들 조순은 묘하게 상냥한 면이 있으면서도 표변하는 군자였으며 완고한 정치가이기도 했다. 적어도 그는 아버지 조쇠보다도 '권력'이 무엇인가를 잘 알고 있었다. 아니 그 사용법을 잘 알고 있었다. 그는 아버지 생전에 노쇠한 아버지와 진나라의 패업에 대해 이야기를 나눈 적이 있었다.

"준마도 쇠약해지면 느린 말조차 그 말을 앞선다는 말이 있듯이 역시 나이에는 이길 수 없다. 조금만 더 젊었더라면 잃었던 천하의 패권을 다시 되찾을 텐데. 유감이구나."

조순의 어깨를 두드리면서 조쇠가 말했다.

"아닙니다. 아버님, 유감스러워 하실 것 없습니다. 패권 같은 것은 이미 시대에 뒤떨어진 이야기이고 지금은 아무 소용없는 것이며 거추장스럽기조차 한 전시대의 유물입니다."

조순은 아무렇지 않은 듯 말했다.

"무슨 말이냐? 그런 말은 하지도 듣지도 말아라. 하고자 하는 마음만 있으면 너라면 틀림없이 가능하다. 새 임금을 도와 패업을 회복하는 거다. 나약해지면 할 수 있는 것도 못하게 된다."

"그건 엉뚱한 오해십니다. 그런 이유에서가 아닙니다."

"아니, 오해 같은 건 하지 않는다. 자식을 아는 데 있어서 부모만한 사람은 없다. 노력하면 할 수 있어."

"그러니까 아버님, 할 수 있고 없고가 문제가 아니라 패권 같은 건 필요 없다고 말씀드리는 겁니다."

"아니! 왜지?"

"패업은 노력만 가지고는 되는 일이 아니기 때문입니다."

"음, 그것도 그렇겠지만 그러나 천하를 위해서다. 그렇게 계산적이어서는 안 돼."

"아니, 이 세상에 패왕이 있으면 가끔 편리하다고 생각하는 제후도 있겠지만, 그것이 천하를 위해서 라고는 아무도 생각하지 않습니다. 선왕(문공)이 패권을 확립한 천토(踐土)의 회맹에서는 천자(天子)를 경시했다고 생트집 잡히고, 하양(河陽)의 회맹에서는 천자에게 무례를 범했다고 험담을 듣지 않았습니까?"

"약간 이야기가 다르다. 그건 시기심에서 하는 얘기잖니?"

"그렇긴 합니다. 그러나 천하의 제후가 자신들은 전혀 왕을 존경할 마음이 없는데, 다른 사람이 천자를 경시했다는 둥 하면서 불평을 하는 것 을 무조선 무시할 수는 없습니다. 그들은 오랜 지배 형식에 반항하면서도 그 고정관념에서 벗어나지 못하고 있는 것입니다."

"네 말이 맞다. 그렇기에 천토나 하양에서 회맹을 열었을 때 일부러 천자를 경시하고 감히 무례를 저지른 것이다. 즉 그 고정관념에 돌파구를 내려 한 것이지."

"그것은 아버님의 식견에서 정당한 결단이었습니다. 그러나 고의로 경시하거나 감히 무례를 저지르거나 했다는 것은 요컨대 그 존재에 구애받고 적어도 존재를 의식하기 때문이 아닙니까? 즉 아버님께서도 실은 그 고정관념에서 벗어나지 못하고 계신 겁니다."

"그러나 현실적으로 이름뿐이기는 해도, 거기에 존재하는 것을 의식하지 않을 수는 없지 않느냐?"

"예, 맞습니다. 분명히 눈앞에 있는 존재를 그냥 묵살할 수는 없습니다. 그리고 실은 형식뿐이기는 해도 그것이 존재하고 있다는 것이 문제 입니다. 지금의 사상적인 혼미와 정치적인 혼란의 근원은 바로 거기에 있습니다. 그러므로 몰락하여 제후가 되어 버린 낙양(洛陽)의 천자를 제후가 일으켜 세워 다시 왕조를 구축하는가, 그렇지 않으면 반대로 어차피 유명무실한 존재니까 그 존재를 말살시키고 새로운 시대를 열 것인가의 결의가 없으면 발전적인 정치 전망은 보이지 않습니다."

"무슨 말이지? 그 모두가 불가능하니까 현 상태를 유지하면서 조금씩 패왕에게 희망을 걸고 있는 것이 아니냐?"

"확실히 현상유지도 정치적인 실천의 한 방법입니다. 그러나 그것은 현 상태가 유지되고 있는 사이에, 객관적인 조건이 호전된다는 기대를 걸 수가 없으면 의미가 없습니다. 그리고 패왕의 출현으로 미래에 대한 정치적 전망이 밝아졌다고 봅니다. 하지만 그 패왕의 권위가 구시대의 유물(낙양의 천자)과 연결되어 있는 한 새로운 시대에 대한 전망은 결코 밝지 않습니다."

"그래서?"

"천하의 제후들은 패왕이 정한 질서 안에서 생존하기보다도 완전히 통일적인 지배 권력이 존재하지 않는 자유 방만한 현 상태를 바라고 있습니다. 새로운 시대의 전망 같은 것이 필요하다고는 생각지 않습니다. 즉, 패왕의 존재를 때로 중요시하는 수도 있겠지만 마음속으로는 깊이 꺼리고 있습니다."

"과연, 천하의 제후들이 새로운 질서에 짜 맞춰지는 것을 싫어하는 마음은 알지. 하지만 그것도 어쩔 수 없지 않느냐? 그럼에도 불구하고 새로운 시대에는 거기에 맞는 질서가 필요하다."

"아니, 그 문제가 아닙니다. 패권 그 자체, 즉 패왕의 권력에 문제가 있습니다. 패왕의 권력이란 통합적인 권력을 말합니다만, 결국 그것도 정치권력의 일종에 불과합니다. 그리고 정치권력에는 항상 두 가지 측면이 있는데 하나는 타인을 굴복시키는 절대 절명의 힘, 즉 무력이고, 또 하나는 타인을 위압하여 두려움을 느끼게 하고 외경하게 하는 정체불명의 위세입니다. 그리고 타인을 굴복시키는 무력은 패왕 스스로 쌓을 수 있는 권력이지만 타인을 위압하여 두려움을 느끼게 하고 외경하게 하는 위세는 어디에선가 빌려와야 합니다."

"뜻밖에 어려운 말을 하는구나."

"참고 들어 주십시오. 그 어디에선가가 문제입니다. 그것이 천하가 공인한 권위, 즉 하늘이라든가 신이라든가 그렇지 않으면 권력이 넘치는 현 황제라면 우선 문제는 없습니다. 그러나 불쌍하게도 패왕은 전혀 권위도 없는 낙양의 천자에게서 가공의 권위를 빌려올 수밖에 없습니다. 즉, 패왕의 권위는 낙양의 천자에게서 유래한다고 믿고 있고 확실히 원칙상으로도 그렇게 되어 있습니다. 그래서 엄청난 무력을 가지면서도 본래의 권위가 결여되어 있기 때문에 패왕은 그 권능을 발휘할 수가 없습니다."

"과연!"

"그런 이유에서 낙양의 천자가 현재의 형태로 계속 존재하는 한 정치 적인 혼돈은 앞으로 백 년이고 2백 년이고 계속됩니다."

"그럴까?"

"틀림없습니다. 만약 패왕의 권위가 정당한 연원을 가지면 패왕에 의한 치세는 왕조적인 정치보다도 훨씬 효과적이고 바람직한 지배형식이 될 수 있습니다. 하지만 그것이 가공의 권위에 유래한다는 것은 말도 되지 않습니다."

"음, 역시 낙양이 새로운 전망을 방해한다는 거냐?"

"그렇습니다. 그러니까 아버님, 패왕을 꿈꾸는 시대는 지났습니다. 이제 패업을 쌓을 필요는 없습니다. 뿐만 아니라 준마는 하루에 천 리를 달려도, 등에 얹는 안장을 면치 못한다고 하는 속담도 있습니다. 엉겁결에 패왕이 되자마자, 아무 소득도 없이 여기저기서 엉덩이만 걷어차이는 꼴이 됩니다.

"그래. 확실히 책임만 무겁고 얻는 것은 적었다."

"그렇죠? 국력만 강대하면 패왕의 모자를 쓰지 않고도 패권을 장악할 수 있습니다. 무의미한 의식이나 귀찮은 교제를 줄일 수 있고, 지나친 지출로 재정에 부담을 지는 일도 없습니다. 구애받지 않고 뭐든지 마음대로 할 수 있습니다."

조순은 말을 맺었다. 조쇠는 아들의 통찰력 있는 식견에 경탄하면서도, 그 무서울 정도의 현실주의에 움찔했다. 그리고 조쇠는 그 다음 해에 세상을 떠났다.

부자(父子)의 대화가 있은 지 10년이란 세월이 흘렀다. 과연 패권을 쥐지 않은 진나라는 호읍에 제후들을 모아 놓고 큰 회맹을 주최했다. 그리고 조순은 그의 말대로 제의공으로부터 태연하게 뇌물을 받는 둥 제멋대로 일처리를 하고 있었다.

그런데 조순에게 뇌물을 보낸 제의공은 그 손실을 만회하기 위해 각 나라의 병력이 철수하자마자 노나라와 조나라에 병력을 보냈다. 진나라가 그것을 못 본체 한 것은 말할 나위도 없다. 춘추 제후는 어디에도 뒤떨어지지 않는 만만치 않은 자들이었다.

진영공은 어린 나이에 즉위했다. 상경인 조순은, 선왕 양공(襄公)으로부터 임종의 자리에서 영공의 보필을 부탁받은 이른바 탁고(託孤)의 신하였다.

그러나 그 탁고에는 마땅한 증인이 없었다. 영공을 즉위시키면, 자칫 하면 조순은 정치를 마음대로 요리하기 위해 어린 임금을 옹립했다는 오해를 초래할지도 모른다고 판단하고는 그는 우선 양공의 동생 공자 옹(公子雍)을 옹립한다고 발표했다. 과연 조정신하들은 전쟁으로 어지러운 이때에 어린 임금을 등극시키는 것은 불안하다며 공자 옹을 옹립시키기로 결정했다. 그리고 그때 진(秦)나라에 있던 공자 옹을 데리러 진나라 수도로 사신을 보냈다.

그것을 알고 영공의 모후, 즉 양공의 왕비가 소란을 피웠다.

"선왕의 탁고를 받았으면서 왜 태자를 돌보지 않는가?"

라며 어린 태자의 손을 이끌고 조순의 집에 나타나 이른 아침부터 밤늦도록 계속해서 울어댔다.

"분명히 탁고를 받았습니다만, 저 혼자 힘으로는 어찌할 수가 없습니다."

조순은 일부러 상대하지 않고 영공의 모후를 울게 내버려 두었다. 울다가 지친 태후가 문득 조순의 본심을 알아차렸다. 그리고 조정으로 장소를 옮겨 날마다 조정신하들 앞에서 태자를 끌어안고 눈물을 흘렸다.

"선왕의 유지를 헛되이 할 수는 없다."

며 눈물로써 나날을 보냈다. 조정신하들은 태후의 눈물에 감동된 나머지 조순에게 태자의 옹립을 의논하기에 이르렀다. 조순은 이러한 여세를 모아 태자를 즉위시켰다. 그것이 영공인데, 그러나 이미 진나라로 공자 옹을 맞을 사신 사회(士會)를 보낸 후였다. 조정신하들은 곤혹스러워 했으나 조순은 태연히 스스로 병력을 이끌고 황하를 건너 국경선에서 공자 옹을 경호해온 진나라 군대를 쫓아 보냈다.

사신 사회는 분연해하며 공자 옹과 함께 진나라 군대를 따라 진나라로 돌아갔다. 그러나 그것을 연극이라고 간과하지 못한 진나라 강공(康公)은 격노하면서도 공자 옹과 사회의 입장을 동정하였다. 그리고 두 사람을 모든 예로써 대우했다. 그러나 사실 사회는 조순의 특별한 임명을 받고 있었다. 천천히 시간을 들여 진강공에게 진나라를 위해 중원에 대한 야망을 버려야 한다는 것을 깨닫게 하라고 말해 두었던 것이다.

그 사회는 명령받은 임무를 완수하고 훌륭히 3년 후에 귀국했다. 그리고 조순과 힘을 합하여 어린 영공을 보좌했다. 진(晋)나라는 갑자기 강대해져서 중원에 그 위세를 떨쳤다. 신성, 호읍에 이어 진영공 11년에는 위(衛)·진(陳)·정(鄭)과 회맹하여 송나라를 공격하고, 진영공 13년에는 송·위·조·진(陳)과 회맹하여, 진(陳)나라와 조나라를 구하기 위해 정나라로 병력을 보냈다.

그 이듬해 영공은 드디어 성년이 되었다. 국정은 조순이 훌륭히 혼자 도맡아 했기 때문에 영공은 아무런 고생도 모르고 안하무인으로 성장하고 있었다.

그러나 어릴 때부터 어머니에게 조순의 비위를 거스르지 말고 절대로 화나게 해서도 안 된다고 귀에 못이 박힐 정도로 들어왔기 때문일까. 영공은 이유도 없이 조순을 두려워하고 있었다.

영공은 성장함에 따라 광폭한 행동이 끊이지 않았다. 결국에는 하루 종일 오(獒)라는 맹견을 데리고, 상대를 불문하고 달려들어 물게 하고는 재미있어하고, 더욱이 둔덕을 쌓게 하고는 그 위에서 돌멩이를 날려 통행인을 다치게 하고는 즐거워했다. 끝내는 웅번(熊蹯: 곰 발바닥)이 덜 익혀졌다고 재부(宰夫: 요리사)를 죽이기까지 했다. 그것도 갑자기 술을 마시기 시작하여 안주가 필요하다며, 끓고 있는 동안도 기다리지 못했고, 몇 번이나 빨리 내놓으라고 재촉한 끝에 한 흉악한 행동이었다.

조순은 그때까지도 영공의 포악한 행동을 그때마다 엄하게 타일렀다. 그러나 영공이 재부를 죽였을 때 조순은 드디어 분노를 폭발시켰다. 그래서 탁고의 채찍, 즉 선왕으로부터 새 임금을 때려도 좋다고 건네받은 채찍을 꺼냈다. 그리고 그것을 휘두르면서 영공을 심하게 위협했다.

영공에게는 도안가(屠岸賈)라는 간신이 있었다. 영공에게 못된 짓을 가르친 것이 실은 이 도안가였는데, 그가 이때를 틈타 영공을 부추겼다.

"아무리 탁고의 신하라 해도, 이미 성인이 된 주군에 대한 무례는 용서할 수 없습니다. 두려워할 필요 없이 상대하지 않으셔도 괜찮습니다."

"그러나 설령 탁고의 신하가 아니더라도, 그 노재상은 시비를 따지는 데 까다로우니까, 아주 질색이야."

영공은 본심을 토해 냈다.

"아니, 예부터 임금이 신하를 지배하는 것이 도리입니다. 임금이 신하에게 지배당한 예는 한 번도 들어 본 적도 없습니다."

"그렇게 야단스레 말하지 마라. 잔소리가 많을 뿐이지. 게다가 지배당하고 있는 것은 아니다."

"하지만 불쾌하지 않습니까? 불합리합니다."

"나쁜 짓을 했으니까 어쩔 수 없지."

"아니, 있습니다. 내버려두면, 조만간 무슨 일을 저지를지 모릅니다."

"어쩔 수 없는 일이잖은가?"

"불쾌한 상대는 없애 버리는 것이 상책입니다. 전하는 못 본체 해주십시오. 신의 식객 중에 솜씨 좋은 자객이 있습니다."

"뭐야 죽일 작정인가? 그건 안 돼. 조순은 둘도 없는 사람이다."

"둘도 없기 때문에 교만해져서 해를 끼칩니다. 탁고의 채찍을 맞는다면 전하의 체면이 서지 않습니다."

"그건 그렇지. 하지만…."

영공은 말문이 막혔다. 도안가도 그 이상은 아무 말도 하지 않았다. 그러나 다음 날 아침 일찍, 도안가는 자객을 조순의 집으로 보냈다. 자객은 비수를 품고 문이 열릴 때의 어수선한 틈을 타 조순의 집으로 숨어들었다. 조순이 아침에 일어나 세수를 할 순간을 노린 것이었다.

그러나 날이 막 밝았을 뿐인데도 조순은 이미 의관정제하고 정좌하여 책을 읽고 있었다. 책을 읽으면서 등청 시간을 기다리고 있었던 것이다.

"아무리 보아도 훌륭한 재상이다. 간신일 리가 없다."

자객은 속으로 중얼거렸다. 그는 나라를 위해 간신을 척결하라고 하는 도안가의 명령을 받았던 것이다. 한참 동안 조순의 모습을 숨어서 바라보고 있던 자객이 마당으로 나가 조순에게 말을 걸었다.

"암살하러 들어왔으나 소란에 놀라 도망간 것으로 해주십시오."

라는 말을 남기고 자객은 모습을 감추었다. 자객은 그대로 도안가의 집으로 돌아가지 않고 성을 나섰다.

그러나 도안가는 여전히 포기하지 않고 조순을 암살할 계획을 세웠다. 그리고 영공의 연회에 조순을 부르고, 주위에 기운 센 무사를 잠복시켰다.

그것도 모르고 조순이 연회 장소에 도착했다.

"술을 석 잔 따르면 곧 자리를 떠나 주십시오."

요리를 날라 온 재부 한 사람이 조순에게 귓속말을 했다. 자객이 숨어들었던 경험으로 조순은 이내 그 의미를 깨달았다.

영공에게 감사의 잔을 석 잔 바치고 난 조순은 이유를 대고 자리를 떠났다. 암살에 동원된 무사들은 아직 준비되어 있지 않았다.

도안가가 옆에 있던 오를 사주하여 조순의 뒤를 쫓게 했다. 묶여 있다가 풀려난 맹견이 조순을 쫓아가 맹렬히 달려들었다. 이때 조금 전 귓속말을 한 재부가 나타나 맹견을 제지했다. 평소 호의를 베풀어 준 재부를 맹견 오는 따르고 있었다.

"위험합니다. 빨리 담을 넘어 도망가십시오."

"그대의 이름은?"

"이야기 나눌 여유가 없습니다. 뽕나무 밑의 걸인입니다."

재부가 재촉했다. 과연 한 무리의 무사가 쫓아왔다. 재부는 무사들에게 오를 되돌려 보내 그 걸음을 멈추게 했다. 그리고 자신도 담을 뛰어넘어 도망쳤다. 그 후 재부의 모습을 본 사람은 아무도 없었다. 그의 이름을 아는 사람도 없었다. 그러나 조순은 어렴풋이 그 얼굴을 기억하고 있었다. 이전에 이런 일이 있었다.

사냥을 좋아하는 조순은 짬을 내어 사냥하러 나갔다. 그때 사냥터의 거대한 뽕나무 밑에서 오래 굶어서 움직일 수도 없게 된 사람을 만난 적이 있었다.

'거대한 뽕나무'와 '굶주림'은 아버지인 조쇠가, 그 망명생활의 추억을 이야기할 때 가끔씩 입에 올리는 말이었다. 그래서 그런지 조순은 그 남자에게 왠지 모를 친근감을 느껴서 청하지도 않은 음식을 주었다. 그러나 굶주려 있는 사내는 그 절반을 먹고 나머지 절반을 휴대하고 있던 상자에 넣는 것이었다. 이를 이상히 여기고 조순이 그 까닭을 물었다.

"유랑 끝에 막 돌아왔는데 어머니께 드릴 선물이 없습니다. 아니 어쩌면 어머니는 배고픈 채 기다리고 계실지 몰라 이것을 가지고 돌아가는 것입니다."

사내는 말했다. 조순은 그 사내의 말을 듣고 나머지마저 먹으라고 하며 먹을 것을 더 준 후 약간의 돈도 주었다.

"효도하시오."

라고 말하고 헤어졌다. 그 사내가 바로 그 요리사였던 것이다.

그런데 영공의 연회에서 도망쳐 나온 조순은 집에도 암살단의 손이 이미 뻗쳐 있을지도 모른다고 생각하고 행선지를 찾아 헤맸다. 그곳으로 가끔 동생인 조천(趙穿)이 들렀다.

"그 간신의 책략임에 틀림없습니다. 병사를 데리고 도안가를 잡으러 갑시다."

동생인 조천은 격분했다.

"아니, 소란을 피워서는 안 된다. 그보다 수레를 빌려다오."

조순은 동생의 수레를 빌려 살그머니 성을 빠져나왔다.

암살은 실패했으나 조순이 성을 떠났다는 말을 듣고 영공은 기분이 날아갈듯 상쾌했다. 그리고 예의 그 둔덕 주변에 꽃나무를 심고 도원(桃園)이라 이름 붙이고는 기분이 나는 대로 돌멩이를 던져 죄 없는 사람들에게 상처를 입히고 즐거워하기를 반복했다.

주군의 난행에 조정신하들은 골머리를 앓았다. 그러나 그것을 타이르는 재상들조차 암살하려고 기도하는 도안가의 음험함을 겁내어 어찌할 바를 몰랐다. 생각다 못해 조천이 한 가지 계책을 생각해냈다. 그리고 도원으로 가서 형 조순의 죄를 영공에게 사죄했다.

조천은 그 출신도 그렇지만 거듭되는 전쟁에서 공을 세워 그 공로에 의해 스스로 상군 부장(上軍副將)의 지위에 올라 있었다. 이른바 조천은 무훈 혁혁한 공로자였다. 그러므로 형의 누(累)는 동생에게 미치지 않는다며 비난을 받지 않고 끝났다.

조천은 도원의 꽃나무를 둘러보면서 새삼스레 탄식이 흘러 나왔다. 그리고 이 꽃나무에 금상첨화인 것은 후궁의 미모가 아니라 시정(市井)의 기생이리며 영공에게 관심을 갖도록 유도했다. 과연 그 말에 영공은 흥미를 느꼈다.

"그러면 많이 그러모아 오시오."

하고 조천에게 명했다.

"신은 세련되지 않고 보는 눈이 높지 않으므로 그 방면이라면 여기에서는 역시 도대부(屠大夫)가 나서야 할 줄로 압니다."

조천은 도안가에게 떠넘겼다.

"그러면 안가, 멋진 자를 골라 빨리 데리고 와라."

영공은 들떠서 도안가에게 명했다. 도안가는 빙긋 웃으며 도원을 떠났다. 그 모습을 쳐다보고 있던 영공의 등 뒤에서 조천이 품속에 숨겼던 비수를 꺼냈다.

"어리석은 임금! 에이, 죽어라."

등 뒤에서 심장을 노리고 비수를 들었다. 영공은 비명을 지를 사이도 없이 그 자리에 쓰러져 절명했다. 경호원이 이변을 알아차렸으나, 잠복해 있던 조천의 부하에게 쫓겨 도망가 버렸다.

영공의 사망 소식을 듣고 조정신하들이 도원으로 모여들었다. 그러나 조천을 비난하는 사람은 단 한 사람도 없었다. 얼마 되지 않아 조순도 이변을 알고 귀성했다. 영공의 장례를 책임지고 떠맡을 새 임금으로 성공(成公: 영공의 숙부)을 옹립했다.

그런데 무슨 생각에선지 태사(太史: 사관)인 동고(董孤)가 전례를 깨고 사책(史冊)을 조당(朝堂)에 공시했다.

'조순이 임금을 시해하다.'

동고는 사책에 이렇게 기록하였다.

"그건 틀려. 주군을 시해한 것은 조천이지, 내가 아니오."

하고 조순은 항의했다. 그리고 정정을 요구했다.

"아니 그대는 정경(正卿)이오. 그때는 국경을 넘지 않고 아직 국내에 있었소. 게다가 궁궐로 돌아왔으나 하수인을 처단하지 않았소. 따라서 임금을 시해한 것은 그대요."

하고 동고는 정정을 거부했다.

"바보 같은 소리 작작해라. 어리석은 놈 마음대로 해!"

하고 조순은 쓴웃음으로 끝냈다. 그러나 후대에 와서 공자가 동고를 칭찬했다.

'옛날의 동고는 훌륭한 사관이다. 사실을 감추지 않고 진솔하게 써서 남겼다.'

그리고 자신이 쓴 『춘추』에도 그대로 조순시기군(趙盾弑其君)이라고 썼다. 즉, 여기에서 공자도 동고의 공범자로서 사실을 왜곡하는데 동조한 것이다.

그런데 훌륭한 공범자를 얻은 동고는, 그 이름을 중국사(中國史)에 남겨, '동고의 붓'이라는 말이 생겨났다.

그리고 진나라 성공이 즉위한 지 얼마 후, 조순을 공족(公族)에 봉했다. 조순은 그 후 진성공 5년에 세상을 떠났다. 그리고 그의 아들 조삭(趙朔)이 뒤를 이었는데, 그로부터 5년 후에 조삭은 도안가에게 살해되고 말았다.

실은 조천이 영공을 시해했을 때, 간신 도안가까지도 주살하려고 했는데, 무익한 살생은 그만두라고 조순이 제지했었다. 그것이 원수가 되어 돌아온 것이다. 역시 조쇠, 조순 일가도 '죽이지 않으면 죽는다'는 춘추시대의 징크스를 피할 수 없었던 것이었다.

조천이 영공을 살해한 진나라 영공 14년은 정목공(鄭穆公) 21년이다. 변함없이 오늘은 진나라에 붙고, 내일 아침에는 초나라에 붙기를 반복하고 있던 정나라는 이 해에 초나라로부터 막대한 전쟁비용을 교묘히 가로채어 이웃 송나라에 병력을 보냈다.

정나라 군대의 대장은 대부 공자 귀생(公子歸生)이었다. 공자 귀생이 이끌고 송나라 땅에 침입한 정나라 군대를 송나라의 원수 화원(華元)은 대극(大棘: 하남성 수현 서쪽)에서 요격했다. 이것이 역사에 기록된 '대극 전쟁'이다.

출격에 앞서 송나라 군대의 원수 화원은 양을 죽여 양고기로 탕을 만들게 하고 그것을 자신 휘하의 병사들에게 대접했다. 병사들의 기력을 북돋우고, 사기를 높여 단숨에 정나라 군대를 섬멸하고자 생각한 것이었다.

그런데 화원은 깜박 자신의 마부에게 양탕을 주는 것을 잊었다. 그런데 막 출격하려고 하는데 마부가 자신은 아직 양탕을 못 먹었다고 투덜거렸다. 그러나 양탕은 이미 남아있지 않았다.

"참아라! 그 대신 전쟁이 끝나면 너에게 특별히 포상을 하겠다."

하고 화원은 약속했다. 그리고 출격의 북소리를 울렸다.

양탕으로 원기를 회복한 송나라 병사들은 용맹스럽게 돌진했다. 이 때 본진영에 있던 화원의 마부가 갑자기 말에 채찍을 가했다. 깜짝하는 사이에 화원의 수레는 선봉부대를 앞질렀다. 그대로 적진으로 돌진하여 그 병영에서 몰래 빠져나갔다. 송나라 병사들이 어리둥절해 했다. 그보다 정나라 군대의 대장 공자 귀생이 크게 놀랬다.

전대미문의 사건이었다. 화원은 간단히 체포되어 포로가 되었다. 뜻밖의 통솔자를 잃은 송나라 군대는 어이없이 궤멸하고 말았다. 병거 460대를 잃고, 백 명이 포로가 되었다.

그 포로 중에서 백 명이 왼쪽 귀를 잘리고 쫓아 보내어졌다. 화원도 순간적인 기지로 마부에게 배신당한 것이 아니라 송나라 임금에게 원한이 있어 투항했다고 속여, 정나라 장군을 방심시키고 그 틈에 적진에서 도망쳐 나왔다. 생각지 않은 대승을 거둔 정나라 군대는 포획한 병거와 포로를 데리고 의기양양하게 귀환했다. 공자 귀생은 영웅으로서 정목공의 직접 출영을 받았다.

이 대극의 전쟁은 음식물로 인한 원한의 무서움과 함께 구전되어 내려오는 유명한 전쟁이다. 화원은 한 그릇의 양탕에 인색하여 붙잡혔고, 송나라는 병거 4백6십 대를 잃었다. 단 그 때 마부의 이름은 전해지지 않고 있다. 그래서 사람들은 그를 '양침(羊斟)'이라 이름 짓고, 그리고 '양침의 원한'이라는 말을 만들었다. 그만큼 음식의 원한은 무섭다는 의미이다.

대극 전쟁이 있은 지 다음다음해 정나라에서는 연호(年號)가 바뀌어 정영공(鄭靈公) 원년이 되었다. 그리고 이야기는 조금 거리가 있지만 양침의 원한과 비슷한 사건이, 대극 전쟁의 승자인 공자 귀생의 신변에서 일어났다.

정영공 원년이라고 하면 초장왕(楚莊王) 9년인데, 이해 가을에 초장왕은 우호의 표시로 양자강에서 잡힌 거대한 자라를 정영공에게 선물했다. 정영공은 그것을 중신들에게 대접하려고 재빨리 재부에게 명하여 탕을 만들게 했다. 그리고 오후 간식시간에 중신들을 불러 모았다.

그것도 모르고 공자 귀생(子家)이 함께 궁궐에 가려고 친한 공자 송에게 들렀다.

"오늘은 굉장한 진미를 맛볼 수 있을 거야."

하고 자가를 보면서 자공이 말했다.

"어떻게 알 수 있지?"

"검지가 움직였어. 식지가 움직이면 반드시 맛있는 것을 먹을 수 있지. 그래서 한 번은 석화어(石花魚)를, 또 한 번은 천아(天鵞: 백조)를, 또 환귤(歡橘: 꿀처럼 단 귤)을 먹었지. 기대해도 좋을 거야. 오늘도 틀림없이 진미를 맛볼 수 있을 거야."

하고 자공이 말하며 다소 과장되게 군침을 삼켰다.

"좋아, 크게 기대해 보지."

하고 자가는 맞장구를 쳤으나, 곧이듣지는 않았다.

그런데 궁전에 들어가 식당에 안내되니 과연 자라탕이 준비되어 있었다. 자공이 자가를 뒤돌아보고 빙긋 웃었다. 자가도 자공의 식지의 영험에 놀라 묘한 웃음을 지었다.

"어째서 기묘한 웃음을 웃는가?"

영공이 물었다. 두 사람은 자신도 모르게 함께 웃음을 터뜨렸다.

"이유를 말하시오!"

영공은 두 사람의 웃음을 의심쩍어 했다.

"실은…."

자공이 신이 나서 이래저래 여차 식지의 영험을 자랑했다.

"그런 당치 않은 일이 있는가?"

영공은 곧이듣지 않았다.

"그런데 이렇게 있지 않습니까?"

자공은 다짐에 또 다짐을 했다.

"없다고 하면 없는 거야!"

영공은 되풀이했다. 그곳으로 중신들이 모여 들었다. 그리고 곧 자라탕이 나왔다.

"자공에게는 주지 마라."

영공이 돌연 말했다. 일단 자공 앞에 놓였던 탕 그릇을 재부가 다시 들고 눈을 희번덕거렸다.

"알겠는가? 자공 식지에 영험 같은 것이 있을 법이나 한가?"

이번엔 영공이 웃었다.

"아니, 있습니다."

하고 자공이 벌떡 일어서서는 재부의 손에 들고 있던 그릇 속으로 날쌔게 손가락을 담그고 난 후 그 손가락을 핥았다. 그리고는 부루퉁해진 얼굴로 웃었다.

"맛있다!"

하고 말하고 나서 자공은 식당을 나가 버렸다. 영공은 허를 찔려 무슨 말을 할지 몰랐다. 불현듯 화가 치밀었으나 자공의 모습은 이미 보이지 않았다. 자가가 깜짝 놀라 자공의 뒤를 쫓았다.

"심했어. 돌아가서 사과하게."

자공을 따라가서 자가가 말했다.

"아니, 저 상태에서는 사과해도 용서받지 못해."

"그러면, 어떻게 할 셈이지?"

"너도 공범 취급을 받을 거야. 날이 저물면 네게 들를게. 그때 이야기 하자."

하고 자공은 총총히 사라졌다.

그날 밤, 자공은 어둠을 타서 자가를 방문했다.

"주군은 매우 화가 나신 것 같아. 나도 심하게 꾸중을 들었는데, 과연 그때 돌아가서 빌었어도 용서받지 못했을지도 몰라. 하지만 정도가 심한 농담을 했기 때문이야. 시간이 지나면 화도 풀어시시겠지."

자가는 낙관적으로 생각했다.

"아니, 그쪽이 풀려도 나는 풀리지 않아."

"아니! 무슨 말을 하는 거야?"

"죽이겠어! 죽이지 않으면 화가 풀리지 않아. 아니, 죽이지 않으면 내가 죽어."

"그만해! 설마 본심은 아니겠지. 그건 안 돼. 난 싫어."

"그래? 죽이는 것은 혼자서 한다. 그러나 좀 도와줘. 어차피 같은 배를 탄 거야. 싫다고는 하지 말아줘."

"그것은 곤란해. 그런데 뭘 하라는 거야?"

"아까부터 지혜를 짜서 생각한 거야. 나는 죄를 후회하고 벌을 두려워 한 나머지 자살을 꾀했다고 하는 것이야. 그런데 곧 숨이 끊어질 듯한데 주군에게 용서받지 못하면 눈을 감을 수 없다며 헛소리를 계속하고 있다고 거짓말을 하는 거야."

"무엇 때문에?"

"너무나도 가여우니 한마디 '용서 한다'고 말해주시지 않으시렵니까? 하고 눈물을 흘리면서 영공에게 애원해 줘. 그것도 내일 아침 일찍 조정(朝廷)이 열리기 전에 선수를 칠지도 모르니까, 제발 부탁해."

자공의 눈은 반짝반짝 빛났고 살기가 흘렀다. 들어서는 안 되는 비밀을 들어 버렸다. 거절하면 대들지도 모른다고 생각한 자가는 속이 탔다.

다음날 이른 아침, 자공에게 들은 그대로를 자가는 실행에 옮겼다. 거짓이라는 걸 모르고 영공은 서둘러 자공의 집으로 달려갔다. 그리고 자공의 침상에 몸을 기울이고 말을 걸려고 하는 순간에 갑자기 가슴을 찔려 절명했다.

이 고사에서 '식지가 움직인다'와 '손가락을 담근다'고 하는 말이 생겨났다. 식지가 움직인다는 말은 '식지를 움직인다'로 변했다.

그러나 식지가 움직인다는 말은 동일해도 완전히 의미를 달리하는 두 개의 뜻으로 해석된다. 앞의 움직인다는 '전조(前兆)'를 나타내고, 뒤의 움직인다는 '바람'을 나타낸다. 실제로 중국인은 식지가 움직이는 것도 그것을 움직이는 일도 적어 한결같이 '손가락을 담그는' 일에 흥미를 품고 있는 것 같다. 즉, 현실적으로 중국인은 손가락을 담근다고 하는 말은 자주 사용하지만 식지를 움직인다고 하는 말과 식지가 움직인다는 말은 거의 사용하지 않는다.

덧붙여 말하자면 그 총명한 초성왕과 같이, 죽기 전에 곰발바닥을 먹게 해달라고 요구한 사람도 있었다.

초성왕은 그 말기에 일단 내세운 태자(商臣)도 폐적(廢嫡)하려고 했는데, 역으로 태자 상신에게 모반을 당해 궁전을 포위당하고 절체절명의 궁지에 빠졌다. 그때 목을 매달고 죽을 결심을 했으나, 그 전에 곰 발바닥이 먹고 싶어졌다. 그래서 그것을 먹게 해주면 먹고 나서 곧 자살하겠다고 들인 상신에게 부탁한 것이다. 그러나 상신은 그것을 거부하고 죽음으로 몰아넣었다.

이 이야기는 너무나도 슬픈 이야기이다. 그리고 성왕이 자살을 하자 상신은 즉위하여 초목왕(楚穆王)이라 칭했다. 그러나 그 때문에 초목왕은 중국사에 가장 불효자라는 오명을 남겼다. 초목왕이 불효자인 이유는 아버지를 자살에 몰아넣고 왕위를 빼앗았기 때문이 아니다. 아버지가 그렇게 먹고 싶어 하던 음식을 주지 않았기 때문이었다.

제29장
계전탈우(蹊田奪牛)

정나라 영공에게 자라를 선물한 초장왕이 아버지 목왕(穆王)의 뒤를 이어 즉위한 것은 진나라의 조순이 주(邾)나라의 왕위를 정하기 위해 중원의 제후와 신성(新城)에서 회맹하기 전 해였다.

"일체의 간언을 허용하지 않는다. 그런데도 간하는 자는 용서 없이 사형에 처하겠다."

초장왕은 즉위하자마자 포고령을 내렸다. 그리고 3년 동안 법령을 발하지도 않았고 조정도 열지 않았으며 회의에도 얼굴 한 번 내밀지 않았다. 즉, 전혀 정무를 돌보지 않고 오직 후궁에게 둘러싸여 주색에 빠져 있었다.

당연히 정치는 정체되고 제멋대로 행동하는 조정신하들이 나타나 조정은 혼란스러웠다. 거기에 설상가상으로 초나라는 대기근을 만났다. 그것을 계기로 지배하에 있던 여러 오랑캐 나라들이 계속해서 반란을 일으켰다. 그리고 초나라 수도 영(郢)으로 공격해올 기세를 보였다.

이에 위험을 느낀 조정신하들 사이에서 판고(阪高)로 수도를 옮기자는 의견이 일었다.

그래서 마침내 참다못해 대부인 소종(蘇從)이 장왕의 측근에서 일하고 있던 오거(伍擧)에게 중개를 부탁해 장왕 앞에 나서게 되었다. 장왕은 왼팔에는 정희(鄭姬), 오른팔에는 월녀(越女)를 안고 기분 좋게 앉아 있었다. 그리고 포고령을 무시하고 후궁으로 발을 디뎌놓은 소종에게 불쾌한 표정을 지었다.

"별다른 용무 없이 후궁에 나타난 것을 그냥 용서하겠다. 그러나 3년 전의 포고령을 설마 잊은 건 아니겠지?"

하고 소종의 얼굴을 쳐다보면서 물었다.

"예, 설령 죽는다고 해도 전하가 깨닫게 되신다면, 그것은 신의 바람일 뿐입니다."

하고 소종은 대답했다. 오거가 갑자기 두 사람의 대화에 끼어들었다.

"아니, 소대부(蘇大夫) 간언이 아니라 잡담이라면 살신을 각오할 필요는 없습니다. 그렇지 않습니까? 전하."

오거는 우선 두 사람에게 확인했다.

"'죽이겠다', '죽어도 좋다'와 같은 살벌한 이야기는 이 자리에 어울리지 않습니다. 그보다 수수께끼 놀이라도 하지 않으시겠습니까?"

오거는 계속했다. 장왕과 소종은 당황했다. 상관하지 않고 오거가 시작했다.

"우선 전하부터 대답해 주십시오. 산꼭대기에 커다란 새가 앉아 있습니다. 3년 동안 계속해서 울지도 않고 날지도 않습니다. 그러면 그 새는 과연 무슨 새일까요?"

"쓸데없는 것은 묻지 마라!"

하고 장왕은 말했으나 눈으로는 웃고 있었다.

"아닙니다. 전하! 대답해 주십시오."

오거는 심각한 태도로 재촉했다.

"3년이나 날지 않았으니 한 번 뛰어오르면 하늘을 찌르겠고, 3년이나 울지 않았으니 일단 울면 사람들은 그 소리에 놀라 간담이 서늘해지겠군."

장왕이 대답했다.

"자, 이번엔 소대부입니다. 전하의 말에 이어서 대답해 주십시오."

오거가 유도했다.

"그러면 전하, 그 새는 언제 날아오르고 울기 시작할까요? 이미 3년이 지났습니다. 부탁드립니다. 빨리 하늘을 찌르는 웅장함과 사람들이 우러러보는 웅규(雄叫)를 보여주시고, 들려주십시오. 그 새가 앉아 있는 산꼭대기가 이미 소리 내며 흔들리고 무너지려 하고 있습니다. 아무쪼록 한시라도 빨리 날아올라 주십시오. 염원입니다."

소종이 엎드려 얼굴을 바닥에 댔다.

"용케도 포고령의 그물은 피했지만, 간언을 한 것에는 틀림이 없다. 각오는 되어 있겠지?"

장왕은 소종을 위협했다.

"물론입니다. 그 새만 난다면 소신은 이 자리에서 죽어도 여한이 없습니다."

소종은 단호하게 대답했다.

"알았소. 자, 지금 곧 날아 오르지. 곧 물러가서 긴급 조정회의의 북을 울려라. 곧 조정회의를 열겠다."

하고 장왕은 좋아하는 정희와 월녀를 그 자리에 남겨두고, 갑자기

조정 쪽으로 발걸음을 옮겼다. 오거가 언제 손에 들었는지 커다란 장부를 안고 장왕의 뒤를 따랐다

"아직 조정회의를 알리는 북은 울리지 않았습니다. 모이기까지는 상당한 시간이 걸릴 겁니다."

소종의 말에 장왕이 발을 멈추었다.

"괜찮소. 조정신하들이 오는 순서를 이 눈으로 직접 보고 싶으니까."

장왕은 상관하지 않고 문지기 외에는 아무도 없는 조정에 들어가 옥좌에 앉았다. 그리고 오거가 안고 온 장부를 소종에게 건넸다.

"3년을 걸려 왕성한 문무백관의 공과장(功過帳)이오. 각각의 이름 위에 동그라미와 가위표가 매겨져 있소. 모두 모이면 지위 고하를 막론하고 동그라미는 오른쪽, 가위표는 왼쪽 이렇게 두 편으로 나누어 착석 시키시오."

하고 소종에게 명했다.

잠시 후, 신하들이 무슨 일인지 영문도 모른 채 의아한 얼굴로 계속 들어왔다. 우선은 공과장의 올바름을 증명하기라도 하듯이 오른쪽 자리가 채워졌다. 상당한 시간이 걸려 왼쪽 자리도 채워졌다. 좌우는 거의 같은 수였다.

"왼쪽 자리에 앉은 사람은 관(冠)을 벗으시오."

장왕이 명령했다.

"그 관을 모아 처치하라!"

장왕은 계속해서 궁전을 지키는 병사에게 명했다. 좌측에 자리를 잡은 신하들의 얼굴이 창백해졌다. 우측의 신하들도 어안이 벙벙해졌다.

"관이 처치된 사람은 전원 그 직에서 파면하오. 3년 동안 쭉 근무 평정을 해온 끝에 내린 결론이오. 각자 한 일이 있을 것이오. 다시 재판

을 하여 제각기 범한 죄상을 조사한 후, 마땅한 벌이 내려질 것이오."

하고 말을 했다. 그러고 나서 우측에 앉은 신하들을 향해 말했다.

"천도하자는 의견은 소용이 없소. 대부 위가(蔿賈)는 즉시 병력을 이끌고 우선 백복(百濮)을 치시오. 민첩하고 신속하게 한꺼번에 쳐부수어 여러 오랑캐 나라를 벌벌 떨게 하는 거요."

하고 공자 위가에게 출병을 명했다.

"진(秦)나라와는 이미 친분을 맺어 두었소. 머지않아 진나라 군대의 원조를 받아 용(庸)과 경(慶) 두 나라를 치고, 그 여세를 몰아 중원으로 병력을 출병시킬 거요. 그리하여 천하에 패업을 쌓는 것이오."

하고 기개 있게 그 경론을 밝혔다.

"그리고 영윤의 직권을 잠시 정지하시오. 오거와 소종을 그 대리로 임명하고 과인이 직접 국정을 다스리겠소."

하고 임금이 직접 정무를 돌볼 것을 선언했다.

드디어 3년 동안이나 울지도 날지도 않았던 새가 날개를 펼치고 하늘을 날아오르자 그 웅규에 조정신하들은 간담이 서늘해졌다. 사실 그 3년 후에 장왕은 남방권의 여러 오랑캐 나라들을 평정했으며, 북쪽의 중원에 속하는 군소국(群小國)을 거두어 그 패권을 확립했다. 중국사에서 말하는 춘추의 네 번째 패왕이 출현한 것이다.

또한 초장왕은 교묘하게 정(鄭)나라를 조정하여 중원의 패권을 노렸다. 그리고 초장왕 8년에는 오랑캐를 징벌한다며 중원으로 대군을 진출 시켜 결국 낙수(洛水)를 건너 낙양(洛陽) 부근에 이르러 군대의 위세를 보임으로써 주(周)나라조정을 위협했다.

이에 놀란 주정왕(周定王)은 왕손 만(滿)을 파견하여 초나라 군대를 위로하도록 했다. 그 왕손 만에게 초장왕이 물었다.

"옛날에 우왕이 구정을 주조하여 왕위의 상징으로서 하(夏)·상(商)·주 3대에 전해졌다고 들었소. 그러면 그것은 지금 낙양에 있을 것인데, 그 모양과 크기, 무게를 알고 싶소."

초장왕은 인사도 하지 않은 채 묻기부터 했다. 이른바 왕위를 빼앗기 위한 초석인 것이었다.

"어떤 연유로 그것을 물으십니까?"

왕손만이 어리둥절한 표정을 지었다.

"경우에 따라서는 그것을 초나라로 옮겨 오려고 하는데…."

장왕은 아무렇지도 않게 말했다.

"아니 됩니다. 구정은 천명에 따라 움직이며 천명은 덕이 있는 왕에게 내려집니다. 힘으로 움직일 수도 없으며 운반도 할 수 없습니다."

"그것을 물은 것이 아니고 크기와 무게를 묻고 있지 않은가?"

"덕이 없는 나라에 천명은 내리지 않으며, 천명을 받지 않으면 아무리 구정이 작아도 움직일 수 없고, 천명을 받으면 아무리 크고 무거워도 쉽게 움직일 수 있습니다."

"천명이라니?"

"문자 그대로 하늘의 명령으로, 만인이 승복하는 천하의 지배권을 말합니다."

"그럼, 덕(德)이란?"

"이 경우의 덕이란 그 천명을 받은 선천적으로 혜택 받은 운명과 후천적인 덕망을 말합니다. 즉 천명을 받을 자격과 천하를 따르게 할 수 있는 능력입니다."

"그러면 그것은 약간 이상하지 않은가?"

"무엇이 말입니까?"

"천하는커녕 실제로 중원의 여러 나라조차 주나라에 복종하지 않지 않은가?"

"그것은 천하의 혼란으로 생긴 일시적인 현상입니다. 천명은 아주 주나라를 떠나지 않았습니다."

"그거 이상하군. 실제로 주나라는 천하의 지배권을 잃지 않았는가? 그래도 천명은 떠나지 않았다고? 그리고 주나라 조정은 덕을 잃지 않았는가?"

"확실히 덕은 약해졌습니다만, 잃은 것은 아닙니다. 구정이 낙양에 있는 한 천하의 지배권은 아직도 주나라 조정에 있습니다."

"그것이야말로 유명무실이 아닌가?"

"아닙니다. 국경을 잘 모르는 중원에서는 이름은 항상 실질적인 것을 나타냅니다."

"음, 말을 재미있게 하는군. 다행스럽게도 우리 초나라가 그러한 속임수가 통하는 중원 제국에 속해 있지 않아 다행이군. 그럼 알겠소. 결국은 천명도 유덕함도 그대의 속임수였다는 말이지요?"

"아닙니다. 그것을 속임수라 하지 않고 온오함축(薀奧含蓄: 지식과 학문이 깊음)이라 합니다."

"어처구니없군! 애초에 구정이 어느 정도로 고귀한 보물일까 하고 흥미를 품은 것이 잘못이었던 것 같군. 아무래도 그리 대단한 물건은 아닌 것 같소."

"아닙니다. 어찌 생각하시든 자유입니다만, 그것은 틀림없이 유서 깊고 전통적인 천명의 소재(所在)를 증명하는 왕위의 증표입니다."

"그럴 듯하게 말하고 있지만 이제 그 수법에는 안 속으니 그럴 마음만 있으면 초나라의 걸쇠를 녹이기만 해도 구정 9십 개 아니, 9백

개라도 만들 수 있소."

하고 초장왕은 자못 맥 빠진 표정을 지었다. 그러나 장왕이 맥이 빠진 것은, 단순히 구정의 가치 때문이 아니었다. 대군을 이끌고 낙양으로 향하면 중원 제국이 가만있지 않을 것이라고 예측하고 있던 것을 잘 얼버무린 것이었다.

경우에 따라서는 중원 제국에 포위되어 일제히 공격을 받을지도 모른다고 초장왕은 생각했다. 그리고 사실 그때에는 구원을 부탁한다고 진나라에게 약속을 받아 놓았던 것이다. 그럼에도 불구하고 중원 제국은 반응을 보이지도 않고 돌아다보지도 않았다. 상태가 이상한 것은 어쩌면 당연하다.

그러나 그래도 초장왕은 낙양으로 병력을 진출시킨 덕분에 중원의 정치정세의 기미를 접할 수가 있었다. 낙양 천자의 존재가 완전한 허구이며 그런 까닭에 중원에서는 이미 패업을 쌓는데 흥미를 가진 사람은 없다고 하는 사실에 눈을 뜬 것이다.

그래서 초장왕은 약간 맥이 빠졌으나 결코 헛걸음한 것은 아니었다. 그리고 복잡한 생각으로 귀로에 올랐다.

낙양에서 대군을 이끌고 귀로에 오른 초장왕은 국경을 건너 잠시 후 영내의 증야(蒸野)에 다다랐다. 그곳에 직권을 박탈당한 영윤 투초(鬪椒)가 군대를 이끌고 마중 나와 있었다. 아니 마중 나온 것으로 가장하고 실은 장왕을 살해하기 위해 대기하고 있었던 것이다.

장왕은 낙양으로 군대를 진출시킬 때 도성을 지키도록 위가에서 부탁했었다. 그리고 특히 영윤의 직권을 박탈당해 상왕을 증오하고 있던 투초와 그 일족의 반란에 대비하라고 말해 두었다.

과연 장왕이 자리를 비웠을 때 투씨 일족은 반란을 일으켰다. 그리고 수비대장 위가는 불의의 습격을 당해 목숨을 잃었으나, 그 전에 위가는 이변을 알리는 밀사를 장왕에게 보냈다. 그러므로 장왕은 국경 부근에서 이미 그 밀사의 보고를 받았다. 그래서 여러 대장과 대책을 강구하여 투초가 나타날 것이라고 기다리고 있었던 참이었다.

그리고 나타난다면 길이 하나밖에 없는 험한 증야일 것이라고 예측하고 있었는데, 과연 거기에 투초가 나타난 것이다.

마중 나왔다고 말하는 투초와 그 부하 병사들을, 귀국하는 초나라 군대의 선봉대장 소종은 좁은 길을 틈을 내어 지나가게 했다. 이어지는 제2열과의 간격은 상당히 벌어져 있었다.

"전하는 곧 이 뒤로 이어지는 제3열에 계신다."

하고 제2열의 수비대장 공자 측(公子側)이 가르쳐 주며 역시 길을 내어 주었다. 그리고 얼마 후 제3열과 만났다. 제3열의 수비대장은 공자 영제(公子嬰齊)였다.

"야만족의 복병이 전하의 생명을 노리고 있다는 긴급 정보가 들어왔다. 그래서 전하는 변장하여 제2열에 뒤섞여 계신다. 알아채지 못했는가?"

하고 공자 영제가 말했다. 투초와 영제는 친했기 때문에, 영제가 고의로 비밀을 누설했다고 투초는 착각했다. 그래서 서둘러 병력의 방향을 바꾸어 맹렬히 제2열의 뒤를 쫓았다.

그런데 가도 가도 제2열의 모습은 보이지 않았다. 아니 무수한 병거가 길 가득히 버려져 있었고 병사의 모습은 보이지 않았다. 앞쪽을 보니 방향을 바꾼 선봉대가 돌진해 왔다.

속았다는 것을 알고 투초는 다시 말머리를 돌렸다. 그러나 마찬가지로 제3열도 병거로 길을 막고 병사를 뒤쪽으로 모으고 있었다. 더구나 병사들은 활에 화살을 당기려 하고 있었다.

길은 좁고 그다지 높지는 않지만 좌우로 낭떠러지가 있었다. 그래도 투초는 부하들을 좌우로 전개시키려고 했다. 그러나 뜻밖에 좌우의 낭떠러지 위에서 일제히 화살이 날아왔다.

화살을 쏜 것은 제2열의 병사들이었다. 낭떠러지 위에서 쏟아지는 화살을 맞고 좌우의 벽에 붙어 있던 투초의 병사들이 전멸했다. 투초도 미간에 화살을 맞고 절명했다.

미간에 화살이 박힌 채로 투초의 사체를 소종은 병사에게 명하여 병거에 싣게 했다. 그 병거를 선두로, 장왕 휘하의 초나라 군대는 도성 영(郢)으로 귀환했다. 그리고 무장도 풀지 않은 채, 바로 투씨 일족의 집을 찾아내고 가산을 몰수하고 일족을 모두 처형했다.

그날 밤 초장왕은 모든 군대의 병사들을 위로하기 위해 대량의 소, 돼지, 양을 도살하고 술 창고를 열어 위로연을 베풀었다. 동시에 신하들을 궁전에 모아 태평연(太平宴)을 열었다.

"지금까지 많은 고생을 했소. 이제 주변을 어지럽힐 염려도 없소. 중원 제국은 우리 초나라를 침략할 힘도 의지도 없다고 보아왔소. 이것으로 남방권에 군림하는 초나라의 패권은 튼튼하다는 것을 보여준 셈이오. 그것을 축하하기 위해 태평연을 열었소. 오늘밤은 도가 지나쳐도 일체 처벌하지 않겠으니 밤새도록 마음껏 술을 마셔도 좋소."

하고 장왕은 말했다. 그리고 후궁을 개방하여 많은 미녀들로 하여금 연회 자리를 시중들게 했다. 싫든 좋든 연회석은 화려하여 술이 돌고 미녀의 교태가 선보이는 곳에서 흔히 있을 수 있는 추대적인 행위가 여기저기에서 연출되었다.

그러한 광경이 벌어지는 도중 갑자기 돌풍이 불어와 불이 일제히 꺼지고 연회장이 온통 암흑으로 휩싸였다. 그 암흑 속에서 갑자기 날카로운 비명 소리가 났다.

"무슨 일이냐?"

하고 장왕이 소리쳤다. 장왕이 총애하는 채희와 월녀로 하여금 옆에서 시중을 들게 하고 있었다. 그 채희의 허벅지 사이로 누군가가 손을 넣어 은밀한 곳을 만진 것이었다. 그러나 채희는 비명을 지르면서도 민첩하게 관영(冠纓: 관에 늘어트린 끈)을 잡아 뽑았다. 그 관영을 장왕에게 건네주면서 채희가 사연을 이야기했다.

"빨리 불을 밝혀 주십시오. 금방 범인을 알 수 있습니다."

채희는 재촉하며 말했다. 장왕이 명령할 필요도 없이 이미 부싯돌을 두드리는 소리가 났다.

"잠깐 기다려! 불을 밝히지 마시오. 그전에 각각 자신의 갓끈을 떼어 주머니에 넣으시오."

장왕이 명했다. 사이를 두고 불이 밝혀졌다. 장왕의 이상한 명령에 조정신하들은 고개를 갸우뚱했다. 채희가 아름다운 눈썹을 추켜세우고 항의했다.

"그렇게 화내지 마라. 만진다고 깨지거나 줄어들지는 않는다. 게다가 장난치는 녀석들 중에는 대개 도움이 되는 사람이 많다. 오늘밤은 지위 고하를 막론하고 마음 놓고 즐기는 것이다. 범인을 잡아도 뒤처리가 곤란하다. 더구나 잘못하여 중요한 신하를 한 사람 잃게 되면 돌이킬 수가 없다."

하고 장왕은 채희를 설득시켰다. 전란 때라고 생각할 수 없는 이 태평연은 밤새도록 계속 이어졌다. 그리고 후에 사람들은 이를 '절영회(絶纓會)'라고 불렀다.

초장왕이 전란 때 태평연회를 주최한 것은 역설이나 장난이 섞인 자포자기와는 무관한 시대적 감각이 뛰어난 식견을 상징하고 있다. 즉, 전란이 끊이지 않았던 역사적인 상황 속에서 그는 상대적으로 태평을 발견해 냈던 것이다. 원래 그것은 '동(動)'속에서 '정(靜)'을 보는 것 같은 철학적인 사색의 결과가 아니라, 정치적인 통찰 끝에 발견해 낸 것이다.

자세히 바라보면 확실히 대국에 의한 약소국의 병합은 가차 없이 진행되고 있었다. 그래서 생존 경쟁에 있어서 약육강식의 법칙이 몹시 거세게 펴지고 있었다. 하지만 대국 간의 되풀이되는 전쟁이야말로 생존을 건 싸움이 아니었다.

첫째로는 대국 간의 세력이 거의 백중하고 있었기 때문이었다. 게다가 어떤 대제후도 싸움에 패한 나라를 합병하고 효과적 지배의 통치 능력이나 기술을 아직 갖추고 있지 않았다. 아니 기본적으로는 역시 지배나 권력의 개념이 정립되지 않았으며 역사적인 전망이 결여되어 있었기 때문이다.

그래서 초장왕은 이유는 어쨌든 전쟁에서의 게임적인 요소와 그리고 태평의 측면을 함께 보고 있었던 것이다. 즉, 초장왕은 예리한 시대감각과 뛰어난 식견을 지니고 있었다.

그런 까닭에 그는 중원의 강대한 진(晋)나라를 견제하기 위해 서쪽의 진(秦)나라와 결합했으며, 중원의 진(晋)나라와 맞설 수 있는 제나라와도 친선을 통해서 세력의 균형을 꾀하기에 힘썼다. 그리고 초나라와 인접한 진(陳)나라와도 결탁하여, 양다리 외교에 여념이 없는,

교활하기 짝이 없는 정(鄭)나라에게도 싫은 기색을 나타내지 않고 적당히 대응하면서 교묘히 조종하고 있었다.

정나라는 중원에 속하는 나라였기 때문에 생각하기에 따라서 그 양다리 외교는 초나라에 있어서 바람직한 일이었다. 적어도 중원의 대국이 그것을 고민거리로 삼고 있는 것만큼 초나라는 득을 본 것이다. 확실히 중원의 대국은 정나라의 태도에 신경을 곤두세우고 있었는데 초장왕에게는 정나라라는 장기판 위에서 중원 대국과 장기를 두면서 그 여유를 즐기고 있는 것 같은 운치가 있었다.

초장왕이 거대한 자라를 정영공에게 선물한 것은 절영회를 주최한 다음 해의 일이었다. 그리고 공교롭게도 그 자라 때문에 정영공은 목숨을 잃었다. 이에 초장공은 정영공의 죽음을 묵인한다는 것은 있을 수 없다며 영공을 살해한 죄를 묻는다는 명분으로 공자 영제에게 정나라를 치게 했다. 하지만 그것은 표면상의 이유였고, 주된 이유는 영공을 살해한 공자 송과 그 친구인 공자 귀생이 새 군주인 양공을 옹호하며 진(晋)나라 와의 우호를 돈독히 했기 때문이었다.

과연 초나라 군대가 정나라 수도로 진격해 들어오자 양공은 한편으로는 사죄하면서 진나라로 구원을 요청했다. 그러나 진나라의 지원군이 정나라에 도착한 것은 초나라가 이미 철수한 후였다.

그 정나라에 출병한 초장왕 10년에 장왕은 손숙오(孫叔敖)를 영윤에 임명하고 정무를 맡겼다. 그는 투초의 습격으로 목숨을 잃은 위가의 아들이었다.

손숙오는 전전대의 영윤인 자문(子文)이 다시 태어났다고 할 정도로 이름난 재상으로, 국내의 정치를 정비하고 군비를 증강하여 한층 더 초나라의 패권을 확장시켰다.

그러나 변함없이 정나라에 있어서 초나라와 진(晋)나라와의 시소게임은 언제 끝날지 모르게 계속되었다. 그것을 제외하면 초나라는 중원의 혼란에 평온한 나날들이 계속되었다. 그야말로 전란 중의 태평 동맹국이었다.

초장왕 16년, 맹방인 진(陳)나라에서 정변이 일어났다. 사마의 하징서(夏徵舒)가 군주 영공을 죽이고 그의 아들 공자 오(公子午)를 즉위시킨 것이다. 즉위하여 진성공(陳成公)이라고 칭해진 공자 오는 동맹국인 초나라를 거들떠보지도 않고 곧장 진(晋)나라로 직위 인사하러 갔다.

체면을 무시당한 초장왕이 화를 낸 것은 당연했다. 그래도 초장왕은 굳이 동맹국의 원칙을 무너뜨리지 않고, 진영공을 시해한 역적의 포박을 돕겠다고 말하고 진(陳)나라로 병력을 보냈다.

그 출병은 당연한 것이었으며, 그 자체는 아무 것도 아닌 일이었다. 그러나 초나라는 이 출병으로 인해 후에 어이없이 남방권의 세력을 잃게 되는 엄청난 화근을 남겼다. 독거미의 여왕과도 같은 요염한 미녀에게 재앙을 입은 것이었다.

진영공을 살해한 하징서는 공자 자하(子夏)의 손자로, 아버지인 하어숙(夏御叔)은 그가 어렸을 때 요절했다. 그의 어머니는 하희(夏姬)이고, 정목공(鄭穆公)의 딸이었다.

하희는 여희(驪姬)의 미모와 달기(妲己)의 요염함을 겸비한 뛰어난 요부였다.

그녀는 15세 때 어떤 파계승으로부터 절묘한 규방의 기술을 터득했다. '소녀채전술(素女採戰術)'이라고 부르는 그 비법의 깊은 뜻을 파악한 하희는 '채양보음(採陽補陰)' 비법에 의해 영원한 젊음을 유지하면서 '타유추경(拖柔推硬)'의 기술에 의해 상대방을 무릉도원의 경지에 이르게 할 수 있었다.

채양보음이란 문자 그대로 상대방의 양기(陽氣)를 흡수하여 음양의 이치에 따라 자신의 음기를 보강함으로써 젊음과 미모를 유지하는 것이다. 즉 아무리 나이를 먹어도 안색이 변하지 않고 주름도 생기지 않으며 골짜기의 샘물은 마르지 않으며 손님을 맞이하는 문은 전혀 느슨해지지 않는다고 하는 것이다.

타유추경이란 말 그대로 부드러움을 끌어들이고, 단단함을 밀어내어 상대방에게 항복의 서약을 하게 하는 것이다. 먼저 타유란 골짜기에 이르러 문을 두드리면서 갑자기 기력이 빠져 들어가기를 주저하는 무기력함을 강하게 물고 끌어들여 어르고 달래면서 나락 밑으로 밀어 떨어뜨려 고마움의 눈물을 흘리게 하는 것이다.

한편 추경이란 골짜기에 이르러 신호도 하지 않고 갑자기 파고드는 사나운 무례함을 잠깐만! 하고 밀어내어 더욱 사납게 만들고 실컷 땀을 흘리게 하고 때에 이르면 세게 죄어 절규를 짜내게 함으로써 기쁨을 반복적으로 주는 것이다.

덧붙여 말하자면 일반적으로 골짜기 문을 두드리는 손님에게는 두 가지 형태가 있다. 하나는 현관에 들어서자마자 허둥지둥 나오려고 하는 세배하러 다니는 형이고, 또 하나는 들어섰으나 푹 주저앉아 나가려고 하지 않는 강매형이다. 즉 타유는 세배하는 형에 대응하는 기법이고, 추경은 강매형에 어울리는 기교이다.

소녀채전술을 습득한 하희는, 재빨리 그것을 실전에 옮기려고 이복오빠인 공자 만(公子蠻)을 유혹하여 밀통했다. 과연 공자 만은 매일 밤 기뻐 울며 결국에는 그 도를 지나쳤다. 그리고 2년이 채 못 되어 세상을 떠나고 말았다.

하희가 진(陳)나라의 하어숙에게 시집간 것은 그 이듬해였다. 그리고 얼마 후 외아들 하징서를 얻었으나 하어숙 역시 결혼한 지 5년이 못 되어 짧은 생애를 마감했다.

하어숙이 죽고 얼마 안 있어, 하희는 성 안의 저택을 그냥 두고 하씨의 영지인 주림(株林: 하남성 서화현)으로 거처를 옮겼다. 역시 여왕 거미가 망을 치기에는 여러 가지로 말이 많은 성 안보다는 간섭을 받을 일 없는 자신의 영내가 좋다고 생각했기 때문이다.

그래서 아들의 교육 때문이라고 이유를 둘러대고 외아들 징서를 하어숙의 친구이자 인격과 식견이 높은 대부인 설야에게 맡겼다. 그러면 아이 때문에 번거로움 없이 마음껏 모처럼 익힌 비법을 펼칠 수가 있을 것 같았다. 무엇보다 주림에는 마음대로 가지고 주무를 수 있는 걸찬 젊은이가 있다는 것이 하희를 기쁘게 했다. 물론 성 안에서 백리 길도 멀다 않고 찾아오는 손님도 반드시 있을 것이었다.

과연 하희가 주림으로 옮기고 사흘 째 되는 날 대부인 공녕(孔寧)이 찾아왔다. 공녕 역시 하어숙과는 친했고, 하희와는 몇 번이나 얼굴을 마주친 적이 있었다. 설야와는 정반대로 공녕은 행실이 나쁜 사내로서 실은 하어숙이 생존해 있을 때부터 하희를 연모하고 있었다. 그래서 물고기 있는 곳에 물이 있다고 하희는 빙긋 웃으며 공녕을 맞이했다.

그러나 무릉도원의 절정에 다다르자 공녕은 하희의 절묘한 기술에 멈칫했다. 그리고 문득 눈앞에 하어숙이 심신경약에 걸쳐 나날이 쇠약해져 가는 불쌍한 모습이 떠올랐다. 과연 역시 지고의 쾌락은 죽음의 연못으로 가는 벼랑 위에서 즐기는 것이군! 하고 하어숙이 죽은 이유를 깨닫자 소름이 끼쳤다. 다시 말해서 공녕은 대단한 사내는 아니었던 것이다.

과연 공녕은 위험의 분산을 생각하고는 우선 친구인 의행부(儀行父)와 형제로 삼을 것을 결심했다. 공녕이 유혹의 손길을 뻗자 의행부는 흔쾌히 승낙하고는 사이좋게 주림을 왕래하기 시작했다.

그러나 주림에 다닌다는 것이 드러나면, 영공의 비난을 받을 게 틀림없었다. 그래서 이번에는 의행부가 지혜를 짜냈다. 영공도 형제가 되면 될 것이 아닌가 하고 공녕에게 말했다. 그렇게 하면 위험은 더욱 분산될 것이고, 비난을 받을 염려도 없을 것이다. 바로 일거양득이라는 것이다.

공녕과 의행부는 아첨하는 신하로서 영공이 총애하고 있었다. 유혹당한 영공은 기꺼이 형제가 되어 주었다. 그리고 정무를 설야에게 맡기고, 주둔과 두 대부의 기묘한 삼 형제는 자주 주림에 드나들었다.

다행히 진(陳)나라는 초나라의 비호 아래에 있어 천하태평이었다. 가끔 조정이 열리면 삼 형제는 장소를 불문하고 공공연히 주림에서의 일을 회상하고는 몸짓까지 흉내 내며 즐겼다. 그 모습을 '개충기일복, 이희우조(皆衷其衵服, 以戲于朝: 세 사람 모두 하희의 속옷을 관복 밑에 입고 조정에서 자랑스레 내보이면서 즐겼다)'라고 『사서(史書)』에 기록되어 있을 정도이므로 그 추태는 상상을 초월했다.

더구나 그 삼대일의 관계가 10여 년이나 계속되었다. 그래도 하희가 약간의 쇠약도 보이지 않았던 것은 당연하지만 삼 형제도 누구 하나 심신 쇠약에 걸리지 않았던 것은 미녀라고 해도 권력의 비호를 받아야 하고, 그 때문에 조심했기 때문이었다. 그러나 드디어 국정을 위임받았던 설야가 화가 났다. 윗사람이 그러한 추태를 보이면 조정신하에게 본보기가 못 된다고 진언하고 직무에서의 은퇴를 청했던 것이다.

설야를 대신할 수 있는 조정신하는 달리 없었다. 어쩔 수 없이 영공은 주림에 다니기를 자숙하기로 약속하고, 설야를 극구 만류했다. 그러나 의행부가 또 다시 못된 꾀를 생각해 냈다.

설야가 가르치고 있던 하희의 아들 하징서가 이미 용감한 무장(武將)으로 자라고 있었다. 더구나 오래 전부터 국정을 보는 설야의 보좌역을 맡고 있었다. 그 하징서를 설야의 후임으로 기용하면 된다고 영공에게 진언한 것이었다.

과연 그렇게 하면 하희도 기뻐할 것이라며 영공은 승낙하고 우선 하징서를 사마로 임명했다. 그리고 사마에 취임한 하징서가 대연습을 위해 병력을 이끌고 성을 나서자마자 의행부와 공녕은 영공의 허락도 없이 설야를 죽였다. 말참견을 하는 사람이 없어졌으므로 삼 형제는 함께 어울려 주림을 드나들었다.

그 주림으로 하징서가 대연습 중에 시간을 내어 모친의 안부 차 들렀다. 이미 사람들의 입을 통해 소문을 듣고 있던 하징서는 자신의 집 안에 삼 형제가 있는 것을 보고 입술을 깨물었다. 그래서 하징서는 인사를 하려고 객실로 발을 옮겼다. 그리고 차마 들어서는 안 될 삼 형제의 대화를 듣고 말았다.

"징서는 훌륭한 무장으로 자랐는데 실은 경들 중 누군가의 자식이 아니오?"

"무슨 말씀이십니까? 용모가 전하를 닮았습니다. 전하야말로 그의 부친이 아니십니까?"

"그럴 리는 없소. 하희에게 물어 보는 게 좋을 것 같소."

"아니, 하희 자신도 모른다면?"

"그렇다면 아버지를 알 수 없는 잡종으로 해 두지."

영공이 말하고 재미있다는 듯이 웃어댔다. 그 웃음소리에 하징서는 피가 역류하는 듯했다. 재빨리 칼집에서 칼을 꺼내어 방으로 뛰어들었다. 공녕과 의행부가 거품을 물고 뒷문으로 도망갔다. 도망가다 잡힌 영공의 목이 땅바닥에 떨어졌다.

하징서는 대연습을 중단하고, 그대로 병력을 이끌고 도성으로 돌아왔다. 그리고 공자 오를 내세워 성공(成公)이라 칭했다. 더욱이 초나라의 간섭을 피할 수 없다고 예측한 하징서는 그것을 배제하기 위해 진(晋)나라의 힘을 빌리기로 했다. 그를 위해서 즉위 인사를 하라고 성공을 내몰다시피 하여 서둘러 진나라로 가게 한 것이다.

그 직후에 초장왕이 병력을 이끌고 진나라의 도성에 나타났다. 진나라의 신하들은 초장왕의 출병 목적을 알고 있었다. 당연히 하징서는 궁궐 안에 고립되고, 어쩔 수 없이 병력을 이끌고 주림에 진을 쳤다.

그러나 주림의 진지는 초나라 대군에게 포위되고, 하징서는 맥없이 항복하고 말았다. 동시에 어머니 하희도 붙잡혔다.

초나라 군대의 본진지로 연행된 하희의 아름다움에 장왕은 놀라서 눈이 휘둥그레졌다. 더구나 하징서의 누이라고 생각했는데 어머니라는 것을 알고 믿을 수 없다는 듯이 찬찬히 그 얼굴을 주시했다. 그리고 초나라로 데리고 가 후궁으로 삼겠노라고 했다.

"도리를 위해 출병하셨으면서 미녀를 데리고 돌아가는 것은 좋지 않습니다."

공자 영제가 장왕에게 진언했다. 과연 그렇다고 생각한 장왕은 하희를 깨끗이 단념했다.

"그렇다면 신에게 내려 주십시오."

하고 공자 측이 청했다.

"아니 부디 신에게."

하고 대부 굴무(屈巫)가 동시에 자기 의사를 밝혔다.

"글쎄?"

하고 장왕은 망설였다. 그렇다면 힘을 겨루어서 차지하라는 소리를 듣고 두 사람은 결투할 듯한 기세로 쏘아보며, 서로 허리에 찬 칼에 손을 얹었다. 거기에 또 대부 양노(襄老)가,

"노신(老臣)은 처가 먼저 세상을 떠나 홀아비 생활을 하고 있사오니 부디 노신에게."

하고 끼어들었다.

"음, 그렇다면 그렇게 하지. 그쪽 두 사람은 단념하시오. 그 미인은 양노에게 주노라."

하고 장왕이 명했다. 양노는 이름 그대로 노인이었다. 게다가 본처로 삼겠다고 하니 싸울 여지도 없었다. 그래서 그 장면은 수습되고, 초나라 군대는 진나라 도성으로 되돌아갔다.

물론 원구(宛丘)의 도성에는 진성공이 진(晋)나라에 갔기 때문에 진성공은 없었다. 더구나 바라다보니 진(陳)나라 조정에는 후사(後事)를 맡길 만한 조정신하는 한 명도 없었다. 이대로 병력을 초나라로 철수시킨다면, 곧이어 진성공이 진(晋)나라 군대를 끌어들여 진(陳)나라가 진(晋)나라의 부용이 될 것은 눈에 보이듯 뻔했다.

생각한 끝에 초장왕은 진(陳)나라를 쳐부수고 진나라 땅을 초나라의 판도에 편입하고 원구의 도성을 몰수했다. 그리고 공자 영제를 성수로 임명하고 수비군을 남겨놓고 남은 군대를 이끌고 초나라로 철수했다.

영(郢)의 도성으로 귀환한 초장왕은 판도 확대를 축하하는 연회를

개최했다. 그곳으로 사신으로서 제나라에 파견되어 있던 대부 신숙시(申叔時)가 임무를 마치고 귀성했다. 그 신숙시에게 장왕은 자랑스럽게 판 도를 확장했다는 것을 알렸다. 그러나 신숙시는 축하의 말도 하지 않고 심각하게 말을 했다.

"전하는 계전탈우(蹊田奪牛)라는 말을 아십니까?"

"모르겠는데, 무슨 말이오?"

"어느 날 소를 데리고 나온 한 사람의 농부가 지름길로 가려고 남의 논의 논두렁길로 가다가 그 논두렁길을 밟아 뭉개 버렸습니다. 그것을 발견한 논 주인이 화가 나, 그 변상으로 소를 빼앗았다고 하는 이야깁니다."

"그런가. 병상을 취하는 방법이 너무 심하다는 의미이군."

"바로 그렇습니다. 진(陳)나라는 나라를 멸망시킬 만큼의 나쁜 일을 하지 않았습니다."

"그런가? 과연 그렇군. 알았소!"

하고 장왕은 말했다. 그리고 진(陳)나라의 복국(復國)을 허용하고, 연행해 온 진나라의 중신들을 원구로 돌려보냈으며 공자 영제에게도 귀국을 명했다.

하희를 후처로 맞은 양노는 가슴 가득히 두 번째의 봄을 맞이하고, 하희의 빼어난 기교에 취해 얼이 빠졌다. 그리고 바로 불이 붙으려고 하는 심지가 마지막 빛을 내려고 반짝였으나, 역시 죽음의 연못에 이르는 벼랑 위에서 발을 헛디뎌 불과 반년 만에 숨을 거두었다.

이미 나이를 먹은 양노의 죽음을 애도하는 사람은 단 한 사람도 없었다. 아니, 하희의 배 위에서 극락왕생을 한 그 복 많은 그의 말년에 사람들은 선망의 한숨을 쉬었다. 그 자신도 그 쾌락이 생명을 단축시킨다는 것을 너무도 잘 알고 있었을 것이다. 그러므로 웃으며 승천했을 것임에 틀림없었다.

양노의 부음을 듣고 맨 먼저 달려온 조문객은 대부 굴무였다. 반년 전에 주림에서 붙잡힌 하희를 앞에 놓고, 아슬아슬하게 공자 측과 결투할 뻔한 그 굴무였다. 그가 황급히 달려온 것은 하희와 밀의를 나누기 위해서였다. 아니, 약속을 하기 위해서였다.

그리고 두 번째 조문객은 공자 측이었다. 그가 당도하기 이전에 굴무는 이미 목적을 완수했다. 굴무는 문무 양 방면에 뛰어났는데, 아무도 모르는 '팽조탄토술(彭祖呑吐術)'이라고 부르는 숨은 재주를 갖고 있었다. 따라서 굴무가 하희에게 집념을 품은 것은 단순히 호색 때문만은 아니었던 것이다.

팽조탄토술(彭祖呑吐術)이란, 요컨대 소녀채전술을 뒤집는 남자의 규방술이다. 방조(중)가 마을에 전한 비술인데, 굴무는 그 비전(祕傳) 중에서 특별한 비법을 갖고 있었다.

그러나 '음기를 삼키고 양기를 뱉는'것을 가르친 그 탄토술(呑吐術)은 단순한 규방술이 아니라 불로장생의 기법이었다. 적어도 방조는 그것을 불로장생의 기법으로서 마을에 전했다. 덧붙여 말하면 관계하되 사정 하지 않는다가 양생(養生)의 한 가지 훈련이 될 수 있는 것은, 그것이 탄토술에 있어서 하나의 기법이기 때문이다. 그리고 실은 소녀채전술 역시 소녀(素女)가 개발한 본래 의미는 불로장생술이었다. 즉 탄토술과 채전술은 쌍벽을 이루는 것이었다.

그런데 비법은 항상 칼날이고 쌍을 이루는 것은 반드시 상생상극(相生相克)한다. 즉, 두 가지 기술이 상생(상호보완)하면 서로 불로장생을 한다. 하지만 반대로 상극(상호반발)하면, 만난 곳에서 갑자기 겹쳐진 채 장렬한 죽음을 맞이한다. 그러나 이 세상에서 불로장생을 하는 것도, 혹은 한순간에 장렬한 죽음을 당하는 것도 모두 매혹으로 가득 찬 인간 세계의 쾌거다. 더구나 그 두 가지 쾌거에는 선택의 자유가 있다.

상생상극을 지배하는 것은 음양을 움직여 '일음일양(一陰一陽)'하는 기(氣)로 요컨대 호흡을 맞추는 방법이고 그 어떤 것을 선택할 수가 있는 것이다. 하지만 그 선택이 어디까지나 야비한 인간의 사도(邪道)라고 하는 것은 악용이다. 원래 불로장생은 이 세상에 있는 인간 모두의 최고의 바람이었다. 그리고 장렬한 죽음은 그 불가결한 구제였다.

그것은 하여튼 상생상극하는 탄토와 채전은 같은 맥락의 기술이고 그 때문에 굴무와 하희 두 사람은 부부의 인연으로 숙명 지어졌던 것이다.

그런데 양노의 죽음으로 하희가 상복을 입은 것은 말할 필요도 없었다. 하지만 사람들의 의표를 찌르고 그녀는 도중에 사라졌다. 굴무와의 약속에 따라 두 사람이 사랑의 도피를 했던 것이다. 사랑의 도피처는 당연히 공자 측에게 시달림을 당하지 않아도 되고, 초장왕의 손길이 뻗치지 않는 진(晋)나라였다.

그리고 두 사람은 진나라에서 환영을 받았지만 초나라에 남겨진 굴무 가족은 공자 측의 분풀이로 모두 살해당했다. 하지만 굴무의 장남인 굴용(屈庸)만이 난을 피해 부친을 의지해 진나라로 망명했다. 굴용은 아직 젊었지만 초나라에서는 손꼽히는 존재였다. 진경공(晋景公)은 그 재능을 인정해서 그의 아버지 굴무와 함께 중용했다.

그 은혜에 보답하기 위해 굴무는 진경공에게 초장왕에게 보복을 하기 위한 초나라 징벌 술책을 진언했다.

"초나라가 중원 땅에 파란을 일으킨 것은 남방권에서 초나라에 투항할 강대국이 존재하지 않기 때문이다. 그런데 지난 해 양자강 하류의 남쪽 해안에 오씨 일족이 오나라를 세웠습니다. 그 조상은 서주(西周) 왕조를 창립한 문공(文公)의 백부인 태백(太伯)으로 유서 깊은 일족으로 오나라를 세운 오왕 수몽(壽夢)은 영특하고 총명하며 일족은 용맹 과감하지만, 아쉽게도 병거가 없고, 병거전술을 알지 못합니다. 따라서 오나라는 강대할 잠재적인 조건을 갖추고 있으므로 그들에게 병거를 만드는 기술을 전수시키고 군대의 편성이나 군법을 가르치면 남방권에서 초나라의 패권을 위협할 나라로 성장할 것은 틀림없는 사실입니다. 그렇게 되면 초나라는 오나라와의 싸움에 지쳐 중원에 간섭할 여력은 없어질 겁니다."

라고 설명한 뒤 그 역할은 자기 부자가 맡겠다고 청했다.

진경공은 무릎을 치며 기꺼이 승낙했다. 즉시 굴무와 굴용은 진나라의 사신으로 오나라에 갔다. 굴무와 면식이 있던 오왕 수몽은 오나라의 구세주라고 하며 굴무 부자를 환영했다. 굴무는 성의껏 오왕 수몽에게 군의 방도를 설명했다, 그리고 굴용을 오나라에 남겨두고 하희가 기다리는 진(晋)나라로 돌아왔다.

오나라에 머무르면서 굴용은 오나라 군사에게 병거의 전법을 전수했다. 그리고 그는 오나라의 외무대신으로 임명되어 진나라와 오나라의 우호관계에 진력을 다했다.

오나라는 순식간에 강대화되어 초나라를 위협하기에 이르렀다. 그리고 굴무의 예상대로 초나라는 후에 그 패권을 잃게 되었다. 그 씨앗은 초장왕의 하희를 잡았을 때에 이미 뿌려졌던 것이다.

제30장

어째서 까마귀가 돼지를 검다 비웃는가

남방의 패권자 초장왕은 재위 23년으로 끝나고 패권은 그의 아들 공왕(共王)에게 넘겨졌다. 초공왕은 아버지인 장왕보다도 더 야심가로, 남방의 패권을 중원으로 뻗치려고 야망을 불태웠다. 때문에 정나라를 둘러싼 진(晋)나라와의 싸움은 매우 치열했다.

그동안 병거의 기술을 습득한 오나라의 군사력은 갑자기 강화되어 빈번히 초나라를 위협했다. 초공왕 8년(기원전 583년)은 오왕 수몽(壽夢) 3년에 해당되는데, 그해 오나라 군대는 초나라의 주래(州來)에 침입하고 게다가 초나라의 부용국인 소(巢)나라와 서(徐)나라를 공략했다.

오왕 수몽은 그 쾌승을 기뻐하여 병거전을 가르치고 오나라 군대를 강화한 굴용(屈庸)의 공을 치하하여 상경으로 임명했다.

그리고 드디어 남방권에 있어서의 초나라 패권에 도전하려는 투지가 치솟았다.

"이번 싸움에서 낙승한 것은 초나라의 의표를 꿰뚫었기 때문입니다. 초나라 군대가 필사적인 반격을 하지 않았던 것은 필시 초나라가 중원과의 싸움에 쫓겨 손이 못 미쳤기 때문일 것입니다. 확실히 오나라 군대는 강해졌습니다. 그러나 유감스럽게도 아직 초나라와의 자웅(雌雄)을 겨룰 만한 힘은 없습니다. 다행히도 초나라는 중원과의 싸움으로 확실히 국력을 소모했습니다. 이런 때 더욱 부국강병에 힘쓴다면 머지않아 힘의 관계를 역전시키는 것은 의심할 여지가 없습니다. 그때까지는 초나라를 자극하는 것을 삼가셔야 됩니다."

굴용이 진언했다. 그 후 굴용은 더욱 부국강병에 박차를 가해 오나라는 더욱 강대해졌다.

오왕 수몽 16년, 열심히 국력을 쌓은 오나라가 드디어 움직이기 시작했다. 초나라로 진군하려고 양자강 하류 연안에 대군을 집결시키고 먼저 실전(實戰)을 곁들인 대연습을 행했다. 그 소식은 이윽고 초나라 도읍에 다다랐다. 초나라의 영윤 영제(嬰齊)는 즉각 선수를 쳤다.

"오나라의 기세를 돋우어서는 감당할 수 없게 됩니다. 콧대를 꺾어서 그 야망을 미연에 막아야 합니다."

영제가 공왕에게 진언하여 수군(水軍)을 일으켰다. 양자강은 동쪽으로 흐르고 있기 때문에 초나라는 오나라의 상류에 있었다. 선발된 초나라 군사 정예 2만과 비장의 수군 3천을 이끌고 영윤 영제는 양자강을 내려갔다. 드디어 오나라 영토로 들어간 초나라 군대는 구자(鳩玆)에 이르러 쉽게 구자성을 함락시켰다. 그리고 성에 수비병을 남기고 본대를 강기슭에 집결시켰다. 영제는 그 기세를 몰아 배로 양자강을 내려가려 했다. 그것을 부장군인 등료(鄧廖)가 제지했다.

"배로 강을 내려가는 것은 쉽습니다만 퇴각을 해야 할 경우에는 어렵습니다. 일단은 맨 마지막 장군이 수군을 이끌고 강을 내려가십시오. 원수(元帥)는 형산(衡山)에 병을 주둔하시어 전황을 살피면서 진군하여 주십시오."

하고 갑옷으로 무장한 병사 3백과 특수 훈련을 받은 정예 병사 3천을 이끌고 강을 내려갔다.

구자성이 초나라 군대의 손에 함락되었다는 소식은 지체 없이 양자강 하류에 집결해 있던 오나라 진영에 다다랐다. 오나라 군대의 원수 왕자 제번(諸樊)은 바로 대연습을 중지하고 초나라 군대의 동진(東進)에 대비했다. 우선 왕자 이매(夷昧) 휘하의 군선 60척을 양산(梁山) 부근에 배치하고 양동 작전을 명했다. 또한 왕자 여제(余祭) 휘하의 군선 백 척을 채석항(采石港)에 매복시켰다. 제번은 직접 3백 척의 본대를 이끌고 채석기(采石磯)로 전진했다. 그리고 조용히 적의 출현을 기다렸다.

그런데 구자를 떠나 양자강을 내려간 등료의 선단은 이윽고 학산기(郝山磯)를 지나 양산 부근에서 오나라 군대의 선단이 전투태세로 움직이는 것을 보았다. 등료는 기선을 제압코자 바로 공격개시를 명했다. 강 상류에서 돌진해 오는 대선단에 겁먹은 이매의 오나라 군대는 하류로 도주했다. 그를 쫓아 초나라 군대의 선단이 채석기에 다다랐다. 거기에 숨어 있었던 제번의 선단이 갑자기 모습을 나타냈다.

적군 아군의 선단은 3백 척씩, 실로 백중세였다. 양군 모두 바로 싸움을 시작했다. 그러나 싸움이 시작되자마자 오나라 군대는 한발 한발 하류로 퇴각했다. 등료는 히죽 웃고 있었는데 거기로 채석항에 숨어 있었던 여제의 선단이 초나라 군대의 배후를 쳤다. 강의 흐름을 숙지하고 있었던 오나라 군대로부터 앞뒤로 협공을 당해 비화살을 맞은 초나라 군대는 눈 깜짝할 사이에 무수한 사상자를 냈다. 등료도 세 개의 화살을 맞고 중상을 입었다.

그곳으로 우회한 이매의 선단이 측면에서 초나라 군대의 선단에 돌진했다. 이매가 탄 거대한 전함이 갑자기 초나라 군대의 기함을 받고 침몰시켰다. 기울어진 초나라의 기함에 커다란 창을 손에 든 오나라 수병이 올라탔다.

거대한 전함은 종횡무진으로 난폭하게 다니며 초나라 기함을 닥치는 대로 들이받았다. 순식간에 초나라 군함이 전복되고 혹은 나포되었다. 중상을 입은 초나라 장군 등료는 항복을 거부하고 스스로 목숨을 끊었다. 순식간에 초나라 군은 괴멸되었다. 겨우 살아남은 80명과 백 명이 허둥지둥 도망쳤다. 대승한 오나라 군대는 도망가는 패잔병을 쫓으면서 형산에 다다랐다. 그러나 형산에 주둔해 있었던 영제 휘하의 초나라 군의 본대는 이미 도망간 후였다.

그것을 알고 원수 제번은 오나라 군대를 이끌고 구자로 직행했다. 그러나 도착해보니 구자성을 점거하고 있었던 초나라 군대 역시 성을 버리고 영제의 본대와 합류하여 퇴각한 후였다. 그리고 굴용의 병거 부대가 이미 성에 들어왔다.

제번 휘하의 수군도 일단 구자성에 들어와 휴식을 취했다. 거기에서 진용을 재정비하고 초나라에 침입하여 가성(駕城)을 공략했다. 원수 제번은 그 기세를 타고 초나라의 도성으로 진격하려 했다. 이에 굴용이 반대했다.

"여기서 일단 퇴각하시고 다시 전세를 가다듬어야 합니다."

하고 말하는 굴용의 의견을 제번이 받아들여 오나라 군대는 수륙(水陸)양로로부터 오나라의 도성에 개선했다. 초나라 도성으로 진격하려한 왕자 제번을 제지한 굴용에게는 그 나름대로의 생각이 있었다. 분명 오나라는 초나라와 백중하게 싸울 힘을 지녔으나 승패는 시절의 운이고 흥망은 천명에 지배된다. 즉 초나라와 흥망을 건 대승부를 위해서는 우선 초나라 거취와 중원의 동향을 견주어 보지 않으면 안 된다고 굴용은 생각했다.

다행히 야심가인 초공왕은 중원에 진출할 기회를 호시탐탐 엿보고 있었다. 초나라 도성을 공격한다면 공왕이 대군을 끌고 중원에 진격한 그 틈을 노려야만 했다. 어정쩡하게 승부가 난다면 초나라는 기반을 다지려고 중원으로의 야심을 보류하고 오나라의 제압에 전력을 기울일지도 모른다. 그렇게 되면 오나라는 큰 희생을 치러야 한다. 어쨌든 초나라와 장기간의 소모전을 벌이는 것은 피하지 않으면 안 된다고 굴용은 생각한 것이었다.

그렇다고 해서 계속 고분고분 구는 것은 반대로 초나라를 불쾌하게 하는 것이다. 굴용은 그렇게 생각하고 적당한 때에 초나라와 분쟁할 것을 오왕 수몽에게 진언했다. 이리하여 오나라와 초나라의 작은 분쟁은 지속 되었다. 그러나 오왕 수몽은 결국 초나라와 자웅을 겨룰 기회를 갖지 못한 채 재위 25년 만에 몰락하고 말았다. 수몽에게는 네 명의 자식이 있었다. 장남이 제번이고, 차남은 여제, 셋째가 이매이며, 넷째는 계찰(季札)이라 불렀다. 수몽은 그 네 명의 자식 중에서 가장 현명한 막내인 계찰에게 자리를 계승하길 원했지만, 계찰은 장유유서(長幼有序)라며 왕위계승을 거부했다. 부득이 형에서 아우로 즉, 형제상전(兄弟相傳)의 양해로 일단은 맏형인 제번이 즉위했다. 그리고 초나라와의 변함없는 분쟁은 계속되었다.

오왕 제번은 재위한 지 13년 만에 서거했다. 둘째인 여제가 왕위를 계승하여 오왕 여제라 칭했다. 오왕 여제 3년에 제나라의 대부 경봉

(慶封)이 난을 피해 오나라로 망명해왔다. 오왕 여제는 경봉의 망명을 쾌히 허락했을 뿐만 아니라 오나라 부인을 맞이하게 하고 주방(朱方)의 땅을 그 식읍(食邑)으로 봉했다.

그러나 오왕 여제는 재위 불과 3년 만에 횡사했다. 그 전해에 오왕 여제는 오나라 남쪽에 새로 생긴 월(越)나라를 쳤는데 그 때 생포된 장군 한 사람을 오나라에 데려와서는 월형(발꿈치를 자르는 형벌)에 처하고 궁정의 문지기로 사용했다. 그 문지기에게 오왕 여제는 술에 취해 정신없이 잘 때 피살당한 것이었다. 여제의 죽음으로 셋째 동생인 이매가 즉위했다. 오왕 이매는 재위하자마자 다음에 왕위를 계승해야 할 막내 계찰에게 중원제국의 정정(政情)을 시찰하러 보냈다. 아버지 유언에 따라 다음의 웅비(雄飛)시대에 대비하여 견문을 넓히게 하려는 배려에서였다.

왕자 계찰은 5년 동안 노·제·진·위·정의 여러 나라를 돌며 그 나라의 공족(公族)과 교류하면서 빠짐없이 정치정세, 문화, 습속(習俗)을 시찰하고 귀국했다.

오왕 이매 6년에 초나라의 영왕(靈王: 공왕의 아들)은 채·진·허·돈(頓)·호(胡)·침(沈) 등 부용제국의 병사를 모아 오나라를 침범했다. 오나라가 6년 전에 제나라의 간신 경봉의 망명을 수락했을 뿐만 아니라 식읍을 주며 후하게 대우한 죄를 묻는다고 하는 것이 침략의 대의명분이었다. 죄를 묻는다고 하는 것이었으나 실은 수도인 오(吳)를 침략할 작정이었다. 그러나 오나라 도성의 방비가 단단하다고 보고 목표점을 경봉의 식읍 주방으로 바꾸었다. 거의 방비가 허술했던 주방은 쉽게 함락되고 경봉은 간단히 잡혔다. 초영왕은 붙잡힌 경봉에게 도끼를 지게하고 부용제국의 여러 장군 앞으로 끌고 갔다.

"여러분 보시오. 이것이 본보기라고 하는 것이오. 이 경봉과 같이 불충불의(不忠不義)하고 여러 대부를 공갈하여 정권을 전단(專斷)시켜서는 안 되오."

하며 경봉의 처형을 구경거리로 만든 것이었다. 그때까지 고개를 숙이고 있던 경봉이 갑자기 고개를 쳐들었다. 그리고는 가슴을 펴고 크게 소리 쳤다.

"여러분 보시오. '까마귀가 돼지를 검다고 비웃는다'라는 것이 이 경우요. 가소롭기 짝이 없소. 그러한 초공왕 첩의 아들 위(圍: 영왕)와 같이 주군을 살해하고 자리를 빼앗아 인근 제국을 공갈하여 출병을 강요해서는 안 되오."

하고 외치면서 여러 장군을 바라보았다. 나란히 서있던 여러 장군이 무의식중에 비웃었다.

"과연 똥 묻은 개가 겨 묻은 개 나무라는 식인가?"

여러 장군 중 한 사람이 응답했다. 그때 피식! 하고 비웃은 자가 있었다. 순간 여러 장군이 일제히 소리를 내어 웃기 시작했다. 득의에 차있던 초영왕의 얼굴이 홀연 붉어지고 새파래졌다.

"즉각 그 목을 베어라!"

초영왕은 경봉의 처형을 명한 후 그대로 아연실색하며 주방에서 군대를 철수했다.

초나라와 부용제국의 군대가 철수한 뒤를 쫓듯이 오나라 군대가 초나라에 침입했다. 그리고 극(棘)·역(櫟)·마(麻)의 세 읍을 공략했다.

그 다음 해에는 초나라 군대가 단독으로 오나라의 구안(鳩岸)을 공략했다. 그리고 그 다음 해 거듭 초나라 군대가 오나라의 부용국인 서나라를 쳤다. 오나라는 즉각 서나라에 지원군을 보내자 그것을 보고 퇴각하는 초나라 군대를 쫓아 방종(房鍾)에서 궤멸시켰다.

그러나 오왕 이매는 재위 16년 만에 몰락했다. 아들 료(僚)가 즉위하여 오왕 료라 칭했다. 이매가 아버지 수몽의 유언을 지켜 맏형과 둘째 형과 약속에 따라 막내 동생인 계찰에게 자리를 인계하려고 한 것은 두말할 것도 없다. 그러나 '부군이 살아계실 때 거절한 것을 사후에 받아들이는 것은 있을 수 없다'며 계찰은 완강히 왕위계승을 거부했다. 그래서 부득이 자신의 아들인 료에게 자리를 계승한 것인데 훗날 이것이 엄청난 정쟁(政爭)의 요인이 된다.

오왕 료 5년(초평왕 7년)에 이번엔 초나라로부터 3년 동안 침묵만을 지키며 정무를 돌보지 않은 초장왕에게 목숨을 걸고 진언한 오거(伍擧)의 손자 오자서(伍子胥)가 아직 어린 초나라의 왕손 승(勝)을 받들어 오나라로 망명해 왔다. 오자서는 춘추전국사를 장식하는 비극의 영웅으로서 후대에 구전되었던 인물이다.

오자서가 오나라에 망명함으로써 오나라의 정세와 오·초 관계는 갑자기 일변했다. 그리고 남방권에 있어서의 세력균형이 소리를 내며 무너지기 시작했다.

오자서의 아버지 오사(伍奢)는 그의 아버지(伍拳)의 여덕도 있었지만 인격과 식견이 뛰어난 초나라의 중신이었다. 그러나 이미 연로했기 때문에 공식적으로 정무(政務)를 떠나 태자 건(建: 초평왕의 아들)의 후견인 즉, 태부(太傅)로 임명되었다.

그 밑에 소전인 비무극(費無極)이라는 사람이 있었는데 터무니없는 남자였다. 오로지 태자 건을 충동해서 나쁜 놀이를 가르쳐 종종 오사의 질책을 받았다. 비무극은 원래 간사한 아첨쟁이 신하였다. 태자 건도 처음에 그 능숙한 아첨을 좋아했지만 시간이 지남에 따라 그 비겁함이 역겨워져서 드디어 혐오하기에 이르렀다.

그 때문에 비무극은 동궁에서의 거처가 곤란해지자 결국에는 직위를 떠나 왕국에 틀어 박혀 있었다. 그리고 평왕의 측근에서 아첨하고 교묘한 말로 태자 건을 칭찬하는 듯하다가 중상모략을 하곤 했다.

이윽고 태자 건이 성년에 달했다. 그 기회를 비무극은 못된 책략을 꾸며 태자의 성혼(成婚)을 평왕에게 진언했다. 거기에서 교묘하게 평왕을 구슬려서 자신이 혼담을 맡는 사자로 나섰다.

예전 초장왕이 진(秦)나라와 친분을 맺은 것을 계기로 초나라는 진나라와 우호관계를 유지하고 있었다. 진애공(哀公)은 쾌히 여동생을 태자 건에게 시집보낼 것을 승낙했다. 당연히 혼인은 순조롭게 진행되었다.

드디어 태자 건 성혼의 택일이 정해져 진나라에 신부를 맞이할 초나라 사자가 보내졌다. 비무극이었다. 진애공은 방대한 지참금과 혼수가구를 준비하여 시녀 십여 명을 붙여 여동생을 초나라로 시집보냈다.

그 시녀 중에 유달리 수려하고 교양이 있어 보이며 눈에 띄는 제나라 태생의 미인이 있었다. 비무극은 그 미모의 제나라 여인을 눈여겨보고는 그녀에게 교묘하게 접근하여 설득했다. 그리고 재빨리 행렬을 벗어나서 한발 앞서 도성인 영으로 돌아가, 내친김에 궁전에 뛰어들어가 평왕에게 급히 보고했다.

"신부(진애공의 여동생)는 소문으로 들은 것보다 훨씬 나은 대단한 미인입니다. 실로 달기(중국 은나라 주왕의 비)및 여희(驪姬)가 다시 나타났다고 할 정도로 그 정도의 미인은 우리 초나라는커녕 어디에서도 찾아볼 수 없습니다."

하고 의미 있게 평왕을 부추겼다.

"그렇소? 다행이군. 우리 태자 건도 상당히 남자다우니 어울리는 부부가 되겠군."

"아니, 당치도 않습니다."

비무극이 거침없이 말했다. 그리고 히죽거렸다. 평왕은 일순 고개를 갸웃했지만 이윽고 그 의미를 깨달았다.

"그러나 아들이 아내로 맞을 여자를 처로 앉힐 수는 없소."

평왕은 아까운 듯한 표정을 지었다.

"아닙니다. 태자의 아내로 맞았지만 아직 동궁에 들어간 건 아닙니다. 맞아들이는 장소를 동궁에서 왕궁으로 바꾸기만 하면 됩니다. 무슨 거리낌이 있겠습니까?"

"음, 그러나 조정대신들의 입은 막을 수 있어도 태자의 입을 막을 수는 없소."

"염려하실 필요 없습니다. 실은 시녀 중 미모의 한 제나라 여인이 있습니다. 그녀에게 신부 행세를 잘하여 태자 부인이 되라고 설득해 두었습니다. 하여간 태자는 신부의 얼굴을 모릅니다. 게다가 감쪽같이 바꿔치기 할 방법이 있습니다."

비무극은 그 같은 방법을 평왕에게 설명했다.

"과연 경에게는 지혜가 있소. 그러나 그 장면은 잘 넘긴다 하여도 후일 그 진상은 드러날 것이오."

"그것은 그때의 일입니다. 그러나 기정사실이 되어 버리면 아무도 그것을 되돌릴 수 없습니다."

"그건 그렇소만."

평왕은 몇 차례나 고개를 끄덕였다.

이틀 정도 지나 신부 행렬이 영성에 도착했다. 비무극은 왕명이라 하며 신부와 시녀 일행을 왕궁으로 들였다. 진나라에서부터 신부를 보내온 공자 포(蒲)가 괴이한 얼굴을 했다.

"태자의 신부는 동궁에 들기 전에 왕궁에서 부군에게 인사하는 것이 초나라의 관례입니다."

비무극은 즉흥적으로 대꾸하며 그 어려움을 모면했다.

신부와 시녀들은 그대로 왕궁에 머물렀고, 가짜인 제나라 여인이 신부 수레에 타고 시녀 행세를 한 궁녀들의 수행을 받으며 동궁으로 들어갔다.

이리하여 평왕은 순조롭게 원래 신부를 부인으로 얻었고, 제나라 여인은 그대로 태자의 부인 자리를 차지했다. 조정대신들 중에도 의심하는 자는 간혹 있었지만 확실히 그렇다고 간파한 자는 없었다.

한 해가 지나자 진짜와 가짜인 제나라 여인은 사이좋게 사내아이를 출산했다. 평왕은 그 아이를 진(珍)이라 이름 지었고, 태자 건은 그 아이를 승(勝)이라 했다. 각기 귀중한 자녀를 얻은 초평왕과 태자 건은 모두 왕궁과 동궁에서 나름대로 신나고 행복한 나날을 보냈다.

그러나 세월이 흐름에 따라 비무극은 점점 걱정이 되었다. 그는 계산 착오를 하고 있었던 것이다. 태자 건이 아내를 바꿔치기한 것을 알아차리고 아버지인 평왕과 언쟁을 일으킬 것이라고 비무극은 은근히 기대하고 있었다. 게다가 기회를 잘 타서 부자의 사이를 갈라놓고 태자를 없애 버리려고 음모하고 있었던 것이다. 태자 건을 혐오하고 있었던 비무극은 자신의 장래를 생각하여 태자 건을 살려둘 수 없었던 것이다.

그래서 비무극은 그 좌절된 원대한 음모를 다시 수정하여 바로 실행에 옮겼다.

“오나라가 대두하여 동쪽 국경을 위협받고 있는 동안, 중원 제국 북쪽의 수호가 소홀해졌습니다. 이 기회에 태자를 성부성으로 옮겨 방비를 굳힌다면 어떻겠습니까?”

평왕에게 진언했다. 그러나 평왕은,

“태자를 도성 밖으로 가게 하는 것은 난(亂)의 근원이오.”

라고 하며 관심을 두지 않았다. 비무극이 이번엔 소리를 낮춰 얌전히 평왕에게 진언했다.

“아무래도 태자는 자신의 부인이 가짜라는 걸 알아차린 듯합니다. 문제가 생기기 전에 멀리하는 것이 좋지 않겠습니까?”

“그런가? 알았소.”

급소를 찔린 평왕은 바로 태자 건을 동궁에서 성부성으로 옮기게 했다. 굳이 말하자면 확실히 북방의 방비를 굳힐 필요도 있었다. 그래서 분양(奮揚)을 성부의 사마(司馬)로 임명하고 병사를 주어 태자 건을 수행 하게 했다.

“과인을 섬기는 것과 마찬가지로 아니 태자를 과인이라 생각하고 충성을 다하시오.”

평왕은 도성을 떠나 성부로 가는 분양에게 재차 다짐했다. 평왕은 태자 건에 대한 꺼림칙함과 연민과 두려움이 섞인 복잡한 심경이었다. 그래서 굳이 여러 차례 다짐한 것이었다.

태부인 오사가 태자 건을 따라 성부성에 간 것은 말할 것도 없다. 그러니 평왕은 오사에게 뭔가를 말하면 역으로 되물음을 당할지도 모른다고 생각하여 아무 말도 하지 않았다.

오사에게는 두 명의 자녀가 있었다. 장남을 상(尙)이라 하고, 차남을

원(員)이라 했다. 오상(伍尙)은 장남이었기 때문에 조부인 오권에 의해 식읍으로 봉해진 당읍(棠邑)으로 인해 당군(棠君)이라 불려졌다. 그러나 아버지인 오사가 조정에서 물러났지만 태자의 태부로 건재했기 때문에 아직 세습인 대부직을 받지 못해 조정에는 나가지 않았다. 차남인 오원의 자(字)는 자서(子胥)라 하며 아직 어려 출사하지 않았다.

오상은 고상한 귀공자이나 오자서는 용모가 뛰어난 남아로, 온몸에 지혜가 넘쳐흘렀다. 그뿐 아니라 오자서는 강인하고 무용(武勇)에 뛰어났다. 특히 활솜씨는 초나라 유일의 명수라고 구가되는 기린아였다.

형제 모두 영읍에서 살고 있었는데 오사는 그 형제를 새로운 임무지인 성부성에 불러들였다. 관직은 없었지만 뭔가 성부성의 방위에는 도움이 된다고 생각했기 때문이다. 물론 태자 건과 가까이 지내게 할 마음도 있었다.

태자 건과 오사 부자가 성부성에 옮기고서 눈 깜짝할 사이에 1년이 지났다. 쑥쑥 자란 공손 승은 여섯 살이 되었다. 마찬가지로 왕자 진도 역시 여섯 살이 되었다.

이미 노년기에 접어든 초평왕은 젊은 아내의 환심을 사기 위해 왕자 진을 태자로 세우려고 생각했다. 그러나 별 잘못이 없는 태자 건을 폐적하는 것은 이치에도 어긋나고 인정상으로도 용납되지 않는다며 줄곧 고민하고 있었다. 그것을 놓칠세라 당초의 계획대로 비무극이 재빨리 움직였다.

"성부에 풀어놓은 첩자의 보고에 의하면 태자와 태부가 공모하여 모반을 꾀하고 있답니다. 선수를 치지 않으시면 돌이킬 수 없게 됩니다."

"설마, 두 사람만으로 그와 같은 일은 있을 수 없소."

"그럴지도 모릅니다. 그러나 태자는 부인의 출신 성분을 알고 부군과는 한 하늘 아래서 함께 살 수 없다고 큰소리 치고 있습니다. 또한 태부가 두 아들을 성부에 불러들인 것도 모반과 관련된다고 믿고 있습니다."

"설마…."

"아닙니다. 태자는 폐적될 것을 두려워하고 있습니다. 사실 지금 태자를 폐적하지 아니하시면 왕자 진을 태자로 세우는 것은 당치도 않습니다."

비무극이 다시금 평왕의 아픈 곳을 찔렀다. 평왕은 드디어 반응을 보였다.

"그렇다면, 어떻게 하면 좋겠소?"

"우선 태자와 오사 부자를 떼어 놓는 것입니다. 갑자기 병을 파견하여도 저 친자(親子)가 성부성에 있어서는 어쩔 도리가 없습니다. 시치미를 떼고 즉각 오사를 도성으로 유인하여 주십시오."

비무극은 평왕에게 책략을 말했다.

그리고 바로 오사가 도성인 영으로 호출되었다.

"건에게 모반의 마음이 있는 것을 그대는 알고 있는가?"

평왕은 모반을 단정하고 오사를 신문하기 시작했다.

"모릅니다. 아니 그러한 사실이 없습니다. 그런 일은 있을 수 없는 일입니다."

오사는 태연자약하게, 아니 어이없다는 듯이 대답했다.

"아니, 최근 진나라 여인과 제나라 여인이 바뀌었다는 것을 알고 원한을 품고 있지 않은가?"

"아닙니다. 그 일이라면 태자는 제나라 여인이 동궁에 들어온 날부터 알고 있었습니다. 여자는 품행과 기량(器量)이 생명인지라 누구의 동생인지를 태자는 문제 삼지 않았습니다. 그보다 부군이 진나라 여인을 마음에 들어 하신다는 것을 알고, 생각지도 않게 효도를 하게 되었다며 기뻐하고 계십니다. 간신의 참언(讒言: 윗사람에게 남을 중상 모략함)을 믿으시고 혈육을 의심하셔서는 아니 됩니다."

오사는 이 기회에 간언했다.

"아니, 참언 등으로 갈피를 못 잡는 것은 아니요. 현 태자를 폐하고 새롭게 태자를 세울 작정이오."

평왕은 여기에서 진심을 말했다.

"그렇다면 안 될 말씀은 없습니다. 태자 건은 성부에 옮겨졌을 때부터 그것을 각오하고 계셨습니다. 그리고 성부의 성주로 만족하고 계십니다."

"그것이야말로 모반할 마음이 있다는 증거가 아니오?"

"아닙니다. 지금은 어지러운 시기입니다. 누구나 왕위를 노리고 있는 것은 아닙니다. 특등석을 예약하더라도 그 자리에 앉는다는 보장이 없으며 그 자리만이 유일하고 절대적인 자리가 아니라는 점을 어릴 적부터 노신(老臣)이 확실히 가르쳤습니다. 폐적되더라도 절대로 원망을 하지 않을 것입니다."

오사는 담담하게 말했다. 평왕은 생각을 종잡을 수 없게 되었다. 그러나 갑자기 눈빛이 요사하게 빛났다. 그것을 보고 오사의 마음이 얼어붙었다. 어떻게 하든 평왕이 태자 건을 말살할 것을 알아챘다. 과연 평왕이 다시 물었다.

"태자가 모반을 꾀하는 것을 말리지 못한 태부의 죄는 무겁소. 원칙으로 하면 사형에 처해야 하나 특별히 사형을 면하고 태부의 자리를 해임하고 칩거를 명하오. 단 선대의 공적과 오랫동안의 충성을 감안하여 장남에게 대부직의 세습을 허락하오. 차남도 그에 적당한 관직에 명하겠소. 바로 편지를 써서 두 아들에게 알리는 것이 좋겠소."

평왕이 말했다. 오사는 쓴웃음을 지었다.

"노신은 선재부터 충신을 자임(自任)하고 있었습니다. 부디, 그러한 아이를 속이는 듯한 연극은 그만두십시오. 원하신다면 어떻게라도 편지를 쓰겠습니다. 단, 장남인 상은 죽을 것을 각오하고 달려오겠지만, 차남인 자서는 절대 나타나지 않을 것입니다."

"그것이야말로 반역이 아니오."

"아닙니다. 그는 아직 조정대신이 아닙니다."

"알았으니, 바로 편지를 쓰시오!"

"알겠습니다."

오사는 말한 대로 편지를 썼다. 평왕은 편지를 비무극과의 협의대로 장군인 언(焉)에게 건네었다. 동시에 성부의 사마 분양에게 태자 건을 살해하라고 부탁했다. 게다가 오자서가 동행을 거부한다면 분양의 협력을 얻어 무슨 수를 써서라도 포박 연행하라고 덧붙였다.

성부성에 도착한 언은 우선 오사의 편지를 오상에게 건네주었다. 그리고 분양에게 평왕의 이야기를 전했다.

아버지로부터 온 편지를 읽고 난 오상은 그것을 잠자코 동생 자서에게 건넸다. 편지를 전달한 이가 배달인이 아니고 겨우 이런 일을 위해 장군이 파견된 것을 오상은 기이하게 느꼈다.

"언을 잡아다가 실토하게 할까?"

편지를 다 읽은 오자서가 말했다.

"아니, 거친 행동은 안 돼. 우리 형제를 도성으로 유인하는 계략임에는 의심할 여지가 없는 것 같거든. 하지만 아버님께서 인질로 잡히

셨고, 그 아버지로부터 호출편지가 온 것이야. 아버님을 죽게 내버려 둘 순 없어."

오상이 침통한 표정으로 말했다.

"아니 형, 이미 계략이라면 도성으로 간다고 해서 아버지를 구출할 수는 없어. 같이 죽는 것만이 효도는 아니야."

"아무 말도 하지 마, 자서. 너의 성격이나 생각은 잘 알고 있어. 죽음을 각오하고 나는 아버지의 모습을 뵈러 갈 거다. 너는 살아남아 적을 쳐라. 분담해서 효도를 다하기로 하자."

"알았어. 평왕이 이상한 짓을 한다면 내가 반드시 죽일 거야. 그건 그렇다 치고 역시 진상을 확실히 할 필요가 있어. 역시 장수 언을 협박해서 실토하게 하자."

"아니, 갑자기 일을 복잡하게 만들면 더욱 궁지에 몰리게 된다. 그보다 이제부터 사마를 찾아가 의논하도록 하자."

오상이 이야기하고 일어서며 오자서를 재촉했다. 두 사람은 무도관(館)을 나왔다. 바람이 안뜰에 핀 꽃향기를 실어와 새콤달콤한 향기가 코를 찔렀다. 초가을의 하늘에는 뜬구름이 떠있고 태양은 서쪽으로 기울고 있었다.

문을 나오려 하는 참에 반대로 사마 분양으로부터의 사자가 급히 달려왔다. 두 사람의 모습에 놀라면서 사자는 품속에서 초대장을 꺼내 오상에게 건네주었다. 저녁 식사 초대장이었다. 아직 저녁 시간은 아니었지만 그 전에 처신책을 의논하려고 두 사람은 그대로 분양이 있는 곳을 향했다. 그러나 안에 들어서자 두 사람은 당황했다. 바로 장수 언이 손님으로 자리하고 있었다. 나선 걸음이지만 이래서는 의논할 수 없다고 판단한 두 사람은 되돌아가려고 했다.

"아니 염려치 마십시오. 한 집안입니다. 이쪽으로 오십시오."

분양이 손을 들어 청했다. 두 사람은 주저하며 서로 얼굴을 마주 보았다. 그러나 굳이 거절할 명분도 없어서 다시 자리에 앉았다.

"언 장수와는 연분이 있어 의형제의 의리를 맺었소. 그래서 집안이라고 한 것이니 여기에서 무슨 말을 하더라도 괜찮소."

분양이 소개했다.

"실은 아무도 모르겠지만, 어느 전쟁터에서 사마가 목숨을 구해 주었소. 그래서 의형제를 맺은 것이오."

언 장수가 다시 덧붙였다.

"그런데, 갑자기 형제께서 무슨 일이오?"

분양이 갑자기 물었다.

"저는 내일 아침 도성으로 갑니다."

오상이 대답했다.

"그래. 그런데 자서는?"

"어떻게 할까 생각하고 있습니다."

"분명히 말해요. 아무튼 갈 생각은 아니겠죠?"

"예, 그럴 작정입니다."

"다행이군. 실은 부탁이 있소."

"무엇입니까?"

오자서가 괴이한 얼굴을 했다.

"그러면 처음부터 이야기하지. 실은 태자 건을 암살하라는 청을 받았소. 물론 그 일에 가담할 생각은 추호도 없소. 부탁이란 그것이오. 태자 일가를 모시고 어디론가 도망가 주었으면 하오."

"좋습니다. 그러니 그렇게 되면…."

"걱정할 필요 없소. 책임은 제가 집니다."

언 장수가 끼어들었다.

"아니, 아까부터 말했듯이 그래서는 안 되오. 책임을 지는 것은 이쪽이오."

분양이 반대했다.

"이야기의 내용은 잘 모르겠습니다만, 저를 악당으로 만들어 주십시오. 그렇게 하면 두 분은 책임을 면할 방도가 있을 거라 생각됩니다만."

오자서가 말했다.

"음, 실로 기린아요. 머리 회전이 그리 빠르니 실은 그대들을 불러 그것을 의논하려고 생각했던 참이오. 좋은 생각이 없겠소?"

"지금 생각난 것인데 두 분이 모르는 사이에 제가 도망가고, 가는 길에 태자를 잡아간 것으로 하면 어떻겠습니까?"

"음. 문제는 당신이 어째서, 무엇 때문에 태자를 잡아갈 생각을 했는가 하는 설명이오."

"그것은, 다른 나라에 구원을 청하는데 편리하니, 라고 하면 안 되겠습니까?"

"글쎄. 그러나 그러면 왠지 이야기가 지나친 것이 아닐까?"

분양이 말했다. 일동은 생각에 잠겼다. 한참 만에 분양이 침묵을 깼다.

"실은 여기에 부임할 때 주공으로부터 과인을 섬기는 것과 마찬가지로 태자에게 충성을 하라고 명령받았소. 그러니까 태자를 살해하라고 하는 것은 그 명령과 모순되는 일이오. 따라서 태자를 도망가게 했다고 변명하면 책망은 면할 수 없다 쳐도 사형은 안 될 것이오. 역시 내가 도망가게 한 것으로 하겠소."

"아니, 하여간 이유가 통할 상대가 아닙니다. 그러므로 왜 그런지는 모르겠지만 어쨌든 저 자서란 놈이 태자를 잡아갔다. 그것을 알고 열심히 뒤를 쫓았지만, 그러나 말들을 다 죽이고 발을 묶어 도망갔다고 하면 괜찮지 않을까요?"

"그렇겠군. 그러면 천천히 어쨌든 이야기를 꾸며보기로 하지."

분양이 말했다.

"그건 좋은데, 그러나 이야기만으로는 안 되오. 이 성 안에는 비무극의 첩자가 있어. 지금의 이야기를 실행으로 옮기지 않으면 안 되지. 실제로 말들을 희생시킬 필요가 있어요."

언이 말했다.

"맞아. 모두 박진감 있는 연기를 한다면 아무도 연극이라고 간파할 수 없겠죠. 자서라는 뛰어난 배우가 있으니."

분양이 오자서의 어깨를 쳤다.

"자서야. 너 절대 멋대로 굴지 마."

하며 잠자코 듣고 있던 오상이 말했다. 오자서가 쓴웃음을 지으며 대답했다.

"뭐, 걱정 마. 그보다 언 장군에게 부탁이 있습니다. 아버지와 형을 죽이면 이 오자서가 반드시 앙갚음을 하고 말겠다고 제가 도망가며 큰소리쳤다고 평왕에게 틀림없이 전해 주십시오."

"음, 알았소. 반드시 전하지."

장수 언은 입술을 깨물며 몇 번이고 고개를 끄덕였다.

"그것으로 이야기는 결정되었소. 그런데 자서, 어디로 도망갈 작정이오?"

분양이 화제를 바꾼다.

“글쎄요. 정나라는 가까워서 좋지만 아무래도 그 나라 특징상 믿을 수 없고, 단지 망명만 한다면 진나라가 좋겠지만 적을 칠 것을 생각하면 진나라는 초나라와 대적하고 있지 않으니, 역시 좀 멀지만 오나라가 되지 않을까 생각하고 있습니다.”

“음, 오나라를 선택한 것은 그럴 듯하나 어쨌든 너무 멀고, 그보다 오나라에 들어가기까지 광대한 초나라의 영역을 통과하지 않으면 안 되니 그것은 위험하네. 그래, 정나라는 여기에서 매우 가까이 있지. 우선 안전한 곳으로 피신하는 것이 적합하지 않을까? 분명 정나라는 믿을 수 없는 면이 있지만, 그러나 현 재상 자산(子產: 公孫 僑)은 훌륭한 인물이네. 품에 날아든 궁지에 몰린 새를 죽이는 짓은 결코 하지 않아. 친교가 있는 것은 아니나 잘 알고 있네. 첨서(添書)를 쓸 테니, 우선 정나라로 피하는 것이 어떤가?”

“그렇다면 뒷일은 그때 가서 생각하기로 하고, 그렇게 하겠습니다.”

오자서는 자신이 책임져야 하는 태자 일가라는 짐을 생각하며 곧장 승낙했다.

그래서 분양은 재빨리 정나라 자산에게 첨서를 썼다. 다 쓰기를 기다리며 저녁식사가 준비되었다. 원래 장수 언을 환영하기 위한 저녁식사가 예기치 않게 오상을 송별하는 식사가 되었다. 아니 그것은 오상에게 있어서 ‘최후의 만찬회’가 되는 셈이었다. 모두가 그렇게 알고 있었으나 아무도 그 말을 꺼내지 않았다. 단 넌지시 위로하면서 오상에게 술을 권하기는 했다. 오상은 그러한 배려를 마음속으로 감사하면서 애써 유쾌하게 술을 마셨다. 오자서는 시종 묵묵히 잔을 기울였다. 이윽고 밤이 깊었다.

"태자께 이변을 알리고, 내일 아침 절차에 따라 준비를 하시도록 말씀 드리러 가야겠소."

분양이 자리를 떴다. 그러자 저녁 만찬은 그것으로 끝이 났다. 오상과 오자서는 어깨를 나란히 하고 집으로 향했다. 어느새 형제는 손을 잡고 있었다. 그러나 아무 말 없이 두 사람은 입을 굳게 다문 채 걷기만 했다. 잠시 후 숙소에 당도하자 나갈 때보다도 강한 꽃내음이 코를 찌른다.

"아아, 좋은 향기다. 저 꽃은 언제까지 피어 있을까?"

오상이 입을 열었다.

"한밤중이지만 정원을 한 번 산책할까?"

오자서가 꼬드겼다.

"안 돼, 내일 아침 채비를 해야지. 그만두자."

오상이 앞서서 숙소로 들어갔다. 오자서가 그 뒤를 따른다. 오상의 방에서 형제는 잠자코 마주 앉았다. 그러자마자 오자서가 왁 하고 울기 시작했다.

"울지 마, 자서. 이것이 운명이라는 거야. 그 운명에는 과감히 아니, 순순히 따르지 않으면 안 돼."

"뭐가 운명이야! 부조리지."

"운명이라는 말이 싫다면, 세상사라고 다시 말하지. 세상사에 부조리는 따르기 마련이야. 군주의 녹(祿)을 먹으며 권력의 몫을 받는 일족은 말하자면 특권계급이나 그 특권을 향수하는 자는 권력과 맞바꿔 피하기 어려운 부조리의 재해를 항상 각오하지 않으면 안 돼."

"일반론을 문제 삼고 있는 것이 아니야. 형과 같은 이해심이 깊은 자들이 세상의 부조리를 조장하고 있는 거야. 세상사에 부조리가 있다면 그 세상사를 바꾸면 되잖아? 현재 평왕 자신도 선대의 태자와 자신의 형제를 죽이고 자기 본위로 세상사를 바꿨어. 거기에 이의를 다는 자는 없어. 지금은 그것이 버젓이 통용되는 시대야."

"뭘 말하고 싶은 거야, 자서. 너 설마?"

"맞아. 다행히도 우리들과 입장을 같이 하는 태자가 이 성에 계셔. 성에 있는 군은 정예부대이고 게다가 그를 지휘하는 사마는 백전연마(百戰鍊磨)의 명장이야. 그 사마가 평왕의 도리가 아닌 일에는 가담하지 않겠다고 했어. 결국 명백하게 모반의 의지를 표명한 셈이야. 게다가 장수 언과 사마는 의형제지. 그러니 일심동체임에는 틀림없어. 그리고 일단 세상에 그 존재를 인정받은 우리 형제가 여기에 있어. 조건을 갖추고 있잖아. 사마가 성부의 병사를 이끌고 우리들이 힘을 함해 도성을 공격하고 언 장수가 도와주면 태자 건을 왕위에 앉히고 형이 말한 세상사를 바꾸는 것은 단지 꿈이 아니야."

"과연, 그대로다. 그러나 안타깝게도 사마도 장군도 거기까지 생각지 않고 있어."

"어떻게 그걸 알 수 있어?"

"음, 확실히 저 두 사람은 평왕과는 친하지 않아. 게다가 청을 거역하고 태자를 도망시켰기 때문에 이미 모반을 일으킨 셈이지. 그러나 정변이 일어나기 위해서는 한 마디로 말하기 어려운 기운(機運)이 필요하지. 그것이 없다면 손도 발도 나설 수 있는 것이 아니야. 저 두 사람은 그러니까 정변(政變)의 전 단계에서 자신의 존재증명을 걸고 조정(지배체제)에 거역한다고 하는 위험하지만 즐거운 권력 놀음을 하고 있는 것이지. 과대한 기대를 걸어서는 안 돼."

"아니 일반론은 차치하고라도 이 경우 나는 그렇게 생각지 않아.

만일 아까 저녁 만찬에서 형이 이것은 부조리다. 왜 죄도 없는 태자나 아버지 그리고 내가 죽지 않으면 안 되는가. 앉아서 죽음을 기다리기보다 나는 싸우기로 했다고 했으면 실은 나도 함께 동조하려 생각했어. 비분강개(悲憤慷慨), 대언장언(大言壯言)을 하고 있는 동안 본인도 친구도 어느새 기우가 장대해지고 갑자기 강해진 기분이 돼. 게다가 싸워야 한다, 싸우면 이긴다! 라고 선동하면 모반할 마음이 없는 자라도 냉정하게는 있을 수 없어. 모반할 마음이 있으면서 정변을 일으키지 않는 것은 절도가 아니라 이길 자신이 없기 때문이지."

"이제 그만두자, 자서. 인간에게는 각각 기량이라는 것이 있어. 내일의 운명이 없는 형을 더 이상 괴롭히지 마라. 나는 네가 아버지와 이 형의 원수를 쳐줄 것을 믿고 다행히도 그 원수를 치러 손을 빌릴 나라가 존재하는 이 시대에 태어난 것을 신에게 감사하며, 조용히 눈을 감을 작정이야. 이제 아무 말도 하지 마. 마음이 복잡해."

"미안해, 형. 나는 이제까지 우등생인 형을 존경해 왔어. 그러나 오늘 밤엔 아니 뭔가 어긋나 있다고 생각하니 분하기도 하고 슬프기도 해서 나 자신도 뜻 모를 눈물이 나온 거야. 미안해. 이제 아무 말도 하지 않을게. 단 아버지에게는 뭐 하나 효도를 못한 것을 분해하고 있다고 그러나 맹세코 아버지의 적은 반드시 칠 테니 용서해 달라고 전해 줘. 그렇다 치고 형, 지금 생각하니 어머니는 좋을 때 돌아가셨어."

"음, 벌써 일 년이나 지났구나. 일주기를 해드리지 못한 것은 죄송하나 어머니는 선견지명이 있으셨다고 위로하며 용서받아야지."

제31장

당랑거철(螳螂拒轍)

다음 날 아침, 어제 저녁 만든 각본대로 오자서는 태자 건의 일가 세 명을 데리고 성부성에서 도망을 쳤다. 그것을 사마 분양(司馬奮揚)과 언(焉)이 병거를 이끌고 맹렬히 쫓아 접근했을 즈음, 오자서로 하여금 그들의 말을 사살케 했다. 두 사람은 발을 동동 구르며, 급히 두 명의 마부를 성으로 달리게 했다.

"태자와 오자서를 추격하여 잡은 자에게는 막대한 현상금을 준다고 포고령을 내도록 군정관(軍政官)에게 전하시오."

하고 명했다. 그리고 두 사람은 쉬엄쉬엄 시간을 벌면서 성을 향해 터벅터벅 걸었다. 사마 분양의 생각대로 추격하여 포박하려고 성문을 뛰어나간 자는 없었다. 익히 오자서의 활솜씨를 알고 있던 터라, 현상금을 벌겠다는 무모한 생각을 하는 자는 아무도 없었던 것이다. 그리고 두 사람이 각본대로 연극이 진행된 것을 기뻐하고 있을 때쯤에는 이미 각각의 마부가 새로운 병거로 맞으러 왔다.

"분하게도 이제는 쫓을 수가 없다."

사마 분양은 오자서가 도망간 방향을 노려보면서, 짐짓 탄식하는 체했다.

"단념할 수밖에 없어."

언 장수도 매우 분한 표정을 짓고 병거에 올라탔다. 그리고 맑게 갠 푸른 하늘을 보면서 성으로 돌아갔다.

성에서는 오상(伍尙)이 이미 도성으로 갈 채비를 하고 기다리고 있었다.

"서두를 것은 없소. 점심을 먹고 함께 가도록 하세."

분양이 말을 걸었다.

"함께 라니, 무슨 말이오?"

언 장수가 의아해 하며 물었다.

"아니 자서를 납득시키기 위해 그렇게 말했지만, 아무리 숨기려 해도 진상은 드러나게 마련이오. 역시 태자 건을 도망가게 한 것은 나라고 주공(主公)에게 솔직히 고백할 작정이오. 그럴 수밖에 없소."

분양이 대답했다.

"그것은 약속이 틀리오. 그럼 애써 성공한 연극이 물거품이 될 게 아니오?"

"아니, 그 연극은 헛되지 않소. 점심을 먹고 가자고 한 것은 그것을 헛되게 하지 않기 위함이오. 성에 있는 비무극의 첩자는 재빨리 사건을 도성에 알릴 것이오. 그 직후에 실은 내가 태자를 도망가게 했다고 자수하고 나서면 주공의 머리는 혼란스러워질 것이오. 그러나 사형에 처할 수는 없을 것이오."

"그것은 위험한 줄타기요."

"주공은 젊은 여인의 환심을 사기 위해 왕자 진을 내지고 앉히려 했을 뿐이고 피를 나눈 태자 건을 죽이는 것은 본심은 아니었을 것이오. 반대로 잘 도망가게 했다고 기뻐할 것이오. 게다가 졸장부를 성부의 사마로 임명했을 때의 다짐을 설마 잊지는 않았을 것이오. 어젯밤에 말했듯이 그 다짐은 나의 호신부(護身符)가 될 것이오."

"그럴지도 모르지. 그러나 머리를 모닥불에 말리는 듯한 흉내는 삼가 해야 하오."

"배려는 고맙소. 그러나 모든 권력을 손에 쥐고 있어도 모든 일이 다 뜻대로 되는 것은 아니라는 것을 느끼게 하는 것은 위험을 무릅쓸 가치가 있는 통쾌한 연극이오. 46시간 내내 권력에 평신저두(平身低頭)를 강요받았던 자의 변변찮은 반항과 의지이기도 하오."

"아니, 다른 사람이라면 박수치며 부추길지도 모르겠으나 나는 그렇게는 못하오. 메뚜기가 수탉을 비웃는 것과 같은 위험한 연극은 역시 안 되오."

"미안하오만, 이미 결심했소. 내 뜻대로 할 수 있도록 눈 감아주시오."

분양이 물러서지 않겠다는 의지를 나타냈다.

"그렇게까지 말한다면…."

언 장수는 말했다. 분양이 덧붙였다.

"다짐해 둘 것까지도 없지만, 내가 주공에게 고백할 때까지 그대들은 몰랐던 것으로 해주길 바라오. 실은 자서에게 연극을 하게 한 이유의 하나는 거기에 있소."

"면목이 없소."

언 장수는 머리를 숙였다. 오상은 잠자코 고개를 끄덕였다. 점심이 지나 성부성을 나온 세 사람은 3일이 걸려 도성인 영에 도착했다. 다음날 오상은 아버지인 오사와 함께 처형되었다. 게다가 '예(禮)'에 반역한 시참(市斬)이었다. 모인 사람들 앞에서 오상은 억울함을 호소하고 헛소리를 한 비무극을 매도했다. 시종 잠자코 있었던 오사에게,

"뭐 남길 말은 없는가?"

참수관이 물었다.

"오자서는 도망갔소. 그러나 반드시 영으로 돌아올 거요. 초나라는 귀찮은 존재를 놓쳤소. 성가시게 될 거라고 왕에게 전하시오."

오사는 이런 말을 남겼다.

사람들의 무리를 헤치고 분양이 살며시 오사 부자에게 이별을 고했다. 그리고 그 걸음으로 성부성으로 귀임(歸任)했다. 역시 그는 위험한 도박에서 이겼던 것이다.

성부의 성에서 도망간 오자서와 태자 건의 일행은 이윽고 초나라와 정나라의 국경에 다다랐다. 아직 사건을 모르는 초나라의 국경검문소에서는 태자를 보고 공손하게 머리를 숙여 예의를 표했다. 정나라의 검문소는 검문이 엄했지만, 정나라의 재상 자산(子産)에게 보내는 분양의 서찰 덕분에 무사하게 통과할 수 있었다. 도성에 도착한 오자서의 일행은 우선 역사(駅舎)에서 여장을 풀었다. 오자서는 재빨리 자산을 찾아뵈었다. 그러나 때마침 자산은 병상에 누워 있었다. 그래도 서찰을 본 자산은 오자서를 병실에 들게 하였다.

"기쁘게 맞아야 하겠지만, 이와 같은 처지라 죽을 날도 머지않은 것 같고 미안하오. 그러니 이곳에 오래 머물기보다는 역시 진나라로 가는 것이 좋을 듯싶소. 진나라는 쾌히 당신들 일행을 영입할 것이오. 그러나 좀 더 확실히 하기 위해 미리 승낙 받는 것이 좋겠소. 단 그대는 인근 제국에도 이름이 알려진 기린아라고는 하나 아직 무위

무관(無位無官)의 몸이오. 역시 태자가 직접 타진하는 것이 예인 것 같소. 그동안 그대와 태자 가족에게는 객사를 준비케 할 테니 거기에서 푹 쉬도록 하시오."

자산(子産)은 성의 있게 배려했다.

"말씀하신 대로 하겠습니다. 감사합니다. 하루 빨리 쾌유하길 빌겠습니다."

오자서는 인사를 올리고 병실을 나왔다.

"안타깝게도 재상을 만나 뵈니 얼굴에는 이미 죽음의 그림자가 드리워져 있습니다. 사태는 조금의 여유도 허용되지 않으니 조급히 진나라로 출발하십시오."

오자서는 태자 건을 재촉했다. 역사에서 궁정의 객사로 옮기자 태자 건은 쉴 틈도 없이 진나라로 떠났다.

성부성에서 데려온 하인은 불과 두 사람이었다. 그들에게 태자 건의 시중을 들게 했기 때문에 그들이 부재중에는 오자서는 한 걸음도 나갈 수 없었다. 성부성에서 가져온 상당한 금은보화를 만에 하나라도 도둑맞을까 걱정이 되었기 때문이다.

그러나 아직 젊은 오자서에게는 생각지도 못한 일이지만 그 금은보화가 쓸모가 없어졌다. 아니, 오자서는 남의 눈에 띄지 않게 할 궁리도 하지 않고 공공연히 객사로 옮기는 과오를 범했다.

태자 건이 정나라 도성을 떠나자마자 오자서가 판단한 대로 아니 그 보다도 빨리 자산은 세상을 떠났다. 정나라의 군주 정공(定公)은 자산이 빠진 재상의 후임으로 평범하지만 욕심이 많은 유길(遊吉)을 임명했다. 그때까지 정나라는 자산이 혼자서 지탱한 듯했다. 특히 그동안의 조정의 인사권까지 좌지우지하려는 진나라의 거듭되는 내정

간섭을 완강히 거절할 수 있었던 것은 자산의 기량이었다. 이제 자산의 죽음으로 정공은 갑자기 자신감을 상실했다. 그리고 재상으로 유길을 임명한 후 사후 승낙을 진나라에 구한 것이다.

진나라는 진경공(頃公)의 치정 하에 있었는데 권력은 6경(六卿)이 쥐고 있었다. 그 가운데 한 사람, 순인(荀寅)은 상당히 탐욕스러운 악당이었다. 그 순인이 즉시 정장공의 옆구리를 찔러 유길에게 뇌물을 요구했다.

그래서 순인보다 심하면 심했지 못하지 않은 유길은 태자 건이 성부성에서 가져온 재물을 탐했다. 그래서 계략을 꾸몄다.

"초나라의 태자 건은 엉뚱한 자입니다. 그가 정나라에 나타난 것은 진나라와 공모하여 정나라를 점령하기 위한 위장 망명인 것으로 판명되었습니다. 진나라의 순인경(荀寅卿)의 보고에 의하면 진나라에 온 것은 그 음모를 위해서라 합니다. 선수를 치지 않으면 안 됩니다. 급히 결정하시는 편이 좋으리라 생각합니다."

정공에게 진언했다. 꾸민 이야기라는 걸 알아차리지 못한 정공은 그 진언을 받아들였다.

반 달 정도가 지나자 태자 건은 서둘러 정나라로 돌아왔다. 자산의 죽음으로 망연자실해 있을 참에, 정공으로부터 생각지 않은 호출이 있었기 때문이다. 특별히 알현을 허락한다는 통지를 진짜로 알고 태자 건은 서둘러 달려갔다. 그러나 능정의 안뜰로 안내된 곳에서 갑자기 궁전 경호 무사에게 잡혀 처형되었다.

때를 같이하여 유길이 오자서가 있는 객사에 나타났다. 그리고 친절하게 빠른 말로 지껄여댔다.

"태자 건은 진나라와 기도한 음모가 드러나 방금 전 궁정에서 처형되었소. 사정을 설명하고 있을 틈이 없소. 그대를 포박하라는 명을 받았으나 무사의 정에 의해 그대를 풀어 주겠소. 조속히 떠나시오."

하고 명했다. 적어도 한 나라의 재상이 터무니없는 말을 할 리는 없을 것 이라며 급히 오자서는 태자 부인과 공손 승에게 채비를 재촉했다.

"거치적거려서는 도망갈 수가 없소. 서두르시오."

유길이 재촉했다. 보니 과연 병사가 객사를 포위하고 있었다.

"그럼, 감사합니다."

오자서는 급히 공손 승을 안고 객사를 뛰어나갔다. 그리고 재빨리 말을 병거에 매고, 급히 채찍질을 하여 단숨에 성문을 빠져나갔다. 다행히 병거에는 휴대 식량과 활과 화살이 숨겨져 있었다.

정나라 군사가 쫓아오는 기미는 없었다. 유길의 배려라 생각하면서도 역시 한시라도 빨리 정나라를 떠나지 않으면 안 된다고 생각하여 열심히 말을 달렸다. 그 순간의 판단으로 말머리를 초나라로 향했다. 아니, 원래 오자서는 온 길로 돌아가는 길 이외에는 몰랐다. 도중에 말에게 물을 먹게 하는 것 외에는, 휴식도 취하지 않고 남쪽으로, 남쪽으로 수레를 달리게 했다. 그리고 저녁 무렵 수레를 멈추고 천천히 말을 쉬게 했다.

공손 승은 갑작스런 이변에 겁을 먹고 얼굴이 창백해졌으나 눈물을 참고 있었다. 초가을이라고는 하지만 날이 저무니 쌀쌀했다. 음식을 넘기지 못하고 추위로 떠는 공손 승을 오자서는 살짝 가슴에 안고 등을 문지르며 재웠다.

그리고 태자 건의 죽음을 애도할 여유도 없이, 부인의 행로를 염려할 틈도 없이 오로지 초나라 국경 검문소를 빠져나갈 방법만을 생각했다. 오자서는 이제 아무리 위험할지라도 우선은 오나라에 의지하려고 마음을 먹었다. 그러기 위해서는 일단 초나라를 지나지 않으면 안 되었기 때문이다.

다음 날 아침, 날이 새자마자 오자서는 더욱 말을 달리게 하였다. 과연 태자 건이 전국에서 선발한 명마였다. 혹사에 견디며 말은 기세 좋게 계속 달렸다. 그리고 오후가 지나서는 국경선을 넘어 초나라의 검문소에 다다랐다. 검문소에는 멀리서도 그것을 알아볼 정도의 큰 인물그림이 걸려 있었다. 얼굴의 윤곽은 확실치 않으나 오자서는 그것이 자신임에 틀림없다고 짐작했다.

"내가 저 그림의 장본인, 즉 오자서요. 수고할 필요 없소. 자수하면 죄를 묻지 않는다는 조정으로부터의 연락을 받았소. 그러니 귀국하여 자수하겠소."

하고 외쳤다. 그러나 반응이 없었다.

"알았소? 알았으면 잠자코 길을 여시오! 방해한다면 자수 방해죄를 범하게 되오. 아니, 그래도 계속 방해한다면 한 사람도 남기지 않고 사살하여 마음대로 지나가겠소."

하며 더욱 큰 소리로 노발대발했다. 그곳에 느긋하게 검문소 사령이라는 신분이 높은 듯한 자가 나타났다. 활에 화살을 끼운 오자서를 향해 태연히 걸어왔다. 신포서(申包胥)였다. 오자서가 어렸을 때, 함께 글을 배우고 무(武)를 익힌 친구였다. 그 신포서가 가까이 와서 살펴봤다.

"어이, 뭐든 좋으니 쓸 것을 내놓으시오."

하며 소리를 낮춰 말했다. 그리고 멀리서도 무엇인가를 요구한다는 것을 알도록, 과장된 몸짓을 하면서 손을 내밀었다. 오자서는 신묘하게 수레에 부착된 빈 편지통을 건네주었다.

"음, 이것이 조정대신으로부터의 연락서인가?"

하며 신포서는 눈을 가늘게 뜨고 보는 체 했다. 그리고 역시 멀리서도 잘 보이도록 그것을 상하로 흔들면서 오자서에게 돌려주었다.

"의(義)의 의해 지나가게 하는 걸세. 단 활과 화살과 검은 맡기게. 이것은 본심이니 순순히 내놓게나."

"어째서?"

"영내에 들어간다 해도 그것을 가지고 갈 수는 없을 걸세. 어차피 쓸데없는 것이니. 그리고 쓸모없는 그 수레도 버리게. 검문이 엄하니까 변장도 잘 해야 할 걸세."

"은혜를 입었네. 그러나 나로 인해 귀공은 괜찮겠나? 앞뒤를 맞춰야 할 것은 없나?"

"없네. 걱정할 필요는 없어. 자수한 증거의 서류가 있고, 무기도 압수 해놓았으니까. 국경으로 못 나가게 하라는 엄명은 있었지만, 국내로 못 들어오게 하라는 지령은 받지 못했다고 발뺌할 생각이네. 그보다 조심하게."

신포서는 활과 화살과 검을 압수했다. 그리고 오자서를 통과시켰다.

검문소의 문을 빠져나가자 반 달 전에 지나갔을 때에는 없었던 군대가 주둔하고 있었다. 신포서가 그 군대를 이끌고 검문소의 경비를 맡고 있었음을 알고 오자서는 이것은 좋은 징조라고 기뻐하면서 천천히 수레를 달리게 했다. 검문소의 시야에서 멀어지자 다시 속도를 내서 동쪽으로 진로를 바꿨다. 그리고 다시 숲을 발견하고 수레를 그곳으로 몰았다.

"전하, 이제 괜찮습니다. 일어나십시오."

공손 승을 싼 멍석을 풀었다. 어제 이후의 피로로 공손 승은 수레에 흔들리면서도 골아 떨어져 있었다. 오자서의 소리에 공손 승은 깜짝 놀라며 일어났다. 그리고 배고픔을 호소했다. 오자서는 빙그레 웃으면서 수레에서 휴대식량을 꺼냈다. 우선 누룽지를 건네주고 그리고 볶은 콩을 주었다.

"음, 맛있어."

공손 승이 볶은 콩을 입에 잔뜩 넣으면서 말했다. 그리고 마실 것을 원했다. 가여운 생각에 울음을 참고 바라보던 오자서가 갑자기 엄한 얼굴을 했다.

"물은 없습니다. 좀 참으십시오. 그보다 전하 이제부터 중요한 이야기를 하겠습니다. 잘 들으시고 반드시 가슴에 새겨두십시오."

하며 알기 쉽게 현재 두 사람의 처지를 갑자기 말투를 바꾸어 이야기했다.

"그러니까 어제까지의 일은 모두 꿈이야. 거짓말이었어. 너는 나의 동생이야. 성은 오이고 이름은 상이야. 아버지는 사냥꾼이지. 즉, 너는 사냥꾼의 자식으로 산 속에서 태어났어. 태어나면서 언어장애가 있었지. 그러므로 타인과는 절대로 말하지 말고, 형과도 다른 사람 앞에서는 말 하지 않는다는 걸 명심해."

하며 알아듣게 말했다. 깜짝 놀라면서도 진지하게 듣고 있던 공손 승이 이해했다는 듯이 고개를 끄덕였다.

"음, 착하다. 앞으로는 형이 말하는 것을 잘 들어."

오자서는 갑자기 말이 부드러워졌다.

"다시 한 번 다짐해 두는데 우리들 형제는 나쁜 놈에게 쫓기고 있어. 잡히면 죽어. 어떻게 해서라도 도망가 살아남아야 해. 어떠한 어려운 일이 있더라도 이를 악물고 참아야 하는 것이야. 알았지?"

"응, 알았습니다."

"뭐야! 그 말투가? 사냥꾼의 아들이라고 했잖아. 응, 알았어, 라고 해야 돼."

"응, 알았어."

공손 승, 아니 오상은 순순히 바꿔 말했다.

"그래! 그런 식으로 말해."

오자서는 애정을 담아 가볍게 '동생'의 머리를 때렸다. 그리고 다시 길로 나와 수레를 동쪽으로 달리게 했다. 우선은 흥분이 가라앉기를 기다리려고 인적이 드문 사냥꾼 마을로 향했다. 다행히도 산기슭으로 향하는 길이 있었다. 그 길로 들어가 어쨌든 갈 수 있는 곳까지 가려고 계속 수레를 달렸다. 날은 이미 저물었다. 산 정상을 향하는 길이 꼬불꼬불하고 경사가 심했다. 그 길을 따라 산허리에 달하자 길이 갑자기 좁아졌다.

이제 수레는 사용할 수 없게 되었다. 주위가 어두워졌다. 오자서는 거기에 수레를 멈추고 밤을 지냈다. 역시 산 속은 평지보다도 상당히 추웠다. 오자서는 수레에 앉은 채 동생을 안고 잤다. 다음 날 아침, 눈을 떠보니 그곳은 절벽이었다. 그 아래엔 크고 깊은 강물이 있었다. 오자서는 수레를 절벽가로 끌고 가 만감이 교차되는 가운데 아래로 떨어뜨렸다. 그리고 두 사람은 말에 올라타 더 안쪽으로 좁은 길을 따라갔다. 관목으로 둘러싸인 산을 넘고 작은 개울이 흐르는 계곡을 지나자 길이 나있었다. 이 안에 마을이 있을 것이라고 오자서는 생각하고 더 안으로 들어갔다. 그리고 점심이 지나 작은 개울의 원류인 산에 다다랐다. 과연 작은 사냥꾼 마을이 있었다. 오자서는 동생을 말에 태우고 자신은 말에서 내렸다. 그리고 재갈을 잡고 마을 안으로 들어갔다.

묘한 의상을 한 남자가 말을 끌며 마을에 나타난 것을 보고 마을의 사냥꾼들은 기이한 눈으로 보았다. 그러나 아이를 데리고 있는 탓인지 경계하는 것 같지는 않았다. 마을의 어린이들이 모여 들었다.

오자서는 유달리 큰 집이 수령의 집일 것이라고 짐작하고 그 뜰 앞으로 다가갔다. 과연 그곳은 수령의 집이었다. 그러나 사람을 불러보기는 했으나 집 안에는 들어가지 못하고 뜰에서 기다렸다. 한참 만에 초로(初老)의 수령이 나타나고 여기저기의 집에서 사냥꾼들이 모여들었다. 오자서는 동생을 말에서 내리고 정중히 인사했다. 그리고 자기소개를 겸해 찾아온 뜻을 알렸다.

"원래 저는 사냥꾼이었습니다. 3년 전에 어느 귀인의 미복잠행 사냥 안내를 부탁받아 호위꾼으로 고용되었습니다. 마침 부모가 죽은 직후라 그래서 어린 동생을 데리고 그 저택으로 들어갔습니다. 동생은 선천적으로 말이 부자유하고 지금도 대화가 잘 안됩니다. 처음엔 다행이라고 생각했으나 실은 불행히도 그 저택에 동생과 같은 나이의 이가 있었습니다. 그 아이가 동생을 개 취급하며 괴롭혔습니다. 동생은 신분의 차이를 알고 그 괴로움에도 꾹 참고 있었습니다. 그런데 바로 어제의 일입니다. 몽둥이로 맞으면서 도저히 참을 수 없어 불끈 들이받아 가벼운 상처를 입게 하였습니다. 그래서 큰 소동이 일어난 것입니다. 성난 주인이 칼을 들고 동생을 쫓아 다녔습니다. 죽일 거라고 직삼한 저는 땅에 엎드려 용서를 구했습니다. 그러나 귀인은 갑자기 저에게 칼을 휘둘렀습니다. 땅에 엎드려 있었기 때문에 피할 수도 없어 저는 순간적으로 그의 가슴으로 뛰어가 들이받았습니다. 그래서 그는 나뒹굴어지며 쓰러졌는데 보니 뒤에 있던 돌에 머리를 부딪쳐 죽었습니다. 그래서 저는 새파랗게 질려 정신없이 수레를 타고 달아났습니다. 그런데 수중에 금붙이라고는 하나도 없었습니다. 그래서 달아나는 김에 귀인의 몸에 있던 금품을 탈취했습니다."

이것이 그것이라며 오자서는 자신과 공손 승이 차고 있던 물건을 품에서 꺼냈다. 그리고 잠시 숨겨 준다면, 말과 이것을 주겠노라고 수령에게 내밀었다.

사냥꾼들은 오자서 형제의 처지를 동정하고 수령은 쾌히 숨겨 주겠노라고 승낙했다.

아이들이 오상의 옷을 진기한 듯이 만졌다. 그리고 손을 당기며 함께 놀자고 소란을 떨었다. 그러나 오상은 부끄럽고, 함께 놀아도 되는지 판단할 수 없어 오자서의 뒤에 숨었다.

그날 밤 두 사람만이 남게 되었을 때 오자서가 동생에게 말했다.

"상아, 여기에서는 아무것도 걱정할 필요 없어. 여기 사람들은 성에서 무엇이 일어나든 전혀 관계도 없을 뿐더러 관심도 없어. 아니, 이곳의 수령은 누구인지조차도 몰라. 얼마 동안 이 마을에 머물기로 했어. 그 동안 마을 아이들과 사이좋게 놀며 정말 사냥꾼의 자식이 되도록 힘써라. 단, 말을 잘 못한다는 것만은 결코 잊어서는 안 돼."

하며 다짐해 두었다. 다음 날부터 오상은 아이들과 놀고 오자서는 마을에 도움이 되고자 함께 사냥터에 나갔다.

눈 깜짝할 사이에 한 달이 지났다. 용무가 있어 거리를 나간 젊은 사냥꾼이 돌아와 찬찬히 오자서의 얼굴을 바라보았다.

"거리에 자네와 꼭 닮은 초상화가 있었어. 나는 글을 읽을 수는 없지만, 듣자니 뭐 오자서라나 그런 남자라 하더군. 얼마인지 잊어 버렸지만, 어쨌든 막대한 현상금이 걸려 있었어."

그 젊은 사냥꾼이 말했다.

"그 오자서라는 자는 뭔가 나쁜 짓이라도 했나 보군."

오자서가 싱겁게 물었다.

"그건 모르겠는데 걱정하지 마. 자네보다는 훨씬 젊어 보였고 설령 자네가 그 남자라 하더라도 이제 우리들은 친구야. 친구를 파는 짓은 하지 않아."

"그건 고마우나, 내가 그 자가 아니어서 안 됐군. 다시 한 번 내 얼굴을 잘 봐. 정말 닮았다면 관청에 알려 막대한 현상금을 탈 수가 있네."

하고 말하자 젊은 사냥꾼은 다시 오자서의 얼굴을 뚫어지게 보았다.

"그래, 자세히 보니 닮은 데라곤 없네."

"뭐야, 실망시켜줬잖아."

"역시 나이가 달라. 게다가 입을 꽉 다물면 전혀 닮은 데라곤 없어."

젊은 사냥꾼이 말했다. 오자서는 그가 좋은 것을 알려 주었다고 속으로 중얼거렸다.

'알았어. 우선은 나이가 들어 보이게 해야겠군. 그래도 고개를 갸웃거리면 입을 꽉 다물면 되고.'

게다가 아이를 데리고 있는 것은 모르고 있는 듯했다. 그렇다면 나다녀도 별로 걱정할 필요는 없겠다고 생각하자 갑자기 기분이 편해졌다.

그리고 다시 한 달이 지나고 두 달이 지났다. 오자서는 생각을 굳히고 수령에게 작별을 고했다. 수령도 그리고 친해진 사냥꾼들도 오자서를 만류했나. 그러나 오자서는 그것을 뿌리치고 마을을 떠났다.

그리고 기념으로 사냥용 활과 화살 그리고 작은 손도끼를 원했다. 아무것도 안 차면 허전하기도 하고 어디든 쓸모가 있을 뿐더러 무엇보다도 사냥꾼으로 보이는데 귀중한 도구라 생각했기 때문이었다. 3개월 동안 공손 승은 다리와 허리가 강해졌고, 완전히 사냥꾼의 아이처럼 보였다. 이른 아침 마을을 떠난 오자서 '형제'는 역시 점심이 지나 저번 수레를 버린 벼랑에 도착했다. 그곳에서 도시락을 먹고 이제는 강바닥에 있을 수레에 이별을 고하고 걷기 시작했다.

"상아, 식량은 넉넉히 있어. 그것이 떨어지면 활과 화살과 부싯돌이 있으니, 이제 시장기를 느끼는 일은 없을 거야. 게다가 우리들은 아무리 보아도 지금은 훌륭한 사냥꾼 형제야. 방심은 금물이나 걱정할 것도 없어. 힘내서 걷자."

오자서는 쾌활한 척하며 동생을 격려했다.

오나라로 가기 위해서는 아무래도 오나라와 초나라 국경에 있는 검문소를 빠져나가지 않으면 안 됐다. 그러나 검문소에 이르는 길은 여러 갈래가 있었다. 그 하나는 일단 진나라로 들어가 그곳을 빠져나가서 다시 초나라로 오는 길이다. 오자서는 그 길을 택했다. 미리 사냥꾼 마을에서 진나라로 빠지는 지름길을 알아놓았다. 지름길로 가면서 오자서는 동생을 격려하며 진나라로 향했다.

사냥꾼 마을에서 사냥술을 습득한 것이 오자서 '형제'가 살아가는 데 훌륭한 방편이 되었다. 가다가 잡은 사냥물은 인가의 문을 두드리고 하룻밤 끼니 부탁을 하는 데 귀중한 선물이 되었다. 그리고 무엇보다 역시 아이를 데리고 다녔던 것이 다행이었다. 아이가 있었기 때문에 문을 두드린 집은 어느 곳이나 안심하고 문을 열어 주었다. 도중에서 3일 밤을 자고 오자서 형제는 나흘째 오후에는 국경 근처에 다다랐다. 초나라 쪽에는 검문소가 없었지만 진나라 쪽에는 작은 검문소가 있었다. 잠시 떨어져서 상황을 살펴보니 검문은 별로 엄하지 않은

듯했다. 그래서 다른 여행객의 뒤에 붙어 지나가려 하였다. 그때,

"어이, 멈춰 !"

하고 오자서를 갑자기 제지했다. 보니까, 과연 오자서의 초상화가 검문소 문에 붙어 있었다. 오자서는 반사적으로 입을 꽉 다물었다.

"닮은 줄 알았는데 아니잖아. 게다가 사냥꾼이고 아이도 데리고 있고, 보낼까?"

하고 제지한 검문관이 다른 자에게 말했다.

"아니, 정말 사냥꾼인지 아닌지 시험해 보자."

하며 곁에 있던 자가 말했다. 그들이 정말 의심했던 것이 아니라 저녁 만찬에 고기가 먹고 싶었던 것이다. 검문관이 잔꾀를 부린 것이다.

"이 바로 뒤 숲에 야생 산양이 잔뜩 있는데 네가 정말 사냥꾼이라면 반드시 잡을 수 있을 것이다. 그것을 증명하기 위해 한 마릴 잡아와라. 잽싸기 때문에 쉽게는 잡히지 않을 것이야."

검문관은 묘하게 말했다.

"나중에 딴소리만 하지 마십시오."

오자서는 승낙하고 동생의 손을 끌었다.

"기다려! 그 어린애는 두고 가!"

검문관은 인질을 잡았다. 오자서는 쓴웃음을 지으며 혼자서 나섰다. 그렇다면 숲 속에서 두 마리를 잡아야겠다고 오자서는 생각했다. 한 마리 정도는 문제도 아니지만 두 마리를 한 번에 잡는 것은 힘이 들었다. 그러나 그 요령을 사냥꾼들에게 배웠다. 동우리와 발자국으로 장소를 안 후 오자서는 큰 나무 위로 올라갔다. 굵은 가지에 숨어 숨을 죽이고 가만히 기다렸다. 2시간 정도 흘러 산양무리가 일렬로 지나가고 있었다. 오자서는 표적을 정하여 맨 마지막 산양에게 활을

쏘았다. 두 번째 화살로 뒤를 돌아본 선두에서 두 번째로 선 산양의 눈을 명중시켰다. 역시 사냥꾼들에게 배운 대로 선두에 선 산양은 뒤돌아보지도 않고 갑자기 다리로 땅을 차며 도주하였다. 과연, 두 번째 화살로 두 번째를 노리라는 규칙이었다. 두 번째 산양은 이상한 기미에 순간적으로 뒤를 돌아보기 때문이다.

오자서는 천천히 나무에서 내려왔다. 쓰러진 두 마리 산양의 양쪽 앞 다리를 묶고, 그것을 등에 지고 숲을 나왔다. 그리고 서둘러 검문소로 돌아왔다.

"오, 두 마리나 잡았어. 고마운 일이군."

검문관은 염치없이 말했다.

"아니오. 말씀대로 한 마리만 드리겠습니다. 한 마리는 저희 몫이니 용서해 주십시오."

오자서는 말했다. 검문관들은 불만스런 표정을 지었다. 그것을 보고 오자서가 말했다.

"4, 5일 정도면 돌아옵니다. 그 때 다섯 마리든 열 마리든 잡아 올릴 테니 기대해 주십시오."

"그렇다면 좋아. 그 말을 어겨서는 안 돼."

하고 붙임성 있게 오자서를 지나가게 했다. 산양을 짊어지고 가게 된 오자서는 활과 화살은 오상에게 지게 했다. 다행히 숙소까지는 그리 멀지 않았다. 오자서는 산양을 돈으로 바꾸는 것도 귀찮다고 생각되어 그대로 숙소로 가져가 숙박료로 대신했다. 여관 주인은 착한 사람으로 얼마간의 돈을 거슬러 주었다. 오래간만에 푹 쉰 오자서 형제는 아침 일찍 일어나 숙소를 나섰다. 여관 주인이 친절히 도시락을 싸주었다. 그것도 기뻤지만 오자서는 자신을 진짜 사냥꾼으로 인정해준 것을 기뻐하며 걸음을 재촉했다. 이런 식으로 이틀을 계속 걸으니 사흘째부터 평탄한 전원지대가 나왔다. 그것은 다행이었으나 숙박료와 식량으로 바꿀 사냥물이 생각처럼 잡히지 않게 되어 힘들었다. 그러나 그곳을 벗어나자 닷새째에는 나루터가 나왔다. 보니 목재 집적장이 있고, 많은 인부가 큰 배에 목재를 싣는 작업을 하고 있었다. 오자서는 바로 인부 우두머리에게 노잣돈 마련을 위해서니 작업을 시켜달라고 부탁했다. 어린아이를 데리고 다니는 가난한 사냥꾼이라 생각하고 동정했는지 그 우두머리가 흔쾌히 승낙했다. 인부들은 하나의 큰 삼나무를 두 사람이 짊어지고 있었다. 오자서는 상대가 없었기 때문에 그것을 혼자서 짊어졌다. 생각만큼 무겁지도 않았고 혼자여서 운반하는 속도도 빨랐다. 인부들이 한 번 왕복하는 동안, 오자서는 두 번 왕복했다. 날이 저물어 작업이 끝나자, 인부 우두머리는 임금을 두 배로 지불해주었다. 거의 반나절의 작업이었기 때문에 네 배를 받은 것이 되었다. 그뿐만 아니었다.

"이 나무를 실은 배는 내일 아침 강을 건너오. 거기에 타는 게 좋겠소. 뱃삯은 무료요. 선장에게 부탁해둘 테니 타는 것이 좋겠소."

하고 선장을 소개해준 것이다. 실은 그 선장이 쭉 오자서의 작업 모습을 보고 있었다. 그 힘에 감탄하여 오자서에게 호의를 가졌던 것이다.

"묵을 곳이 없겠지. 내일 아침에 배가 떠나니 그렇다면 오늘 밤 배에서 묵어도 좋소. 식사도 그냥 먹게 해주지."

하고 선내로 인내받았다.

"상당히 땀을 흘린 것 같으니 우선 몸을 닦으시오. 물은 얼마라도 있소."

하고 선장은 싹싹하게 말했다. 시킨 대로 몸을 닦으니 저녁 준비가 되어 있었다.

"술과 생선은 얼마든지 있소. 고기는 없으나 당신은 사냥꾼이니 고기는 질리도록 먹었을 것 아니오. 아니 실은 여기서는 고기가 귀하오. 그렇지만 강 상류에 있기 때문에 생선은 얼마든지 잡을 수 있소. 사양치 말고 마음껏 드시오."

선장은 수다를 떨긴 했지만, 정직하고 괜찮은 남자인 것 같았다. 오자서는 오상을 재촉해서 맛있게 보이는 생선요리를 마음껏 먹었다. 정말 마음껏 취하고 싶었으나 만일 취중에 입에서 이상한 소리가 나올까 걱정이 되어 꾹 참았다. 선장은 강하게 술을 권했지만 입에 대기만 해도 두드러기가 난다고 속이고 거절했다.

"과연 하늘은 두 가지를 주지 않는가 보오. 그 신체와 힘으로 술을 마신다면 걷잡을 수 없을 텐데. 덕분에 오늘 밤은 술값이 절약되었소."

하고 선장은 안타까워하는 모습도 없이 반대로 안심한 표정을 지었다. 그리고 술안주로 산에서 큰 짐승을 잡았을 때의 무용담 등을 왜 들려주지 않느냐며 졸라댔다. 오자서는 이 선량하지만 만만찮은 듯한 선장과 이야기하고 싶은 생각이 들었다. 그러나 눈앞에서 술을 들이켜고 있는 상황에서는 좀 곤란했다. 게다가 사냥에 관한 무용담이 있을 리도 없었다. 하는 수 없이 야생 산양의 포획방법을 이야기하며 적당히 넘겼다. 다행히 오상이 졸기 시작했다. 그것을 구실로 오자서는 낮의 육체노동으로 피곤하다며 자리를 떴다. 선창 한 쪽에 쌓아올린 볏짚 단이 있었다. 거기가 잠자리였다. 오자서 형제는 그 안으로 파고들어가 잤다.

선장의 예고대로 배는 동이 틈과 동시에 그곳을 떠났다. 아침 식사로는 간단한 생선죽이 나왔다. 선장은 변함없이 지껄이면서 뜨거운 죽을 빠른 속도로 먹었다. 그리고 허겁지겁 조타실로 향했다.

천천히 죽이 식기를 기다리며 아침 식사를 마친 오자서 형제는 갑판에 나왔다. 떠있는 태양빛을 받아 수면은 황금빛으로 빛나고 그 위를 물새가 날아다니고 있었다. 그 광경은 거들떠보지도 않고 오자서는 멀리 나루터를 주시했다.

"멀어서 보이지 않지만 저쪽은 초나라야."

오상에게 가르쳐 주었다. 그러나 머릿속은 검문소를 어떻게 빠져나갈 것인가로 가득 찼다. 배는 강 상류로 향했다. 정오가 되기 전에 배는 강가 부두에 도착했다. 선장이 선실로 돌아와 숨을 돌렸다.

"이 배는 친자(親子)를 동행한 것은 처음이오. 이것도 인연일 거요. 점심을 먹고서 나가는 것이 좋겠소. 너무 늦어도 너무 일러도 귀찮아질 테니 말이오."

선장이 말했다.

"왜입니까?"

"검문소가 있소. 여태껏은 검문소란 이름뿐으로 있으나마나한 것이었소. 그러나 오자서라는 훌륭하고 강한 자가 지명수배가 되어 검문이 매우 엄하오. 그것은 그렇다 치고 검문관이 그것을 틈타 나쁜 짓을 자행하고 있소. 조금이라도 그림과 비슷한 사람이 지나가면 반드시 멈춰 세워 구실을 만들어 돈을 강탈하고 있소. 무거운 목재를 짊어져서 번 수고비를 강탈당하는 것은 딱한 일이오. 그래서 생각한 것인데 하무 중 휴식시간을 틈타 지나가는 것이 좋겠소. 당신의 아이는 내가 데리고 가겠소. 친척이라고 하면 보내 줄 것이오."

"그러면 지나갈 수 있습니까?"

"걱정할 필요는 없소. 장사 성격상 검문소 검문관에게는 빈번히 많은 금품을 바쳐왔소. 나라면 지나가게 해주지."

선장은 호언장담했다. 하늘이 무너져도 솟아날 구멍이 있다는 것은 이것을 두고 하는 말이라며 오자서는 마음속으로 박수를 쳤다.

과연 점심 휴식시간이 되니 검문소의 문이 닫혔다. 그곳으로 다가간 선장이 손을 들어 말을 걸자 검문소의 말단이 빙긋이 웃으며 문을 열었다.

"그럼, 조심해서 빨리 들어가라."

선장이 오상의 머리를 쓰다듬으며, 오자서 형제를 보내주었다.

목표로 삼은 검문소까지는 대략 6일간의 여로였다. 그러나 도중에 사냥하거나 노잣돈을 벌거나 하여 시간을 허비했기 때문에 좀 지체되었지만, 그래도 오자서 형제는 8일째 저녁 무렵에는 검문소에서 20리 떨어진 지점에 도착했다. 다행히 가까이에 인가가 있었다. 그런데 오늘 밤은 어디에서 묵어야 할까 하고 생각하고 있는데 앞에서 노인이 다가왔다.

장신의 마른 학과 같은 그러나 늙었어도 기품이 있는 노인이었다. 그 노인에게 하룻밤 신세를 부탁하려고 오자서는 노인을 불러 세웠다.

"오오! 자네 오자서 아닌가!"

노인이 불쑥 말했기 때문에 오자서는 움찔했다.

"예?"

오자서는 갑자기 말을 잇지 못했다.

"놀랄 것은 없네. 멀리서부터 걷는 모습이 아버지 오사 대부와 똑같다고 생각하고 있었네. 게다가 얼굴은… 아마 모르는 것도 당연하지만, 역시 지명수배 그림과 상당히 똑같군. 자네가 어렸을 적 당읍

(棠邑: 오가의 지행지)에서 신세진 적이 있는 사람이네. 여기에 서서 이야기할 게 아니라 우리 집이 저 마을의 안쪽 계곡에 있네. 곧 날이 저물 테니 아버지의 은혜에 대한 보답으로 묵도록 하게."

노인은 앞장서서 걸어갔다. 누구인지는 모르나 그에게는 어딘지 모르게 사람을 제압하는 품위가 있었다. 오자서는 걱정하면서도 암시에 걸린 듯 쫓아가지 않을 수 없게 되어 잠자코 그 뒤를 따랐다. 노인은 묵묵히 뒤도 돌아보지 않고 길을 따라 계곡으로 들어갔다. 마을 옆을 빠져나가서 더 들어가니 낡았지만 큰 집이 있었다. 조용히 하라고 노인은 집 옆을 우회하여 안으로 들어갔다. 큰 안뜰 안에 벼랑을 판 작은 동굴이 있었다. 기어들어가자 안에 뜰이 있고, 큰 초막이 있어 그 안을 둘러보았다.

"여기서 잠시 기다리게."

하고 노인은 말하고 초막을 나갔다. 오자서가 기분 나쁘다는 듯이 오상에게 말했다.

"나쁜 뜻은 없는 것 같지만 방심하지 마."

하고 말하고 초막 안을 둘러보았다.

"오오, 좋은 마음가짐이네. 그러나 너무 믿는 것은 위험하지만 의심하면 끝이 없네."

갑자기 노인의 소리가 들렸다. 사라졌던 노인이 다시 돌아온 것이었다.

"진수성찬은 아니지만, 그래도 준비하는데 시간이 걸리니, 그전에 이 앞 계곡에 내려가 손발을 씻는 것이 좋겠네. 지금은 물이 차지만 여름에는 괜찮은 목욕탕이네. 바로 안쪽 큰 샘에서 흘러나온 깨끗한 물이니 마셔도 지장 없네. 그리고 일러두지. 이 안쪽 일대는 우리 집

대지네. 산보를 해도 타인과 만날 일도 없을 뿐더러 엿보일 염려도 없네. 단 밖에는 집의 사용인이 많고 내방객도 있네. 그러니 절대 나가서는 안 되네."

하고 말하고 노인은 등을 켜는 방법을 가르쳐주고 다시 사라졌다. 오자서 형제는 시키는 대로 계곡 아래로 내려가 손발을 씻었다. 목욕탕은 큰 삼나무의 밑에 있었다. 나무기둥에 몸을 기대며 도대체 저 노인은 누구일까하고 생각했다.

"저 노인은 산신일지도 몰라."

오상이 말했다.

"음, 산신에도 좋은 자와 나쁜 자가 있어."

하고 말하며 오자서는 걷기 시작했다. 산보를 하려고 생각했지만, 생각을 바꿔 초막으로 돌아갔다. 귀를 기울이니 가을벌레가 울고 있었다. 계곡의 여울소리가 희미하게 들렸다. 이미 두 시간이나 지났다.

주위는 깜깜해졌지만 노인의 모습은 보이지 않았다. 오자서의 마음에 의심이 생겼다.

"애써 꿩을 두 마리 잡아왔는데 꿩을 주지 않아서 식사를 주지 않는 것인가?"

오상이 말했다.

"그럴지도 몰라."

오자서는 웃으며 대답했지만 의심은 더욱 커졌다. 설마하고 생각했지만 역시 걱정이 되어 활과 화살을 곁으로 당겼다. 그러나 오상을 겁먹게 해서는 안 된다고 생각하여 손질만 하는 척했다. 손을 움직이며 밖의 기척에 귀를 기울였다.

제32장
적반하장(賊反荷杖)

그리고 한 시간 정도 더 지나 드디어 노인이 나타났다. 손에 저녁 식사가 들은 바구니가 들려 있었다.

"오래 기다렸지."

하며 식사를 탁자에 펼쳤다.

"이 아이는 누구지?"

노인이 물었다.

"제 동생입니다."

오자서가 대답했다.

"그럴 리 없을 텐데. 노인의 눈은 못 속이는 법이네. 하긴 아직 밝히지 않았으니 굳이 묻진 않겠네. 그러나 아이를 데리고 있을 거라고는 생각하고 있었네. 검문소의 초병들은 꿈에도 그럴 거라고는 생각하지 못했겠지만."

"검문소의 초병들과는 친하신가요?"

"아니, 지금 원월이라는 자가 병사를 이끌고 검문소에 주둔하고 있네."

"도성에서 사마를 지내고 있는 자입니까?"

"그래. 오늘 처음 만났지만 대단한 자는 아니었네. 그러나 자네의 얼굴을 알고 있으니 아무리 능란하게 변장해도 반드시 잡을 수 있다고 허세를 부리고 있네."

"그건 거짓입니다. 한두 번 얼굴을 본 적은 있습니다만 얼굴을 확실하게 기억하고 있을 리가 없습니다."

"그래도 조심하는 게 좋을 것이야."

"어떻게 하면 좋을지 가르쳐 주십시오."

"알았으니 그보다 먼저 저녁밥이나 얼른 먹도록 하게. 그리고 푹 쉬도록 하고 소관(昭關)을 빠져나갈 방도는 내가 생각해 보지."

노인은 말하고 떠나갔다. 오상은 어지간히 배고팠던 모양이었다. 잽싸게 숟가락으로 밥을 한술 떴다.

"기다려!"

오자서는 제지한 뒤 공기와 접시에 코를 갖다 대고는 냄새를 맡았다.

"독 따위는 들어있지 않으니 마음 놓고 먹도록 하지."

또 노인이 어디에서 엿보고 있었는지 밖에서 말을 했다.

식사가 끝났을 즈음에 노인이 다시 나타났다.

"다시 다짐을 하는데 아무리 한밤중이라도 여기서 밖으로는 한 걸음도 안 되네."

라고만 말하고는 노인은 어둠속으로 사라졌다. 함부로 말했다간 또 엿들을지도 모른다고 생각한 두 사람은 말없이 자리에 누웠다. 그러나 오자서는 좀처럼 잠이 오지 않았다.

그때 노인이 한밤중에 슬그머니 나타났다. 조용히 동태를 살펴보고 곧 돌아갔다. 오자서는 온몸이 오싹해지는 기분으로 자리에서 일어나 날이 샐 때까지 그대로 앉아 있었다.

아침 일찍이 노인이 조찬을 가지고 나타났다. 점심도 저녁도 자기 손으로 직접 가지고 왔다. 똑같이 치울 때에도 남의 손을 빌리지 않고 자기가 했다. 그렇게 하루에 여섯 번씩이나 모습을 보이면서도 한 마디의 말도 하지 않았다. 그리고 한밤중에는 지난밤과 같이 슬그머니 나타났다가 사라졌다.

오자서는 낮에 자고 밤에는 깨어 있기로 했다. 그것을 아는지 모르는지 노인은 다음 날도 또 그 다음 날도 한밤중에 나타났다.

사흘이 지나고 닷새, 그리고 엿새째 되는 날이었다. 똑같은 상황이 반복되자 오자서의 머리는 혼란해졌다. 그동안 노인은 끝내 한 마디 말도 하지 않았다.

"소관을 빠져나가는 방법을 가르쳐 주신다고 하셨습니다만…."

참다못한 오자서가 먼저 말문을 열었다.

"아니, 진담으로 듣고 있었단 말인가? 그건 그냥 해본 소리였는데. 실은 사정을 알고도 통보하지 않는 자는 사형에 처한다(知情不報者死)는 포고령이 내려졌네. 그래서 원월에게 그대가 이곳에 있다고 통보했지. 아마 그들은 그대의 용맹을 두려워해 선불리 손을 대지 못하고 어떤 방법을 강구하고 있는지도 모르지. 단, 말해두지만 군대가 그대를 체포하러 와도 나는 그들을 돕지는 않을 것이네. 또한 그대가 도망치는 것을 방해하지도 않을 거구. 이것이 그대 아버님에 대한 내가 할 수 있는 최대한의 보은이니까. 실은 그대가 어떻게 할 것인지 보고 싶단 말이야."

노인은 엉뚱한 소리를 아무렇지도 않게 떠들어댔다. 그리고 기분 나쁜 웃음을 지고 평상시와 다름없이 식기를 들고 사라졌다.

그러지 않아도 혼란스러웠던 오자서의 머릿속은 노인이 한 말 때문에 더욱 혼미해졌다. 노인이 진실을 고백한 것도 같았고, 거짓말로 위협하고 재미있어 하는 것도 같았다. 어떻든 오늘밤 안으로 처신하는 방도를 결정해야 된다고 오자서는 생각했다.

그런데 어떤 방법이 있단 말인가? 보기 좋게 덫에 걸린 듯했다. 역시 생각이 짧았다. 왜 노인의 정체를 확인하지도 않고 초막에 들어왔을까, 하고 후회했다.

그러나 아무리 후회해도 소용없는 일이었고, 아무리 머리를 짜도 지혜는 나오지 않았다. 그래서 머리를 싸안고 침상 위에서 칠전팔도(七顚八倒) 했다.

한밤중에 또 다시 노인이 나타났다. 그리고 동틀 무렵 모습을 나타내며 다시 오자서를 보자마자,

"오!"

하고 환성을 올렸다. 뭐가 그리도 좋을까! 하며 오자서는 입술을 깨물었다.

"미안하네. 나는 동고(東皐)라고 하네. 까닭이 있어서 불안에 떨게도 했고, 연극도 했네만 그 보람이 있었군. 마침내 소원 성취했네."

노인은 매우 기뻐했다. 무슨 영문인지 몰라 오자서는 어리둥절했다. 그러나 노인 이름이 귀에 익어서 잠시 후 생각을 가다듬었다.

"아! 노인장께서 그 유명하신 명의(名醫) 동고공이셨습니까? 돌아가신 선친께서 가끔 생각나실 때마다 말씀을 하시곤 하셨습니다. 그래서 존함을 익히 알고 있습니다."

오자서는 대답했다. 옆에서 오상이 큰 소리를 질렀다.

"아! 형님 머리카락이 하얗게 됐어요."

하고 눈을 크게 떴다. 오자서가 손을 머리에 가져갔다. 동고는 다정스럽게 오상의 머리를 쓰다듬었다.

"거울이 없으니 본인은 알 수가 없지. 정말 새하얗구먼. 고민하느라고 뇌를 혹사시키면 하룻밤에 머리가 센다고 의술서에 쓰인 말이 틀림이 없군. 이제 무사히 소관을 통과할 수 있게 되었네. 참으로 다행이네."

동고(東皐)는 미소를 지었다. 그리고 고백했다.

"실은 엿새 전 오후에 사마의 원월이 감기에 걸렸다고 소관으로 나를 불렀네. 그때 자네가 지명수배를 당하고 있음을 알았고, 자네 얼굴이 그려진 그림을 봤네. 모르는 체 하기로 했으나 갑자기 눈앞이 캄캄해지고 놀래서 기절할 뻔 했지. 그래서 자네 걱정을 하면서 또 아버님 명복을 빌면서 집으로 오던 중, 길에서 자네를 만나게 되어 또 다시 놀랬지. 정말 우연이라지만 인연이란 참으로 묘한 것이야. 당읍(棠邑)에서 한 달 가량 신세를 진 일이 있었지. 자네가 아직 두세 살 때의 일이었네만 너무 귀여워서 자주 안아주고 얼굴을 비벼주곤 했지. 머리에 가마가 두 개였다고 기억하고 있는데 틀림없겠지?"

"예, 말씀을 아버님으로부터 들었습니다. 그 후 전혀 연락이 없으셔서 아버님께서는 계속 궁금해 하셨습니다."

"그랬었군, 고마운 일이야. 그러나 지금은 추억담을 나누는 것보다 어쨌거나 소관을 안전하게 빠져나갈 궁리를 하는 것이 더 급하네. 물론 걱정은 하지 않아도 되네. 방법은 있으니까."

동고는 그렇게 말을 하고는 초막에서 나갔다. 그리고 잠시 후 나무통을 들고 왔다.

"비방약을 넣은 물이네. 이 물에 잠시 얼굴을 담그면 피부색이 검게 되고 주름이 잡힐 걸세. 그리고 허리를 굽히고 다니면 완벽한 노인이 되는 것이지. 단 2년이나 3년 정도는 원래 얼굴로 되지 않아도 괜찮지?"

하면서 물통을 오자서 앞에 놓았다. 오자서는 주저하지 않고 그 물에 얼굴을 담갔다. 두 번, 세 번 반복하는 동안에 얼굴이 검어지더니 얼굴 전 체에 주름이 잡혔다. 그렇게 변한 얼굴을 보고 오상은 기절할 정도로 놀랐다. 동고 또한 자기가 만든 비방의 약효에 만족하면서도 너무 변해 버린 오자서의 얼굴을 보고는 안쓰러워했다.

"자. 잘되기는 했으나 이것만으로는 완벽하다고는 할 수가 없지. 실은 처음에 약속한 대로 만전지책(万全之策)을 강구해 놨지. 이제는 누구를 만나도 걱정 없네. 아침 식사는 집에 가서 천천히 들도록 하세."

하고 앞장서서 오자서를 안내했다.

"이봐 오상, 너는 말 못하는 벙어리란 말이야. 노인장 앞이었으니 괜찮았지만 두 번 다시 아까처럼 실수를 해서는 안 돼."

오자서가 무서운 얼굴로 나무랐다.

"그런데 소관을 지나가는 날은 언제로 할 텐가?"

하고 아침을 먹으면서 동고가 물었다.

"한시라도 빠를수록 좋습니다."

오자서는 말했다.

"알겠네. 그럼 내일 아침에는 떠날 수 있도록 준비를 하지."

동고는 서둘러 식사를 마쳤다. 점심에는 못 돌아오게 될지도 모른다며 자기 제자에게 오자서를 접대하도록 명하고 서둘러 나갔다.

그런데 뜻밖에도 동고는 빨리 집으로 돌아왔다. 오자서는 아직 식사를 한 그 자리에서 제자의 접대를 받고 있었다.

동고가 돌아온 것을 보고 제자가 자리에서 일어섰다.

"잠깐, 소관까지 갔다 오게나."

제자에게 말했다.

"왕진입니까?"

"아니네. 긴급하게 멧돼지 피로 처방한 약을 먹이지 않으면 목숨이 위태로운 환자가 있네. 그래서 돼지를 잡을 필요가 생겼어. 소관을 지난 국경선 완충(緩衝)지대에 돼지가 많이 있네. 그러나 그곳은 사냥이 금지된 구역이네. 그래서 사냥꾼을 몇 명 데리고 돼지를 잡으러 가고 싶은데 사람 목숨과 관련이 있으므로 특별허가를 바라겠다고 하고 소관 관리들에게 부탁을 하고 오게."

"예, 그전처럼 약간의 돈을 주면 허가해줄 겁니다."

"음. 준비해가면 좋지. 그러나 이번에는 그럴 필요가 없을 거야."

"왜 그렇습니까?"

"지금은 군대가 주둔하고 있지. 그 사령관이 원월이라는 사람인데 전날 감기에 걸렸을 때 진찰해 주었었지. 관문소 관리에게 말하기 전에 그 남자를 만나도록 하게. 만나서 감기는 다 나았겠지만 내일 아침 돼지를 잡으러 갈 때 다시 한 번 진찰하려고 하니 아무 곳에도 가지 말고 기다려 달라고 전하게. 그런 다음 관리에게 사냥 허가를 얻으면 돈을 요구하지는 않을 것일세."

"잘 알았습니다. 그럼…."

"아! 참, 그 친구들한테 동시에 잘 보여 두는 게 좋겠지. 그리고 지명 수배중인 오자서가 관문 근처에 나타나서 동정을 살피고 있다는 소문을 들었는데 내일이라도 관문을 빠져나갈지도 모르니 부디 조심하길 바란다고 말하게. 잊지 말고 반드시 원월에게 말해야 하네."

동고는 다짐하며 말했다. 제자는 인사를 하고 바로 나갔다. 오자서는 이마를 찌푸리며 고개를 갸우뚱 거렸다.

"쫓기고 있는 도둑놈이 자기도 쫓는 사람 틈에 끼어 같이 도적이다, 도둑놈을 잡아라하고 외치면서 도망치는 수법이지. 실은 몸집이 크고 그 그림과 매우 흡사한 젊은이가 있다네. 내 친구의 자식인데 작전상 그 친구와 아들을 내일 아침 돼지사냥에 초대했네. 관리들에게 암시를 해두면 그 젊은이는 아마 틀림없이 의심을 받아서 조사를 받게 될 걸세. 그 사이에 관문을 빠져나가는 거야."

동고가 씩 웃으며 말했다.

소관은 소관산 또는 소현산(小峴山)이라고 불리는, 산꼭대기가 쐐기 모양으로 깊이 파인 골짜기에 있었다. 즉 그곳은 고개였는데 양쪽에 절벽이 놓인 두 산의 골짜기와 같은 곳에 있었다. 그 소관 문전에서 동고는 사냥에 초대한 친구 부자와 만나기로 되어 있었다.

오자서가 나타날지도 모른다는 밀고를 받은 소관에서는 검문관이 총출동하여 관문 앞에서 눈을 부라리고 있었다. 그래서 통행하는데 시간이 오래 걸리고 아직 동트기 전인데도 웅성거리는 사람들로 혼잡했다.

그때 동고의 친구 부자 일행 네 명이 나타났다. 동고의 모습은 보이지 않았다. 그래서 그들은 그곳에서 주위를 두리번거리고 있었다. 그 거동을 수상히 여긴 검문관이 일행 중에 방에 붙은 인상과 비슷한 놈이 있다고 눈치 빠르게 알아채고 경비를 하고 있던 병사들에게 명했다.

병사들은 즉각 일행을 포위하여 관문 건물 안으로 연행했다. 그 직후에 동고가 나타났다.

한참 뒤에 오자서 형제가 따르고 있었다.

"오자서가 잡혔다면서?"

동고는 소문을 퍼뜨렸다.

"오자서가 잡혔대!"

"모처럼 좋은 기회다. 오자서의 얼굴을 구경하자."

하고 여객들이 저마다 외치고는 관문 건물로 몰려갔다. 그러나 접근하지 못하게 병사들이 물리치자 쫓겨난 여객들은 단념하고 그대로 줄줄 관문을 빠져나갔다.

차가운 겨울바람이 불고 있었다. 검문관은 목을 움츠리고 서 있었다. 이미 오자서는 잡힌 줄 알고 관문을 지나는 여객들의 얼굴을 상세히 보지 않았다. 동고가 살짝 신호를 보냈다.

오자서 형제가 여객들 틈에 끼어서 관문을 빠져나갔다.

그것을 지켜보고 있던 동고가 천천히 관문 옆에 세워진 주둔군 본진으로 향했다. 멧돼지 사냥꾼 일행은 이미 관문에서 본진으로 옮겨진 후였다. 원월이 친히 '오자서'를 심문하고 있었다.

"이보게 친구들! 녀석이 오해를 받고 있네. 사람을 잘못 봤다고 주장했지만 들어주지를 않네, 자네가 증인이 되어 주게."

하고 동고를 보자마자 큰 소리로 말했다. 동고는 말없이 고개를 끄덕이고는 원월에게 다가갔다

"오자서가 분명한데 아니라고 우기는구려. 확인을 부탁하려고 기다리고 있었소."

원월이 말했다.

"이건 엉뚱한 오해입니다. 이 젊은이는 이 근처에 사는 소인 친구의 자식 놈이 틀림없습니다."

동고가 증언했다. 그리고 사람을 잘못 잡은 원월의 체면을 생각해서 갑자기 화제를 돌렸다.

"그보다 감기는 어떠십니까?"

"덕분에 감기는 나았소. 그러나 왠지 몸이 무겁구려."

"그럼, 다시 약을 드리겠습니다."

동고는 준비해온 약을 주었다. 원월은 그것을 기회로 하여 안으로 들어갔다.

"내가 잠시 늦은 탓으로 참으로 미안하게 되었네. 용서하게. 이제 멧돼지를 잡으러 가세."

하고 동고는 일행을 데리고 본진을 나왔다. 그리고 관문을 지나 완충지대에 들어갔다.

완충지대에 들어간 동고는 고개를 들고 아득히 오나라로 뻗어 있는 길을 바라보았다. 이미 오자서 형제의 모습은 보이지 않았다.

동고는 긴장했던 신경이 일시에 풀려 온 몸의 힘이 빠졌다. 그래서 길가에 있는 큰 돌에 앉아서 탄식했다.

"어디 아픈가?"

하고 친구가 걱정스럽게 물었다.

"아니, 아무렇지도 않네."

"의사가 피곤한 건 좋지 않네. 관문에 들어가서 기다리고 있게나. 어차피 여기까지 왔으니 우리끼리 멧돼지를 잡겠네."

하고 말하고, 친구는 젊은이를 데리고 산으로 들어갔다.

동고는 그대로 돌 위에 앉아 오자서가 밟고 간 오나라로 향한 길을 언제까지고 바라보고 있었다.

국경 완충지대를 지나서 무사히 오나라 영내에 들어선 오자서는 오상을 공손 승으로 다시 되돌리고 이제는 그 벙어리 행세를 그만하게 했다.

심호흡을 했지만 감상에 젖어 있을 틈도 없어서 오나라 수도 오(吳)를 향하며 계속 걸었다. 그러던 열흘 째 되던 저녁 무렵에 오성(吳城)을 바로 눈앞에 둔 지점에서 어느 인가의 문을 두드렸다.

그곳에서 나온 것은 오자서와 막상막하로 덩치가 큰 남자였다. 노모와 둘이 살아서 제대로 대접은 못하겠지만 하고 양해를 구하며 흔쾌히 받아 주었다.

그런데 손발을 씻고 나서 전제(專諸)라고 소개한 젊은 주인과 세상 이야기를 하고 있는데 별안간 문 밖이 소란스러워졌다. 열 명이 넘는 남자들이 큰 소리로 외쳐대고 있었다.

"이봐 전제, 겁을 먹었단 말이냐? 남자라면 빨리 나와라!"

하고 고함치는 소리가 들렸다.

"이 주변을 휘젓고 다니는 불량배들입니다. 그 중 두 명이 낮에 주민에게 나쁜 짓을 해서 잠깐 혼을 내주었는데 보복하러 온 모양입니다. 신경 쓰실 것 없습니다."

전제는 태연하게 말했다. 그러나 그들은 무시당함을 알고 더욱 소란을 피웠다.

"나오지 않으면 집을 부숴 버릴 테다!"

하고 외치는 소리와 더불어 퉁하고 큰 소리가 났다.

"집이 부서지면 곤란하지요. 내쫓고 오겠습니다."

전제는 천천히 일어섰다.

"안 돼. 나가지 마라!"

노모가 밥을 짓다 말고 말렸다.

"부서지면 다시 고치면 되느니라. 상대를 말거라."

노모는 계속해서 말렸다.

"예. 어머님."

전제는 정중하게 대답하고는 그 자리에 앉았다.

"잠시 동정을 살피고 오겠습니다."

노모가 말렸지만 상관 않고 오자서가 일어나서 문을 열고 밖으로 나갔다.

"누구냐, 넌. 원군이냐?"

일당의 우두머리가 물었다.

"아니다. 그게 아니다."

"아니면 잽싸게 꺼져 버려!"

"그렇게는 할 수 없다. 하룻밤 신세를 지기로 했으니."

그때 공손 승이 민첩하게 활과 화살을 가지고 나왔다.

"사냥꾼이로군. 그럼 잠시 물러가 있어라. 다치기 전에."

"그렇게 떠들지 마라. 다치기 전에 재미있는 구경을 시켜주겠다."

하고 화살통에서 화살을 한 개 꺼내 가지고 활에 매겼다.

"누구든지 상관없다. 작은 돌을 주워서 높이 던져 봐라."

하고 말했다.

무리 중에서 한 명이 시키는 대로 돌을 던졌다. 동시에 오자서의 화살이 활에서 튕겨졌다. 곧이어 탁하고 소리가 나고 돌은 화살에 맞아서 떨어졌다.

"부탁이니 오늘은 내 얼굴을 봐서라도 그만 돌아가라. 또 다시 나타난다면 그때는 젓가락질도 못하게 각자 오른손목을 뚫어 버릴 테다!"

하고 말하고 오자서는 안으로 들어왔다.

"신세를 져서 황공합니다. 예사 사냥꾼이 아님은 짐작하고 있었습니다만, 괜찮으시다면 신분을 알려주시지요."

전제가 말했다.

"까닭이 있어서 수도로 가서 사관(仕官)하고자 합니다. 초나라 태생이나 사관을 하게 되면 반드시 인사하러 오겠습니다. 신분은 그때에 밝히겠으니 그때까지 기다려 주시오."

오자서는 말했다.

잠시 후 저녁상이 나왔는데 오자서가 가지고 온 산비둘기 외에는 별다른 반찬이 없었다. 그러나 오자서는 전제와 즐겁게 잔을 주고받으면서 밤이 깊도록 이야기를 나누었다. 자연스럽게 오나라 사정과 정계 소문 같은 여러 가지 배웠던 것이다.

실은 자기도 사관하고 싶지만 늙은 어머니를 혼자 두고 갈 수가 없어 효도하려고 사관을 단념하고 있다고 전제는 말했다. 식견이 있는 인물이었다. 오자서는 전제를 알게 된 것을 기뻐했다.

다음 날 오자서와 공손 승은 드디어 오나라 성에 발을 들여놓았다. 즉시 정치적인 비호를 구하기 위하여 오자서는 오나라 왕 료(僚)에게 알현을 청했다.

이미 오자서의 소문을 들어 알고 있던 오왕 료는 기뻐하며 두 사람에게 알현을 허락했다. 뿐만 아니라 공손 승에게 식읍을 내리고, 오자서에게는 대부에 임명하겠노라고 했다.

그러나 오자서는 예를 다하여 공손하게 사양했다.

"백골이 난망할 분부이나, 공 없이 식읍을 받잡기는 황공하오며 비바람을 가릴 정도의 집이면 충분합니다."

오자서는 먼저 공손 승을 대신하여 진언하고, 이어서 자신에 관한 이야기를 했다.

"더욱이 나라 사정도 알지 못하는데 관을 받잡기 민망하니 사관은 잠시 후로 미루심이 가한 줄로 아뢥니다."

"음, 기특한지고! 하나 그대가 오나라를 위해 힘써 주기를 기대하고 있겠노라. 당분간은 그대 뜻대로 하겠노라."

왕 료는 우선 두 사람을 객사에 묵게 하고, 즉시 집을 지어 주고 그 주변 토지를 주겠노라고 약속했다.

오자서는 너무 황공해서 왕이 베푼 것을 사양한 건 아니었다. 갑자기 식읍을 받고 대부로 발탁되어 오나라 조정신하들에게 미움을 받으면 안 된다고 생각한 것이었다. 동시에 갑자기 오왕 료에게 밀착함으로써 정변이라도 일어날 경우 꼼짝도 못하게 되는 사태를 미연에 방지하고자 함이었다. 즉, 오자서는 잠시 오나라 동태를 살핀 후 서서히 자기와 공손 승이 몸 붙일 자리를 정해야겠다고 생각한 것이다.

전제의 말에 의하면 물론 그가 들은 소문이었지만 오왕 료의 사촌형 왕자 광(光)이 왕위찬탈을 노려 모반을 꾀하고 있었다. 게다가 그 모반은 대의명분이 있었다. 왕자 광의 아버지 오왕 제번(吳王諸樊)은 오나라 개조 오왕 수몽(壽夢)의 장남이며, 오왕 료의 아버지 오왕 이매(夷昧)는 삼남이었다. 그래서 왕위를 형제간에 계승하는 형제상전(兄第相傳)의 법에 따라 삼남 이매는 막내아우 계찰(季札)에게 왕위를 계승해야만 했다. 그러나 계찰이 즉위를 사양했기 때문에 이매는 왕위를 자기 아들 료에게 잇게 했던 것이다.

즉 왕자 광에게는 명분이 있었다. 막내아우가 사양했으니 당연히 왕위는 장남의 장남, 즉 왕자 광이 계승해야 마땅하다는 것이었다.

그러므로 불만을 품고 있던 왕자 광은 사당(私黨)을 만들고 식객을 모아서 왕위를 찬탈할 것을 도모하고 있다는 것이다.

그래서 식객 중에서 유능한 인물을 조정에 내보내어 요소요소에 자신의 세력을 굳히고 있다는 이야기였다. 그래서 오자서의 입장과 신분을 알지 못한 전제는 사관을 원한다면 먼저 왕자 광에게 몸을 맡기는 것이 좋을 듯하다고 말했다.

물론 오자서는 공손 승을 데리고 있었고, 아무리 한 때라도 식객으로 몸을 맡기면 정리(情理)의 문제가 생기게 되므로 왕자 광의 사저에는 얼씬도 하지 않았다.

그러나 어떻든 전제에게 들었던 소문은 사실인 듯했다.

성 외각에 오자서의 집이 완성되자 왕자 광은 수레에 낙성(落成)을 축하하는 예물을 가득 싣고 나타났다. 그뿐만 아니라 생활하는데 시중들어 주는 사람이 없으면 불편할 것이라고 미녀까지 함께 보내왔다.

오자서는 당황했다.

"축하 예물은 그대로 받아들이겠습니다만, 미녀는 그럴 필요가 없습니다."

하고 완곡하게 사양했다. 그러나 왕자 광은,

"아, 마음에 들지 않는 모양이군요."

하고 일부러 말꼬리를 돌렸다.

"그러면 다른 여자를 보내겠소."

하고 말했다. 그래도 거절하면 몇 명이든 교환하여 끝내는 승낙을 받아 내겠다는 상투적인 수단이었다. 그것을 눈치챈 오자서는 단념하고 받아 들였다.

그 후에도 왕자 광은 무슨 불편한 일은 없느냐고 자주 찾아와서 이야기를 하고는 선물을 놓고 갔다. 그 속셈을 알고 있는 오자서의 심정은 더욱 복잡했지만 덕분에 아무런 불편함 없이 잘 지낼 수가 있었다.

평온한 나날이 흘러 일 년이 지났다. 아버지와 형의 원수를 갚는 방책을 생각하면서 오자서는 뛰는 가슴을 진정시켰다. 반드시 원수를 갚는다고 장담은 했지만 상대는 초나라 왕이었다. 어쩔 수 없이 오나라의 힘을 빌리지 않으면 안 되었으며, 그렇게 하기 위해서는 먼저 오나라 조정을 움직이게 하는 힘을 갖추지 않으면 안 되었다. 그러나 정변의 위기를 맞고 있는 현재 정세로 보아서는 어설프게 행동할 수가 없었다.

그러나 왕자 광이 다가오는 정변에 대비하여 무슨 일이 있어도 오자서를 자기편으로 만들려고 하고 있음은 분명했다.

다행스러운 일은 왕자 광은 오왕 료보다도 왕으로서의 기량이 뛰어났으며, 적어도 패기가 넘치고 있었다. 오자서의 마음은 어느 사이엔가 왕자 광에게 가담해도 된다는 쪽으로 기울고 있었다.

물론 외국에서 온 정치망명자로서의 입장과 절도는 지켜야 했으며, 게다가 만일의 경우 이해관계도 고려하지 않으면 안 되었다. 그러한 것들을 생각하면서 오자서는 문득 전제가 생각났다.

오자서는 처음 만났을 때의 약속을 지키기 위해 집의 낙성식에 전제를 초대했으며, 그 후에도 한 달에 한 번 정도는 그의 집을 찾고 있었다. 그리고 의형제의 연을 맺었다.

왕자 광은 여전히 이유를 붙여 오자서를 자주 방문했다. 늘 서서 잠시 이야기하지만 안으로 들어가서 긴 이야기는 하지 않았던 것은, 오자서의 입장을 헤아린 것과 또 하나는 두 사람이 친밀한 관계임을 오나라 왕 료에게 숨기기 위함이었다.

"기회를 보아 전하께 신의 의형제를 소개하겠습니다. 쓸모가 있을 것입니다. 신을 대신하여 어여쁘게 여겨 주십시오."

어느 날 오자서는 전제의 이야기를 했다. 오자서의 뜻을 알아듣고 왕자 광은 매우 기뻐했다. 당장이라도 예를 갖추어서 그 집을 방문하겠노라고 오자서에게 안내를 부탁했다.

실은 왕 료의 장자인 경기(慶忌)는 아직 젊지만 호용무쌍한 남자였다. 유사시에 그 왕자 경기와 맞서 싸울 상대를 아무리 찾아도 없는 것을 왕자 광은 고민하고 있었다. 아마 그것을 알고 오자서가 소개하겠다고 한 듯했으므로 그 의형제란 아마 상당한 인물일 것이라고 생각해 왕자 광은 기뻐했던 것이다.

예상한 대로 예물을 수레에 싣고 전제를 방문한 왕자 광은 장시간 이야기를 나눈 끝에 그 인물됨과 호걸스러움에 완전히 반했다. 그래서 신분을 초월하여 은밀하게 의형제의 연을 맺었다. 외관상으로는 전제를 사당에 들게 하여 상객(上客)으로서 대우했다.

그리고 또 다시 일 년이 지났다.

공손 승은 8세가 되어 오자서는 그 양육 때문에 고민하기 시작했다. 글을 가르치고 무예를 익히게 하는 것은 아무 것도 아니었다. 그러나 제왕학(帝王學)을 가르치는 것은 오자서에게는 벅찬 일이었다.

다른 사람에게 맡기는 방법은 있었다. 그러나 초나라와 오나라는 국정 풍속이 다르고 조정 의례도 달랐다. 그래서 애를 먹던 오자서는 문득 공손 승의 조모(태자 건의 생모)가 운(隕: 호북성 안육현)에 옮겨와 기거하고 있음을 생각해냈다.

그렇다, 그녀를 오나라로 맞이하여 공손 승의 양육을 부탁하자고 오자서는 생각했다. 즉시 전제에게 모든 것을 이야기하고 의논했다.

전제는 그것을 왕자 광에게 의논했으며, 왕자 광은 흔쾌히 그 일을 받아 들였다. 때마침 국경을 사이에 두고 초나라 영토 종리(鍾離: 안휘성 봉양현)와 오나라 영토 비량(卑梁) 주민이 누에에게 먹일 뽕나무를 서로 차지하려고 다투고 있었다. 그리고 며칠 전 초나라 군대가 국경을 넘어 비량으로 침입하여 약탈을 자행했을 뿐만 아니라 주민을 마구 죽였다.

그래서 왕자 광은 오자서의 부탁은 내색도 않고 보복을 위해 종리로 출병하자고 오왕 료에게 진언했다. 왕에게 이의가 있을 턱이 없었다. 운은 종리에서 그리 멀지 않은 곳에 위치하고 있었다. 출병한 길에 왕손 승의 조모를 데리고 오리라고 생각했던 것이다.

오왕 료의 허락을 받은 왕자 광은 즉시 병거 2백 대와 병력 5천을 이끌고 종리로 향했다. 오자서와 전제는 공손 승을 데리고 왕자 광 휘하의 군대를 따라갔다.

국경을 넘은 오나라 군대는 동이 트기도 전에 종리를 포위했다. 오자서와 전제는 그대로 운으로 향했다. 그리고 해지기 전에 무사히 공손 승의 조모를 데리고 종리로 돌아와서 오나라 군대와 합류했다.

그러나 비축미를 약탈하고 주민을 마구 죽이고 돌아간 초나라 군대는 초나라 영토에 오나라 군대가 침입했음을 알고 말머리를 돌렸다. 그 초나라 군대가 종리로 진군하고 있다는 보고에 오나라 군대는 긴장했고, 대장 왕자 광은 싸우느냐, 후퇴하느냐의 결단에 고심했다.

"일전을 접하심이 어떠하신지요. 초나라 군대의 대장은 신이 반드시 활로 쏴 죽일 것입니다."

오자서가 바람을 넣었다. 오자서는 실전을 벌임으로써 오나라 군대의 역량을 확인해 보고 싶었으며 동시에 왕자 광의 대장으로서의 기량을 알아보고 싶었던 것이다. 왕자 광은 초나라 군대와 일전을 벌일 결심으로 병사를 가까이에 있는 계부(鷄父)로 향하게 하고 포진했다.

과연 다음 날 아득히 먼 곳에 초나라 군대가 그 모습을 드러냈다. 그러나 접근하지 않고 진군을 멈추고는 진지를 쌓기 시작했다. 초병(哨兵)의 보고에 의해 병력은 거의 비슷하며 적장은 원월임이 판명됐다. 그는 소관에서 병사를 주둔시켜 오자서를 붙잡으려고 했던 사마(司馬)였다.

"원월은 지나치게 전공을 탐내지만 근본은 소심한 무장입니다. 여기는 국경 근처이며 오나라 수도에는 가깝지만 초나라 수도와는 꽤 먼 거리입니다. 그래서 아마 선제공격은 하지 않을 것입니다. 그것보다 벌써 초나라 도성에 원군 파견을 요청하는 사자를 보냈을 겁니다. 아마 진지를 굳혀서 원군이 도착하기를 기다릴 겁니다."

오자서가 말했다. 그 말대로 초나라 군대는 움직이지 않고 부지런히 진지를 쌓아갔다.

"그렇다면 이쪽에서 공격하면 어떻겠소?"

왕자 광이 오자서의 의견을 물었다.

"아닙니다. 우리도 원군을 청하도록 하심이 가합니다. 그래서 적의 원군이 먼 길을 강행군해서 도착한 것을 기습하면 전멸시킬 수가 있습니다. 초나라 군대는 원군에게 전장 도착 날짜를 미리 정해 놓고 강행군을 시키기 때문에 원군이 지쳐서 도착할 것임에 틀림없습니다. 어쩌면 도성에서는 대장과 적은 병력만 내보내고 이 부근 부용국 병사들을 끌어 모을지도 모릅니다. 그렇게 되면 오합지졸과 다를 바 없어 무찌르는 것은 시간문제입니다."

오자서는 말했다.

"원군은 그렇다 치고 원월부대가 견고한 진지를 쌓은 뒤라면 공격하기도 힘들 텐데?"

"아닙니다. 아무리 견고하게 진지를 굳히더라도 유인해내는 방법은 있습니다. 오나라 왕께 원군을 요청하실 때 훈련을 전혀 받지 않은 병사, 가능하면 감옥에서 훈련을 시키고 있는 죄인부대도 2, 3천 명을 원군에 포함시키도록 부탁을 해주십시오."

"알겠소."

왕자 광은 즉시 원군 요청을 위한 사자를 보냈다.

오자서는 전제에게 공손 승과 조모를 호송할 것을 부탁했다.

그들이 떠난 뒤 오자서가 왕자 광에게 말했다.

"그냥 기다리기만 한다면 사병들이 심심할 것입니다. 가까운 곳에 소(巢)나라라는 작은 초나라 부용국(付庸國)이 있는데 그쪽으로 군대를 이동시켜 사병들을 포식시키심이 어떠실지?"

"그러나 그러기 위해서는 성을 공격해야 될 텐데."

"아닙니다. 아마 그럴 필요는 없을 것입니다. 소나라의 군주는 아직 젊으며 신이 잘 알고 있습니다. 성 아래에서 시끄럽게 떠들어대면 신이 성문을 열도록 주선하겠습니다."

"하나, 예전이라면 모르되 지금 그대 입장은…."

"걱정 마시옵소서. 본래 소나라는 초나라에 심복하고 있진 않습니다. 이제 곧 계부에서 전쟁이 시작되면 성내에 있는 식량은 모조리 초나라 군대에게 강제로 빼앗기게 될 것입니다. 하오나 이유도 없이 오나라 병사들에게 포식시켰다면 후난을 면할 수가 없으니까 성을 공격한 체만 하면 기꺼이 우리 요청에 응할 것입니다."

"알겠소. 싸움 전이니 병사들의 사기를 돋우어 주도록 하겠소."

왕자 광은 승낙하여 병사들을 소나라로 이동시켰다.

하루도 안 걸려서 오나라 군대는 소나라 성 아래에 도착하여 별안간 성을 포위하여 기세를 올렸다. 오자서가 때를 맞추어서 성벽에 올랐다.

"목숨이 아까운 자는 움직이지 마라. 움직이는 자는 쏴 죽일 것이다. 나는 오자서다. 성주에게 성문을 열라고 전하여라. 열지 않으면 쳐들어가서 불바다로 만들겠다."

하고 활시위를 당기며 외쳤다. 그리고 무섭게 노려보고는 천천히 뛰어내렸다.

이윽고 성문이 열리고, 성주의 특사가 나타나서 형식적인 '성하(城下)의 서약'을 교환했다. 그리고 성대한 잔치가 베풀어졌다. 오나라 병사들은 뛸 듯이 기뻐했다. 사정을 모르는 병사들 사이에서 오자서는 순식간에 영웅이 됐다.

왕자 광도 말없이 속으로 감탄했다. 소나라 성에서 사흘 낮밤을 포식하고 오나라 군대는 계부 진지로 돌아왔다. 초나라 군대는 아직도 진지를 쌓고 있었다.

왕자 광은 적의 목전에서 유유하게 군사훈련을 시작했다. 곧잘 한다고 이번에는 오자서가 감탄했다.

열흘 쯤 지나서 오성에서 왕자 경기가 병거 3백 대와 죄수병 2천을 포함해서 병력 8천의 증원군을 이끌고 당도했고, 닷새 쯤 늦게 거의 같은 수의 초나라 원군이 도착했다.

초나라 군대 총수는 영윤(令尹)의 양개(陽匄)이며, 사병은 부용제국에서 끌어 모은 연합군이었다. 그런데 연합군 총수 양개는 진지에 도착하자마자 급사했다. 행군 도중에서 병이 났는데도 무리하게 강행군 한 것이 사망의 원인이 되었다.

양개가 급사하여 원월이 연합군 총수를 대행했다. 원월은 연합군을 둘로 나누어 진지 좌, 우 양편으로 배치했다. 그리고 자기는 진지에 들어가 본대를 지휘했다.

왕자 광은 친히 본대를 인솔하여 오른쪽으로, 왕자 경기 휘하 증원군을 왼쪽으로 전개시켰다. 그리고 죄인부대를 적진 정면으로 배치시켰다.

드디어 싸움이 시작됐다. 왕자 광이 이끄는 본대는 적측을 공격하고, 왕자 경기가 지휘하는 증원군은 그 우측에서 세차게 밀고 들어갔다. 그렇지 않아도 사기가 시원치 않았던 초나라 연합군은 총수가 급사함으로써 사기가 땅에 떨어져 있었다.

오나라 군대의 공격을 받자 연합군은 그대로 후퇴하더니 마침내 등을 돌리고 도망치기 시작했다. 그러나 작전에 따라 오나라 군대는 도망가는 연합군을 깊이 추격하지는 않았다. 왕자 광과 경기는 이미 추격을 그만 두고 중앙에 자리잡은 초나라 군대 본진을 지켜보고 있었다.

견고한 초나라 군대 본대를 정면에서 공격한 죄수부대는 진지로부터 퍼붓는 화살로 다수의 부상자를 냈다. 어이없이 후퇴한 죄수부대는 지휘자의 호령을 무시하고 뿔뿔이 흩어지며 도망치기 시작했다.

진지 안에서 잠시 동정을 살피고 있던 원월이 추격을 명령하는 북을 치게 했다. 이윽고 자기도 진문에서 뛰어나왔다.

전공부(戰功簿)에 기록되는 것은 죽이거나 잡은 적병의 '질'이 아니고 '수(數)'이다. 원월이 역시 공을 탐내어 뛰쳐나왔던 것이다.

원월이 뛰쳐나온 것을 보고 죄수부대 속에 끼어 있던 오자서는 회심의 미소를 지었다. 그리고 갑자기 무리에서 이탈하여 토끼처럼 가로질렀다.

원월은 기세를 타고 더욱 세게 북소리를 내게 했다. 그리고 양떼를 쫓는 개떼처럼 주위를 수레로 돌아다니면서 외쳐댔다. 그런데 별안간 호령 소리가 그치고 몸이 뒤로 젖혀지면서 수레에서 고꾸라져 떨어졌다. 양미간에 오자서가 쏜 화살을 맞았던 것이다. 물론 즉사했다.

기세 좋게 추격하고 있던 초나라 군대는 대장의 죽음을 알고 추격을 중지했다. 그리고 진지로 퇴각하려고 했으나 이미 퇴로는 막혀 있었다. 왕자 광과 경기 두 왕자가 지휘하는 오나라 군대가 좌우에서 돌아서 가고 있었던 것이다.

퇴로를 잃은 초나라 군대는 포위당하여 전멸했다. 초나라 군대에 따랐던 부용제국(付庸諸國) 군대도 벌써 도망가고 없었다.

제33장

적지의 흙으로 적진의 벽을 바른다

오(吳)왕 료 11년 계부싸움에서 초나라가 오나라에게 크게 패한 이듬해에 초나라 평왕이 병사했다. 그 소식을 전해들은 오자서(伍子胥)는 발을 동동 구르면서 눈물을 흘리며 분해했다. 그러면서 오자서는 굳게 마음속으로 맹세했다.

끝내 아버지와 형의 원수를 그 생전에 갚지는 못했지만 죽었다고 해서 결코 그를 용서할 수는 없다. 그렇다! 평왕의 묘를 파서 그 시체에 채찍을 가하리라! 하고 오자서는 입술을 깨물며 결심했다.

오자서는 오나라에서 5년이라는 세월이 덧없이 흘러간 것이 아깝게 느껴졌다. 그리고 일어날 듯하면서도 일어나지 않는 오나라 정변을 기약 없이 기다리는 것이 더 이상 참을 수 없었다.

'그렇다! 왕자 광을 부추기자.'

하고 결심했다. 그래서 그 심중을 오자서는 전제에게 말하고 협조를 구했다. 그러던 어느 날 밤 왕자 광을 은밀히 집으로 초대했다. 공손 승은 벌써 이 집에는 없었다.

그의 조모를 운에서 오나라로 데리고 왔을 때, 오나라 왕은 그녀의 전력(왕비)에 경의를 표하여 성 안에 집을 지어 살게 했다. 공손 승은 그 조모의 집에 가 있었다.

그래서 공손 승이 없는 오자서 집에 전제는 자주 드나들었고, 때로는 묵고 갈 때도 있었다. 전제는 장가를 들어 노모 시중은 아내에게 맡기고 집을 비울 수가 있었다.

그날 밤 왕자 광은 슬그머니 심복 성문관에게 성문을 열게 하여 혼자서 오자서의 집에 나타났다. 전제는 낮부터 와 있었다.

왕자 광은 식객들 눈을 속이기 위해 반쯤 식사를 하고, 다시 오자서와 전제 셋이서 식탁에 둘러앉았다.

술을 권하면서 오자서가 느닷없이 본론을 말하기 시작했다.

"드디어 때는 도래했습니다. 대사를 도모하기에는 다시없는 기회인 줄 아룁니다."

"무슨 뜻이오?"

"초평왕이 승하하고, 초나라 조정은 상중에 있습니다. 즉각 출병할 것을 왕 료에게 진언하십시오."

"음, 그러나 왕 료는 적이 상중에 있는데 출병함은 예에 어긋난다고 반대할 것이오."

"서로 인의(仁義)없는 전쟁을 되풀이하면서 예가 다 무엇입니까? 상중에 기습함은 병법에서 필승하는 중요한 일과라고 이해를 나열하여 설득하면 간단하게 응하리라고 생각합니다."

"그러나 적의 상중에 출병함으로써 적국 장병들의 적개심을 사서 오히려 심한 패배를 당한 예도 있소. 반드시 이긴다고는 할 수가 없소."

왕자 광은 엉뚱한 말을 했다.

"무슨 말씀입니까? 전하, 이겨서는 아니 됩니다. 지지 않으면 곤란합니다."

오자서가 어이없다는 표정으로 말했다. 전제가 보충했다.

"기러기나 고니도 날개를 잘리면 집에서 기르는 오리와 다를 바 없습니다. 먼저 호랑이를 굴에서 나오게 하지 않고는 사냥을 시작할 수가 없습니다. 왕자 경기(慶忌)와 엄여(掩余), 촉용(燭庸) 이 세 명을 도성에서 쫓아내고 다시는 성에 돌아오지 못하게 해야 합니다."

"그런가? 알겠소. 그러나 호랑이와 함께 사냥꾼도 사냥터에서 쫓겨난다면 어찌 하겠소?"

"그것을 염두에 두고 이미 약과 붕대 그리고 지팡이까지 준비했습니다."

하고 오자서가 벽에 걸린 지팡이를 가리켰다.

"어떻게 하려고?"

"야밤에 전하께서 성의 경비상황을 점검하기 위해 시찰 나왔다가 어둠 속에서 멧돼지가 뛰어나와서 말이 놀라 수레가 도랑에 박혀서 발목을 삐었다고 하시면 출정을 면하실 수가 있습니다. 설마 다친 발을 끌고 전쟁터로 나가라고 하지는 않을 것입니다. 그보다 중요한 사냥감이 호랑이와 함께 성에서 나가서는 큰일입니다."

"옳소. 그것을 막는 방법은?"

"같은 이치를 뒤집으면 되리라 생각됩니다. 즉, 적이 상중일 때 공격하면 필승할 수는 있지만 역시 과히 보기 좋은 일은 아닙니다. 그러므로 국왕이 친히 출정하심을 삼감이 마땅하다고 말린다면 군이 출정하지는 않을 것입니다."

"음, 옳은 말이오. 좋소. 내일 당장에라도 왕께 진언해 보겠소."

왕자 광은 쾌히 승낙했다.

"전하! 반드시 설득해 보이신다는 기백이 필요합니다."

"음, 그러나 반대자가 있을 것이 아니겠소."

"걱정 없습니다. 유력한 편이 있습니다. 굴용(屈庸)의 아비를 움직여서 도움을 청하면 왕 료는 꼭 승낙할 것입니다."

굴용이란 부친 굴무(屈巫)와 함께 초나라에서 진(晋)으로 망명하여 진나라 제후의 명을 받들어 오나라로 병거 전술을 가르치러 온 사람이다. 이미 은퇴했으나 그 공으로 대로(大老: 원로)로 봉해졌다. 나이는 90세에 이르렀으나 아직 건강했다. 역시 일족이 초나라 왕에게 죽임을 당하였으므로 초나라로 출병할 진언을 부탁하면 기꺼이 승낙할 것이라고 오자서는 계산하고 있었다.

"옳거니! 그 노인장이 움직여 준다면 잘 될 것이오. 힘써 설득하겠소."

왕자 광은 대답했지만 역시 기백이 없었다. 대사를 도모하는 날을 너무 많이 기다려와서 실감이 나지 않기 때문일 것이라 생각하며 오자서는 왕자 광에게 활기를 북돋우려 했다.

"전하께서는 명검 어장(魚腸)을 가지고 계십니까?"

하고 느닷없이 화제를 바꾸었다.

"가지고 있소. 보는 바와 같이 언제나 지니고 다니오."

왕자 광은 우쭐해하며 품속에서 칼날의 길이 8치 5푼(약26cm)의 곧은 칼을 꺼내 보였다.

어장은 간장(干將), 막야(莫耶), 촉루(屬鏤), 담로(湛盧), 반영(磐郢)과 함께 천하의 명검으로 후세에도 그 이름이 전해진 '환상의 보검'이었다. 크기는 작지만 철판도 뚫는 물건이었다.

그 어장은 담로(湛盧)·반영(磐郢)과 함께 월나라 명공 구야(歐冶)의 작품으로 전해지고 있다.

칼집에서 나온 어장은 참으로 절묘한 빛을 냈다. 그것을 왕자 광에게서 받아든 오자서는 그 신비스러운 빛에 심취되었다.

"이 보검은 피에 굶주리고 있습니다. 아니 고귀한 피를 원하고 있는 듯합니다. 그것을 마시게 하지 않으면 소지자에게 저주가 내릴는지도 모르겠습니다."

하며 불빛에 칼을 비쳤다. 등줄기가 오싹해질 듯한 파란 빛이 벽에 부딪혀 반사되었다.

"어떤가? 단검을 쓰는 솜씨는 자네가 한수 위였지. 뭐든 찔러 보게."

오자서가 어장을 전제에게 주었다. 잠시 어장을 바라보던 전제가 그것을 거꾸로 들었다.

"연습 삼아 구멍이라도 뚫어 볼까?"

반점(反坫: 술잔을 놓는 대) 앞으로 다가갔다. 왕자 광과 오자서가 마른 침을 삼켰다. 반점 앞에서 전제가 호흡을 가다듬었다.

'이얏!' 소리와 함께 두께가 한 치나 되는 청동판에 어장이 꽂혔다. 아니, 밑으로 한 치 오 푼 쯤 뚫고 나와 있었다. 왕자 광과 오자서는 탄식을 자아내면서 서로 얼굴을 마주 봤다.

"과연 천하 제후들이 한결같이 탐을 낼만한 보검입니다. 가령 왕 료가 옷 안에 두 겹, 세 겹 갑옷을 입고 있다고 하더라도 쉽게 찌를 수가 있을 것입니다."

말하는 오자서의 눈이 빛났다.

"음! 결심했소. 내일 아침 즉시 굴용을 불러서 왕 료에게 진언하겠소. 아니 반드시 설복하겠소."

왕자 광도 얼굴을 상기시키며 눈을 번득였다. 드디어 기합이 들어간 모양이었다.

“자, 좋은 일은 서둘러야 된다고 합니다.”

오자서가 준비한 약과 붕대를 꺼내서 왕자 광 발목에 바르고 감았다. 그리고 지팡이를 주었다.

“이제는 내쫓을 셈이오?”

“그러합니다. 저택 사용인과 식객들이 잠들기 전에 돌아가셔서 증거를 보이심이 좋을 듯합니다.

“알겠소. 그럼, 돌아가겠소. 그 보물을 돌려주오.”

왕자 광이 손을 내밀었다.

“아니, 그날까지 신에게 맡겨 두십시오.”

전제가 말했다. 그리고 오자서와 함께 왕자 광을 전송했다.

생각보다 오나라 왕 료는 왕자 광과 굴용의 진언을 쉽게 받아들였다. 그리고 왕자 엄여와 촉용을 대장으로 임명하여 병거 8백 대와 병력 2만을 주어 초나라를 치게 했다.

엄여와 촉용은 수륙 양편으로 나눠 초나라를 침공하여, 우선 잠성(潛城: 안휘성 곽산현)을 공격했다. 그러나 잠성 수장은 성문을 굳게 닫은 채 출격하지 않고 급거 도성 영으로 구원을 요청했다. 오나라 군대는 할 수 없이 성을 공격하기 시작했는데 쉽사리 무너지지 않았고 이윽고 초나라 원군이 들이닥쳤다.

오나라 군대는 고전을 면치 못했고, 끝내는 퇴로마저 끊겨 버렸다. 반대로 이번에는 오나라 군대가 오나라 도성에 원군을 요청했다.

실은 오나라 왕 료에게 초나라로 출병할 것을 진언한 왕자 광과 굴용 부친은 동시에 왕자 경기를 정나라에 사자로 보내어 정나라가 출병할 것을 요청하고 그렇게 하여 초나라를 협공해야 한다고 설득하고 있었다.

왕 료는 고개를 끄덕였지만 유달리 심사숙고한 성격의 왕태후(왕료의 생모)가 반대를 하여 실현되지 못했다.

그러나 엄여와 촉용 두 왕자로부터 원군 요청을 받고 마침내 왕 료는 경기를 정나라로 보냈다. 오나라 성에는 원군으로 대군을 보낼 만큼 병력이 없었던 것이다. 정나라로 향하는 왕자 경기를 공손하게 성문까지 전송한 왕자 광은 회심의 미소를 지으며, 그날 밤 오자서 집을 찾아가서 전제와 더불어 다시 밀담을 나누었다.

"하늘이 전하를 도와주었습니다. 이제 신중하게 대책을 강구할 일입니다."

오자서가 말했다.

"언제였던가, 좋은 일은 서둘러야 한다고 하지 않았소."

이번에는 왕자 광이 불만을 토로했다.

"신중하게 처신해야 된다고 했으나 그 대책은 서둘러 하는 것이 마땅합니다."

"옳은 말이오. 문제는 그 대책인데 서둘러 지혜를 짜내도록 하오."

"하기야 모살에는 여러 가지 방법이 있습니다. 진부하긴 하나 가장 확실한 것은 역시 집으로 유인하여 죽이는 방법입니다. 그리고 모처럼의 보물을 썩힐 필요가 없습니다."

오자서는 탁상 위에 놓인 어장을 집어 들고 만지작거렸다.

"그렇게 결정했다고 치고, 어떻게 불러낼 것인지가 문제요."

"역시 진귀한 것이 입수되었으니 한 번 왕림하시길 바란다는 말 이외에는 달리 방안이 없겠습니다."

오자서는 아무렇게나 대답했다. 전제가 진지한 눈빛으로 왕자 광에게 물었다.

"왕 료께서 특별히 즐겨하시는 음식이라도 있습니까?"

"있소. 산란기에 있는 황어(黃魚)요."

"어떤 생선장수라도 가지고 있는 그 황어 말씀입니까?"

"그렇소, 흔한 물고기지만 특별하게 크고, 게다가 알을 낳기 직전의 것이라야 하오."

"황어의 산란기는 언제던가요?"

전제가 고개를 갸우뚱거렸다.

"언제든 상관없지 않습니까?"

오자서가 말했다.

"아니, 알이 있어야 되고 게다가 낳기 직전이라야 한다는데."

"정말 먹일 것도 아닌데요."

"그러나 계절이 틀리면 처음부터 의심을 받지 않겠소?"

"고지식하기는! 계절이 틀리면 더욱 진귀하지 않겠습니까? 그보다 중요한 문제는 다른 데에 있다고 생각합니다."

"무슨 뜻이오?"

"요리를 하지 말고 황어를 궁전으로 가지고 오라고 명하면 어떻게 하겠소?"

"그렇군."

전제와 왕자 광은 생각에 잠겼다.

그러나 오자서가 자기 물음에 스스로 대답했다.

"묘한 요리법을 아는 조리사가 있다고 거짓말을 하면 어떨까요? 황어라면 술찜으로 만드는 고기이며 구이에는 맛이 없으니 황어를 기가 막히게 굽는 조리사가 있다고 하면 안 되겠소?"

"음, 좋은 생각이오. 그런데 거짓말을 할 필요까지는 없소. 내가 어디든 유명한 주막에 가서 굽는 법을 배워가지고 오겠소."

전제가 조리사의 역할을 맡겠다고 나섰다.

"좋은 생각이오."

왕자 광이 찬성하고 오자서도 쓴 웃음을 지으며 끄덕였다.

그날 밤의 밀담은 그것으로 끝났다. 다음 날 전제는 '황어구이'의 수업을 쌓기 위하여 떠났다.

전제는 유명한 요리점을 찾아서 그 주방장에게서 가르침을 받았다. 그러나 '황어구이'를 배우고 싶다는 말을 들은 요리사들은 비웃기도 하고 전제를 미친 사람으로 생각하여 쫓아내기가 일쑤였다. 이때는 늦은 봄이었고 황어가 산란하는 초여름까지는 아직 시간이 있었다. 전제는 조롱을 당하고 미친놈이라고 쫓겨나도 굴하지 않고 계속 이름 있는 요릿집을 찾아 다녔다. 마침내 한 달쯤이 지났을 때 큰 어촌에서 큰 가게를 열고 있는 생선 도매상을 찾아냈다.

"통설이라는 건 대개가 믿을 수 없는 법이지요. 황어는 잘 굽는 솜씨만 있으면 술찜보다 훨씬 맛이 좋소. 그런 생각이라면 비법을 가르쳐 주겠소."

도매상 주인은 친절하게 전제에게 비법을 전수했다. 전제는 열흘 정도 그 집에서 머물면서 그 비법을 습득했다.

그 어촌을 떠난 전제는 자기 집에는 들르지 않고 곧바로 오자서의 집으로 수레를 몰았다.

"드디어 황어구이의 비법을 습득했소."

하고 말하며 가슴을 폈다.

"그게 바로 당신의 장점이요. 용케도 그 수고를 해냈군요. 그래, 왕자 광이 칭찬을 해줄 테니 얼른 보고하도록 하시오."

오자서는 놀려댔지만 속으로 기뻐한 것도 사실이었다.

왕자 광은 즉시 알을 가진 큰 황어를 수배하고 그 3일째 되는 날 대망의 물건을 손에 넣게 되었다. 그리고 왕 료를 만찬에 초대했다.

왕 료는 기쁜 마음으로 초대를 받았으나 왕태후에게 저지당했다. 그러나 왕 료는 벌써 초대에 응할 것을 수락했다고 모후를 설득했다. 할 수 없이 모후는 경비를 엄중히 하라는 조건으로 허락했다.

그리하여 다수의 근위병이 동원되었다. 궁전 출구에서 왕자 광 저택 입구까지 무장을 한 사병들이 한 줄로 쭉 늘어섰다. 그 줄과 줄 사이를 지나 경호병들에게 엄호를 받으며 왕 료의 수레가 왕자 광의 저택에 당도했다. 근위병들이 줄에서 벗어나 저택을 포위했다.

그 뿐만이 아니었다. 수십 명에 이르는 경호병이 그대로 왕 료를 따라 연회석이 마련된 방에 따라 들어가 식탁을 둘러쌌다.

"이렇게 살풍경을 만들어서 미안하지만 태후께서 명령하신지라, 언짢게 생각 마오."

왕 료도 조금은 부끄러운지 양해를 구했다.

"예전부터 조심성이 깊으신 성미시니 괜찮습니다."

왕자 광은 아무렇지도 않다는 듯이 말했으나 속은 편치 않았다.

우선 전채요리와 술이 나오고 단 둘이 하는 만찬이 시작되었다. 전채 요리를 날라 온 요리사와 술을 가지고 온 하인이 방 입구에서 엄격한 신체검사를 받았다. 그 광경을 조리장에서 살짝 보고 있던 전제는 이맛살을 찌푸렸다.

그보다도 집 밖에 있던 오자서는 어찌할 바를 모르고 있었다. 조금 떨어져 동정을 살피고 있던 오자서는 지금까지 본 적이 없는 어마어

마한 경비에 놀랄 뿐이었다. 예정대로 일을 결행한다면 전제 신상에 위험이 미친다고 판단했다. 그래서 어떻게든 계획을 중지할 것을 전제에게 알리려고 했으나 저택에 접근할 수가 없었다. 그대로 두면 전제가 거사를 결행할 것은 틀림없는 사실이었다.

'중지하게 전제, 그만두라니까.'

오자서는 속으로 이렇게 빌면서 속수무책으로 가슴을 애태웠다.

그러나 그런 오자서의 심려는 통하지 않고 조리장에서 궁리를 하고 있던 전제는 어떤 묘안이 머리를 스치고 지나갔다. 전제는 품속에 감추고 있던 명검 어장을 구워 낸 황어 뱃속에 감춰 넣었다.

그리고 조리장 구석에 숨어 있던 자기편 무사들에게 살짝 신호를 하고 황어구이를 담은 접시를 양손에 받쳐 들고 천천히 조리장을 떠났다. 역시 연회실 입구에서 엄밀한 신체검사를 받았다.

"조용히 가시오."

명령받고 전제는 명령받은 대로 천천히 식탁에 다가갔다.

왕 료가 감탄했다.

"솜씨 또한 대단합니다."

왕자 광은 시치미를 뗐다.

"황어구이의 생명은 향기입니다. 먼저 향기부터 맡아 보십시오."

전제는 요리를 권하면서 설명을 하고 살짝 접시를 기울였다. 냄새를 맡으려고 왕 료가 약간 코를 앞에 갖다 댔다. 그 순간 전제는 오른손으로 어장을 꺼내자마자 왕 료의 가슴을 찔렀다.

경계하고 있었던 왕 료는 옷 안에 갑옷을 입고 있었으나 그 보람도 없이 의자에 쓰러져 즉사했다. 그러나 그와 동시에 전제가 등에 칼을 찔려 바닥에 엎드린 채 그대로 절명했다.

별안간 양 편의 무사들은 서로 싸움이 벌어져 연회실은 아수라장으로 변했다.

"멈춰라!"

왕자 광이 큰 소리로 외쳤다.

"무익한 살생은 멈추도록 하라! 왕 료는 죽었다. 과인이 즉위할 것이다. 모두가 적도 군도 아니다. 충성을 다한다면 이곳에 있는 자들은 모두가 조정신하이다."

라고 말을 했다.

말이 떨어지자마자 왕 료를 경호하고 있던 무사들이 고개를 숙이고 엎드렸다. 그 무기를 주방에서 뛰어나온 무사들이 쓸어 모았다.

"잘 들으라! 왕 료는 심장마비로 급거하셨다. 예를 다하여 국장으로 모실 것이니 유체를 정중하게 궁전으로 옮기도록 해라."

왕자 광은 무장을 해제한 무사들에게 명했다. 오나라 왕 료의 유체를 실은 수레가 왕자 광의 저택을 나서는 것을 보고 근위병들은 저택 포위를 풀고 수레 뒤를 따르며 궁전으로 돌아갔다. 그때 오자서가 저택 안으로 뛰어 들어와 전제의 유체를 끌어안고 대성통곡하고 나서 아직 울음이 그치지 않은 채 전제의 유체를 일단 자기 집으로 가지고 간다고 청했다.

"그럴 필요까지는 없소. 전제의 죽음에는 충분히 보답할 것이오. 그대에게는 당장 해야 할 중대한 일이 기다리고 있소."

왕자 광은 오자서의 어깨에 손을 얹었다. 그리고 오른손으로 다정스럽게 눈물범벅이 된 오자서의 얼굴을 닦았다.

오나라 왕 료가 살해당한 것은 그의 재위 12년째 되는 늦은 봄이었다.

왕자 광은 즉위하여 합려(闔閭)라 칭했다.

오합려는 즉위하자 바로 전제의 어린 아들에게 식읍을 하사하고 성년이 되면 출사하라고 경위로 봉했다. 이어 오자서를 객경으로 임명하여 왕에 대하여 '신예(臣禮)'를 취하는 것을 면하도록 했다.

초나라로 출정하여 잠성에서 고전하면서 원군을 기다리고 있던 엄여와 촉용 두 형제는 형인 왕 료가 살해당했다는 비보를 전해 듣고 투항하여 서읍(舒邑: 안휘성 노강현)에 봉해져 초나라에 머물렀다.

정나라에 가있던 왕자 경기는 부왕의 죽음을 알고 그대로 행방을 감추었다.

왕 료의 숙부이며 또 오합려의 숙부이기도한 계찰은, 자기가 왕위를 사양하여 조카들로 하여금 살인극이 벌어졌다고 마음 아파했지만 굳이 이의를 달지 않고 누구든 즉위하면 왕이라고 오합려를 지지했다.

이에 따라 오나라 조정에서 합려왕의 자리를 위협하는 자는 아무도 없었고 등을 돌리는 자도 없었다.

그러나 단 하나의 불안한 요소는 행방이 묘연해진 왕자 경기였다. 게다가 얼마 안 가서 어디엔가 잠복하고 있다는 소문이 들렸다. 오합려는 마음을 놓을 수가 없어서 오자서를 불러 의논했다.

"전제는 죽었소. 이제는 그 곰과도 같은 경기를 잡을 수 있는 인물은 없지 않소."

오합려는 탄식했다. 그 말 속에는 은근히 오자서가 잡아주었으면 하는 뜻이 내포되어 있었다. 그러나 오자서는 모르는 체 하며 대답했다.

"있습니다. 그 요리(要離)에게 시키십시오."

"누구요, 그 요리란 자는?"

"모르고 계셨습니까? 전하 식객 중에 유달리 작은 사나이가 있습니다. 그자의 이름이 요리입니다."

"그 꼬마 말씀이오? 그자는 유별나게 총명하여 식객으로 두었는데 그토록 토끼만큼의 힘도 없는 자가 어떻게 곰을 잡을 수가 있단 말씀이오?"

"아닙니다. 아무리 용감무쌍한 자라 할지라도 자고 있을 때 기습당한다면 어이없이 아녀자의 손에도 당하는 법입니다. 그보다 먼저 곰이 숨어 있는 장소부터 찾아내야 합니다. 아마 요리는 쓸모가 있을 것입니다."

"하면 그 방법을 그자에게 가르쳐 주도록 하오."

"그럴 필요는 없습니다. 그자는 전하나 소신보다 지혜가 있습니다. 무조건 경기를 찾아내서 죽이라고 비밀리에 명령만 하십시오. 상을 후하게 내린다고 약속하시면 반드시 성사시킬 것입니다."

오자서는 말했다.

오합려는 승낙하고 요리에게 밀명을 내렸다.

평온하고 무사하게 오합려 재위 2년의 해가 밝았다.

신년 초부터 초나라에서 백씨 자비(佰氏子嚭)가 오나라로 망명해왔다.

자비는 역사에 '태재비(太宰嚭)'로 그 이름이 알려졌는데 정치 발전사에 큰 발자취를 남긴 인물로, 치세술에 뛰어난 이색적인 인재였다.

태재비가 도망친 초나라는 소왕(昭王) 치하에 있었는데, 소왕은 나이가 어렸으므로 정치 실권은 영윤인 자상(子常)이 장악하고 있었다.

그 실권자 자상에게 공손 승의 아버지 태자 건과 오자서의 아버지 오사를 참언했던 그 비무극(費無極)이 또 다시 엉뚱한 참언을 했다.

대부 극원(郤宛)이 자상을 암살할 것을 꾀하고 있다고 거짓증거를 만들어냈던 것이다. 그것을 믿은 영윤 자상은 극원과 그 일족을 살해했다. 태재비는 그 일족 중의 생존자였다. 그래서 오자서를 믿고 오나라로 망명해왔던 것이다.

더욱이 자상은 극원과 그 일족을 죽임으로써 조정신하들의 빈축을 샀으며, 성민들에게는 비난을 받게 되었다. 후일에 자상은 극원이 무죄였음을 깨닫고 비무극을 죽여 그 목을 성문에 내다 걸고 천하에 사죄의 뜻을 냈다.

한편, 오나라에 망명해온 태재비를 오합려는 대부로 임명하여 그 행정수완을 발휘하게 했다.

행정수완이란 법규의 책정과 제정된 법규를 집행하는 기술을 뜻하는데 태재비의 뛰어난 기술로 인하여 오나라 조정은 통치효율을 많이 높였다.

얼마 후 엄여와 촉용이 투항했기 때문에 초나라 영내에 도망쳤던 오나라 군대 사병들이 속속 오나라 도성으로 돌아왔다. 오자서는 그 사병들을 재편하여 다시 훈련을 시켰다. 동시에 오나라의 부국강병책을 도모했다.

그런데 부국강병을 도모함에 있어 오나라 도성에 문제가 있다고 오자서는 깨닫게 되었다. 첫째, 오나라는 동남으로 너무 치우쳐서 지세가 험난했으며, 게다가 가끔 해일 피해도 입고 있었다. 무엇보다 성이 너무 작고 성벽이 낮아 강적에게 포위당할 위험성도 있었다. 그래서 오자서는 오합려에게 천도를 건의했다. 패(霸)를 꿈꾸고 있던 합려는 참으로 현재의 오나라 성은 패왕의 거성으로 마땅치 않다고 즉각 그 건의를 받아들였다. 그리하여 고소(告蘇: 강소성 오현)에 큰 성을 지어 그곳으로 수도를 옮겼다.

새롭고 큰 성 안에서 오합려는 패왕이 될 꿈에 부풀어 있었다.

오(吳)에서 고소로 천도한 뒤에 바로 손무(孫武)가 새로운 도성에 나타났다. 역사에 손자병법과 함께 그 이름이 전해지고 있는 손자(孫子)였다. 중국사에는 백 년을 사이에 두고 '두 명의 손자'가 존재했다. 손무는 그 중 최초의 손자였다.

손무는 제(齊)나라 태생이었는데, 태어난 나라에서 무슨 문제를 일으킨 것도 아니고, 또한 원한을 품고 제나라를 떠난 것도 아니었다. 물론 그렇다고 해서 정치적인 야심을 품고 있는 것도 아니었다.

전쟁이 다반사였던 시대에 태어난 손무는 전쟁을 하나의 흐름이라 여기고 그 조직과 기능, 운영의 정수와 조작의 기술을 13권의 책자 이른바 『손자병법』으로 편찬했다. 그리고 그 병법을 실험으로 그 효과를 검증하고자 오나라를 찾았던 것이다.

손무가 그 실험장소로 오나라를 택한 것은 물론 우연은 아니었다. 오합려는 패기에 차 있을 뿐만 아니라 패권에 대한 야망에 불타고 있었다. 게다가 복수의 귀수로 변해서 진심으로 싸우려고 하는 용장 오자서가 있었기 때문이다.

또한 그 뛰어난 기능을 발휘하여 훌륭한 업적을 올리는 것 말고도 오나라에서 생존할 조건을 갖지 않는 행정의 대가 태재비가 '만만치 않은' 상황에서 버티고 있었다. 그리고 무엇보다 오나라는 신흥국가여서 오랜 전통이 없으므로 새로운 실험을 받아들이는 데 저항이 적을 것이라고 손무는 판단하고 오나라를 택했던 것이다.

도성 고소에 나타난 손무는 오자서를 통하여 그 병법 13권을 오합려에게 헌상했다. 그것을 읽고 감동한 오합려는 그 중에서도 강병(强兵)을 키우는 법에 흥미를 가졌다. 그리고 군대의 훈련법을 현실로 보고 싶다고 말했다. 그러면 병사와는 가장 거리가 먼 궁중에 있는 궁녀들을 훌륭한 병사로 만들어 보이겠다고 손무는 말했다.

잠시 후 궁녀들이 총동원되어 연병장에 모였다. 그 숫자는 180여 명에 이르렀다. 손무는 그들을 둘로 양분하여 오왕의 애첩 두 명을 각각 그 대장으로 명했다. 그리고 종대, 횡대 편성과 좌우로 향하고 뒤로 도는 동작과 행진 방법을 가르쳤다.

그 광경을 오합려는 오자서와 함께 관병대 위에서 신기하다는 듯이 보고 있었다. 곧이어 전고(북)가 울려 퍼지고, 이제 조련이 시작되었다. 그러나 처음에는 재미가 있어서 시키는 대로 하던 궁녀들은 나중에는 어이가 없는지 빙 둘러앉아 잡담을 나누며 웃기 시작했다.

손무는 두 대장을 불러내서 반복적으로 같은 것을 가르쳤다. 그러나 세 번째 전고가 울려도 결과는 같았다. 그것을 멀리서 구경하던 훈련부대 장병들이 좋아하며 갈채를 보냈다.

"이봐 군정관!"

손무가 느닷없이 군정관을 불렀다. 그리고

"군사(軍師)의 명령에 따르지 않는 죄는 무엇에 해당되는가?"

하고 물었다.

"참수입니다."

군정관이 대답했다.

"좋다! 그 대장 두 명을 군율에 따라 참수형에 처하라."

손무가 하명했다. 군사가 즉시 대장을 체포하여 형장으로 연행했다.

"멈춰라! 그 두 명은 과인이 귀히 여기는 후궁이니라. 처형이라니 당치도 않다."

오합려가 관병대 위에서 큰 소리로 제지했다.

"아니다, 연병장도 전장이오. 전장에서는 대장의 명령에 따라야지 왕명이라고 무조건 지켜야하는 것은 아니요. 개의치 말고 처형을 집행하시오."

손무는 군정관에게 명했다. 군정관은 재미있어 하면서 왕의 애첩을 처형했다.

그 광경을 보던 궁녀들은 새파랗게 질려서 장내는 조용해졌다. 손무는 궁녀들 중에서 적당히 두 명을 골라서 다시 대장으로 임명했다. 똑같이 조련방법을 가르치고 조련 지휘를 명령했다.

조금 전까지의 행동이 거짓말 같이 궁녀들은 줄을 바로 서고 행진을 시작했다. 종대행진은 물론 어려운 횡대행진도 멋지게 해냈다. 줄을 이탈하는 자는 한 명도 없었다. 그것을 지켜보면서 손무가 관병대에 올라갔다.

"군율을 엄격하게 집행함은 군대의 생명이옵니다. 강병을 키워내는 것은 문제없습니다."

오합려에게 말했다. 궁녀병들은 힘든 기색도 없이 아직도 행진을 계속 하고 있었다.

"알겠노라. 이제 중지시키도록 하라."

오합려가 조련을 중지할 것을 명했다.

오합려는 느닷없이 애첩을 한꺼번에 둘씩이나 잃어버린 충격을 감추지 못했는데 성난 빛은 보이지 않았다. 역시 현명한 군주로 야망에 불타고 있었던 것이었다.

배석하고 있던 오자서가 손무의 손을 덥석 잡고 방긋 미소 지었다.

오합려는 그 자리에서 손무를 '장군'으로 명했다.

손무가 장군으로 임명된 지 반 년도 지나기 전에 오나라 군대의 면목은 일변했다.

오합려 3년 봄, 오자서는 손무와 함께 소수의 정예부대를 이끌고 초나라로 침입하여 번개같이 서읍을 기습하여 왕 료의 두 아우 엄여와 촉용을 포살했다. 그리고 질풍과 같이 도성 고소로 돌아왔다.

그것과 거의 때를 같이 하여 애성(艾城: 강서성 수수현)에 숨어 있었던 왕 료의 아들 경기가 그 작은 남자 요리에게 살해당했다. 경기가 숨어 사는 집을 찾아낸 요리는 교묘하게 접근하여 그 시종으로 변장하여 술에 취해 잠든 사이에 단도로 그의 가슴을 찔렀던 것이다. 그런데 요리는 경기가 발악하는 바람에 목뼈가 부러져 저승길의 동반자가 되었다. 과연 경기는 놀랄 만한 힘을 가진 곰과 같은 사나이였던 것이다.

한편 서읍에서 돌아온 오자서와 손무는 쉬지 않고 서(徐: 강소성 사홍현)와 종오(鍾吾: 강소성 숙천현) 양국을 멸망시켰다. 우선 눈엣가시였던 초나라 부용국을 없애버렸던 것이다.

다시 해가 바뀌어 오합려 4년, 드디어 초나라 도성을 향하는 대작전 준비가 시작되었다.

"우선 적지의 진흙으로 적진의 벽을 바르기로 합시다."

오자서는 손무와 이야기하고, 대군을 이끌고 다시 초나라로 침입하여 한 번에 이성(夷城: 하남성 보풍현), 잠성(潛城: 안휘성 곽산현), 육성(六城: 안휘성 육안현), 현성(弦城: 하남성 황천현)을 공략하고 성을 지키던 병사를 생포하고 무기를 노획했으며, 식량을 약탈하여 고소로 가지고 돌아왔다. 적의 병력, 무기, 식량을 원정에서 사용하기 위함이었다.

동시에 손무는 오자서와 의논하여 초나라를 교란시키고 지치게 하는 작전을 개시했다. 그리고 이미 점거한 이성, 잠성, 육성에 군을 증강하여 그곳을 근거지로 주변 제읍에 출격하여, 고의로 초나라 수도로부터 원군을 유인했다.

그 원군이 도착하자 성문을 굳게 닫아걸고 싸우지 않기도 하고 혹은 세 성의 병사를 모아서 싸우고, 승산이 없다고 여기면 국경까지 후퇴하고, 원군이 철수하면 다시 진군하는 작전을 되풀이했다.

이와 같은 작전에 질려서 초나라는 끝내 세 성을 포기했다. 이리하여 오나라는 『손자병법』에서 말하는 '지(地)의 이(利)'를 차지했다.

다음 해 오나라는 '하늘이 준 때'를 맞이했다. 초나라 부용국인 채(蔡)나라와 당(唐)나라가 이탈하여 오나라에 붙었던 것이다.

어린 왕을 옹호하여 정권을 장악하고 있던 초나라의 영윤 자상은 심한 탐욕과 횡포로 부용제국을 괴롭히고 있었다. 공공연하게 뇌물을 요구했을 뿐 아니라 태연하게 군사들로부터 고가품이나 진귀한 물품 등을 빼앗곤 했다.

채나라 군주는 초나라 도성을 참근(參覲: 알현) 했을 때 가죽옷과 옥띠를, 또한 당나라 군주는 뛰어난 애마(명마)를 강요당해 거절하자 초나라 도성인 영에 감금당하기도 했다.

나중에는 체념하여 그것을 내주고는 귀국을 허락받았는데 그 일에 노하여 초나라를 배반하고 오나라에 붙은 것이었다.

『손자병법』 제1편 시계(始計) 머리에서 이렇게 말하고 있다.

> 전쟁은 국가의 중대사로서 국민의 사생을 다루는 것이요, 국가흥망의 막다른 길목이므로 신중히 고찰하여야 한다. 따라서 5개 사항을 잘

알아보고, 7개 사항을 잘 비교, 분석하여 그 실정을 밝혀내야 한다. 그 첫째가 도(道), 둘째는 천(天), 셋째는 지(地), 넷째는 장(將), 그리고 다섯째가 법(法)이다.

즉, 싸움을 시작하려면 다섯 가지 사항을 헤아리지 않으면 안 된다는 것이다. 오나라는 마침내 그 다섯 가지 조건을 채웠다. 다시 말해서 때가 무르익은 것이다.

드디어 오나라가 패권을 걸고 초나라와 자웅을 가릴 때가 온 것이다. 오합려에게는 남방의 패권을 잡는 때가, 손무에게는 자기 병법의 효용을 시험해보는 기회가, 그리고 오자서에게는 기다리고 기다렸던 복수의 날이 동시에 오게 되었던 것이다.

第34장

지원극통(至冤極痛)

오왕 합려 8년, 만반의 준비를 갖춘 오나라 군대는 드디어 패권을 걸고 초나라를 정벌하기 위한 병사를 일으켰다.

오합려는 손무를 중군 대장으로, 오자서를 좌군 대장으로 임명했으며, 우군 대장으로는 굴의(屈毅)를 기용하였다. 그리고는 왕자 산(山)으로 하여금 후군 대장을 명하고 친동생 오부개(吳夫概)를 선봉장으로 하여 병거 8백 대와 병력 6만으로 이루어진 대원정군을 편성했다. 그리고 태자 파(波)에게 빈 도성을 맡기고 피리(被離) 장군으로 하여금 보좌토록 하였다.

이와 같이 초나라를 정벌하기 위한 원정군을 편성 완료하였으나 그 좌, 우 양 날개를 맡기로 되어 있는 채(蔡)나라, 당(唐)나라 군대가 날짜가 지나도 모습을 나타내지 않았다. 그렇다고 두 나라가 맹약을 어겼던 것은 아니었다. 채나라는 초나라 군대에게 도성을 포위당하고 있었으며, 당나라는 채나라를 구원할 기회를 엿보다가 움직일 수가 없었던 것이다. 채나라 도성을 포위한 초나라 대장은 낭윤 사싱이었으며 병거 5백 대에 병사 2만의 대군이었다. 약한 채나라를 치는 데에 필요이상의 대군을 동원한 것이다.

이런 이유로 채나라 군대가 초나라 군대의 포위를 돌파한다는 것은 거의 절망적인 일이었다. 일이 이렇게 되자 오나라는 채나라를 구원해야 했기 때문에 오합려는 얼굴을 찌푸렸으나 손무는 반대로 기뻐했다.

"적이 일부러 병력을 분산시켜준 것과 다를 바 없습니다. 그렇지 않아도 실은 처음부터 원정의 진로를 일단 북상하다가 남하하는 것도 나쁘지는 않다고 생각하고 있습니다. 참으로 하늘의 도움이라 삼가 아뢰옵니다."

오합려에게 말하면서 오자서에게 동의를 구했다.

"말대로요. 장강(長江: 양자강)을 거슬러 올라가면 지금 채나라 성을 포위하고 있는 초나라 군대에게 배후를 찔릴지도 모르지요."

오자서는 맞장구를 쳤다.

"서전을 승리로 장식할 절호의 기회입니다. 초나라 군사들은 원정길 제사의 좋은 제물이 될 것입니다."

손무가 오왕 합려에게 진군을 재촉했다. 사태의 변화로 인해 일이 예정대로 진행되지 않아서 오왕 합려는 왠지 꺼림칙하던 차였다. 그러나 그것을 굳이 입 밖에 내지 않고 손무의 말을 받아들였다. 다음날 아침 초나라를 치기 위한 원정군은 한바탕 전고를 울리고 도성 고소(姑蘇)를 나섰다. 회수(淮水) 강가에 나와서 수로를 택했다. 그리고 강물을 거슬러 채나라로 향했다.

그러나 채나라에 도착해 보니 채나라 도성을 포위하고 있어야 할 초나라 군대의 모습이 보이지 않았다. 오나라 대군이 접근해 오는 것을 알고 포위를 풀고 파랗게 질려서 철군한 직후였다. 대신 당나라 군대가 채나라 성에 들어가 오나라 군사가 도착하기를 기다리고 있었다.

오나라 군대가 성 아래에 도착한 것을 보고 채나라 제후와 당나라 군대가 성문 밖까지 마중 나와 오나라 군대에게 포식을 시키겠다고 말했다. 그것을 손무가 한 마디로 거절했다.

"그렇게 한가한 때가 아니오. 초나라는 오나라가 초나라 정벌군을 일으킨 것을 알고 있을 터요. 그러므로 자상(子常) 휘하의 초나라 군대가 채나라 성을 포위한 것은 위장작전이며 사실은 초나라 수도를 향하는 오나라 군대의 배후를 교란시키기 위한 유격군일지도 모르오. 만에 하나 동쪽으로 향하여 가령 서나라에라도 들어간다면 매우 난처하오. 앞으로 계속 배후를 위협받기가 쉽소. 한시라도 빨리 군대를 움직여서 그것을 저지해야 할 것이오."

손무는 즉시 채나라 군대를 초나라 정벌 좌군으로, 당나라 군대를 우군으로 편입시켜서 초나라 군대의 뒤를 쫓았다. 그러기 위해서는 수로를 단념하고 육로로 가야만 했다. 그래서 손무는 주저하는 기색도 없이 회수를 거슬러 올라온 배를 정박시켰다.

일단 동쪽으로 향했던 초나라 군대는 배후에서 초나라 정벌 연합군이 급히 추격해 왔음을 알고 갑자기 남하하기 시작했다. 그리고 예장(予章: 안휘성)에서 한수(漢水)를 건너 그 서쪽 해안에 포진했다.

"의외로 도망을 치는데 유격군이라고 생각한 것은 잘못된 생각이었을까요?"

손무가 오자서의 의견을 물었다.

"그건 무엇이라 말할 수가 없소. 유격군으로 나왔으나 급히 추격당해서 겁을 먹고 철군했다고도 할 수 있소. 자상이란 인물은 결코 적에게 결전을 걸지 않소. 조정에서 권력을 잡고 있어 강적을 만나면 안전한 곳으로 피해 숨어 있다가 원군을 요청하고 원군에게 싸우게 하여 패하면 책임을 지게하고, 이기면 자기 공으로 하는 비열한 위인이요. 제대로 싸우는 법을 모르는 자는 오히려 그 전법을 헤아리기도 어렵소."

오자서가 말했다.

"그렇구려. 그러면 추격을 중지하여 잠시 동정을 살피기로 하지요."

손무는 추적을 중지하고 초나라 정벌 연합군을 한수 북안(北岸)에 포진시켰다.

남쪽 해안에 진을 친 초나라 군대 본진에서는 자상이 부장군 사황(史皇)과 술을 마시고 있었다.

"아무리 손무와 오자서가 명장이라 한들 날개나 배가 없어서야 한수를 건널 수가 없지. 그보다 명장이라고 하는 것은 아무래도 엉터리인 듯싶소. 배를 버린 오나라 군대는 육지에 오른 물고기와 같소. 두려워할 필요가 없어."

자상은 오나라 군대를 깔보면서 기세를 올렸다.

"말씀하신 대로입니다. 이제 곧 원군이 도착할 것입니다. 반대로 이쪽에서 강을 건너면 단숨에 무찌를 수가 있을 것입니다."

사황이 맞장구를 쳤다. 역시 오자서의 예측대로 자상은 영(郢)으로 원군을 요구했던 것이다. 그래서 눈앞의 한수가 적의 공격을 가로막고 있으므로 안심한 듯 원군이 도착하기를 기다리면서 술을 마시고 있었다.

한수를 사이에 두고 서로 전의(戰意) 없는 대기전이 계속되었다. 그러나 열흘쯤 지나서 영에서 사마 심윤술(沈尹戌)이 병거 2백 대와 병사 만 5천을 이끌고 남쪽 해안에 도착했다. 심윤술은 초나라 제일의 이름 높은 용장이었다.

“그러면 무성흑(武城黑)에게 병사 5천을 주어 남게 하겠으니 본대로 편입해 주십시오. 저는 이제 우회하여 한수를 건너 초나라 군대 후방에서 회예(淮汭)로 나아가 오나라 군대가 두고 간 배를 불사르겠습니다. 그런 후에 오나라 군대 배후로 돌아가서 봉화를 올리겠으니 그것을 신호로 강을 건너십시오. 앞뒤에서 공격하면 오나라 군대를 섬멸시킬 수 있을 것입니다.”

하는 말을 남기고 회예로 향했다.

북쪽 해안에 포진한 초나라 정벌 연합군은 맞은편 해안에 원군이 도착한 것을 알았지만 여전히 조용히 움직이지 않았다. 그때 한수 상류에 보냈던 초병으로부터 심윤술이 병사를 이끌고 회예로 떠났다는 보고가 들어왔다. 오합려는 서둘러 여러 장군을 본진으로 불러 모아서 군사회의를 열었다. 장군들은 긴장했으나 손무는 태연했다.

“지금까지 대로 잠시만 더 조용하게 있기로 합시다.”

침착하게 말했다.

“그러나 배를 태우거나 하면 어쩌겠소?”

오합려는 불안에 떨었다.

“배는 초나라에도 얼마든지 있습니다.”

손무는 묘한 대답을 했다.

“배를 불 지르고 나면 적은 오히려 우리 배후로 진격해올 것이 분명하오. 적에게 배후를 찔리고 한수를 건너는데 배가 없다면 어떻게 하겠소. 게다가 남쪽 해안에 있는 적이 건너와서 협공당할 위험도 있으니.”

선봉 장군 오부개가 걱정했다.

"적을 이쪽 작전에 따르게 하여 적으로 하여금 우리 작전대로 유인하여 함정에 빠뜨려야지, 반대로 적의 작전에 말려들어서는 안 됩니다. 더욱 아군의 움직임이 상대에게 이익이 있다고 생각게 하여 적을 움직이게 하고서는 틈을 주지 않고 해치우는 일이 중요합니다."

손무는 그 '병법'을 풀어 설명했다.

"실제로 어떻게 하자는 것이오?"

오합려가 답답하다는 듯이 물었다.

"회예로 향한 적을 쫓아가서는 안 됩니다. 만약 추격하면 적이 강을 건너 우리의 배후를 공격할 겁니다. 게다가 추격하여 회예로 향한 적이 말머리를 돌리면 그때야말로 양쪽에서 공격당해 병법에서 말하는 '사지'에 몰립니다. 그러나 회예로 향한 적이 도중에서 돌아설 수 없게 되었음을 확인한 연후에, 아군이 어떤 그럴듯한 이유로 할 수 없이 철수했다고 생각게 하여 철군하면 적은 급히 추격하려고 강을 건널 것입니다. 그것을 물가에서 소멸시키면 적이 타고 온 배로 간단하게 강을 건널 수 있습니다."

하고 손무는 설명 했다.

사흘이 지나자 한수의 북쪽 해안에 포진한 초나라 정벌 연합군이 갑자기 진지에서 철수하기 시작했다. 손무의 작전대로 남쪽 해안에서 초나라 군대가 강을 건너왔다. 그때 중군에서 떨어져 잠복하고 있던 좌군과 우군이 급습했다. 아직 대오를 제대로 갖추지 못했던 초나라 군대는 어이없이 물가에서 괴멸됐다. 사황은 오자서의 화살을 맞고 전사했으며, 무성흑(武城黑)은 굴의(屈穀)의 창에 찔려 죽었다. 자상은 강줄기를 따라 대별산(大別山)으로 겨우 목숨만 부지하여 도망쳤다. 연합군은 굳이 추격하지 않고 서둘러서 한수 남쪽으로 건넜는데 오자서는 그 부근 지리에 밝았다.

"자상은 패잔병을 모아서 대별산과 소별산 사이에 있는 나루터로 도피했을 것입니다."

오합려에게 말하고 좌군을 이끌고 한발 앞서 그 나루터로 향했다. 과연 초나라 패잔병은 나루터 북쪽 해안에 집결해 있었다. 벌써 강을 건널 준비를 시작하고 있었다. 이윽고 강을 건너기 시작했으나 맞은편 해안에 오나라 군대가 있음을 알게 된 자상은 병사들을 버려둔 채 그대로 정나라로 도망쳐서 자취를 감추었다.

북쪽 해안에 남겨진 약 1만 병사들은 도망쳐 뿔뿔이 흩어졌다. 강을 건너던 1만여 초나라 병사는 오나라 군대의 포로가 되었다. 포로들은 오나라 군대의 대장이 오자서임을 알고 몹시 놀랐다. 젊은 장병들은 원래 오자서의 얼굴은 알지 못했으나 이름만은 잘 알고 있었다. 군사들 중에 몇 명이 오자서의 얼굴을 알아보는 사람이 있었다. 그들의 주도로 포로들은 '영웅' 오자서에게 충성을 맹세했다.

"내일이라도 회예(淮汭)로 향한 초나라 군대가 이 나루터 북쪽 해안에 당도할지도 모르오. 나는 좌군과 포로 반수를 데리고 맞은편 쪽으로 건너겠소. 그런데 아마 영에서 새 원군이 도착할 것이오. 그 원군이 도착하면 나머지 절반의 포로를 잘 이용하도록 하오."

오자서는 손무에게 말했다.

"아 정말, 그렇구려. 귀공은 초나라 사람이었지. 적을 알고 자기를 안다면 백전백승이오."

손무는 미소를 지었다.

오자서는 바로 좌군과 포로를 북쪽 해안으로 건너게 했다. 그리고 소별산 기슭에 포진했다. 포로로 한 초병을 진지 전면에 배치하여 아주 높게 '초나라 군' 깃발을 세웠다. 누가 봐도 '초나라 군' 진지였다.

오자서의 예측보다 하루 늦게 사마 심윤술 휘하의 초나라 군대가 도착했다. 심윤술은 갑자기 당도하여 현지의 정세를 파악하기가 어려웠지만, 최소한 눈앞에 있는 진지가 틀림없는 초나라 군대의 것임을 확신하고는 접근했다. 그리고 진지 앞에서 수레를 멈췄다. 그 순간 심윤술은 오자서가 쏜 화살에 양미간을 맞아 그대로 수레 위에 쓰러져 절명했다.

전투준비를 갖추기도 전에 너무 순식간에 대장을 잃은 초나라 군대는 개미떼가 물에 맞아 흩어지듯 퇴각했다. 진지에서 나온 포로들이 소리를 지르며 투항을 유도했다. 그 포로들의 유도가 효과를 보여 거의 만 명에 달하는 초나라 병사가 새 포로가 되었다. 다음 날 아침 오자서는 좌군과 1만 수천 명으로 늘어난 포로를 남쪽 해안으로 건너게 했다. 손무 또한 남쪽 해안에서 오자서와 비슷하게 진을 치고 있었다. 그날 저녁 원사와 원연 부자를 대장으로 하는 새 원정군이 모습을 나타냈다. 병거 2백 대와 병사 1만의 군세였다.

그러나 원사는 서둘러 진지로 접근하지 않았다. 계속 자기편의 전황보고가 단절되어 있어 원사는 도성인 영을 나설 때부터 의혹을 안고 있었기 때문이었다. 원사는 원군을 전군과 후군으로 나누어 한수로 향했다. 그러니까 정확하게 말한다면 이때 모습을 나타냈던 것은 그가 인솔하는 전군뿐이었다. 원연이 이끄는 후군은 훨씬 후방에 있었다.

그러나 원사가 이끄는 전군이 접근을 주저했을 그때쯤은 이미 군대를 너무 진격시킨 뒤였다. 그들이 일단 정지한 지점 바로 옆에 오부개(吳夫槪)의 선봉군이 잠복하고 있었다. 땅거미가 지기 시작했다. 어두워지면 군사를 부리기가 어려워진다고 생각한 오부개가 갑자기 뛰쳐나와 원사의 퇴로를 봉쇄했다.

원사 휘하의 초나라 군대는 순식간에 포위당했으나 사투 끝에 혈로를 뚫었다. 그런데 도망치기 시작한 원사의 눈앞에 오자서가 버티고 서 있었다. 원사에게 개인적인 원한이 없었던 오자서는 즉시 활을 쏘지 않고 죽일까 말까하고 망설였던 것이다.

그러나 원사 배후에는 오부개가 다가오고 있었다. 어차피 죽은 목숨이라고 오자서는 결심했다.

'죄송하오!' 라고 외치면서 창을 겨누었다. 창과 창이 불꽃을 튀겼다. 싸우기를 수합. 용서하시오! 하면서 오자서가 원사의 가슴을 찔렀다. 뽑아낸 창으로 원사의 말 엉덩이를 때렸다. 빨리 도망치라고 눈으로 마부에게 신호를 했다. 원사의 시체를 가져가게 했던 것이다.

후방에서 군을 진격시키고 있던 원연은 전군이 괴멸했다는 비보를 전해 듣고 말머리를 돌렸다. 다행히 달밤이었다. 원연은 밤을 새워 달려 마침내 추격에서 벗어나 무사히 도성으로 돌아갔다.

도성에 도착한 원연은 그 즉시 조정에 나아가 초나라 소왕에게 자초지종을 보고했다. 아직 어린 소왕은 사태를 자세히 듣고 나서 어쩔 줄 몰라 하며 말도 하지 못했다. 옆에서 소왕 이복형으로 나이 차가 많은 자서(子西)가 계속 고개를 저었다.

"지난 날 오자서의 아비 오사가 처형당했을 때 이제 초나라는 어려운 일이 닥칠 것이라고 유언을 남겼는데 이제 참으로 일이 어렵게 되었습니다."

하고 탄식했다.

"무슨 뜻이오?"

소왕이 물었다. 그때 겨우 6세였던 소왕은 오사의 죽음에 대해서 모르고 있었다.

“그것보다 오나라 군대가 이 성으로 다가오고 있습니다. 황급하게 그 대책을 세우지 않으면 아니 될 것입니다.”

“좋은 대책이 있겠소?”

“솔직하게 말씀드린다면….”

자서는 말을 하려다가 말았다.

“알았소. 절망적이라는 말이 아니겠소. 그런데 왜 갑자기 이렇게 되었단 말이오?”

“….”

“역시 자상에게 국정을 맡기는 것이 아니었소. 비무극(費無極)을 중용한 것도 좋지 않았소.”

소왕은 울상이 되었다.

“아닙니다. 이런 사태는 갑자기 나타난 건 아닙니다. 우리 초나라는 중원 남쪽에 위치하여 장왕(莊王) 이래 백 년 동안 패권을 장악해 왔습니다. 그것을 조정신하들은 당연한 것으로 생각하고 있었습니다. 그러나 그것은 단순한 기적이었습니다.”

“양이 지나치면 음이란 말이오?”

“아닙니다. 철리(哲理)가 아니라 현실을 말하는 것입니다. 권력은 그것을 위협하는 다른 힘이 존재하지 않으면 부패한다는 것입니다. 오늘날의 위기는 그 부패의 결과입니다. 악당은 어느 세상에서나 특히 정치세계에는 반드시 존재합니다. 하오나 권력의 토대가 부패하지 않았다면 악당들이 그것을 도용하거나 남용한다고 하더라도 그 권력은 유지되는 것입니다.”

“과인을 포함하여 역대 국왕에게 책임이 있었구려.”

"간단하게 그렇다고 단언할 수 있는 문제는 아닙니다만, 황공하게도 그렇다고 생각하심이 옳을 듯합니다. 국왕의 권력이 신성하다고 여기는 시대는 서주 왕조의 멸망과 함께 사라져 버렸습니다. 지금은 패권이 그러하듯 왕권 또한 그만한 힘을 가지고 있어야 합니다."

"알겠소. 궁정 안의 축재를 모두 내어 놓겠소. 그것을 전비(戰費)에 보태어 쓰도록 하오."

소왕은 말했다.

한수 남쪽 해안을 떠난 초나라 정벌 연합군은 초나라 도성인 영성의 가까운 지점에 이르러 영성을 공략할 군사회의를 열었다.

"영성에는 동북으로 맥성(麥城)과 서북으로는 기남성(紀南城)이라고 하는 큰 성이 있는데 앞뒤로 상응하는 위치에 있소. 영성에 접근하려면 동쪽에서 노복강(魯洑江)을 건너는 빠른 길이 있기는 하나 그곳은 길이 하나뿐이니 입구에 대군을 배치했을 가능성이 크오. 서쪽과 남쪽은 지형이 험악하고 강이 여러 갈래로 갈라졌소. 따라서 북쪽에서 접근하는 것 외에 방법이 없고 그 때문에 군을 셋으로 나누지 않으면 안 되오. 맥성의 수장은 신포서(申包胥)이며 지난 날 신이 망명할 때 관문으로 빠져 나가는 것을 묵인해준 인물이오. 그래서 신이 좌군을 이끌고 맥성 공략을 맡고 싶소."

오자서가 말했다. 오합려와 손무에게 이의가 있을 리 없었다. 그래서 우군이 기남성의 공격을 맡고, 중군, 후군의 선봉이 전력을 합하여 영성을 공격하기로 하고 회의는 끝났다.

그 3일 후에 초나라 정벌 연합군은 영에 도착했다. 오자서는 좌군을 이끌고 맥성에 도착하여 휘하의 채나라 군대를 동문으로 보내고 본대는 북문 앞에서 야영을 했다. 그날 밤 오자서는 채나라 군대의 본진으로 가서 채나라 제후와 작전을 의논했다.

다음 날 아침 일찍 화살에 서신을 묶어서 성문으로 쏘았다. 그것을 읽은 신포서가 정오 전에 병거 50대와 병사 2천을 이끌고 성문에 나타났다. 그것을 보고 오자서는 수행원 없이 홀로 수레를 타고 원문을 나섰다.

"오랜만인데 별고 없었소?"

말을 하며 신포서 앞에 다가갔다.

"여전한 듯하여 반갑소. 그런데 이렇게 돌아왔는데 해치워야 할 원수는 이미 이 세상에 없소. 그러나 그편이 더 다행인 것인지도 모르겠소."

신포서가 말했다.

"음, 실은 그 일 때문에 의논하고 싶소."

"기꺼이 들어보겠네."

"고맙소. 그러나 여기서 이렇게 이야기할 수는 없지. 성에 가도 좋지만 모처럼 당신이 나왔으니 잠시 본진까지 가주지 않겠소?"

오자서가 청했다. 신포서는 잠시 주저했다. 그러나 오자서는 친구였다. 그보다도 오자서는 남자 중의 남자였다. 그런 남자를 믿고 신포서는 수레에서 내렸다. 그리고 오자서 수레에 옮겨 탔다.

본진에서 두 친구는 얼싸안고 재회를 기뻐했다. 오자서가 정나라와 오나라의 국경 관문에서 묵인해 준 것에 대해 새삼 감사했다.

신포서는 그 후 초나라의 변천을 오자서의 옛 상처를 건드리지 않도록 조심하면서 이야기했다. 이른 아침에 성 안으로 쏘았던 화살 편지에서는 잘 알 수가 없었지만 신포서는 오자서가 귀순할 뜻을 가지고 있는 것으로 믿었다.

그러나 말없이 귀를 기울이고 있던 오자서가 문득 신포서에게는 믿기지 않는 말을 입에 담았다.

"그런데 포서, 부탁이 있소. 아무 소리 말고 성문을 열어주지 않겠소?"

"뭐라고!? 진심으로 한 말이오?"

신포서는 벌떡 일어섰다. 그때 원문 밖에서 병사들이 싸우는 소리가 들렸다.

"이봐 내가 잘못 봤군, 자서! 함정이었단 말인가?"

신포서는 칼자루를 잡았다.

"아니야, 오해라니까. 진정하고 말을 들어보게. 나는 군사를 움직이지 않았소. 아마 채나라 제후가 멋대로 움직인 모양이니 즉시 퇴각시키겠소."

오자서는 말하고 즉각 퇴각을 알리는 징을 쳤다. 신포서는 벌써 수레 밖으로 뛰어나오고 있었다.

"면목이 없군. 실수였소. 용서하시오."

오자서가 말했다. 신포서는 씩씩거리며 성 안으로 들어갔다.

다음 날 새벽 맥성의 동문과 북문이 동시에 소리도 없이 열리고 채나라 군대와 좌군이 밀려들어갔다. 성문을 연 것은 한수 싸움에서 포로가 된 병사들이었다. 실은 전날 채나라 군대와 성군이 싸움을 시작했을 때 그 혼잡을 틈타서 오자서가 몰래 들어가게 했던 병사들이었다. 바로 한 달 전까지 맥성 경비를 하던 병사들이었다. 그래서 들키지 않게 성문을 열 수가 있었다.

소란 때문에 잠에서 깨어난 신포서는 입술을 꾹 깨물고 물밀듯 밀려들어오는 오나라 군대를 노려보고 있었다.

맥성은 어이없이 채나라 군대와 오나라 좌군에게 정복당했다. 오자서는 씁쓸한 뒷맛을 느끼며 그것을 오합려에게 보고했다.

다음 날 아침 손무는 종군의 지휘를 오부개에게 일임하고 맥성에 모습을 드러냈다.

“기남성(紀南城)과 영성을 잘 봤는데 그 두 개의 성은 그렇게 쉽게 함락시킬 수가 없을 것 없소. 언뜻 생각난 것이 있는데 함께 해주지 않겠소?”

손무는 오자서를 유혹했다.

“무슨 일이오?”

“실은 영성과 기남성이 같은 수원(水原)에서 물을 끌어들이는 것을 알고 있소.”

“그래요? 적호(赤湖)라 하는 호수요.”

“바로 그것이오. 거기까지 가고 싶으니까 길 안내와 경호원을 부탁하고 싶소. 경우에 따라서는 거기서 보이는 산에도 올라가고 싶소.”

“호아산(虎牙山)이라고 하는데 왜 그러죠?”

“어제 군사회의 석상에서 확실히 동쪽에서 영성으로 향하는 길은 단지 하나밖에 없고 노복강(魯洑江)을 건너야 한다고 했소. 어쩌면 그 산 맞은쪽에 큰 강이 있지 않을까 하는 생각이 드오.”

“음, 장수(漳水)라는 큰 강이 있소.”

“그래요? 그럼 적호에서 호아산을 넘어 장수까지 가보지 않겠소?”

“음! 무엇을 생각하고 있는지 알 것 같소.”

오자서는 고개를 끄덕이며 손무와 함께 나갔다.

그리고 하루가 걸려서 적호, 호아산 모두 돌아보고 맥성으로 다시 돌아왔다.

"반드시 가능하오. 호아산에 수렁을 파서 장수의 물을 적호로 끌어들이는 거요. 적호의 방죽을 높게 쌓고 물을 많이 괴게 하여 그것을 기남성과 영성으로 흐르게 하면 그 두 개의 성은 물에 잠기게 될 것이오."

"그러나 그것은 큰 공사요."

"뭐 병사는 얼마든지 있소, 포로만으로도 할 수 있소. 그리고 좌군에서 1만, 우군과 중군에서 5천 명씩을 뽑아 합하면 4만이나 되오. 한 달이면 공사는 완성될 거요. 두 달씩이나 성을 공격해 함락시키는 것보다 오히려 빠를 거요."

손무는 장담했다.

그 다음 날부터 즉시 공사가 진행되었다.

각종 공사용 도구나 장비를 갖추는 데 시간이 걸려서 공사는 좀 늦어졌지만 그래도 두 달이 채 안 되어 공사를 마무리했다.

즉시 적호의 물이 흘러넘쳐 기남성은 전면이 바다로 둘러싸인 작은 섬이 되었다.

공사에 투입되었던 병사들은 이미 호아산의 대나무를 잘라내어 많은 뗏목을 만들었다. 물에 익숙한 오나라 병사들은 자유자재로 뗏목을 조정하여 성을 공격하기 시작했다.

물이 갑자기 불어나자 성에 있던 병사들은 무기를 휘둘러보지도 못하고 익사하거나 혼비백산으로 흩어졌다. 그다음 날에는 기남성도 반 정도 물에 잠겼다. 기남성을 삼켜버린 물이 다시 약간 지형이 높은 영성을 돌자 금세 영성과 그 주변도 물에 잠겼다.

영성의 동문에는 초나라 군사가 도망갈 수 있도록 퇴로가 열려 있었다. 그 동문으로 성의 백성이 도망쳤고 이어서 병사가 도망쳤다. 그리고 뒤섞여 초나라 소왕(楚昭王)이 자서(子西), 자기(子期) 형제와, 투신(鬪辛), 투소(鬪巢) 형제에게 보호를 받으며 성을 탈출했다. 그리고 수나라(후베이 성 수련)로 달아났다.

초나라 소왕이 탈출하고 주인이 없는 영성만이 남았다. 마침내 영성은 함락된 것이다. 오나라 군대는 재빠른 조치를 취하여 적호로 흘러들어오는 장수의 물을 끊었다. 그리고 영성과 이 남성에서 배수 작업이 시작되었다. 물이 빠지는 것을 기다리다 못해 오합려는 특별히 만든 뗏목을 타고 장수들을 따라 의기양양하게 성으로 들어왔다.

화색이 만면한 장수들 중에서 손무는 한층 눈을 빛내고 있다. 단 오자서만이 여러 가지 착잡한 생각으로 얼굴을 찌푸리고 있었다.

궁전에는 아직 초나라 소왕의 온기가 남아 있었다. 그 궁전으로 들어간 오합려는 모든 장수의 축하를 받았다. 즉시 대승리의 축하연이 시작된 것이다.

눈 깜짝할 사이에 초나라 소왕은 물건을 챙길 여유도 없이 수나라로 도망갔다. 성도 궁전도 전혀 파괴되지 않은 그대로였다. 농성(籠城)을 위해 준비된 식량과 무기가 산더미처럼 쌓여 있었다. 오합려는 병사들에게 휴식과 진수성찬을 대접하라고 명했다. 후하게 술이 돌았다. 성에 남은 백성들은 숨을 죽이며 불안에 떨고 있었다. 그 옆에서는 연합군 병사의 노래 소리가 성벽에 메아리쳤다.

영성은 고소(姑蘇)성에 비해 훨씬 넓었다. 궁전도 비교가 안 될 정도로 장중하고 집기들도 호화찬란했다. 후궁에 거느린 미인들의 수도 상상할 수 없을 정도로 많았고 여러 나라에서 모인 만큼 그 미색과 기호가 다채로웠다.

말하자면 고소는 동쪽 끝의 구질구질한 시골 같다고 한다면 영성은 역시 화려한 대도시였다. 촌뜨기인 장수들은 궁전 안에서 제멋대로 손님이 되고, 병사들은 번화한 거리에서 왁자지껄하게 날뛰고 있는 것 같았다. 손무도 이 같은 경우에 군율을 끄집어내는 것은 역시 마땅치 않다는 것을 깨닫고 눈을 감을 수밖에 없었다.

그러나 부용국의 군주로서 자주 영성에 출입하고 있었던 채나라 제후와 당나라 군주에게 있어서 영은 그렇게 신기한 곳은 아니었다.

입성한 다음 날에는 서로 권해 영윤 자상(子常)의 관저로 발걸음을 옮겨 집안의 물건을 찾기 시작했다. 채제후는 수고 끝에 갑옷과 노리개를 찾았다. 당나라 군주도 어렵지 않게 자기가 사랑하는 말을 찾아 마구간에서 끌고 나왔다. 무의식중에 두 사람은 얼굴을 마주보고 싱긋 웃었다.

그리고 오합려와 모든 장수에게 인사를 하고 각각 자기 나라로 군사를 이끌고 귀국길에 올랐다.

오자서는 맥성 공략 때 성으로 숨어 들어간 두 명의 군사를 데리고 이른 아침에 영성의 동문을 나왔다. 등에 쇠가래를 짊어진 30명 정도의 병사를 수행하고 있었다.

동문을 나온 오자서는 요대호(寥臺湖)라 불리는 작은 호수를 향해 말없이 나아갔다. 길 안내를 떠맡은 두 명의 군사도 오자서의 심중을 헤아려 말을 걸지 않았다. 그리고 금세 요대호에 도착했다. 군사 한 명이 말없이 언덕 위를 가리켰다.

요대호가 내려다보이는 그 언덕 위에 초평왕(楚平王)의 묘가 있었다. 그로부터 19년이 흘렀다. 지금 오자서의 눈앞에 있는 묘 안에는 초평왕의 관이 있었다. 그 관 속에 평왕이 숨어있는 것이다. 오자서는 몸을 흔들면서 손에 든 채찍을 꽉 쥐었다.

그리고 병사들이 묘를 파헤치는 것을 가만히 기다렸다. 갑자기 오자서의 양쪽 눈에서 뜨거운 눈물이 흘러내렸다. 아버지와 형의 사체는 장례 지내는 것도 허락되지 않고 강에 버려졌다. 처참한 일이었던 것이다. 성묘할 묘도 없다. 슬픔과 후회스러움 그리고 증오가 복받쳐 올라왔다. 창자가 끊어질 듯한 슬픔이 그를 엄습했다.

떨어지는 오자서의 눈물을 보고 군사가 빨리 서두르라고 쇠가래를 휘두르는 병사들에게 재촉했다. 그러나 한 자 정도 파 내려갔는데도 관은 보이지 않고 대신 누구의 것인지도 모르는 시체가 있었다. 그 시체 아래에 큰 바위가 있어서 더 이상 파내려가는 것은 불가능했다.

그 보고를 받은 오자서가 묘지 안을 들여다보았다. 오자서는 당혹한 빛을 띠면서 물끄러미 바라볼 뿐이었다.

"이 묘는 틀림없이 평왕의 묘입니다."

군사 한 명이 말하고 또 한 명은 다시 묘비를 확인했다. 역시 평왕의 묘가 틀림없었지만 관은 없었다. 어안이 벙벙한 채 모두 꼼짝 않고 서 있었다.

언뜻 눈길을 돌려 저쪽을 보자 몇 명의 젊은 남자들이 긴 통나무를 짊어지고 다가왔다. 그 중 한 명은 노인이었다.

"오사대부(伍奢大夫)의 도련님이시군요."

노인이 말했다. 오자서는 말없이 고개를 끄덕였다.

"평왕의 관은 그 큰 바위 아래에 있습니다. 좀 더 파헤쳐 통나무와 지레를 사용해야만 바위를 움직일 수 있습니다. 도와드리겠습니다."

노인은 젊은이들에게 도와주자고 신호를 보냈다.

"그것은 고맙지만 무슨 연유로 도와주는 겁니까?"

오자서가 물었다. 노인은 대답하기 전에 묘지 안을 들여다보았다.

"아, 마침 잘 됐군요. 우선 거기에 있는 유골을 주워 주세요. 거기에 있는 것은 내 동료로, 이 젊은이들의 부친입니다. 그들은 모두 뛰어난 석공(石工)이었습니다. 이 묘를 만든 것은 그들과 접니다. 묘지 속에는 비싼 보석과 패물이 부장되어 있습니다만 그것을 본 그들의 입을 봉하기 위해 무자비하게 살해했습니다. 저만 우연히 난을 면했습니다만, 실은 그 직전에 저는 갑자기 배가 아파 볼일을 보러 갔기 때문에 목숨을 구한 것입니다. 바로 옆에서 볼일을 보는 것은 예의가 아니었기 때문에 계곡으로 내려갔는데 그때 잘못해서 사냥꾼이 파놓은 함정에 빠져 기절한 것이 다행스럽게도 목숨을 건지게 된 것입니다. 그것은 그렇고 실은 부탁이 있습니다. 관을 파내면 그 부장품의 일부를 이 젊은이들에게 살해된 부친의 묘를 만드는 비용으로 주었으면 합니다."

"알았소. 일부가 아니라 전부 주겠소."

오자서는 그 자리에서 승낙했다.

순식간에 유골이 모아지고 묘지를 파헤쳐 이번에는 바위를 들어냈다. 과연 큰 돌로 된 관이 나왔다. 노인이 젊은이들과 같이 거들어 뚜껑을 열었다. 평왕의 사체는 부패되지 않고 미라처럼 되어 있었다.

오자서가 눈을 부릅떴다.

"아, 이 날을 얼마나 기다렸던가. 아버지와 형의 원통함을 풀어주겠다."

고 말하며 채찍을 높이 쳐들었다. 그리고 힘껏 내리쳤다. 다시 채찍을 들어 올렸다 내리쳤다. 내리칠 때마다 힘이 들어갔다. 백 번, 2백 번 계속 내리치다가 3백 번째에 손을 멈췄다.

"한 번 더 하시면 3백 번이 됩니다."

노인이 말했다.

"음, 내가 잘못 셌는가?"

오자서는 몸에 온 힘을 넣어 마지막으로 채찍을 휘두른다.

"그럼, 그 목을 잘라내서 저 연못에 버려라!"

하고 명령했다. 병사들은 얼굴을 마주보며 뒷걸음질 쳤다. 노인이 짧은 창으로 평왕의 목을 잘라서 연못에 버렸다. 돌아온 노인이 준비한 주머니에 부장품을 담았다.

"장군, 부장품을 병사들에게도 나누어 주십시오."

두 명의 군사가 오자서 앞에 한쪽 무릎을 꿇었다.

"아니, 너희들과 병사들에게는 별도로 포상을 하겠다. 성으로 돌아가서 즉시 하겠다."

"하지만 병사들이 납득하지 않습니다."

"그래? 그렇다면 노인과 의논해서 나누도록 해라."

오자서는 말하고 그 장소를 떠났다.

뒤에서 군사와 노인의 화난 목소리가 들렸다. 오자서는 뒤도 돌아보지 않고 똑바로 성으로 돌아왔다.

다음 날, 손무의 제언으로 전후 처리에 관한 군사회의를 열었다.

오자서가 먼저 발언했다.

"아니, 그것은 나중에 화근을 남기는 일이다. 실은 사직과 종묘를 부술 생각이니라."

오합려가 말했다. 사직과 종묘는 나라의 상징이니까 그것을 부순다는 것은 초나라를 없앤다는 의미이다.

"그러나 광대한 초나라의 영역을 직접 지배하는 것은 기술적으로 불가능합니다."

손무가 이의를 제기했다.

"불가능하지는 않다. 아니 반드시 할 수 있다."

오합려는 힘주어 말하고 굳은 의지를 표명했다.

오자서가 몸을 쑥 내밀었다. 무엇인가 말하려는 것을 손무가 소매를 잡아 제지한다. 손무는 오자서가 무엇을 말하고 싶어 하는지를 알고 있었다.

"고소에서 공손 승(公孫勝)을 맞아 초나라 왕위를 계승하게 하면 어떨까요?"

공손 승이 초나라의 왕이 되면 오자서는 싫어도 초나라로 돌아가지 않으면 안 되었다. 그러나 오합려는 결코 오자서를 풀어주지 않을 거라고 손무는 읽고 있었다. 그러나 오자서가 발언하면 서로 서먹서먹해질 거라고 생각해 제지했던 것이다. 그보다도 실은 오합려가 동생인 오부개를 영성의 성주(城主)로 임명하려고 생각하고 있다는 것을 손무는 공자 산에게 들어서 알고 있었다. 그것을 확인하려고 군사회의를 제언한 것이었다. 그러나 웬일인지 군사회의 자리에 오부개는 모습을 나타내지 않았다. 그리고 주역이 될 만한 남자가 없었기 때문에 모처럼 열린 군사회의는 흐지부지 끝났다.

오부개가 군사회의에 모습을 보이지 않은 것은 술에 취해 여자 무릎을 베고 자고 있을 것이라고 오합려는 생각하고 있었다.

그런데 맥성이 함락되기 직전에 혼자서 성을 나와 잠시 모습을 감추었던 수문장인 신포서는 진나라의 도성 옹(雍)에 모습을 나타냈다. 진나라는 전통적으로 초나라와 우호관계를 유지하고 있었고 초나라 소왕의 생모는 진나라 당주 애공의 여동생이었다.

진나라 수도에 나타난 신포서는 초나라의 위기를 진애공에게 이야기하고 구원을 요청했다. 그러나 진애공은 초나라의 일에는 그다지 관심이 없었다.

"신하들과 상의해 볼 테니까 역사에서 쉬면서 소식을 기다려라."

전혀 신경 쓰지 않는 어조로 말을 했다.

"송구스럽지만 초나라의 위기는 한시도 늦출 수 없습니다. 빨리 조급한 구원을…."

신포서는 이마를 바닥에 대고 다시 애원했다.

"무슨 말을 하는 거냐? 한시도 지체할 수 없다고? 아직 모르고 있는 것 같은데 영성은 이미 함락되어서 소왕은 수나라로 망명하지 않았느냐?"

그 말을 들은 신포서의 가슴에 갑자기 뭉클한 것이 북받쳐 올라와 울면서 다시 애원했다. 애공은 질렸다는 듯이 자리를 떴고 포기한 신포서는 물러갔다. 그러나 궁전에서 나오지 않고 복도 기둥을 껴안고 소리를 내어 울기 시작했다. 진나라의 조정신하들이 이상한 눈으로 신포서를 쳐다보았다.

'조국인 초나라는 마침내 망했다. 그 책임은 나에게 있다. 그때 오자서를 간과해서는 안 되었다. 어째서 그런 어리석은 짓을 저질렀을까. 망국의 씨를 뿌린 것은 바로 나다. 이 한 목숨을 바꿔서라도 그 보상을 해야만 한다. 단 하나의 길은 진나라의 지원군을 끌어내는 일이다. 어떻게 해서든지 지원군을 부탁받지 못하면 이 궁전 안에서 죽

으리라!'

신포서는 이렇게 생각하자 계속해서 눈물이 흘러넘쳤다. 신포서는 먹지도 않고 쉬지도 않고 3일 낮밤을 울기만 했다.

그 모습을 진나라 신하들이 보고 동정을 했다. 그리고 애공에게 초나라 구원을 진언했다. 애공도 그 애국의 지성에 감동하여 마침내 출병을 승낙했다. 그리고 자포와 자호를 장수로 임명해 병거 5백 대를 갖추어 초나라로 향하게 했다.

신포서는 진나라 군사와 같이 옹성을 빠져 나왔지만 진나라와 초나라 국경에서 진나라 군사와 헤어졌다. 양양(호북성 양양현)에서 다시 합류하기로 약속하고 수나라로 향했다.

수나라로 망명하고 있던 초나라 소왕과 중신들은 진나라 지원군이 이미 초나라 영지로 들어간 것을 알고 눈물을 흘리며 기뻐했다.

즉시 수나라 병사를 빌려 양양으로 가 이미 도착해있던 진나라 군사와 합류했다.

진나라 군사와 수나라 군사가 초나라 소왕을 위시하여 영성으로 들어오고 있다는 소식에 오합려는 서둘러 군사회의를 소집했다. 나쁜 소식은 겹쳐 본국에서 연락병이 도착했다. 오부개가 고소에서 즉위해 왕을 칭한다는 즉, 다시 말해서 오부개가 모반을 일으켰다는 소식이었다.

영성에서 몰래 고소로 도망쳐 돌아온 오부개는 오합려가 전사했다고 거짓말을 하여 즉위했다.

게다가 오부개는 초나라와 국경을 접한 신흥 월나라에게 영토와 성을 할양하기로 약속하고 그 지지를 얻었다고 한다.

진나라 군사에게 어떻게 대처할 것인가 하는 군사회의를 계속

할 필요는 없었다. 오합려는 서둘러 오나라 군사를 모두 인솔하고 귀국했다.

바로 그 뒤를 이어 진나라 군사와 수나라 군사에게 호위를 받으며 초나라 소왕과 중신들이 영의 성내로 귀환했다. 성은 그대로 남아 있었지만 궁전의 황폐한 모습에는 놀라지 않을 수 없었다. 종묘와 사직까지 파괴된 것을 보고 울기 시작했다.

그러나 의외로 초나라 소왕은 태연했다.

"한탄하거나 슬퍼하는 것보다 빨리 재건하는 것이 중요하다. 성이 함락되기 전에 자서(子西)가 가르쳐 준 것처럼 이 재난을 명심하고 교훈으로 삼아 부패한 권력의 토대를 다시 구축하자."

하고 말했다. 그리고 상투적인 논공행상이 시작되었다.

"신을 포함해 여기서 논공행상을 받을 가치가 있는 자는 신대부를 빼고는 아무도 없다."

새롭게 영윤(令尹)의 자리에 오른 자서가 말했다.

"아니, 신에게는 그런 자격이 없습니다. 그보다 책임을 물어 대부직을 사임하겠습니다. 부디 승낙해 주십시오."

신포서가 소왕 앞에 엎드렸다.

"갑자기 무슨 말을 하는 건가? 맥성이 함락된 것은 그대의 책임이 아닐세."

소왕이 말했다.

"승낙해 주시지 않으면 다른 나라로 가겠습니다. 부디 그 일은 눈감아 주십시오."

신포서는 뜻을 굽히지 않고 일어섰다. 그러나 자기도 모르게 '눈감아 달라'는 말이 가슴에 찔려 눈물을 흘렸다. 신포서가 흘린 눈물의 의미를 아는 사람은 아무도 없었다.

‘정감(情感)이 모자라고 책임 관념이 없는 자만이 정치의 현장에 있으면 된다. 나는 그 장소에서 살 수 있는 인간이 아니다.’

하고 마음속으로 중얼거리면서 신포서는 그대로 떠났다.

제35장

와신상담(臥薪嘗膽)

초나라의 수도 영성에서 승리의 만찬에 취한 오왕 합려의 의표를 찌르고 귀국한 오부개는 즉위해서 오왕을 칭했지만 역시 하루아침의 영화로 끝났다. 오왕 합려가 영성을 버리고 귀환하자 오부개는 거꾸로 초나라로 도망쳤다.

오부개 뿐만 아니라 단 3일이라도 좋으니 왕좌에 앉고 싶다고 희망하는 사람들은 이 세상에 무수히 있을 것이다. 따라서 오부개의 행동을 굳이 이상하다고 할 것까지는 없다. 그러나 바로 어제까지 정복자로서 적의 성에 쳐들어가 어깨를 펴며 위세를 부리던 장수가 이번에는 어깨를 축 늘어뜨리고 그 성에서 도망쳐 이마를 바닥에 대고 보호를 구하는 모습은 아무래도 이상하다. 게다가 초나라는 오부개를 기꺼이 비호했을 뿐만 아니라 당계(堂谿: 하남성 수평현)의 땅에 봉해 당계공이라고 칭했다. 역시 춘추전국에서나 가능한 일이다.

다음 해에 초나라는 수도를 영에서 약(鄀: 호북성 의성현)으로 옮겼다. 다시 물 공격을 피하기 위함과 인심을 일신하기 위한 천도였다. 새로운 도성은 신영(新郢)이라고 칭했지만 천도와 함께 남방의 패권은 명실공히 초나라에서 오나라로 옮겨갔다.

마침내 숙원인 패권을 쥐게 된 오합려는 하늘에 오른 기분으로 주변의 여러 부용국을 미워했다. 그리고 그 빈약한 궁전이 패왕에게 맞지 않는다고 생각해 성 공사에 착수했다. 그를 위해서는 막대한 비용이 필요했다. 그러나 영성에서 약탈한 금은보화로 그것을 조달하고 남을 거라고 계산한 오왕 합려는 막대한 비용엔 신경도 쓰지 않았다.

"전리품은 전쟁 비용으로 비축해야 합니다. 적당히 하시오."

오자서가 간언했다.

"초나라는 그렇게 간단히 일어서지는 못할 것이다."

오왕 합려는 간언을 흘려버렸다.

"그렇게 업신여겨서는 안 됩니다. 남쪽의 월나라가 착실히 힘을 기르고 있습니다."

"남쪽의 월나라는 불면 날아갈 정도의 작은 나라다. 무슨 일이 있겠느냐?"

"일찍이 초나라도 우리 오나라를 얕보다가 결국은 정복당했습니다."

"그것은 일찍이 오나라에 원한이 있었고, 지금은 그대와 손무가 있기 때문에 그럴 염려는 없소."

"아니, 월나라에도 범려나 문종이라는 뛰어난 대부가 있습니다."

"음, 소문을 들어 알고 있지만 소문난 사람은 대개 평판만큼은 못한 줄 알고 있소."

오왕 합려는 누가 어떻게 말하든 궁전의 개조는 그만둘 수 없다는 생각이었다.

그것을 어떻게든 저지하려고 오자서가 손무에게 의논했다.

"오왕은 영의 장엄하고 화려한 궁전에 혼을 빼앗긴 것 같소. 무언가에 혼을 빼앗기면 인간이면 누구나 다른 사람 말은 귀에 들어오지 않는 법이오. 무슨 말을 해도 소용이 없소."

손무는 이야기에 응하지 않았다.

"아니, 어느 정도 손을 대는 것은 어쩔 수 없다고 생각하고 있소. 그러나 본격적으로 만지기 시작하면 끝이 없게 되오. 이번에 싸움이 시작되면 지금 오나라는 패왕의 나라이니까 이제까지 해온 대로 전쟁 비용을 약탈할 수는 없소. 석가의 설법이지만 전비가 없으면 싸움은 불가능하고 왕의 잘못을 그치게 하도록 진언하는 것도 병법 중의 하나요. 무언가 지혜를 짜내 주길 바라오."

"방법이 있기는 있소. 지금 바로 할 수는 없지만 궁정에서 무언가 나쁜 일이 일어났을 때 협박하면 좋을 것 같소."

"나쁜 일이라는 것은?"

"예를 들면 왕이나 태자나 왕비가 병이 났을 때요. 묘하게 궁전을 주무르니까 방향을 맡고 있는 신이 노하셨다, 그 귀신이 내리는 재앙이라고 위협하는 거요. 우리들이 위협할 수는 없으니까 궁정 점쟁이의 입을 빌리면 좋을 것 같소. 어떤 구실보다도 의외로 효과가 있을 것 같지 않소?"

손무는 농담이라고 하며 조금도 진지하지 않게 말했다.

그러나 그 예는 의외로 빨리 심각한 형태로 나타났다. 반 년 정도 후에 태재비가 병사하고, 다시 1년 후에는 태자가 역시 병을 얻어 급사한 것이었다.

오자서는 즉시 궁정의 점복관(占卜官)에게 손자(孫子)가 가르쳐준 대로 아뢰게 했다. 과연 오왕 합려는 궁전의 개조를 중지시켰다. 아니 마침내는 계속하기를 단념했다.

새롭게 태자를 세울 필요가 생겼고 이에 모든 왕자의 계승 싸움이 시작되었다. 태자파(太子波)의 장자인 부차(夫差)는 기민하게 움직여 즉시 오자서에게 손을 썼다.

"후계자로 뽑혀 즉위하게 되면 나라의 반을 주겠소."

하고 약속하며 추천을 부탁했다.

"벽에 떡을 그려놓고 그것을 다른 사람에게 준다고 약속은 하지 마시오. 그처럼 실현가능성도 없는 조건을 달아 부탁하는 것은 예의가 아니오. 실은 부탁하지 않았어도 그대를 추천할 생각이었소."

오자서는 약간 기분이 상했지만 확실하게 자신의 마음을 털어놓았다. 사실 오왕 합려가 의견을 구했을 때 오자서는 그 말대로 왕손 부차를 추천했다.

"그러나 부차는 성격이 괴팍해서 그것이 마음에 걸리오."

오왕 합려는 걱정스런 빛을 띠었다.

"짐을 싣는 말은 잘 다루어도 짐을 싣는 말에 불과하지만 사나운 말은 잘 다루면 준마가 됩니다. 게다가 사나운 말을 들판에 풀어놓으면 평야에 파란을 일으키지요. 그보다 장남이 없으면 그 뒤를 장손에게 잇게 하는 것은 당연한 이치입니다."

"그도 그렇소. 그러면 공손 부차를 태손으로 책봉하겠소. 단, 신이 태손의 스승을 맡아 주신다는 조건으로 말이요. 맡아 주겠소?"

"내키지는 않지만 형편이 이러하니 거절도 못하겠습니다."

"그럼, 됐소. 요즈음 그대에게 국정을 맡기고 싶소. 객경의 신분을 그대로 두고 재상의 직무를 맡아 주면 좋겠는데…."

"그것은 곤란합니다."

"그런 소리하지 마오. 실은 요즈음 태재비(太宰嚭)에 대한 불만이 끊이질 않고 있소."

"어떤 불만입니까?"

"유능한 것은 누구나 인정하고 있는데 자기의 욕심을 채우기 위해 조정신하들에게 여러 가지로 생트집을 잡고 있다는 얘기요."

"그럴 리가 없습니다."

"뭐, 하여튼 그대 이외의 조정신하들에 대한 통솔이 잘 안 되는 것 같소. 장래가 걱정되니 꼭 맡아 주었으면 좋겠소."

오왕 합려는 사직을 낮게 부탁했다. 그런 부탁을 받고 보니 오자서는 거절할 수가 없었다.

즉시 형식에 맞게 왕손 부차가 태손으로 책봉되었다. 그것을 계기로 오자서는 태부(太傅)라는 재상으로 취임되었다. 그러나 오자서는 개인적으로 태손의 교육을 손무에게 요구했다. 그런데 의외로 손무는 싫은 얼굴을 하지 않고, 아니 오히려 기뻐하며 '손자의 병법'을 태손 부차에게 가르쳤다. 손무는 자신의 병법을 어떤 의미에서는 제왕학(帝王學)이라고 믿고 있었다.

손무는 즐거워하면서 태손 부차의 교육을 맡고 있었다. 그러나 오자서는 익숙하지 않은 일로 여러 가지 고충이 겹쳤다. 하지만 다행스럽게도 유능한 태재비의 보좌를 받아 아무래도 순조로웠다. 그 점에서 오자서는 태재비에게 감사했다.

그러나 한편 태재비의 그릇된 직책이 오자서의 고민거리였다. 조정신하들이 오왕 합려에게 고한 불만은 유감스럽게도 사실이었다. 특히 오나라의 패권이 굳혀짐에 따라 그는 거의 공공연하게 여러 부용국에서 뇌물을 걷었고 게다가 그 상투적인 수법은 차마 눈뜨고 볼 수가 없었다.

"이제 좀 적당히 그만두시오."

오자서는 어느 날 태재비를 불러 주의를 주었다. 그러나 태재비는 태연하게 대답했다.

"그대가 알고 있는 대로 나는 한 번도 일에 태만한 적이 없소. 열심히 능력을 팔아 생활의 양식을 비축하고 있는 것이오. 언제 벼슬직에서 파면될지 모르지 않소. 벌 수 있을 때에 벌지 않으면 파면됐을 때 노상에서 헤매게 되오. 게다가 노후는 대체 누가 돌봐준단 말이오? 실은 나에겐 아무도 없소. 그러니 내 재능으로 비축할 수밖에 없지 않소?"

"과분한 봉급을 받고 있을 터인데, 그것을 비축하면 걱정이 없지 않소?"

"과분하다고? 일의 비율을 알고 있을 터인데 어찌 그런 말을 하시오. 그 정도는 아무짝에도 도움이 되지 않소. 그보다 말없이 눈을 감아주면 버는 것의 일부를 주겠소."

태재비는 겁 없이 말했다.

"그런 거 필요 없소. 그보다 적당히 해두시오."

오자서는 태재비의 말에 질린 나머지 한숨을 쉬었다.

태재비의 마음을 이해 못하는 바는 아니었다. 그보다 태재비에게 다시 무슨 말을 해도 안 될 것이라고 오자서는 생각하고 그의 생각을 바꾸는 것을 체념했다. 고민거리는 그대로 남았다.

어느 날 오자서는 그것을 손무에게 털어놓았다.

"재상직에 있으면서 그것을 방치하는 것은 안 될 일이오. 아니 재앙의 원인이 될 거요."

손무는 단호하게 말했다.

"그럼, 어떻게 하면 좋겠소?"

"파면해서 벌을 받게 해야 하오."

"그러면 정무가 돌아가질 않으니"

"그래도 어쩔 수 없소. 정무가 돌아가지 않아도 벌을 내려야 하오."

손무는 강경하게 주장했다.

"그것이 불가능하다면, 차마 할 수 없다면 재상직을 그만두는 것이 좋을 것 같소."

"사직하는 데 털끝만큼의 미련도 없소. 그러나 사직하는 이유를 말하지 않는다면 역시 자비(子嚭)를 죽이게 되오."

"죽이지 않으면 죽을 것이오. 법을 집행하지 않고 악당을 살려두어 거꾸로 그 악당이 첨언하게 되면 죽어도 눈을 감지 못할 거요."

손무는 태재비를 처벌해야 한다고 오자서에게 더욱 강조했다. 군율과 마찬가지로 법률을 엄하게 집행하라고 주문을 달고 있는 것이 분명했다.

하지만 오자서는 생각했다. 태재비가 하고 있는 일은 그 입장에 처한 사람이라면 누구나 그럴 가능성이 있었다. 그렇다면 굳이 눈을 부라릴 필요는 없다고 생각해 그대로 침묵했다.

오자서의 고민거리는 그대로 남아 있었지만 천하는 태평했다. 서쪽으로 부흥한 초나라와 남쪽에서 힘이 센 월나라와의 작은 싸움은 있었지만 오나라의 패권을 위협할 나라는 존재하지 않았다. 아니 중원의 여러 나라도 오나라를 한 수 위로 보고 있었다. 여러 부용국은 공물을 바치고 참관을 게을리하는 나라도 없었다.

오왕 합려 13년에 고소로 참관한 진나라 회공을 진나라가 모반의 여지가 있다고 생각해 구금했지만 진나라는 울며 겨자 먹기로 잠잠했고 이의를 제기한 나라도 없었다. 그러나 때는 이때다 하며 태재비는 점점 자기 욕심을 채웠다. 손무는 공손 부차를 교육시키면서 그 병법을 연마하는데 여념이 없었다. 오자서도 또 점점 다가오는 세상의 봄을 구가했다. 그렇게 해서 패왕 합려가 고소(姑蘇)의 도성에 정착하고 남쪽으로 위엄을 떨친 득의양양한 날들이 8년이나 지속되었다.

그러나 오왕 합려 19년 봄, 그 위엄의 한가운데를 도전하는 사건이 월나라에서 일어났다. 그 해 말에 죽은 월나라 군주 사윤상(姒允常)의 뒤를 이어 즉위한 사구천(姒勾踐)이 월나라에 처음으로 왕호를 써서 '월왕 구천'이라고 칭했던 것이다.

오왕 합려는 -일찍이 오나라도 마음대로 왕호를 사용하고 현재도 왕호를 자칭하고 있는 것을 무시한 채- 청천벽력 같이 화를 냈다. 패왕을 완전히 무시했다고 해석한 것이었다.

오왕 합려는 월왕 구천을 도저히 용서할 수 없다며 즉석에서 월나라를 칠 것을 결의하고 사윤상의 상중(喪中)을 이용하여 병사를 출병시키라고 오자서에게 동원을 명했다.

"일찍이 왕 료(王僚)가 초나라의 상중(喪中)을 이용하여 엄여(掩余)와 촉용(燭庸)에게 초나라를 치게 했습니다. 그리고 참패한 것을 잊으셨습니까? 상중(喪中)에 습격하면 오히려 적군을 분노케 해 우리가 위험합니다. 그보다 패왕의 나라가 다른 나라가 상을 당했을 때 토벌하려고 습격하는 것은 보기 좋지 않습니다."

오자서가 반대했다.

"아니, 왕이라는 칭호는 절대로 용서할 수 없소."

“진짜 왕이 존재하지 않는 시대입니다. 누가 마음대로 왕을 칭해도 괜찮지 않습니까?”

“아니, 자칭으로 사용해도 상응(相應)이라는 것이 있소. 그러나 월나라는 논할 가치도 없소. 하여튼 빨리 군사를 동원하시오.”

오왕 합려는 흥분으로 얼굴이 빨갛게 달아올랐다.

“그러면, 어느 정도 동원을 하면 좋습니까?”

“그것은 알아서 적당히 하시오.”

“위력을 보여주기 위해서 많은 군사를 출병시키는 것은 아니지만 그러나 남쪽으로 출병시킨 틈을 타 서쪽의 초나라나 서북의 부용국에게 당할 위험이 있습니다. 게다가 손무가 집안 사정으로 제나라에가 있기 때문에 가능하면 출병을 조금 보류하는 게 좋을 듯싶습니다.”

“그럴 필요 없소. 여기를 비워두는 것이 걱정된다면 그대가 성에 남고 빨리 월나라를 칠 병사를 편성하시오.”

오왕은 지금 당장이라도 출병할 기세였다. 그 모습이 평상시의 오왕 합려와 달랐다.

할 수 없이 오자서는 서둘러서 병거 5백 대에 병사 2만의 원정군을 편성했다. 그리고 중군의 장수로 왕자 산(王子山), 좌군의 장수로는 왕손락(王孫駱), 굴의(屈毅)가 우군의 장수로 각각 임명되었다.

그 원정군을 이끌고 오왕 합려는 한 해가 시작되자마자 고소성의 남문을 나갔다. 그리고 곧장 월나라의 수도 고성(固城: 절강성 소흥현)을 목표로 했다. 그러나 도중에 취리(檇李: 절강성 가흥현)에서 월나라 군사가 쌓은 대채(大寨: 큰 보루)에 막혔다.

오나라 군사는 순식간에 그 보루를 포위했다. 그런데 보루는 벼랑 위에 있어서 뒤쪽과 양 측면은 장소가 아주 나빴기 때문에 쉽게 공격할 수도 없었다.

기껏해야 하나의 보루 정도야 하며 오왕 합려는 정색하며 스스로 공격을 알리는 북을 두드렸다. 오나라 병사는 열심히 공격했지만 보루는 꿈쩍도 하지 않았다. 이윽고 날이 저물었다. 공격 중지의 북이 울리고 야영을 하게 되었는데 바로 근처에 물이 없었다. 하는 수 없이 보루의 정면을 공격하고 있던 좌군을 남기고 포위를 해제했다. 중군과 우군은 멀리 떨어진 계곡으로 옮겨 야영 준비를 했다.

서둘러 저녁식사를 마치자 낮의 보루 공격으로 지친 병사들이 금세 잠들었다. 그리고 한밤중이 지나고 새벽이 가까웠다. 그때 어디라고 할 것도 없이 사방팔방에서 무기를 든 월나라 군사들이 들끓었다.

실은 보루의 바로 아래 거대한 동굴이 있었다. 그 동굴은 세 갈래로 지하도가 나 있었다. 그 중 두 개의 지하도 출구가 오나라 군사가 야영을 한 계곡에 있었다. 지하도는 몇 년 전부터 오나라 군사의 내습에 대비해 완벽하게 설계된 것이었다. 게다가 보루를 맡고 있는 병사들은 거듭되는 야간 훈련으로 한밤중에도 자유자재로 행동할 수 있을 정도로 지형에 익숙했다.

또 하나의 지하도 출구는 낭떠러지 아래에 있었다. 그러나 마찬가지로 거듭되는 야간 훈련으로 병사들은 역시 깜깜한 밤중이라도 움직일 수 있도록 주변의 나무 하나 풀 한 포기까지 알고 있었다.

그런데 지하에서 낭떠러지 아래에 있는 출구를 나온 월나라 병사는 소리도 없이 보루의 정면에 진을 친 오나라 좌군의 뒤를 둘러쌌다. 계곡에 있는 두 개의 출구에서 나온 원나라 병사는 중군과 우군의 야영으로 숨어들어갔다.

정면의 진지에서도, 계곡의 야영에서도 마찬가지로 우선 보초가 소리를 지를 틈도 없이 죽었다. 그리고 사방팔방에서 불을 질렀으며 불이 나자마자 동시에 진지와 야영은 수라장으로 변했다. 잠이 덜 깨 눈을 비비며 오나라 병사들은 우왕좌왕하면서 같은 동료를 치기도 했다.

눈 깜짝할 사이에 2만이나 되는 오나라 군사가 반 정도 죽고 반은 뿔뿔이 흩어져 도망치는 사이에 날이 밝았다. 도망가는 병사들을 오나라 장수가 퇴각하면서 모아들였다. 그러나 그렇게 한숨을 돌린 것도 잠깐이고 그곳에 범려와 대부종(문종)이 이끄는 병거 부대가 추격해왔다. 날이 밝기 전 야전(夜戰)에서 오왕 합려는 오른쪽 발가락을 창에 찔렸다. 부상당한 오왕 합려를 왕손 락이 데리고 선두로 피하고 있었다. 왕자 산은 점점 더 많아지는 패잔병을 모아 계속 이끌었다. 굴의가 남은 3백 대의 병거를 지휘하며 추격하는 월나라 군사의 병거와 싸우면서 퇴각했다.

퇴각하면서 오나라 군사는 다시 병거 2백 대를 잃었다. 그러나 전장에 손무와 오자서의 모습이 없는 것을 안 범려와 대부종은 그것을 경계하며 심하게 추적하지 않았다.

계속 퇴각하고 있던 오나라 군사는 겨우 국경선을 넘었다. 불과 병거 백 대와 병사 5천명 밖에 남지 않았다. 그러나 끝까지 도망친 오왕 합려는 부상당한 발가락의 출혈을 막지 못해 7리가 남은 고소성을 눈앞에 두고 숨을 거두었다. 임종을 앞두고 그는 유언을 남겼다.

"고소의 도성으로 돌아올 수 없었던 할아버지의 원한을 절대로 잊지 말라고 해라. 반드시 원수를 갚아 달라고 태손 부차에게 전하라."

왕손 락에게 부탁했다. 이른바 '고소의 원한'이었다.

오자서와 태손 부차는 고소성에 돌아온 군사들을 성문으로 맞으러 나갔다. 오자서는 그 처참한 모습에 자기도 모르게 눈을 돌렸다. 구원을 요청할 틈도 없이 패퇴한 것으로 보아 적의 술책에 빠진 것이 분명했다. 차가운 오왕 합려의 시체에 오자서와 태손 부차는 좌우에 매달려 울었다. 오자서의 눈에서는 하염없이 눈물이 흘러 넘쳤다. 그러나 몹시 슬퍼하는 태손 부차의 눈에서는 눈물이 흐르지 않았다.

왕손 부차는 즉위해서 '오왕 부차'라고 칭했다. 그리고 바로 조부 합려의 '고소의 원한'을 풀어주려고 취리의 패전에서 부상당한 오나라 군사를 다시 재정비했다.

그리고 오왕 부차는 조부의 유언을 잊지 않으려고 침실에 장작을 가지고 와 그것을 나란히 깔아놓았다. 그리고 취침 전에 반드시 장작 위에 누워 유언을 생각했다. 또 궁정 뜰에 시종을 순서대로 세워 놓았다. 궁정으로 출입하는 자신의 모습을 보면 '고소의 원한을 잊지 말아라'하며 외치게 했고 병사들을 단련시켜 월나라를 토벌하기 위해 모든 노력을 집중시켜 나갔다.

이렇게 해서 오왕 부차 2년 오나라는 마침내 월나라를 치기 위해 군사를 일으켰다. 원래 고소의 원한을 풀어주기 위해서였고 또 패권의 확보를 위한 출병이기도 했다. 동시에 그 출병을 국내 정돈의 단서로 하려고 오왕 부차는 생각했다.

오나라 왕이 된 부차에게 오자서는 어쩐지 거북한 존재였다. 즉위하자마자 그는 오자서를 멀리했다. 조부 합려로부터 신하의 예를 면한 오자서에게 대가 바뀌었다고 해서 신하의 예를 갖추라는 요구를 할 수는 없었다. 그리고 오자서는 유난히 잔소리가 심했다. 또한 일찍이 여러 왕자와 왕위 계승권 다툼이 있었을 때 자신을 추천해주면 나라를 반 정도 주겠다고 약속한 약점도 있었다. 그보다 손무에게 병법을 배운 오왕 부차는 이미 스스로 뛰어난 병법을 지니고 있었다.

이제 전쟁으로 오자서에게 부탁할 필요는 없다고 믿었다. 그래서 부차는 비밀리에 오자서의 재상직을 파면하고 태재비를 세우려고 생각하고 있었다. 그러기 위해서는 먼저 태재비에게 권위를 주지 않으면 안 되었다.

그리하여 오왕 부차는 월나라를 치기 위한 군의 부장수로 태재비를 임명했다. 단, 대장은 오자서였다. 그것으로 전공을 오자서와 이분시키려고 생각한 것이다.

월나라로 침입한 오나라 군사는 파죽지세로 월나라 영토를 석권했다. 즉시 월나라 수도에 임박해 고성을 포위하고 맹렬하게 공격해 들어갔다.

고성을 지키는 장수는 범려였다. 도저히 고성을 지킬 수 없다고 본 범려는 비밀리에 월왕 구천을 성에서 내보냈고 정예요원 5천 병사를 대부종에게 주고 월왕 구천을 보호하게 하고 고성 뒤에 있는 회계산(會稽山)의 요새를 지키게 했다.

범려와 대부종은 처음부터 패전을 각오하고 있었다. 오나라와 월나라는 너무나도 국력에 차이가 났다. 그래서 두 사람은 오나라 군사의 침입을 알자 즉시 월왕 구천에게 한발 앞서서 공손하고 부드럽게 강화할 것을 진언했다. 그러나 2년 전에 취리의 싸움에서 얻은 승리의 맛을 본 구천은 진언을 받아들이지 않고 패전을 인정한 싸움을 시작한 것이었다.

그 때문에 범려가 월왕 구천에게 병사를 딸려 대부종과 함께 고성에서 나가게 한 것은 고성이 함락되어 월왕이 죽고 망하게 되는 것을 피하기 위해서였다. 아니 완전한 '무조건' 항복을 피하기 위해 힘을 아끼자고 생각했던 것이다.

그러나 고성은 지금이라도 함락될 것 같으면서도 함락되지 않았다. 범려가 필사적으로 막았기 때문이기도 했다. 그보다 오왕 부차가 전해들은 취리의 전투 교훈에서 고성에도 무언가 장치가 있을 것을 두려워한 나머지 조심스럽게 공격했기 때문이었다.

오자서는 마음속으로 고성을 함락시키는 것은 그다지 어렵지 않다고 생각하고 있었다. 하지만 오왕 부차가 스스로 지휘하며 공격을 하는 곳에 가서 서투른 참견도 할 수 없었다. 고성이 쉽게 함락되지 않는 원인은 거기에 있었다. 그러나 범려가 아무리 분투해도 마침내 군량미가 떨어지면 성이 함락되는 것을 피할 길이 없다는 것을 회계산에 있는 대부종은 누구보다도 잘 알고 있었다. 그래서 재기를 기약하며 항복하자고 열심히 월왕 구천을 설득해 마침내 구천도 항복을 승낙했다.

다행히 대부종은 태재비와 구면이었을 뿐만 아니라 그의 품성이나 수법도 잘 알고 있었다. 그날 밤 대부종은 몰래 태재비를 방문했다. 다행히도 태재비는 오자서와 별도로 본진을 꾸미고 있었다.

"전쟁터라 현물은 지참하지 못했습니다."

대부종은 먼저 선물 목록을 태재비에게 내놓았다.

"월나라는 소국이라고 하지만 고성의 방어는 단단하고 게다가 고성은 함락되어도 회계산에 요새가 있소이다. 끝까지 항전하면 그 취리의 전투에서처럼 오나라 군사는 큰 피해를 면할 길이 없을 거요. 그러나 저희 군주께서는 전화(戰火)가 백성에게 미치는 것을 근심하고 오나라의 패권에 굴복하기로 결의했소. 항복을 수락하고 목숨을 구해 주신다면 나라를 오왕에게 맡기고 스스로 부인과 함께 신하의 예를 갖출 각오가 돼 있소. 어떻소? 잘 중재해주길 부탁하오."

머리를 숙여 부탁했다. 선물 목록을 보면서 듣고 있던 태재비가 만족한 듯 고개를 끄덕였다. 태재비는 기꺼이 조언하겠다고 승낙하고 대부종과 그 순서를 정했다.

다음 날 아침 대부종은 흰 옷차림으로 등에 작은 도끼와 큰 도끼를 메고 무릎걸음으로 오나라 군의 총본진에 나타났다. 투항의 사자로서 오왕 부차 앞에 공손히 절을 했고 항복의 말을 전했다. 태재비는 약속대로 조언하면서 열심히 중재를 했다.

"정말로 구천 부부가 신하로서 예를 다하겠다고 하던가?"

오왕 부차는 다짐하듯 항복을 받아들였다.

오자서가 맹렬히 이의를 반론했다. 일단 항복을 받아들인 오왕 부차는 동요했다. 그러나 태재비가 필사적으로 반론하자 마침내 오왕 부차는 역시 월나라의 투항을 허락했다. 대부종은 가슴을 쓸어내리며 사의를 표하고 떠났다.

마침내 고소의 원한을 푼 오왕 부차는 다음 날 오나라 군사를 이끌고 개선 길에 올랐다.

그 다음 날 대부종은 귀국길에 오른 오나라 군사를 쫓아 미녀 열 명과 금은보화를 가득 실은 수레를 끌고 고소로 향했다. 그리고 닷새 후 저녁 무렵에 고소의 성 아래에 도착했는데 어두워진 후 특별 성문을 열어 달라고 부탁한 태재비의 저택으로 수레를 몰았다. 그리고 미녀 다섯 명과 예물의 반을 내렸다.

그리고 다음날 아침 나머지 반을 오왕 부차에게 헌상하고 귀국길에 올랐다. 이미 투항 닷새 후에는 월왕 구천 부부가 고성을 떠나 고소성에 도착한다고 약정한 기일이 지나고 있었다.

대부종은 말을 채찍질하며 서둘러 길을 떠났다. 그리고 국경선을 넘어 조금 가자 고소성으로 향하는 월왕 구천과 부인, 그리고 범려를 만났다.

침통한 표정을 지은 월왕 구천이 다시 대부종에게 뒷일을 부탁했다. 범려는 자조의 빛을 띤 쓴 웃음을 지으면서 아무 말도 하지 않았다.

"태재비에게는 예를 다하고 부디 잘 부탁한다고 해두었습니다. 아무 일 없이 돌아오시기를 기다리고 있겠습니다."

대부종은 눈물을 흘리며 전송했다.

범려가 월왕 구천을 수행한 것에는 이유가 있었다. 신하가 군주와 어려움을 함께 하는 것은 의로서 당연하다고 범려는 스스로 수행을 자청했다. 그보다 실은 구천이 참지 못하고 얕은 생각을 하는 것을 저지하기 위해서였다. 또 자세히 오나라의 국정을 관찰하고 그 조정의 상황을 살피기 위해서이기도 했다.

고소성에 들어온 월왕 구천 일행은 갑자기 마구간에 갇혔다. 구천은 오왕 부차의 마부로 명령받았다. 마구간을 청소하고 말을 씻기고, 오왕 부차가 외출할 때 재갈을 물리는 것이 일이었다.

마구간이 주거 공간으로 몹시 괴로웠지만 음식은 태재비가 몰래 넣어 주었기 때문에 그런대로 식사는 할 수 있었다. 그러나 월왕 구천은 3일 째 되는 날 드디어 죽는 것이 오히려 낫겠다고 비명을 질렀다.

"참으십시오. 아니, 겉으로는 희희낙락하신 표정을 지으셔야만 합니다."

범려가 진언했다. 그것을 참으며 잠시 지나자 이번에는 매정한 조정신하와 그의 가족, 그들의 사용인과 소문을 들은 백성들이 진귀한 동물이라도 구경하는 것처럼 마구간으로 몰려와 그들을 빤히 쳐다보았다. 그 야유와 조소, 경멸의 시선에 참다못한 구천은 뒤로 숨었다.

그러나 범려는 더욱 두꺼운 얼굴로 오히려 말을 걸어 여러 가지 정보를 손에 넣었다. 이윽고 마구간에서 길고 긴 2년의 세월이 지났다.

어느 날 범려는 오왕 부차가 중병에 걸렸다는 소문을 들었다. 다시 한 달 정도 지나자 범려는 오왕 부차의 병이 위기를 면했다는 이야기를 언뜻 들었다.

범려는 즉시 구천에게 지혜를 짜냈다. 그것으로 구천은 오왕 부차의 병문안을 신청했고 즉시 허락을 받았다.

병문안을 허락받아 병실에 들어간 월왕 구천은 오왕 부차의 병상 옆에 엎드렸다.

병상의 진전은 '변'의 냄새로 알 수 있다고 의학에 소양이 있는 범려가 귀띔 주었다. 따라서 그 냄새를 맡고 싶다고 월왕 구천은 말했다. 간병하고 있던 시녀가 재미있어하며 의사에게 보이려고 변을 모아놓은 통을 월왕 구천에게 내밀었다. 구천은 조심스럽게 뚜껑을 열어 코를 가까이 댔다. 심한 악취로 질식할 것 같았지만 구천은 참으로 통속의 냄새를 잘 맡았다.

"축하합니다. 전하, 병환은 틀림없이 쾌차하실 것이니 심려하지 마십시오. 전하의 병환 때문에 소인도 마음이 아팠습니다만 이것으로 안심이 됩니다. 하루라도 빨리 쾌차하시길 마음으로 빌겠습니다."

월왕 구천은 무릎걸음으로 병실을 나왔다.

마구간으로 돌아온 구천은 그 묘한 악취가 생각나 구토를 했다. 죄송하다고 범려는 눈물을 흘리며 사죄했다. 구천이 연기한 연극의 효과는 정말로 금세 나타났다.

다음 날 월왕 구천은 마구간의 사역(使役)이 풀렸을 뿐만 아니라 좁지만 그의 집이 주어졌고 오왕 부차의 병이 쾌차하자 즉시 사면되어 귀국을 허락받았다.

2년간 대부종은 열심히 뇌물을 태재비의 저택으로 나르고 있었다. 그리고 태재비는 받은 만큼의 일을 했다. 그것이 월왕 구천의 사면에 크게 공헌했다. 그러나 범려가 꾸민 연극과 그것을 훌륭하게 연기한 구천은 스스로의 힘으로 사면을 얻은 거나 다름이 없었다.

월왕 구천이 사면된 것을 알고 오자서가 오왕 부차에게 진언했다.

"사면하실 거라면 처음부터 구금하셔서는 안 되었습니다. 게다가 그처럼 학대와 굴욕을 주고 사면하시면 보복을 피할 길이 없습니다. 옛날 걸왕(하왕조)이 탕왕(상왕조)을, 주왕(상)이 문왕(주)을 구금한 끝에 석방해서 나라를 망하게 했습니다. 전철을 밟아서는 안 됩니다. 월왕을 사면했으나 훗날 반드시 재난을 입게 될 것입니다."

"아니, 그럴 염려는 없소. 구천은 과인의 변기에 얼굴을 넣고 냄새를 맡았소. 신하의 뜻이 굳지 않으면 할 수 없는 일이오. 그와 같은 일은 우리 신하라도 할 수 없소."

오왕 부차는 득의양양하게 말했다.

"당연합니다. 우리 조정신하들은 모반을 일으킬 생각이 없으니까 그 같은 연극을 할 필요도 없습니다."

오자서는 어이없어했다.

"아니, 연극이라면 그처럼 할 수는 없소."

"지금에야 알겠습니다."

오자서는 어처구니없어하며 물러났다.

고소성의 마구간에서 2년 남짓 고역을 참아내고 귀국길에 오른 월왕 구천은 국경선에서 수레를 세워놓고 뒤돌아보며 침을 뱉어 복수를 맹세했다.

그 거만하고 오만하기 짝이 없던 부차의 얼굴과 경멸로 가득 찬 야유의 시선을 생각하고 월왕 구천은 몸을 떨었다. 그 묘한 변의 악취는 지금까지도 코에서 사라지지 않고 그보다 그 통에 코를 댄 수치가 지금 더욱 마음속에 응어리져 있었다. 이른바 '회계의 수치'였다.

월왕 구천이 회계의 수치를 씹고 있는 곳에 대부종이 신하들을 데리고 마중을 나왔다. 거기서 월나라의 군주와 신하는 회계의 수치를 설욕하기 위한 복수를 맹세하고 고성으로 돌아왔다.

회계의 수치를 잊지 말자고 월왕 구천은 궁정의 요리사에게 명해 매번 밥상에 '쓴 쓸개'를 놓도록 했다. 그것을 식사 전에 핥고서는 복수의 맹세를 새롭게 했던 것이다.

하지만 생각해 보니 오나라는 선대부터 남방의 패권을 계속 쥐어 왔던 강대국으로 그 나라를 공격해 쳐부수는 일은 그렇게 쉬운 일은 아니었다. 그러나 오나라를 쳐부수면 동시에 패권이 굴러들어 온다는 이야기도 된다. 그것이 회계의 수치를 설욕하려고 하는 월나라의 신하들에게 큰 위안이 되었다.

"일찍이 오나라에 가능했던 일이 우리 월나라에 불가능할 리가 없소."

범려가 조정 회의에서 기합을 넣었다.

"그를 위해서 칠술(七術)을 생각했소. 그것을 사용하면 오나라를 무너뜨릴 수 있을 거요."

대부종이 칠술을 피력했다.

"첫째 화폐(금품)를 기부해서 그 군주와 신하를 기쁘게 하고, 둘째 식량을 비싼 값으로 사들여 그의 창고를 비게 하고, 셋째 미녀를 보내어 그 뜻을 어지럽히고, 넷째 뛰어난 명공을 헌상해 화려한 건물을 축조케 하고, 다섯째 아첨하는 신하에게 뇌물을 주어 그의 계략을 어지럽게 하고. 여섯째 충신에게 죄를 씌워 어지러움에 빠뜨리고, 일곱째 한 바퀴 돌아서 우리는 부국강병에 힘써 그 피폐를 틈타야한다는 아주 상식적인 것이다."

그러나 월왕 구천은 칠술을 듣고 감동해서 우선 세 번째 미녀를 보내는 일과, 여섯 번째 아첨하는 신하에게 뇌물을 주는 일부터 시작하자고 했다.

즉시 미녀를 찾기 시작하고 동시에 새삼스럽게 태재비에게 진주보석을 보냈다. 그러나 조정신하들이 사방팔방을 뛰어다니며 미녀를 찾았지만 대단한 미인을 찾지 못했다. 왜냐하면 예쁜 딸을 가진 부모들이 소문을 듣고 숲속에 딸을 감추었기 때문이다.

그래서 현상금을 걸고 전국의 관상을 보는 점쟁이들이 동원되었다. 그것이 효과가 있어서 석 달 사이에 3천 명 정도의 미녀가 궁전에 모였다. 그 중에서 월왕 구천은 두 명을 선별해냈다. 한 명은 서시(西施)이고 또 한명은 정단(鄭旦)이었다.

조정신하들은 정단이 뽑힌 것을 보고 아무 말 없이 납득했다. 그러나 서시에게는 고개를 갸우뚱했다. 역시 아름답지만 표정이 어두워서 얼굴에 우울한 그림자가 있었기 때문이었다. 그러나 월왕 구천뿐만 아니라 많은 후궁을 거느리는 국왕이 그 방면에 있어서는 안목이 높을 것이라고 생각했다. 그 때문에 고개를 갸웃거리면서도 감히 말을 할 수가 없었다.

특히 서시와 정단은 후궁으로서의 예의와 품위, 가무, 악기 연주 등의 특수훈련을 받고 고상한 귀부인으로 만들어졌다. 다시 기생 누각으로 보내져 교태, 기교, 방중술 등의 기술을 습득해 '천금의 기녀'로 변신했다.

"서시를 부차에게 정단을 태재비에게 각각 보내라."

월왕 구천이 대부종에게 명령했다.

"보내는 상대방의 이름을 잘못 말씀하신 것은 아닌지요?"

대부종이 확인했다.

"그런 의문을 품는 것은 초보자요. 미녀는 단지 바라보고 즐기기 위한 움직이는 물건이 아니오. 극락으로 안내해주는 쓸모가 있는 선녀란 말이오. 서시에게는 정단보다도 아마 배 이상의 기량이 있을 거요."

월왕 구천은 말했다. 그 말에는 위압적인 설득력이 있었다. 아무튼 경험이 말해주는 심오한 세계의 일이다. 대부종을 비롯한 조정신하들은 납득했다.

"그럼, 어차피 태재비도 초보자요. 부차에게 주는 것보다 멋지고 좋은 보석이라고 하시오. 기뻐할 것이오."

구천은 덧붙였다. 그리고 미녀를 보내는 사자를 범려에게 명했다.

다음 날 범려는 두 명의 미녀를 데리고 성을 나왔다. 고소의 성에 들어간 범려는 확신을 갖고 오왕 부차에게 서시를 태재비에게 정단을 헌상했다. 태재비는 서시와 정단을 비교하더니 역시 고개를 끄덕이고 좋은 옥을 선물한 월왕 구천에게 감사했다.

제36장

적국이 망하면 모신(謀臣)도 망한다

영웅은 영걸(英傑)을 알고 전문가는 진짜를 안다고 한다. 월왕 구천이 보증한 서시에게 역시 오왕 부차는 한눈에 반하고 그의 절묘한 기술에 취해 그녀 없이는 날도 저물지 않고 아침도 오지 않게 되었다.

그리고 궁중 위에 혼을 날게 하기 위해서 성에서는 흥을 빼앗기고 후궁의 무리들과 섞여서 풍류를 잃어버린다고 생각해 고소산 위에 이궁(離宮)을 세웠다. 고소산은 성에서 서남쪽으로 30리 떨어진 지점에 있었다.

이궁은 영암(靈岩) 위에 세워졌고 관왜궁(館娃宮)이라고 불렸다. 주위에 향섭랑(響屧廊: 복도 아래에 큰 독을 여러 개 묻어 발소리를 울리게 함)을 복도를 만들고 정원에는 완화(阮화), 완월(阮月)이라고 불린 두 개의 연못이 있었다. 나중에 '서시정'이라고 불리는 화장 거울용 우물이 있어 서시는 그 물거울에 모습을 비춰 화장을 했다. 오왕 부차는 그 등 뒤에 서서 서시의 머리를 빗기며 자기 취향대로 머리를 닿았다. 서시야말로 '경국(미녀)'이라고 할 것이다.

그러나 여기서 오왕 부차가 서시의 색에 빠져 나라가 기울 거라고 생각한 것은 월왕 구천의 말을 빌리면 풋내기다. 확실히 오왕 부차가 서시에게 넋을 잃은 것은 틀림없었으나 그래서 그가 정무를 게을리 했다고는 할 수 없었다. 그럼에도 불구하고 서시가 역시 역사에 경국(동사)이라는 이름이 붙은 것은 그녀의 한 마디 말에 의해서였다. 오왕 부차의 널찍한 품 안에서 떨면서 '지금 나를 괴롭히고 있는 남자가 만일 중원에서 패를 칭하는 영웅이라면 더 기쁠 텐데'하고 그녀는 헐떡이면서 속삭였다. 월왕 구천이 그녀에게 가르친 대사였는데 이것이 효과가 있어 그 한 마디로 오왕 부차는 분기했다.

때마침 오왕 부차 7년에 중원에서 제나라와 노나라 사이에 분쟁이 일어났다. 그 분쟁을 해결하기 위해 오나라의 병사를 빌리고 싶다고 제나라는 오나라에 사자를 보내어 왔다. 기다리고 있었던 오왕 부차는 기꺼이 승낙했다. 그리고 즉시 출병할 준비를 했다. 하지만 막상 노나라에 출병하는 단계에서 그럴 필요가 없어졌다고 하며 거절당했다. 당연히 출병을 부탁해놓고 자기들 멋대로 거절하자 오왕 부차는 몹시 화가 났다.

그것을 알고 이번에는 노나라에서 병사를 합쳐 제나라를 치자고 유혹해 왔다. 몹시 화가 나 있던 오왕 부차는 기뻐하며 즉시 노나라의 권유에 응했다. 그리고 용감하게 제나라로 병사를 출병시켰다. 그러나 제나라로부터 깨끗하게 사죄를 받은 부차는 그 용맹을 발휘할 여지도 없이 그냥 귀환했다.

그런 이유로 영웅무(英雄武)를 이용하지도 못한 욕구불만을 한탄하고 있는데, 그 다음 해 오왕 부차 9년에 마침내 기회가 찾아왔다. 노나라의 공격을 받은 주나라가 오나라에 구원을 요청해왔던 것이다. 오왕 부차는 즉시 출병해서 노나라의 도성을 포위했다. 그리고 노나라에게 성 아래의 맹세를 지키게 해 소 백 마리를 바치게 하고 이번에는 득의양양하게 의기충천해서 개선했다.

이해 38년 전에 오자서와 함께 오나라로 망명한 공손 승이 초나라의 혜왕(소왕의 아들)에게 청탁을 받고 귀국했다. 오자서와의 이별을 아쉬워하며 귀국한 공손 승은 영지를 받고 백공(白公)이라고 칭해졌지만 그 후 정치 투쟁을 일으켜 죽게 되었다.

그 다음 해 중원에 야망을 불태우는 오왕 부차의 마음을 국내 건설로 향하게 하려고 오자서는 토목공사를 진언했다. 오랫동안 오나라를 떠났던 손무가 운하 굴삭의 기법을 습득하고 돌아온 기회를 잡아서 회수(淮水)와 장강(長江)을 연결하는 운하를 쌓으려고 제의했던 것이다. 마침 군을 움직이는 데 수로가 필요하다고 생각하고 있던 오왕 부차는 즉석에서 동의하고 즉각 역사적인 큰 공사가 시작되었다. 이것이 나중에 한구(邗溝)라고 불린 운하이다.

세기적인 토목공사는 시작되었지만 오왕 부차의 야망은 식지 않았다. 오왕 부차 12년에 부차는 다시 제나라를 치기 위해 병사를 출병시키려고 움직였다. 그리고 출병의 큰일을 세우기 위해 엉뚱하게 제나라의 죄를 묻는 사자로서 오자서를 보내기로 결정했다. 오자서를 혐오하고 있던 태재비의 조종이었다. 제나라의 손을 빌려 오자서를 죽일 음모였다.

그러나 오자서가 이를 쾌히 승낙하고 떠날 채비를 하는 차에 손무가 찾아왔다.

"어차피 그대는 오나라 사람이 아니오. 오나라에서 손을 뗄 때가 온 것 같소. 이대로 눌러 앉아 있으면 목숨이 위태로울 거요. 마침 좋은 기회니 사자로 가서 돌아오지 말고 그대로 제나라에서 노후를 편안하게 보내는 것이 좋을 것 같소."

손무는 충고했다.

"뭐, 목숨을 잃게 되지 않는다 해도 어차피 살날은 얼마 남지 않았소. 나이를 너무 많이 먹었지. 단, 아들의 장래가 약간 걱정이 될 뿐이오."

오자서는 중얼거렸다.

"그렇다면 아들을 제나라로 데리고 가시오. 적당한 사람에게 돌봐 달라고 부탁을 해놓겠소."

손무는 오자서의 대답도 듣지 않고 서찰을 썼다. 그것이야말로 '영웅은 서로 안다'로 두 사람 사이에 꺼릴 것은 하나도 없었다.

다음 날 손무의 서찰을 가슴에 품고 오자서는 외아들 오봉(伍封)을 데리고 제나라로 떠났다.

제나라 수도 임치에 도착한 오자서는 즉위한 지 얼마 안 되는 제간공(齊簡公)에게 '전서'를 내밀었다. 엉뚱한 생트집을 적은 전서에 제간공은 분노했다. 즉시 오자서의 구금을 명하고 조정회의를 열었다.

"일국의 노재상을 전서를 건네주는 사자로 삼은 것은 전대미문의 희귀한 일로 이것은 말하지 않고도 알 수 있는 음모입니다. 우리들의 손을 빌려 노재상을 죽이고 우리들에게 오명을 씌운 뒤 그것을 갖고 오나라의 장수와 군사를 북돋우게 하는 술책임에 틀림없습니다."

상경(上卿)인 포식(鮑息)이 말했다. 포식은 '관포지교'의 포숙의 자손으로 손무의 친구였다. 그는 이미 손무의 서찰을 읽었다.

그 말로 오자서는 구금에서 풀려났고 포식의 손님이 되었다. 그리고 오자서는 포식에게 오봉의 뒷일을 부탁하고 임치성을 나왔다.

제나라에서 무사히 돌아온 오자서를 보자 오왕 부차는 놀라고 태재비는 당황했다.

"제나라 조정에서는 왜 노재상이 멍한 얼굴로 전서를 가지고 왔냐고 실컷 비웃음을 당했지만 그런 쓸모없는 노인을 죽일 수 없다고 어이없어 했습니다. 덕분에 살아남을 수가 있었습니다. 그러나 조소당한 것은 노재상이 아니라 노재상에게 어린애 같은 심부름을 시킨 오나라의 조정이었습니다."

오자서는 사자로서 이야기했다. 오왕 부차는 얼굴이 빨개져 고개를 들지 못했다.

"그 말하는 게…."

태재비가 무어라 말하기 시작했다. 오자서는 태재비의 말을 마지막까지 듣지 않고 큰 소리를 질렀다.

"입 다물어! 이 멍청아. 그대의 어리석음에 질렸소. 쓸데없이 주둥이를 놀리면 가만히 있지 않겠소."

오자서는 오나라에 와서 처음으로 화를 냈다.

"충신의 입을 막고 간신을 옆에 두고 있으니 왜곡된 사실을 바르게 보지 못하느니라. 어지러움을 기르고 간교를 비축하고 있으니 오나라는 틀림없이 망할지어다. 사직종묘는 폐허가 되고 궁전은 가시밭이 될 것이다."

라고 오자서는 한탄했다.

"그런 불길한 말은 하지 마시오."

오왕 부차가 중얼거렸다. 오자서의 눈에서 눈물이 떨어진다.

"거듭 말씀 드리겠습니다만, 중원 땅이 아무리 비옥해도 오나라에게는 쓸데없는 것입니다. 손에 넣어도 아무 도움도 되지 않고 조금의 가치도 없습니다. 게다가 설령 중원의 움직임으로 신경이 거슬려도 그것은 옴병을 앓는 정도의 사소한 일입니다. 그러나 월나라의 움직임은 꿈틀거리는 독벌레 같은 것이기 때문에 방치하면 목숨을 잃게 됩니다. 일찍이 선군의 고소의 원한을 보복한 것처럼 구천은 틀림없이 회계의 수치를 설욕하려고 복수의 칼을 갈고 있을 겁니다. 부디 중원으로의 출병을 멈춰 주십시오. 월나라로 병사를 출병시킨다면 이 늙은 몸이 앞서서 나가겠습니다. 그러나 중원으로의 출병에는 따를 수가 없습니다. 아무래도 소신은 오늘 안으로 이곳에서 물러날 것 같습니다. 이제 두 번 다시는 뵙지 못할 것 같습니다."

오자서는 일어서서 나갔다. 오왕 부차와 태재비는 아무 말 없이 얼굴을 마주보았다.

"말한 대로 두 번 다시 볼 수 없도록 할까요?"

태재비가 잔인한 웃음을 얼굴에 띠었다. 그러나 오왕 부차는 조용히 고개를 옆으로 저었다.

"어쨌든 선대부터 공신이오. 게다가 죽일 명분도 없소. 이제 쇠약했으니 그것으로 족하지 않은가?"

"아니, 그럴듯한 대의명분이 있습니다. 그는 자식을 제나라에 두고 왔습니다. 그것이 반역의 증거입니다."

"그런가? 기다려라. 정말로 반역한다면 큰일이다. 군대의 병사들이 그를 신처럼 존경하고 있다. 게다가 손무와 손이라도 잡으면 그것이야말로 책임질 수 없다."

"그렇다면 지금이라도 일을 처리하지 않으면…."

태재비가 부추긴다. 가만히 생각한 끝에 오왕 부차가 고개를 끄덕였다. 즉시 근위병의 대장이 호출되었다.

"재상을 이것으로 자결시켜라."

오왕 부차가 보검 촉루(寶劍 屬鏤)를 건네주었다. 그것을 들고 대장은 재상 댁으로 갔다. 마침 손무가 있었다. 대장이 말없이 칼을 내밀었다. 그대로 오자서 앞에 엎드렸다.

"준비가 됐군."

오자서가 쓴웃음을 지었다.

"죽을 필요 없소. 함께 성을 나갑시다. 빨리 준비하시오."

손무가 재촉했다. 대장이 상체를 일으켰다. 대장은 젊은 시절 오자서에게 궁예를 배운 적이 있는 남자였다. 그에게 있어서 오자서는 재상인 동시에 스승이었다.

"스승님! 손무 장군과 둘이서 저를 꼭꼭 묶어 재갈을 물리고 안의 빈 방에 가둬 두세요. 아직 사건을 아는 자는 아무도 없습니다. 손무 장군이 말씀하신 대로 성을 빠져나가십시오."

대장이 말했다.

"아니, 고맙소. 그 한 마디로 후회 없이 왕생할 것 같소. 단 죽어도 월나라 군사가 이 성을 무너뜨리는 것을 보기 전까지는 결코 눈을 감지 못 할 것이오. 그리고 마지막 부탁이 있소. 내가 숨이 끊어지면 양쪽 눈을 빼서 동쪽 문에 달아 주시오. 이 눈으로 고소성이 함락되는 것을 꼭 보고 싶소."

오자서가 엎드린 대장의 어깨에 손을 얹고 부탁했다.

"그러나 그것이 알려지면 오왕의 책망을 받겠지만 걱정할 필요는 없소. 내가 책임지겠소."

손무가 대장에게 말했다.

손무는 죽음을 각오한 오자서를 돌이킬 수 없다는 것을 깨달은 것이었다. 오자서가 조용히 칼집에서 칼을 꺼냈다.

"과연 천하의 명검이로구나."

오자서가 그 단검을 보면서 말했다.

"반듯하게 교육을 못 시킨 책임을 물어 한 발 앞서서 간다고 부차에게 전하시오."

오자서는 눈 하나 깜빡하지도 않고 요염하게 빛나는 칼로 가슴을 찔렀다. 유언대로 양쪽 눈을 작은 두 개의 대나무에 매달아 동쪽 문에 내걸었다. 그것을 확인하고 손무는 말없이 성을 나왔다.

그 후 손무의 소식을 아는 사람은 없었다. 그러나 그가 오자서와 함께 손을 댄 한구의 공사는 그 10년 후 오왕 부차가 끝내 자살하기 전년도에 완성됐다.

오나라 조정에서는 오자서의 존재가 아무튼 거대한 바위였던 것이다. 그 존재로 지위를 얻은 오왕 부차는 울적하고 거북한 생각을 했었다. 그러나 막상 오자서가 존재하지 않게 되자 오왕 부차는 갑자기 불안해졌다. 특히 오자서가 생전에 역설한 월나라의 위협이 뜻밖에 불미스러운 그림자가 되어 엄습해 왔다. 그래서 오왕 부차는 그만큼 분발하고 있었던 제나라로의 출병을 고심했다.

그것을 깨닫고 월나라의 범려가 가만히 오왕 부차의 등을 밀어 출병을 단행하게 했다. 월왕 구천에게 진언해서 중원으로 진격하려고 대기하고 있던 오나라 군사에 협력하는 5천의 월나라 군사를 파견했던 것이다. 그래서 오왕 부차는 의심을 거두고 십만 대군을 중원으로 내보냈다.

목표로 하는 제나라는 또 노나라와 분쟁을 일으키고 있었다. 제나라는 십만 대군을 제나라와 노나라 국경에 결집해 노나라를 압박하고 있었다. 그래서 오왕 부차가 이끄는 오나라 군사는 한 발 앞서 노나라로 들어가 노나라 군사를 산하에 두었다. 그리고 수 십 만으로 늘어난 오나라와 노나라의 연합군은 국경을 향해 진격했다.

오자서가 손수 돌보고 손무가 심혈을 기울여 단련시킨 오나라 군사는 역시 용맹했다. 십만의 제나라 군사는 순간 애릉(艾陵: 산동성 내무현)에서 추격당해 대기하고 대장인 국서(國書)는 체포되었으며 병사들은 본국으로 도망쳐 달아났다.

승리를 거머쥔 오왕 부차는 증(鄫: 산동성 내무현)으로 나아가 노나라에게 군사를 위로해줄 것을 명령했다. 그리고 노애공을 불러 백뢰(소, 돼지, 양 각 백 마리)를 잡아 성대한 승전 축하회를 열어 줄 것을 요구했다.

오래된 인습을 고수하고 있던 노나라는 지금도 주례(周禮)를 의식의 법률로 하고 있었다. 승전축하도 또 제전이지만 그것은 주례에 의해 왕실이 아홉 마리, 후작과 백작은 일곱 마리, 자남(子男)은 다섯 마리라고 정해져 있었다. 그 때문에 백뢰라는 것은 이야기도 되지 않는 터무니없는 요구였다. 노애공은 '예'를 방패삼아 열심히 설득했으나 오왕 부차는 쉽게 납득하지 않았다.

그러나 '예'이고 '예'에 의하면 이라고 '예'를 연발하고 있는 사이에 오왕 부차는 머리가 아픈지 마침내 타협에 응했다. 이 의례도 모르는 야만인이라고 노애공은 속으로 혀를 차면서도 고의로 당황하게 하려고 새삼스럽게 번잡한 '예'를 끄집어내어 환대했다.

괴롭히는 것도 모르고 오왕 부차는 중원 여러 나라가 우둔하고 진보가 없으며 고집이 세며 정에 약하다고 부시했다. 그리고 마침내 중원에서 초대국인 제나라를 물리친 것으로 중원 패권을 손에 넣는 데는 그다지 곤란한 점이 없다고 자신감 있게 귀국길에 나섰다.

귀국한 오왕 부차는 드디어 본격적으로 중원 패권을 잡기 위한 술책을 시작했으며 싸우지 않고 회맹(會盟)으로 맹주(盟主)의 자리를 빼앗아 패왕이 되는 상책(上策)을 취하기로 결정했다.

회맹의 장소에서 대군 아니, 대정예부대의 위용을 과시하면 또 하나의 중원의 초대국인 진나라를 위압할 수가 있다고 생각한 것이었다. 그리고 오왕 부차 14년에 부차는 진나라와 노나라의 조정신하들을 거느리고 황지(黃池: 하남성 봉구현)에서 회맹을 개최했다.

노나라를 참가시킨 것은 노나라가 예를 지키는 나라이기 때문이었다. 즉 신성한 회맹에는 노나라를 배석시키는 것이 적합하다고 생각했던 것이다. 여러 조정의 대표에게 회맹의 입회인으로서 오나라가 중원의 패왕 자리에 앉는 것을 확인시키기 위해서였다.

오왕 부차가 정예부대를 총동원해서 회맹을 위해 황지로 향한 것을 알고 월왕 구천과 범려와 대부종은 무릎을 치며 기뻐했다. 드디어 회계의 수치를 설욕할 날이 온 것이었다. 월왕 구천은 즉시 고소에 병사를 출전 시켰다.

정예부대가 모조리 나간 고소성은, 아니 오자서가 죽고 손무가 없어진 오나라 군대는 이미 월나라 군사의 상대가 아니었다. 성문을 열어 공격을 받은 태자 우(太子友)와 왕손 미용(王孫彌庸)은 어이없이 전사하고 출격한 병사들은 뿔뿔이 흩어져 도망쳤다.

왕자가 기거하는 곳은 성문을 닫고 성을 지켰지만 범려와 대부종은 성지의 구석구석까지 다 알고 있었다. 성은 부서지고 불길이 솟아올랐다. 성을 지키던 병사들은 무장을 풀고 도망쳤다.

그러나 월나라 군사는 성을 부수면서 성에 들어가지 않고 성 아래에 진을 치고 나서 오왕 부차가 돌아오기만을 기다렸다. 오왕 부차가 이끄는 정예부대를 돌아올 집이 없는 곳으로 몰아넣으면 죽음에 이른 미친개가 담장을 뛰어넘는 듯한 필사적인 반격을 할 것이 틀림없었다. 그래서 이를 피하기 위해서였다.

그런 일은 전혀 모르고 오왕 부차는 황지의 회맹에서 초조하게 서두르며 진나라의 정공(定公)과 맹주의 자리를 놓고 계속 싸우고 있었다. 오왕 부차는 먼 길을 데리고 온, 자신이 매우 아끼는 정예부대를 움직여 자꾸 위압을 넣었지만 진정공을 수행한 조망 역시 조순의 자손인 만큼 강인해서 그 위협에 조금도 동요하지 않았다.

그 흥정의 한창 중에 고소에서 급사(急使)가 도착했다. 오왕 부차는 도성의 사건을 알고 새파래졌다. 이런 중요한 일에 그런 정보가 진나라에 들어가는 것을 막기 위해서 오왕 부차는 급사를 베어 죽였다. 그러나 사자는 계속해서 왔다. 오왕 부차는 초조한 나머지 사자들의 목을 모조리 베어버렸다.

그러는 동안 마침내 성이 불에 타고 있다는 것을 알고 오왕 부차는 초조함을 숨길 수 없게 되었다. 심장이 멎는 기분으로 맹주의 자리를 진정공에게 양도하고 재빨리 회맹을 끝내고 귀국길에 나섰다.

귀국한 오왕 부차는 그를 기다리고 있던 월나라 군사에게 포위되어 움직일 수가 없었다. 어떠한 정예부대라도 먼 길의 강행군으로 지치지 않을 수 없었다. 게다가 성을 비운 사이에 성이 불타버렸다는 것을 알고 병사들은 싸울 힘을 잃었다. 오왕 부차는 마침내 체념하고 태재비를 월나라 군의 본진지로 보내 강화를 요청했다.

태재비는 무거운 발걸음으로 우선 대부종에게 강화의 뜻을 밝혔다. 하룻밤 사이에 입장이 완전히 바뀌었다. 그러나 강화의 사자로서 나타난 태재비를 대부종은 전처럼 동료로서 따뜻하게 아니, 오히려 정중하게 맞았다. 태재비는 사무적으로 강화의 조건을 타진했다.

"너무 심려하지 마시오. 다름 아닌 태재비가 거동을 하셨는데 설마 엄격한 조건을 붙이겠소? 이제까지 베푼 은혜도 있고 이번에는 대등한 입장에서 우호관계를 맺을 것만을 약속해주시면 다른 조건은 없소. 단, 이것은 어디까지나 태재비의 얼굴을 보고 제가 배려한 것이라고 오왕께 전해 주시오."

대부종은 태재비에게 은혜를 강매했다. 태재비는 기뻐하며 월왕 구천에게 알현하고 강화를 조정해 떠났다. 월나라 군사는 금세 포위를 해제했다. 그대로 고소성을 떠나 월나라로 돌아갔다.

오왕 부차는 이미 그물에 걸린 고기였다. 갑자기 도마에 올리지 말고 산 채로 헤엄치게 두자고 범려는 월왕 구천에게 진언하고 강화를 받아들였다. 갑자기 오나라를 멸하면 월나라가 애를 먹을 것은 불 보듯 뻔하다. 월나라에는 아직 그것에 대응할 준비도 정비되어 있지 않았고 여러 부용국을 통제하고 있는 오나라의 영성을 지배할 힘도 아직 비축되어 있지 않았다.

게다가 오나라의 서쪽에 인접하여 부흥하고 있는 초나라라는 대국이 있었다. 그 초나라가 옆에서 오나라에 손을 쓸 위험도 있었다. 거꾸로 추격을 당한 오왕 부차가 초나라로 구원을 요청할 우려도 있었다. 그것을 저지하기 위해서는 아무튼 태재비의 손을 빌릴 필요가 있었다. 묘한 일이지만 태재비는 예나 지금이나 월나라에 있어서는 쓸모 있는 인물이었다.

그래서 오왕 부차에 대한 태재비의 발언력과 영향력을 옹호하고 유지해주지 않으면 안 되었다. 동시에 그의 마음과 이득을 위해 월나라에 묶어둘 필요가 있었다. 대부종이 새삼스럽게 그에게 웃는 얼굴을 보인 것은 그 때문이었다.

그러나 강화에 조건을 붙이지 않았던 것은 그러한 정치적인 고려와는 별개였다. 실은 고소성에서 월나라 군사는 값진 금은보화를 거의 가지고 왔다. 지금 오왕 부차에게 주머니를 털어보라고 해도 어차피 나올 것은 아무것도 없을 것이다.

강화가 성립되자 안심하고 성으로 들어간 오왕 부차는 여기저기에 남아있는 무참히 파괴된 흔적을 바라보고 자기의 눈을 의심했다. 그 있을 수 없는 광경을 보며 오왕 부차는 넋 나간 듯이 서있었다. 그러나 신기하게도 눈물은 나오지 않았다.

곤륜산의 꼭대기에서 거꾸로 지옥의 계곡으로 떨어진 선인(仙人)이 자신은 지금도 선인인가 아니면 도깨비가 된 것인가 하고 열심히 생각했다는 우화 그대로 오왕 부차는 자신의 처지를 이해하기 어려웠던 것이다.

그러나 다행히 고소산 위의 이궁은 아무런 손상도 없이 남아 있었다. 물론 서시도 무사했다. 그 소식을 들은 오왕 부차는 그대로 곧장 이궁으로 수레를 달리게 했다. 서시는 이런 대사건을 모르는 듯 몽유병 환자 같은 오왕 부차를 상냥하게 맞았다.

이것이야말로 현실이다, 라고 생각한 오왕 부차는 악몽을 떨쳐 버렸다. 그리고 마음의 상처를 치유하려고 그대로 이궁에 머물면서 정욕에 탐닉했다. 말할 필요도 없이 이궁이 그대로 남은 것도, 서시가 부드러운 것도 범려가 짜낸 지혜였다.

오왕 부차가 자포자기 상태로 정욕을 탐닉하며 세월을 보내고 있는 동안에 월왕 구천과 범려와 대부종은 눈이 돌아갈 정도로 바쁘게 움직이고 있었다. 지금이야말로 누구에게나 거리낄 것 없이 부국강병에 힘을 기울여야 한다고 생각한 것이다. 동시에 패권을 손에 넣을 날을 준비하며 빈약한 고소를 확장하고 회계산을 감싸는 광대한 도성의 공사도 착수했다. 부국강병의 추진은 서서히 그 성과를 올렸다. 새로운 도성은 3년 만에 완성되었다.

그 다음 해, 월나라는 오나라에 병사를 출병시켰다. 겨우 정신을 찾은 오왕 부차가 어느새 오나라의 부흥에 착수하고 있었기 때문에 그 돌출부를 꺾기 위해서였다.

다음 해에는 오나라의 허점을 틈타 구미를 당기기 시작한 초나라에 출병해서 그 움직임을 저지했다.

그리고 월왕 구천 25년(오왕 부차 23년) 충분히 국력을 쌓은 월나라는 만전을 기해 본격적으로 '회계의 수치'를 설욕하고자 오나라의 숨통을 끊기 위해 병사를 출병시켰다.

지금 국력에 천양지차가 생긴 월나라는 오나라를 어린아이 팔을 비틀 듯이 비틀어 올렸다. 그리고 역사의 드라마는 배우를 바꾸어 반복된다. 21년 전에 회계산의 기슭에서 대부종이 연기한 역할을 이번에는 공손 락이 연기하게 되었다. 공손 락이 역시 흰옷으로 단장하고 등에 큰 도끼를 메고 월왕 구천에게 오왕 부차의 목숨을 구걸했던 것이다.

월왕 구천은 정말이지 관용을 베풀어 오왕 부차의 죽음을 면하게 해주었을 뿐만 아니라 백호의 식읍을 주겠다고 약속했다. 살려두어 '회계의 수치'에 상응하는 수치를 주려는 속셈이 있었던 것은 확실했다.

그러나 범려와 대부종은 여기서 자신들이 일찍이 연기한 것과 같은 드라마를 오왕 부차에게 연기시키려는 월왕 구천의 뜻을 단호하게 반대했다.

“하늘이 하사한 것을 거부하면 재앙을 면치 못한다고 합니다. 21년 전에 하늘은 월나라를 오나라에 주려고 했지만 오나라는 그것을 거부해 오늘날 재앙을 받았습니다. 지금 하늘은 오나라를 월나라에 주려하고 있습니다. 그것을 거부하면 불길합니다. 부차를 살려 두시면 안 됩니다.”

진언하며 공손 락을 쫓아 보냈다. 그리고 오왕 부차의 목숨을 끊으라는 진격의 북소리가 울렸다. 북소리를 듣고 오왕 부차는 하늘을 바라보며 체념하고 마침내 스스로 목숨을 끊었다.

동문에 매달린 오자서의 양쪽 눈이 월나라 군사가 성에 들어가는 것을 본 사실을 오왕 부차는 모른다. 하여튼 오왕 부차는 저 세상에서 오자서를 볼 면목이 없을 거라며 검은 두건을 쓰고 자살했던 것이다.

제37장

도주의돈지부(陶走猗頓之富)

오나라 부차 23년(기원전 473년), 오나라는 나라를 세운 지 114년 만에 오왕 부차의 죽음과 함께 망했다. 춘추전국사를 열국의 흥망사(興亡史)라고 본다면 오나라의 흥망은 단순한 하나의 사례에 불과하다. 그러나 춘추전국이 권력이란 무엇인가를 물으면서 그 정치발전의 흔적을 더듬은 묵시록이라고 하면 혜성같이 나타났다 홀연히 사라진 오나라의 흥망은 역사의 톱니바퀴가 급속히 회전하고 지나간 것처럼 빛과 그림자를 비춰 흥미롭다.

오나라는 그때 '오랑캐'라고 불린 정치적으로 후진 지역에 새롭게 떠오른 나라였다. 그래서 오나라는 당연히 정치적인 오랜 인습이나 전통을 갖고 있지 않았다.

그 가벼움 때문에 역사의 톱니바퀴는 급속히 돌아가고 눈 깜짝할 사이에 괄목할 만한 발전을 이루었다. 동시에 그 얽매이지 않는 홀가분함 때문에 급속한 회전으로 현기증을 일으키고 발전의 방향을 잃어 무참히 전락했다. 결국 전통은 발전을 막는 장애물이 되는가 하면 전락을 막는 중요한 걸림돌도 된다는 것을 실증했던 것이다.

하여튼 오나라의 흥망에는 자못 춘추전국적인 영웅 오자서의 비극적인 생과 사가 얽히고 게다가 춘추전국사를 채색하는 미인 서시의 천만금의 '찡그림(서시의 특유의 찡그린 표정이 아름답다고 함)'이 흔들려 역사의 깊은 수심을 멎게 했다. 아니 그보다도 실은 태재비가 정치발전의 지표를 나타내는 정치사상의 새로운 군신관계의 출현을 고하는 중요한 편지를 남겼다.

태재비는 이제까지 '부패한 관리'의 원조로 밉살맞은 악당으로 알려져 왔다. 그러나 그는 틀림없이 선왕·악왕(善王惡王), 충신·간신의 세속적인 판단을 넘은 큰 발자취를 역사에 남긴 인물이었다. 그는 오나라가 존망의 기로에 선 위기적인 순간에 오왕 부차의 목숨을 구걸하지 않고 우선적으로 그의 지위의 보전을 꾀했다. 즉 그는 예전의 군신관계의 답습을 거부한 것이다.

그 때문에 태재비는 후세에 남길 유명한 말 '교활한 토끼를 죽이면 앞잡이를 잡을 수 있고 적군의 나라가 망하면 모신은 망한다.'라는 말을 만들어 그것을 편지 제일 첫머리에 써서 대부종에게 보냈다.

모신이라는 것은 원래 경대부를 가리킨다. 단 일찍이 경대부는 왕족, 공족, 귀족 즉, 군주의 일족이 차지하고 있었다. 그것이 시대의 진전과 함께 왕족이나 공족 이외의 자도 등용할 수 있게 되자 모신(謀臣)은 '유능한 행정관' 즉, 관료를 의미하게 되었다.

태재비는 우리 모두 인정하는 유능한 행정관이고 아마 가장 전형적인 행정관, 즉 모신(謀臣)이었다. 그는 그 행정기능을 조정에 팔아 녹을 얻는 것을 업으로 하는 기능자였다. 따라서 그는 공손 락이 연기한 듯한 흰 옷으로 단장하고 무릎을 꿇고 왕의 목숨을 구걸하는 것은 자신의 업(業), 즉 역할이 아니라고 생각했다. 그 때문에 그 역할을 거부하고 자신의 업을 보전하는 것에 먼저 급급했던 것이다.

> 교활한 토끼를 다 잡으면 이번에는 그때까지 토끼를 쫓고 있던 개를 죽여 끓는 물에 삶아 먹는다. 강한 적군의 나라가 존재하지 않게 되면 모신(謀臣)은 쓸 데가 없어지고 죽게 될 때까지도 중용되지 않는 것이다. 그래서 부탁이 있다. 일찍이 본인은 월왕의 목숨을 구해 주고 월나라의 멸망을 막아 주었다. 이번에는 귀직(貴職)이 오왕의 죽음과 오나라의 멸망을 구하기 위해 일할 차례이다. 그것이 '우리들' 모신(謀臣)이 살 길이다. 잘 부탁한다.

하고 태재비는 대부종에게 편지를 써서 보냈다. 중요한 것은 모신(謀臣)이 살 길이고 나라와 왕을 구하는 것은 두 번째 길이라는 점이다.

그보다 오나라와 월나라는 다른 나라임에도 불구하고 그는 '우리들'이란 단어를 사용했다. 틀림없이 모신끼리의 국경을 초월한 연대감을 갖고 있었다. 아니 직능자(職能者)의 연대의식의 노골적인 표명이었다. 동시에 모신을 국왕에 대립하는 개념으로서 포착하고 있다. 마침내 국왕이나 조정에 귀속하지 않는 직능집단으로서의 모신의 개념이 사상사에 등장한 것이다.

역사에 직능집단으로서의 관료가 탄생한 것이다. 태재비가 대부종에게 보낸 짧은 편지는 언뜻 보기에 보통 편지와 다를 바 없지만 그 탄생을 역사에 고한 문서였다.

그 편지를 받은 대부종은 그것을 범려와 둘이서 몇 번이나 고개를 끄덕이면서 거듭 읽었다. 그리고 깊이 감동을 받았지만 요구에 응하지 않았다. 관료의 개념은 태어났지만 아직 보편화되지 않았고 집단의 귀속의식은 아직 성숙하지 않았던 것이다.

고소성에 들어간 월왕 구천은 오왕의 궁전에 올라 월나라 군사의 무장들에게 전승 축하를 받고 다시 월나라로 귀순한 오왕 조정신하들의 축하를 받았다. 그 중에 태재비의 모습도 있었다.

월왕 구천은 귀순한 조정신하들을 모두 그대로 현직에 유임시켰다. 그러나 태재비에게는 의향을 물었다.

"자비! 그대는 오왕 부차의 용신이었소. 그대가 옆에 없어서 부차가 쓸쓸해할 것 같지 않소?"

월왕 구천은 먼저 비웃었다. 뜻밖의 구천의 말에 태재비는 불쑥 화가 났다. 그리고 지지 않고 되받았다.

"아니오. 권력과 돈만 있으면 얼마든지 새로운 측근을 임용할 수 있습니다. 이미 많이 갖추어 놓았음에 틀림이 없습니다."

"그런가? 그럼, 그대는 안심하고 전환을 할 수 있다는 건가?"

"기꺼이 하겠다는 것은 아닙니다. 일의 형편에 맡기겠습니다."

"그럼, 새로운 자리는 찾았는가?"

"아니오, 찾지 못했습니다. 어느 분이라도 왕 자리에 앉는 분은 왕이고 임용해 주시는 분도 왕이십니다."

"그것 참, 좋은 생각이오. 하지만 이 고소성을 쌓은 최고의 공로자는 오자서요. 설령 그대를 임용할 마음이 있어도 오자서가 승낙하지 않을 거요."

"아니오, 그렇게 마음 쓰실 것은 없습니다."

"허! 그건 어떤 연유인가?"

"그는 초나라 수도에서 초평왕의 시체를 채찍질했습니다. 그러나 비무극(費無極)의 시체에는 채찍을 들지 않았습니다."

"무슨 의미인고?"

"비무극은 평왕에게 오자서의 아버지와 형에 대한 불리한 진언을 했습니다. 그러나 처형을 명한 것은 평왕이었습니다. 그 때문에 그는 평왕을 채찍질했습니다. 하지만, 비무극의 책임을 추궁하지 않았습니다."

"그 '그 때문'이란 것은 대체 무슨 의미요?"

"신하가 뭐라고 진언하든 최후의 결단을 내리는 것은 군주입니다. 그 때문에 군주가 책임을 지는 것은 말할 나위도 없습니다. 오자서는 그렇게 믿고 평왕을 채찍질하고 비무극을 용서했습니다."

"뭐! 군주가 책임을 진다고?"

"네, 초평왕도 책임을 질 생각은 없었다고 생각합니다. 그러나 오자서는 평왕에게 책임을 물게 했습니다."

"그럴 리가 없소."

"옛날이라면 그랬을 겁니다. 그러나 시대가 변했습니다. 만일 2세기 전이었다면 오자서는 평왕에게는 채찍을 휘두르지 않고 비무극을 채찍으로 때렸을 것입니다. 그리고 1세기 전이었다면 두 사람을 다 채찍으로 때렸을 겁니다. 그리고 시대가 변해 오자서는 평왕만을 채찍으로 휘둘렀습니다."

"함부로 말하지 마시오. 시대는 변하지 않았소. 그 증거를 보여줄까?"

월왕 구천은 정색했다. 태재비가 위험하다고 생각한 범려가 말했다.

"조정의 축하 자리에서 말이 너무 심했소, 자비!"

태재비에게 물러가라고 범려는 신호를 주려고 했다.

"도와주지 않아도 되오. 모신에게는 모신의 긍지와 오기가 있소."

태재비는 범려에게 대답하고 월왕 구천을 향해 바로 앉으며 다시 말을 계속했다.

"시대가 변하지 않은 증거를 보이는 것은 아무도 할 수 없습니다. 왜냐하면 시대는 틀림없이 변했기 때문입니다. 설령 저를 죽여도 그것은 거꾸로 시대착오의 증명이고 결코 시대가 변하지 않았다는 증거는 되지 않습니다."

태재비는 월왕 구천의 시비에 시비조로 되갚았다. 각오를 단단히 한 모양이었다. 월왕 구천이 쩔쩔매며 말꼬리를 잡았다.

"무엇이 모신의 긍지이고 오기이냐? 그것은 단순히 부패한 근성이다. 그 썩은 근성이 오왕 부차를 죽이고 오나라를 망하게 했다."

"아뇨. 저는 오나라와 월나라를 모두 구하려고 했습니다."

"실컷 뇌물을 받고 말인가?"

"아니, 제가 받은 것은 정당한 보수입니다. 그것에 상당하는 것은 반드시 했습니다. 감사를 해야 마땅합니다."

"닥쳐라! 이런 뻔뻔스럽고 부끄러워할 줄도 모르는 놈 같으니라고."

"만일 제가 부끄러움을 모르는 사람이라면 그 사람에게 도움을 구하고 그리고 도와달라고 부탁한 사람이야말로 정말 부끄러움을 모르는 사람입니다."

월왕 구천의 얼굴이 새빨개졌다.

"저 창피도 모르는 놈을 잡아 당장 목을 쳐라."

하고 명령했다. 궁전의 병사가 태재비에게 다가갔다.

"어, 병사! 부끄러움을 모르는 사람을 잡는 게 아닌가? 그럼, 상대를 잘못 짚었소."

태재비는 병사를 조롱했다.

"죽이기 전에 저 닳고 닳은 혀를 빼라."

월왕 구천은 격노해서 참지 못하고 병사에게 명했다.

그러나 처음에 만난 '새로운 시대'의 모신의 기염에 월왕 구천은 속으로 당황했다.

하지만 월왕 구천은 지금 패왕의 나라인 오나라를 합병한 남방의 패자(覇子)였다. 그는 당황함을 숨기고 조정신하들과 연회를 즐기며 군사들에게 음식을 베풀 것을 명했다. 그리고 그대로 고소성에 머물렀다.

그날 밤 연회가 끝난 후에 대부종은 범려의 숙소로 찾아갔다.

"그 태재비라는 사람 말이오. 대단하던데, 다시 봐야겠소."

대부종이 갑자기 입을 열었다.

"그렇소, 하지만 지금 감탄하고만 있을 때가 아니오. 월왕이 창피를 당한 것보다 심하게 우리들이 보복을 당할 것이오."

범려는 심각한 표정을 지었다.

"어떤 의미요?"

"그는 자꾸 시대가 변한 것을 강조하고 새로운 군신관계를 역설했소. 게다가 월왕이 주의 깊게 귀를 기울였다고는 생각되지 않고 새로운 시대에 응하려고 하는 기특한 생각을 했다고도 생각되지 않소. 아니, 아마 거꾸로 모신을 경계하고 믿지 않을 것 같아 우리들의 입장이 어려워지고 위태롭소."

"그것은 지나친 생각이오."

"아니 그렇지 않소. 월왕은 인내심은 강하나 잔인하고 각박한 사람이오. 괴로움을 같이 할 때는 동정심이 있어서 저자세였지만 목적을 이루면 비정하게 냉혹하고 즐거움을 함께 나눌 사람이 아니오."

범려가 설명했다.

"뭐, 그다지 향락을 누릴 생각도 없는데 괜찮지 않겠소?"

대부종이 말했다.

"아니, 그 정도의 소동이 아니오. 우린 지금 이제까지의 공이 말소되고 목숨까지 잃을 위험에 처해 있소."

"설마 목숨까지…."

"그것은 안일한 생각이오. 현실로 우리들은 목숨을 잃게 될 수밖에 없는 일을 했소."

"아니, 나는 그런 일을 한 기억이 없소."

"무슨 말을 하는 거요? 하지 않았다고? 그대는 오왕 부차에게 투항을 설득해서 회계의 수치의 원인을 만들었소. 그리고 나는 더러운 악취를 맡으라고 해서 회계의 수치를 더욱 강하게 만들었소. 두 사람 모두 죽을 일을 했소."

"이상한 말씀을 하시는구려. 그것은 그를 위해 한 일이고 그로 말미암아 지금 패왕(覇王)의 자리에 앉게 되지 않았는가?"

"맞소. 하지만 유감스럽게도 그렇지 않소. 월왕은 일단 성공하면 그때 무리하게 그 같은 굴욕적인 짓을 하지 않았어도 결국은 성공할 수 있었다고 생각하고 성공의 계기를 굴욕의 원인으로 슬쩍 바꿔칠 사람이오. 하나 또 있소. 그는 오왕 부차를 살려두어 실컷 못살게 굴 생각이었소. 그것에 반대해서 부차를 자살시킨 것은 다름 아닌 우리들이오. 즉 우리들은 그의 장난감으로 취급받은 것이오. 그래도 목숨이 위태롭지 않다고 생각하오. 게다가 아까 자비의 설교로 그는 무척이나 화가 나 있소. 무사히 끝난다는 보증은 하나도 없소."

"그럼, 어떻게 하면 좋소?"

"나는 월왕을 버리고 월나라에서 떠나겠소. 그대와 동행하고 싶지만 아무래도 어려울 것 같소. 천천히 잘 생각해 보기 바라오."

범려가 심각한 얼굴로 이야기를 했다.

다음 날 고소 궁정에서 이전의 오나라 신하를 포함해 처음으로 조정회의가 열렸다. 그 석상에서 범려가 재상직의 사임을 표했다.

"왕에게 회계의 수치를 면치 못하게 했던 신은 죽어 마땅하옵니다. 그 동안 죽지 않았던 것은 설욕을 하기 위해서였습니다. 겨우 그것을 완수했기 때문에 신은 이제 사직을 하여 죽음을 대신하려고 합니다."

도망갈 준비를 위해 월왕 구천의 경계심을 풀자고 범려는 생각했던 것이다.

"갑자기 무슨 말을 하는 거요? 그 마음에 상을 내려야겠소. 사직이라니 당치 않소."

월왕 구천은 범려가 상을 받기 위해 하는 연극일 거라고 가볍게 흘려버렸다.

그날이 저물었다. 범려는 혼자서 가만히 고소성을 빠져나와 월나라로 돌아갔다. 그리고 가족과 재산을 배에 싣고 제나라로 건너갔다.

그런데 범려라고 하면 일찍이 전국의 구석구석까지 그 이름이 알려진 중국의 충신이었다.

그러나 중국에서는 『치부기서(致富奇書)』를 남긴 4천 년사를 장식하는 대부호로서 그 이름이 나 있다. 책을 펼치면 '도주의돈지부(陶走猗頓之富)'라는 말이 나오는데 썩을 정도의 재산을 가진 굉장한 부자라는 의미다. 그 도주(陶走)라는 것이 다름 아닌 범려였다.

그런데 제나라에 건너간 범려는 본명을 숨기고 치이자피(鴟夷子皮)라고 이름을 바꿨다. 해안에 연못을 파 물고기를 양식하고, 땅을 일구어 작물을 심고, 가축을 기르고 순식간에 막대한 부를 축적했다. 그러나 이름을 바꾼 보람도 없이 범려는 혈통이 들통 나서 제나라의 재상으로 요청을 받았다.

그것도 말로만 요청을 받은 게 아니라 갑자기 상인(재상의 관인)을 건네받았다. 곤란한 입장에 처한 범려는 환금할 수 없는 재산을 근처의 거래처나 사용인에게 나누어 주고 상인(相印)을 제나라 조정으로 돌려보냈다. 그리고 제나라에서 모습을 감추고 다시 이름을 바꾸어 조나라에 도착하여 도(陶: 산동성 정도현)에 자리를 잡았다.

도는 천하의 중심에 위치하는 교통 요충지로 교역의 중심지였다. 도에 정주한 범려는 다시 농목업을 경영하면서 계절상품을 매점해서 값이 오르기를 기다렸다가 파는 투기에도 손을 댔다.

그는 금세 천하에 대부호로 이름을 떨치고 세상 사람들에게 '도주공(陶走公)'이라는 존칭을 받았다. 그러나 도주공이 그 이름을 떨치고 나아가 역사에 이름을 남긴 것은 그 놀랄 만한 부축척의 재능만은 아니었다. 그는 돈을 쓰는 데도 달인이었다. 그것을 전하는 일화가 있다.

어느 날 도주공의 차남이 초나라에서 살인죄로 수감되었다. 그냥 놔두면 참형을 면할 길이 없었다. 그래서 도주공은 황금 천돈을 항아리에 밀봉해서 수레에 싣고 삼남(막내)에게 차남을 구하러 초나라로 가라고 명령했다.

그러나 그것을 안 장남과 그 모친이 장남에게 임무를 맡기지 않은 것에 대해 항의했다. 장남은 이토록 신용 받지 못한다면 자살하겠다고 소동을 피기 시작했다. 그것을 또 부인이 열심히 부추겼다.

무시하면 장남은 진짜로 자살할지도 모르고 부인은 미칠지도 모른다고 생각한 도주공은 곰곰이 생각한 끝에 하는 수 없이 장남으로 하여금 초나라로 향하게 했다.

초나라에는 도주공의 친구인 장생(莊生)이라는 사람이 있었다. 도주공은 그 장생에게 서찰을 쓰고, 그것을 장남에게 부탁했다.

"첫 인사를 마치면 아무 말 없이 이 서찰을 건네주어라. 쓸데없는 말은 한 마디라도 해서는 안 되느니라. 그리고 지시대로 움직여라. 절대로 참견을 하거나 멋대로 행동을 해서는 안 되느니라."

다짐을 하며 장남을 보냈다.

초나라에 도착한 장남은 장생의 집을 찾는 데 너무 고생을 했고 겨우 찾기는 했지만 너무 실망했다. 상당히 초라한 집이었고 장생 또한 볼품없는 노인이었다. 장남은 사람을 잘못 찾은 것이 아닌가 하고 걱정했지만 그렇지 않은 것을 확인하고 서찰을 건넸다.

"알았소. 수레를 뒤 창고에 넣고 즉시 도로 떠나시오. 집에서 잠시 기다리면 즉시 동생이 돌아올 거요."

서찰을 다 읽은 장생이 말했다. 그러나 장남은 걱정이 되었다. 다행히 주머니에 백 냥 정도가 있었다. 그래서 그는 돌아가지 않고 초나라에 남아 역사(驛舍)에 투숙하며 고관과 접촉할 연줄을 찾았다. 그리고 다행히 어떤 고관을 소개받아 백 냥의 뇌물을 주고 동생의 석방을 부탁했다.

과연 효과가 있어서 그 다음 다음날 밤에 즉시 고관으로부터 연락이 왔다.

"수일중에 대석방이 있소. 그때 동생이 석방될 터이니 기다리시오."

라는 기쁜 소식이었다.

다음 날 아침. 날이 밝자마자 장남은 장생을 찾아갔다.

"대석방이 있다고 들어서 돌아가지 않고 기다리고 있었습니다."

장남은 싱글벙글 웃으며 말했다.

"그것 참 잘됐구려. 그렇다면 수레를 도로 가지고 가시오. 그리고 아버님께 전하시오."

무표정한 태도로 말했지만 장생은 거품을 물었다. 장남은 그것을 알아차리지 못한 채 항아리가 개봉되지 않은 것만을 확인하고 창고에서 수레를 꺼냈다. 그리고 역사로 돌아와 아우의 석방을 기다렸다.

다음 날 근심 걱정이 사라진 장남은 낮잠을 자다가 점심 전에 일어났다. 날씨는 맑아 시장에 사람들이 모여들고 있었다. 시장에서 처형이 행해진다는 것을 듣고 장남은 구경삼아 시장으로 나갔다.

그런데 가서 보니 목이 베어진 것은 그의 아우였다. 장남은 너무나 어이가 없어 구슬프게 울었다. 장남은 동생의 시체를 부둥켜안고 미친 듯이 울어댔다.

실은 대석방을 초왕에게 진언한 것은 장생이었다. 장생은 소위 도자(道者)로 집도 옷차림도 초라하지만 초왕으로부터 두터운 신뢰를 받고 있었다. 그는 장남이 어느 고관에게 뇌물을 주었다는 것을 알고 얼굴이 창백해졌다. 그리고 다음날 아침 다시 초왕을 알현했다.

"동쪽 하늘에 나타난 흉성(凶星)이 이동했기 때문에 이제 대석방할 필요가 없어졌습니다. 그보다 어쩐 일인지 대석방을 한다는 소문이 떠돌고 있습니다. 게다가 대석방은 도주공의 차남을 석방하기 위한 것이라고 들었습니다. 즉각 그 차남을 처벌하시면 정치에 해가 없을 줄 압니다."

장생이 진언했다. 도주공의 장남과 차남에게 문제가 있었던 것은 아니었다. 자신의 신용과 입장을 지킬 필요가 임박했음을 깨달았던 것이다. 장남은 울며불며 동생의 시체를 거두어 도로 돌아갔다. 차남의 시체를 보자 어머니가 울부짖었다. 장남은 땅에 엎드려 아버지께 용서를 빌었다. 그러나 도주공은 의외로 냉정했다.

"새삼스럽게 울어도 용서를 빌어도 소용없는 짓이다. 단 이제 두 번 다시 자살한다고 아버지를 협박하지 마라. 네가 범한 과오로 장생이 동생을 죽이게 한 것은 아니다. 장남과 차남 누구를 죽이는가 하는 선택이 아버지에게 다가왔던 것이다."

도주공은 장남을 위로했다.

"너는 아버지가 돈을 벌기 위해 고생하는 것을 보면서 자랐기 때문에 돈을 후하게 막 뿌리지 못한다. 그러나 네 동생은 대부호의 저택에서 태어나 돈방석에서 자랐다. 그 때문에 돈을 뿌리는 기량이 몸에 배었다. 돈을 뿌리는 것은 낭비하는 것과는 별개의 것이다. 돈에는 사물을 해결하는 힘이 있다. 그러나 후하게 뿌리지 않으면 그 힘에 기세가 붙지 않게 마련이다. 이번 경우 후하게 돈을 뿌리지 않으면 동생을 구할 수 없다는 것을 처음부터 알고 있었다. 절대로 대부호라고 하는 자는 작은 상인처럼 뇌물 등을 주는 수단으로 사물을 해결하려고 하지 않는다. 정치나 사회에는 계략이 있고 돈에는 그 계략을 조작하는 힘이 있다. 그 계략을 조작해서 사물을 해결하는 것이 대부호의 수단이다. 돈을 계산해 사용하기나 조건을 붙여 다른 사람을 움직이려고 하지 않는다. 예를 들면 장생은 그 금 항아리를 열었어도 결코 국왕이나 고관에게는 한 푼도 쓰지 않았을 것이다. 그 대신에 그것을 빈민구제를 위해 썼을 게 분명하다. 그것이 그가 국왕을 움직이는 힘의 원천이다. 돈은 모름지기 그처럼 써야 하는 것이다. 이번 기회를 통하여 돈의 위력과 쓰는 법을 명심해 두는 게 좋다. 재상이든 아니 국왕일지라도 실제로 지배할 수 있는 것은 고작해야 한 국가다. 그러나 돈은 천하를 움직일 수가 있다. 그 때문에 이 애비는 월나라의 재상을 버리고, 제나라의 재상 자리도 거절하고 장사꾼이 되었다. 단순히 월왕 구천에게 죽음을 당할까 두려워서 회계에서 도망친 게 아니다."

하고 도주공 아니 범려는 말했다.

한편 오나라를 합병해서 회계로 돌아온 월왕 구천은 일찍이 오나라가 이웃 여러 나라에서 침략한 땅을 후하게 각각 주인에게 돌려주고 인기를 얻었다. 그러나 조정신하들의 논공행상은 적당히 얼버무려 끝내고, 최고의 공로자인 대부종에게는 말 한 마디 없었다. 대부종은 범려의 예언을 생각하고 담담해졌다. 그때 제나라에 도착한 범려로부터 편지가 도착했다.

> 날아가는 새가 없어지자 좋은 활을 숨기고 교활한 토끼가 죽자 충성심 깊은 개가 쓸모가 없어졌다.

라는 단 두 마디의 편지였다. 대부종은 드디어 도망을 결의했으나 이미 때는 늦었다.

병이 났다고 속여서 출조하지 않고 준비를 하고 있을 때 불시에 월왕 구천(勾踐)이 나타난 것이었다.

"지난 날 그대는 과인에게 칠술(七術)이라는 것을 가르친 바 있었소. 과인은 그 중 3술만을 사용하여 오나라를 멸망시켰으니 아직 4술이 남아 있소. 그 4술을 가지고 저승에서 선군들을 가르쳐주오."

오나라에서 가지고 온 보검 촉루(屬鏤)를 두고 떠나갔다. 집은 병사들에 의해 포위되어 있었다. 대부종은 문득 오자서와 같은 마음이 된

착각에 빠졌고, 그가 사용한 것과 같은 촉루로 자결했다.

다음 해, 월왕 구천(勾踐)은 중원의 나라 제후들과 회맹하여 주나라 조정에 공물을 헌납하고 그리하여 중원에서는 오랫동안 거들떠보지도 않았던 패왕의 칭호를 받았다. 그리고 명실 공히 패왕이 되었다. 드디어 춘추 최후의 패왕이 출현했던 것이다. 그리고 그 다음 해 도성을 낭야(琅琊: 산동성 제성현)로 옮겼다.

그리고 큰 파란 없는 3년이 지났다. 그리고 월왕 구천 33년에 구천은 8년 동안 패왕으로 남방에 군림한 끝에 세상을 떠났다.

만약 춘추를 '패망의 시대'라고 부른다면 이해에 춘추시대는 막을 내린 셈이다.

그리고 이제 전국시대가 시작되는데, 월나라는 구천 6대인 월왕 무강(無疆)의 대인 건국 165년으로 초나라에 의해 멸망했다. 초나라 위왕(威王) 7년(기원전 333년)의 일이었다.

오나라에 비해 50년 쯤 더 연명한 것은 오나라 멸망의 교훈 때문이었을지도 모른다. 그러나 역시 중원의 노대국(老大國)에서 강인함을 배울 수는 없었다.

그런데 초나라와 오나라, 그리고 오나라와 월나라가 남방지역에서 사투를 벌이고 있을 무렵, 중원에서는 어떤 변화가 일어나고 있었을까? 이제 이야기를 잠시 중단했던 중원으로 되돌리기로 하겠다.

제38장

민심이 바로 법이 아니랴

시대를 거슬러 올라가 그 '양침(羊斟)의 원한'을 삼으로써 어이없이 정나라 군대의 포로가 되는 춘사(椿事)를 만든 송나라 원수 화원(華元)은 마부의 심리는 잘못 짚었지만 시대감각이 뛰어난 인물이었다. 게다가 국경을 넘나들면서 진(晋)나라와 초나라 양국을 통하고 있다.

화원이 송나라 공공(宋共公) 10년(기원전 579년)에 진(晋)나라와 초나라의 회맹을 중개했다. 남방권인 오나라에서는 오나라 왕 수몽(壽夢) 7년이었고 초나라에서 진나라로 망명한 굴무(屈巫)와 굴용(屈庸) 부자가 변신하여 병거전의 전법을 가르치기 위해 오나라를 찾아간 지 5년 후의 일이었다.

화원이 중개하여 송나라의 도성인 상구(商丘) 서문에서 열린 진나라, 초나라 회맹이 역사에 제2차 '미병(彌兵)의회'라고 불렸다. 이때 사상 최초의 '불가침협정'이 체결되었던 것이다.

패왕의 시대에는 질서를 정하고 그것을 유지하는 것을 주된 목적으로 하여 회맹이 열리곤 했다. 그리고 계속하여 패권 없는 패자(최강국)의 시대에는 각각 구체적인 국제분쟁을 처리하기 위하여 회맹을 개최하고 있었다. 그때에 처음 중원의 패자와 남방의 패왕이 대등한 입장에서 상호불가침을 맹세하는 회맹이 열렸던 것이다. 서로 출구가 보이지 않는 전란의 틈바구니에서 문득 생각했다는 분위기였던 것이다.

그리고 그것이 인연이 되어 33년 후에는 진나라와 초나라가 공동으로 상호불가침에서 이념을 평화협정으로 넓혀서 제2차 '미병의회'를 여러 국가에게 권하였다. 그 뜻에 따라 제(齊)·노(魯)·위(衛)·조(曺)·송(宋)·정(鄭)·채(蔡)·허(許)·진(陳)나라 및 거기에다 서쪽에 자리한 진(秦)나라까지 참가하여 송도에 모여서 역사적인 대회맹을 개최했다. 또한 제3차 '미병의회'가 그로부터 5년 후에 장소를 정나라 괵성(虢城)으로 옮겨서 열렸는데, 그 가운데 진(秦)나라만 참석하지 않았다.

그런데 실은 그 제3차 '미병의회'를 풍자하는 사건이 화평을 논하는 회맹장소에서 일어났다. 회맹 도중에 노나라가 거(莒)나라로 출병했는데, 노나라의 침략을 거나라가 회맹장에 호소해왔던 것이다. 그러나 회맹한 각 나라들은 어찌할 바를 몰라 모르는 체 했던 것이다.

분명히 생각해보면 상호침략에 세월이 가고 힘의 논리가 버젓이 통하고 있던 전란의 세상이었다. 침략행위에 정의(定義)는 없었으며 '돌로 때리는' 자도 없었거니와 재관을 하는 기준이 있을 리도 없었다. 뿐만 아니라 침략을 죄악시하는 것은 말하자면 자기의 존재를 스스로 부정하는 일이었다. 자기 얼굴을 자기 손으로 치는 것과 같았던 것이다.

그러나 현실로 미병의회는 열리고 그리고 주요 국가들이 참석했다. 마침내 제후들 마음 한구석에 상호불가침의 소망이 싹튼 것이었다. 제3차 미병의회가 열린 것은 기원전 541년의 일이니 이미 춘추전국시대는 그때로부터 230년이 지나고 있었다. 상호불가침의 소망이 싹튼 것은 이윽고 현상을 고정하고, 현상유지를 향한 시대로 전진하는 중기(中期)적인 전망이 거기까지 이르는 길은 아직 멀다고 할지라도 어렴풋이나마 열렸기 때문이었다.

사실 그것을 목표로 삼듯이 아니 그것에 대비하여 국제분쟁은 여전히 계속되면서도 국내 권력투쟁의 도표는 변하여 권력구조도 미묘한 변화를 계속해 왔다. 그중에서도 정나라와 노나라 그리고 진(晋)나라에는 이미 현저한 변혁이 나타나고 있었고, 제나라에서는 큰 변혁의 징조를 알리는 명동(鳴動)이 울리고 있었다.

노나라에서는 일찍이 노양공(魯襄公) 11년(기원전 562년)에 국가 권력이 3환(三桓), 즉 계손씨(季孫氏), 맹손씨(孟孫氏), 숙손씨(叔孫氏)의 삼경으로 삼분되어 조정은 그것을 통제하는 힘을 잃고 있었다. 국가 3군(三軍)을 삼경이 각각 일군씩 사유화해버린 결과였다.

똑같이 진(晋)나라에서도 진소공(晋昭公) 6년(기원전 526년)에는 조정 권력이 범씨(范氏), 중행씨(中行氏), 지씨(知氏), 조씨(趙氏), 위씨(魏氏), 한씨(韓氏)의 이른바 6경에게 6분되는 형세로 나타나고 있었다. 그리고 그해에 새롭게 3군이 증설되어 6군이 되고 6경이 각각 한 군씩의 실권을 장악했다. 그리고 제나라에서는 패왕 환공(桓公)시대에 진(陳)나라에서 제나라로 망명해온 전씨(田氏: 陳氏에서 개명)가 제나라 경공(齊景公) 9년(기원전 539년)에는 제나라 공실(齊公室: 美氏)에서 모조리 권력을 빼앗을 준비를 하여 때가 오기만을 기다리고 있었다. 즉 조정의 권력투쟁을 이용하여 교묘한 조작을 하고 있었던 것이다.

그들 세 나라가 모두 일과성(一過性)의 '권력투쟁'에서 그것을 분배하고, 또는 빼앗는 쪽으로 권력투쟁의 도표를 바꾸었다. 권력에 접근하는 것에서, 권력을 끌어당겨서 그것을 사유화시키는 방향으로 발상을 전환시켰던 것이다. 조정에서 권력을 빌리는 것이 아니라 자기 권력을 확보하는 쪽으로 움직이기 시작했다.

그런데 정나라의 변혁은 다른 나라에 비해 다소 특이했다. 정나라의 경우는 무엇보다 먼저 그 전통적인 두 갈래 외교의 후유증을 극복하지 않으면 안 되었다. 진(晋)나라와 초나라라는 두 강대국을 잡는다는 것은 반대로 말하면 항상 두 강대국의 압박을 면할 수 없다는 뜻이 된다. 그렇게 되어 정나라 조정의 권력투쟁은 은미(隱微)의 절정이었다. 그리고 마침내 음이 지나쳐 양이 되었다.

은미한 권력투쟁에 제동을 걸려고 법치를 전면에 내밀었던 것이다. 그로 인해 조정 깊숙이 숨겨져 있던 정치를 '개방'시켰던 것이다.

그리고 법치를 현양하기 위하여 정나라는 정나라 간공(鄭簡公) 30년(기원전 536년)에 이른바 법정(法鼎)을 만들었다. 법정이란 법률의 조문을 새긴 금속판을 말한다.

법정은 사상 처음으로 법률이 문항으로 공개된 것이다. 또한 23년 후에는 진(晋)나라에서 같은 형정(刑鼎)이 세상에 나왔다. 그리고 그 12년 후 역시 정나라에서 계속하여 죽형(竹刑)이 만들어지고 형법이 완전하게 공개되었다.

사상 최초로 법을 공개하는 매체가 된 『법정』을 낳게 한 것은 정나라 재상 자산(子産)이었다. 4천 년 역사에 정자산(鄭子産)이라고 알려진 몇 현인 가운데 한 사람이었다. 오자서가 초나라 태자 건(建)과 아직 6세였던 공손 승을 데리고 정나라로 도망갔던 직후에 세상을 떠난 그 노재상이었다.

정자산이 임종할 때 재상직의 후계자인 그 강욕한 태숙(太叔: 游吉)에게 유언했다.

"재상 자리에 앉게 되면 법을 분명히 그리고 형을 엄하게 하여 사람을 다스리시오. 불은 그 형상이 엄하면 화상을 입을 자가 많지 않고 또한 사람이 물에 많이 빠지는 것은 그 물의 형상이 무르기 때문이오. 그대는 반드시 그 법을 엄하게 다스려 형을 당하는 자를 없애야 하느니라."

법이 애매하면 다스려지지 않을 것이고, 형이 가벼우면 오히려 사형자의 수를 늘리게 된다고 충고했던 것이다.

정자산이 후계자에게 그런 유언을 남겼던 것은 자기의 정치적인 신념을 전하려고 한 것이 아니고 두 갈래 외교의 후유증을 걱정해서였다.

진·초 두 나라로부터 늘 외교적인 압박을 받으며 끊임없는 외국 세력의 관여와 간섭으로 말미암아 정나라 국왕의 권위는 땅에 떨어지고 공권은 위축되어 있었다. 조정신하들은 눈을 국내보다 국외로 돌려 이른바 부용근성(付庸根性: 식민지 근성)을 여지없이 드러내고, 법령은 지켜지지 않아 정치는 퇴폐의 절정이었다. 그 화살은 완전한 부용국으로 화하지 않으면 망국에 이르렀던 것이다.

그 위기적인 상황에서 정나라를 구출해낸 것은 정자산이었다.

그가 재상으로 취임한 것은 정간공 12년(기원전 554년)이었다.

자산이 재상에 취임할 때에 정간공이 말했다.

"나라가 작아서 진·초 두 나라 틈에 끼어서 행동이 자유롭지가 않도다. 게다가 성곽은 무너지고 군대는 갖추어지지 않고, 백성은 영(令)을 가벼이 여기고 게으름을 피우니 이래서야 나라가 지탱될 수도 없으니 어떻게든 이 곤경에서 헤어나는 길은 없겠는가?"

"외교가 곤란함은 내정을 제대로 잘 다스리면 서설도 극복할 수 있사오니 심려 마십시오. 내정이 문란함은 법을 분명히 하고 영을 엄하게 다스린다면 반드시 바로 잡힐 것입니다."

자산은 자신 있게 대답했다. 그리고 치세에 힘을 쏟기를 5년, 도적은 그 자취를 감추고, 길에 떨어진 물건을 줍는 사람도 없어지고, 길가에 가득 열려 있는 대추와 복숭아 등 과일에도 손을 대는 사람이 없어졌다. 심지어 3년 계속된 흉작에도 백성은 굶주리지 않아서 정나라를 간섭하는 나라가 없고 또한 깔보는 나라도 없게 되었다.

그리고 자산은 재상 자리에 32년이나 머물다가 정나라 정공(鄭定公) 8년(기원전 522년)에 세상을 떠났다. 그러나 정나라 부흥에 성공은 했으나 그 자신은 정나라가 두 갈래 외교의 후유증을 완전히 극복했다고는 생각하지 않았으며, 오히려 잘못하면 예전과 같이 되어버린다고 걱정하여 태숙(太叔)에게 유언을 남겼다.

그것보다도 그는 모처럼 올린 성과를 지속시키려고 법정을 만들게 했다. 실은 법정이야말로 그가 정나라 백성에게 남긴 유언이었던 것이다. 그런데 그것이 뜻밖에도 춘추전국을 상징하는 역사적인 기념비가 되었다.

그러나 역사에서 참신한 시도가 늘 그러하듯이 역사적인 기념비가 동시대인에게도 똑같이 축복이었던 것은 아니었다. 그 법정이 공개되자마자 진(晋)나라 대부 숙향(叔向)으로부터 즉시 견책하는 글이 자산에게로 보내졌다.

> 민법이 있음을 알면 기탄없도다. 이제 권귀(權貴: 조정, 관서, 관리)를 두려워하지 아니하며 기탄없이 경합하며 싸울 것이도다. 더욱 법을 공개하면 그 형은 임의로 해석하여 그 역할을 다하지 못하도다. 그리고 백성들이 한 번 다투며 싸우는 마음을 일으키면 이제 예의는 찾을 수도 없으며 법을 방패로 이기적인 행동을 하도다.

그래서 법은 공개하지 말아야 하며, 법정은 질서를 어지럽히고 권귀(權貴)의 권위를 손상시킨다고 숙향은 말했던 것이다. 그리고 백성이 경합하며 싸운다고 한 것은 단순히 백성끼리 다투는 것이 아니라 관리까지 상대로 하여 법을 방패삼아 덤벼든다는 뜻이다.

그러나 이에 대하여 정자산은 매우 간단하게 대답했다.

> 지적된 그대로로다. 그러나 그것은 권귀를 위하는 것이 아니고 또한 백성만을 위한 것도 아니며 현세상을 위해 만들게 했도다.

자산은 자기 포부를 말했다. 현세상이란 말할 나위도 없는 이 시대라는 말이다.

그런데 신기하게도 그 법정의 뒤를 이어 23년 후에는 진(晋)나라에서 법정과 똑같은 『형정(刑鼎)』이 출현했다. 진나라 6경중의 한 명인 범선자(范宣子)가 제정한 법률 조문이 역시 청동판에 새겨져서 공개되었던 것이다. 그것을 만들었던 것은 역시 6경 중 하나인 조간자(趙簡資: 황지회맹에서 실컷 오나라 왕 부차(夫差)를 혼내주고 끝내 맹주의 자리를 진나라 정공(定公)에게 양보하게 한 조앙)와 순인(荀寅: 중행(中行氏))이었다.

그리고 진나라 형정에 이번에는 노나라 태생인 공구(孔丘: 孔子)가 맹렬히 들고 일어났다. 공구가 퍼부었던 비난은 숙향의 견책과 같은 내용이었다.

> 진(晋)나라는 오래지 않아 멸망할 것이다. 형정을 존중하여 권귀를 돌아보지 않기 때문이로다. 법을 공개하면 권귀는 그 의거를 잃어 귀천의 질서가 무너지리라. 무엇으로 나라를 지탱하겠는가.

하고 후대에 '공자님'이라 불린, 이때 38세였던 공구는 분개했다.

'역시 백성은 의지하게 할 것이며 알게 해서는 안 된다.'

이 말 대로였다. 그가 후일에 이 명문장을 제자들에게 가르쳤던 『논어』는 모두가 아는 바이다. 그것이 그가 젊을 때부터 지녀온 굳은 정치 신념이었던 것이다.

그리고 이때 공구는 고향 노나라를 떠나 제나라에서 취직운동을 하고 있었다. 그러던 중에 그 형정이 세상에 나왔던 것이다. 그래서 그는 교묘하게 형정비판을 취직운동의 일환으로 사용했다. 공구는 송나라의 개조 미자개(微子開: 상(商)나라 조정을 멸망시킨 최후의 왕 주왕(紂王)의 서형(庶兄))의 핏줄인 공부가(孔父嘉: 그 미인 아내를 둔 것이 원인이 되어 태재 화독(太宰華督)에게 살해당한 송나라의 대사마(大司馬))의 7대손이었다.

그는 노양공(魯襄公) 22년(기원전 551년) 노나라 도성 곡부(曲阜)에서 태어났다. 선조는 송나라 공족으로, 공부가가 죽고 난 후에는 그 자식 이 화씨(華氏)의 박해를 두려워한 나머지 노나라로 귀화하여 노나라 백성이 되었다.

'될성부른 나무는 떡잎부터 알아본다.'라고 하던가. 공구는 어려서부터 제기(祭器)를 꺼내와 제사놀이를 하고 의용을 갖추고는 의식(儀式)놀이를 하면서 놀곤 했다. 그리고 성장해서는 인물이 준수하고 위풍이 당당하여 무서운 것이 없고 두려운 사람도 없는 청년이 되었다.

그의 아버지는 그가 태어난 지 얼마 뒤에 세상을 떠났고, 어머니는 아버지의 외도로 만난 여자였으므로 공구는 가난하고 신분도 미천했다. 그럼에도 불구하고 그는 15, 6세라는 젊은 나이에 노나라의 상경 계손씨(季孫氏)가 주최한 문사초대회에 당당하게 참석했다. 그것도 어머니가 죽은 직후여서 허리에 배띠를 두르고 있었다.

그 배띠가 원인이 되어 계손씨의 가신 양호(陽虎) 즉, 후에 노나라 조정을 흔들어 대소동을 일으킨 인물에게 문전박대를 당했으나 좌우간 젊어서부터 대단한 자신감이었다.

하기야 공구는 문무양도에 매우 뛰어난 인물이었다. 그 중에서도 예(禮)에 대한 조예는 타의 추종을 불허할 만큼 깊었다. 17세 때에는 노나라 하경 맹손씨의 젊은 당주 의자(懿子)와 그 아우 남궁경숙(南宮敬叔)에게 청탁을 받고 예(禮)를 강의했다.

성년이 되자 상경 계손씨 목축관리의 사직(司職)이 되었다. 6축(畜: 牛·馬·羊·鷄·犬·豚)은 유달리 살이 찌고, 또한 번식도 잘 되어 그 수가 급증하자 공으로 위리(委吏: 창고 관리관)에 발탁되었다. 저울과 계산에 빈틈이 없고, 출고 입고가 정확했고 숫자를 틀린 적이 단 한 번도 없었다. 또 다시 그 공으로 사공(司空: 토목 조영관)으로 승진하여 큰 업적을 올렸다.

그해 공구에게 예를 배운 맹손씨의 남궁경숙이 공구를 국비로 낙양으로 유학 보낼 것을 노나라 소공에게 진언했다. 낙양의 주(周)나라 조정은 몰락하면서도 역시 예의 본가였다. 유학이 허락된 공구는 수레 한 대와 말 두 마리 그리고 하인 하나를 하사받고 즉시 낙양으로 향했다.

낙양에 가서 공구는 침식도 잊은 채 주례(周禮) 공부에 몰두했다. 그리고 후에 그가 논어에서 고백한 바와 같이 밤이 되면 가끔 주나라 공단(周公旦)을 꿈에 보았다. 낮에는 자료를 모아 글을 읽었고, 밤에는 꿈속에서 본존(本尊: 周公旦)에게서 가르침을 받았으므로 그 정진과 진보는 상상하고도 남음이 있다.

공구는 3년간의 유학생활을 마치고 낙양을 떠났다. 주나라 조정의 자료실장을 보고 있던 이이(李耳: 老子)가 공구에게 작별인사를 고했다.

"부유한 자는 사람에게 재물을 선물로 보내고, 어진 자는 사람에게 말을 보낸다. 부유하지 아니하면서 부자행세를 할 수가 없다. 그러나 지(智)는 없어도 어진 자(仁者)로 속일 수는 있다. 그래서 어진 자임을 우쭐대고 그대에게 말을 주고자 함이다. 그대가 말하는 자(文王, 武王, 周公旦)는 이미 이 세상 사람이 아니며 뼈까지 썩었다. 남아있는 것은 그 단편적인 말뿐이다. 그래서 그 가르침을 재현하는 방도는 없다. 그보다도 군사는 때가 오면 관직을 맡아서 수레를 타는 것도 좋다. 때가 오지 않으면 쑥처럼 헝클어진 머리로 몸치장을 하지 않고 숨을 몰아쉬어 호언장담을 하는 것보다 숨을 죽이고 입을 닫고 조용히 사는 것도 좋지 않겠는가? 뛰어난 장사꾼이 물건을 깊이 감추고 창고를 빈 것처럼 보이는 것과 같이 성덕의 군자는 하찮은 용모를 하는 법이다. 그러므로 굳이 말하노니 그대의 교만과 욕심을 버릴지어다. 보라는 듯이 교만한 자태와 번들거리는 야망은 신상에 이로움이 없음을 명심할지니라."

이이가 말을 하면서 공구를 성문까지 배웅했다. 훗날 공구는 이이를 회고하며 탄식했다.

"새는 자유롭게 하늘을 날고, 산짐승은 자유자재로 산과 들을 뛰어다니며, 물고기는 마음대로 물에서 놀지만 모두 화살과 망, 그리고 낚싯바늘에 의해 잡힌다. 그러나 노자는 용이다. 어느 누구도 무엇을 가지고도 잡을 수가 없다."

하고 공구는 제자들에게 들려주었다.

유학을 마치고 곡부에 돌아온 공구는 6예숙(禮塾)을 열었다. 거기에서 그는 예(禮)·악(樂)·사(射)·어(御: 御車)·서(書)·수(數)의 6예를 가르쳤다. 그는 탁월한 만능교사였다. 그리고 만능제자를 키우려고 했다. 6예에 통달함은 관도에 오르는 자의 필수조건이었다.

6예숙은 말하자면 관료예비자의 양성소였다. 중국에서는 전통적으로 관리와 정치가의 구별이 없었다. 따라서 공구가 시작한 6예숙은 매우 번창했으며 더불어 공구의 실력과 인기가 대단했다. 그리고 정치계에서 인재의 수요가 급속히 높아지고 있었다. 관리지망자에 대한 매체시장의 막이 오르려 하고 있었다. 나이가 든 사람까지도 6예숙에 몰려왔다. 또한 중원의 여러 국가에서도 많은 사람들이 공구의 제자가 되고자 6예숙으로 모여들었다.

노소공 20년, 공구는 30세가 되었다. 스스로 말하길, '입지'의 나이가 되었던 것이다. 이것을 축하라도 하듯 제나라에서 국왕 경공과 재상 안영(晏嬰)이 곡부 도성에 모습을 나타냈다.

공구는 즉각 제경공을 알현했다.

"지난 날 서역에서 오랑캐와 다를 바 없던 낙후국인 진(秦)나라가 목공(穆公) 시대에 이르러 별안간 서역의 패주가 되었다. 그 이유는 무엇이뇨?"

경공이 물었다. 일종의 인재등용 면접시험과 같은 것이었다.

"그것은 진나라는 작으나 그 품은 뜻이 크며 게다가 목공이 사회적인 지위가 없었던 오고(五羖)대부 백리해(百里奚)*를 등용하여 중용했고, 마침내 국정을 맡겼기 때문입니다."

---

* 편집자 주: 1편에서는 백리혜와 백리해로 혼용표기 하였으나, 2편에서는 백리해로 통일함.

공구는 대답했다. 이 말 뒤에는 나를 등용하면 백리해가 진나라를 강대하게 만들었던 것처럼, 제나라를 훌륭한 나라로 만들어 보이겠다는 자신감과 자천(自薦)의 뜻이 담겨져 있었다.

"옳거니!"

하고 제경공은 껄껄 웃으면서 끄덕였다. 그러나 재상 안영은 못들은 체 하고 아무런 반응도 표정도 짓지 않았다.

노소공 25년, 노나라는 대가뭄이 닥쳤다. 그러나 대가뭄에는 아랑곳없이 계손씨 의여(意如)는 대부 후소백(郈昭伯)과 닭싸움을 벌이다가 언쟁이 붙어 끝내는 격투까지 벌이게 되었다. 의여가 작은 칼을 닭 날개에 붙였는데 소백이 그것을 닭다리에 붙인 것이 언쟁의 발단이었다.

그 싸움에 휘말려 노소공이 병사를 출병시켰다. 그러나 순식간에 화해하여 연합한 삼환(三桓) 연합군에게 공격당해서 제나라로 도주했다.

그 때문에 제나라와 노나라(三桓) 사이에 전단이 열렸다. 제나라는 노소공을 위해 노나라 운성(鄆城)을 포위하여 다음 해 봄, 그곳을 침공하고 소공을 운성에 보냈다. 그러나 다시 삼환에게 습격당하는 것을 염려한 겁쟁이 노소공은 애써 제나라가 함락시킨 성을 스스로 포기하고 제나라로 도주해 돌아왔다. 춘추전국에서만 볼 수 있는 일화이다. 그보다 권력을 신하에게 분단당한 국왕의 슬픔을 이야기하는 비극이었던 것이다. 또한 왕권이 왕으로부터 경대부에게 이전하는 과정을 증언하는 역사드라마였다. 상하 귀천의 질서와 윤리를 존중하는 공구에게는 너무나 한탄스러운 일이며, 가만히 보고 있을 수 없는 광경이었다.

공구는 환멸을 느끼고 마침내 노나라를 떠났다. 그리고 노소공이 망명한 제나라로 향했다. 그는 이미 제경공과는 안면이 있었다. 뿐만 아니라 진나라 목공이 백리해를 등용하여 패왕이 되었던 이야기를 했을 때 제경공은 깊이 수긍했던 것이다. 그 껄껄 웃던 얼굴을 공구는 계속 잊지 않고 기억하고 있었다.

공구는 줄곧 자기가 제나라의 '백리해'가 될 것을 꿈꾸고 있었다. 아니 그렇게 될 것을 믿고 있었다.

그러나 제나라에 들어간 공구는 제경공을 알현할 기회를 얻지 못했다. 할 수 없이 제나라 대부 고소자(高昭子)에게 몸을 의탁하고 가신이 되어 경공에게 천거되는 날만을 기다렸다.

그 취직운동을 하고 있었을 때에 마침 그 형정이 진나라에서 공개되었던 것이다. 공구는 지체 없이 그 견식을 피력하여 형정을 비판했다. 그 견식에 감동받은 고소자가 공구를 제경공에게 천거했다.

"군군, 신신, 부부, 자자(君君·臣臣·父父·子子)."

하고 경공을 알현한 공구는 제일 먼저 치세의 기본을 설파했다.

군주는 군주답게, 신하는 신하답게, 아비는 아비다워야 하며, 자식은 자식다워야 한다. 그리고 각각 그 분수와 의리를 지키라는 뜻이다. 공구가 공들여 닦아온 정치 강령의 '요점'이었다.

"음, 군주는 군주답지 않고(君不君), 신하는 신하답지 않으며(臣不臣), 아비는 아비답지 못하며(父不父), 자식은 자식답지 못하다(子父子). 그 때문에 나라가 어지러워진다는 말이렷다?"

경공은 감동하여 채용을 내정하고, 준비금대신 니계전(尼鷄田)을 공구의 식읍으로 봉하려 하자 안영이 반대했다.

"유자(儒者)들은 응변요설로 멋대로 논리를 늘어놓고는 법을 따르지 않고 오만하여 허세를 부리며, 뻔뻔하고 교활해서 다루기가 힘들고, 상(喪)을 숭배하여 비애를 강요하며 장(葬)을 중요하게 여겨 출산하지 않음을 마다하지도 않습니다. 모두가 치세를 위함이 아니고 따라 하기에는 어려운 일들뿐입니다. 그리고 그들은 여러 나라들을 유세하며 관직을 구하지만 실은 치세의 참된 술책을 알지 못합니다. 이미 대성(大聖: 문왕·무왕)은 이 세상에는 없으며, 주나라 조정은 몰락하여 예악(禮樂)을 시행하지 않은 지 오래되었는데, 이제 와서 옛 유물을 끄집어내서 어찌하라는 겁니까?"

"공구는 겉치장을 화려하게 하여 계단을 오르내릴 때에도 복잡한 예법을 만들어 접대와 행사의 예절을 고리타분하게 늘어놓는데 그런 것들은 쓸 데가 없다기보다는 '누세불능탄기학(累世不能殫其學)', 즉 몇 대를 걸치고도 그것을 다 배우지 못하는 일들입니다. 결코 그와 같은 어리석은 풍속을 제나라는 받아들여서는 안 됩니다."

공구의 희망을 짓밟았다.

미소 짓고 있던 경공이 불시에 얼굴이 굳어졌다.

"유감이지만 제나라에서는 계손씨가 그대를 대한 것만큼 대우할 수가 없소."

경공은 공구를 '이계맹지간대지(以季孟之間待之)', 즉 계손씨와 맹손자가 공구를 처우한 것과는 달리 '거리'를 두고 대우하기로 했다. 물론 대우를 더 낮추었던 것이다. 그러나 그것도 못마땅해서 공구를 시샘하여 제나라에서 쫓아버리려고 하는 조신이 있었다.

그것을 공구는 제경공에게 일러바쳤다.

"과인은 이제 늙었도다. 어떻게 할 도리가 없구나."

경공이 받아들이지 않았으므로 공구는 홀연히 제나라를 떠났다.

그런데 안영은 참으로 기탄없이 유자를 비판하여 용서 없이 공구를 배척했던 것이다. 그래서 그는 후대에 유학도로부터 원수 취급을 받았다. 그러나 넓은 의미에서는 유가에 속하는 태사공 사마천(司馬遷)만은 달랐다.

"만약 안영이 지금 이 세상에 있다면 나는 기꺼이 그가 타는 수레의 마부 노릇을 하고 싶다."

사마천은 『사기』의 '안자열전'의 끝맺음에서 이렇게 말하고 있다. 『사기』에 수록되어 있는 많은 열전 중에서 사마천은 최고의 찬사를 안영에게 보냈던 것이다. 그 정도로 안영은 위대한 역사적 인물이었다.

제39장

인모난측(人謀難測)

기세등등하게 제나라로 들어가서 안영에게 한 대 얻어맞은 격으로 취직운동에 실패한 공구는 낙심하기는 했으나 그렇다고 의기소침한 것은 아니었다. 안영이 반대를 하지 않았다면 틀림없이 경공은 그를 채용했을 것이다. 최소한 경공은 그에게 식읍을 주겠다고 했다. 그것은 틀림없이 채용을 내정하는 의사표시였던 것이다.

끝내 목적을 달성시키지는 못했지만 완전히 실패한 것은 아니었다. 적어도 제나라 경공은 그를 인정했던 것이다. 그리고 공구는 현명하게도 모처럼 좋은 기회를 놓치게 한 안영을 원망하기보다 그가 반대한 이유를 되새겨 보았다.

> 시대는 잠시도 쉬지 않고 변하고 있다. 옛날 좋았던 시대는 지나갔다. 새로운 시대에는 새로운 대응이 필요한 것이다. 옛 유물인 예(禮)를 들추어도 아무 소용이 없다

하며 안영은 반대했다.

"그러나…."

하고 생각하면서 공구는 문득 낙양 유학중에 노자가 가르쳐준 말을 생각했다.

동자필반(動者必反: 움직인 것은 그 형체를 바꾸지만 반드시 원래대로 되돌아간다.) 생성발전의 이치는 그 한마디로 끝난다.

라고 노자는 말했다.

"그렇다!"

동란의 세상이 시작된 지 벌써 오래 지났다. 이제 안정된, 평화롭고 유덕한 세상(文王, 武王의 시대)으로 돌아올 때가 된 것이다. 아니 반드시 돌아올 거라는 생각이 들자 갑자기 자신감이 생겼다. 그리고 그날이 눈앞에 다가오고 있다고 생각하자 가슴이 설렜다.

그리하여 노나라로 돌아온 공구는 새롭게 취직운동을 하지 않고 그날을 대비하여 6예숙을 확장시켰다. 그리고 오로지 제자육성에 몰두했다.

그날을 대비한다고 하는 것은 가만히 시간의 흐름을 기다리고 있는 것이 아니었다. 그보다 공구는 역시 제나라에서 체험한 좌절에서 중대한 교훈을 배웠다. 자존심이 유달리 강한 공구는 자기가 나서서 구직하는 것보다 그 백리해가 진나라 목공에게 발탁된 것처럼 역시 청원을 받고 그 자리에 앉아야 된다고 생각했다.

그러나 그렇게 되기 위해서는 우선 천하에 그 명성을 떨치지 않으면 안 된다. 그러나 이 야박한 세상에 도대체 남의 명성을 높이려고 하는 사람이 있을 리가 없다.

"그렇다면…."

공구는 생각했다. 말할 필요도 없지만 매스컴이 없었던 시대의 일이었다. 그러나 사람들 입을 조직화할 수는 있었다. 실은 공구가 그 6예숙을 확장하여 제자육성에 전념한 그 이면에는 그런 의도도 숨겨져 있었던 것이다. 스승과 제자는 그냥 의(義)로써 맺어진 사제 관계로만 끝나는 것이 아니다. 일가친척도 아니고 다 같이 취직을 목표로 하는 사람끼리라면 틀림없는 일종의 '이익공동체'라 할 수 있는 것이다. 그보다 함께 난세를 헤쳐 나가기에는 유효하고도 강력한 것이 당(黨)이었다. 그리고 관도(官途) 외에는 취직자리가 없던 시대였고, 또한 전통적으로 정계, 관계(官係)의 구별이 없이 양자를 합쳐서 관장(官場)이라 칭했던 중국에서는 관당(官黨)이라고 칭해졌다. 지금으로 말한다면 정당과 같은 것이다.

즉, 6예숙의 확장 강화는 그것을 정당화(政黨化)하는 의도가 포함되어 있었다. 후에 지성선사(至聖先師)라는 영예를 얻은 공구에게는 동시에 '정당창설'의 선구자라고 불릴 만한 충분한 자격이 있었다. 또한 훗날 중국 왕조의 국교(國教)가 된 유교는 춘추전국시대에는 사상적으로나 실제적으로 정치면에 별다른 영향을 끼치지 않았다. 그러나 제자백가 중에서 유교가 은연중에 세력을 과시하고 영향력이 있었던 것은 한 마디로 6예숙을 바탕으로 한 그 당파적인 단결력 때문이었다.

사상적으로는 유가의 친척뻘 되는 묵가(墨家)가 유가와 쌍벽을 이루어 춘추전국에 그 세력을 과시한 것도 똑같이 '당(黨)'을 수립했기 때문이었다. 유가와 묵가 외에 도당을 이룬 제자백가는 없었다. 도당을 이루는 것은 전통적인 중국사회에서의 '사는 지혜'였는데 그런 의미에서도 공구는 선각적인 지혜자였다.

공구가 제나라에서 노나라로 귀국한 지 3년이 흘렀다. 노나라 소공은 이미 망명처인 제나라에서 세상을 떠났다. 그 아우 공자 송이 곡부 도성에서 즉위하여 노정공(魯定公)이라 칭했다. 그 노나라 정공 원년에 공구는 42세였다. 그 자신이 말하는 '불혹의 나이'를 지난 공구는 흔들림이 없이 6예숙의 경영에 한 층 힘을 쏟았다. 그래서 6예숙은 점점 발전하여 어느덧 숙의 문을 두드린 자가 천 명이 넘었다.

6예학원은 더욱 발전을 거듭하였고, 노나라에도 큰 풍파 없이 4년이 지났다.

그리고 노정공 5년(기원전 505년)에 그 평온하던 노나라에 양호(陽虎)가 파란을 일으켰다. 양호라 하면, 상중(喪中)에 배 허리띠를 두르고 계손(季孫)씨가 주최한 문사(文士)초대회에 참석하려고 했던 계손씨의 사인이다.

계손씨는 닭싸움을 좋아하는 평자(平子)가 죽자 아들 환자(桓子)에게 대를 잇게 했다. 그 계손환자가 중량회(仲梁懷)를 총애하고, 양호를 소홀히 대한 데서 문제가 일어났다.

양호가 중량회를 쫓아내려고 획책한 것을 알고 계손환자가 양호를 더욱 힐문했는데, 양호가 들고 일어났기 때문에 계손환자는 오히려 궁지에 몰렸다. 그리고 계손씨의 실권을 양호에게 맡긴다고 서약하고 겨우 석방되었다.

그러나 사실상 실권을 양호에게 빼앗겼으면서도 계손환자는 여전히 노정공을 안중에 두지 않고 조정에서 계속 지휘권을 잡았다. 당연히 양호는 조정의 실권까지 장악했다. '개가 방안에서 뛰어다니면 닭은 복도에서 춤을 추듯이' 신하가 군주를 능가하면 사인이 주인을 좌지우지하는 것은 필연적인 귀결이었다.

이리하여 가신(家臣)이 조정을 지배한다는 전무후무한 이상(異常)

체제가 출현하기에 이르렀다. 이상이란 단순히 눈에 익지 않은 것이고, 시비선악과는 관계가 없다. 그래서 후대 유학자들이 그것을 보고 '하극상'이라고 개탄한 것은 잘못이다. 그것은 정치질서를 모색하고 있던 춘추전국의 사람들 앞에 나타난 하나의 '현실'이며 있을 수 있는 하나의 '정치질서'에 지나지 않는다.

그 증거로 제나라는 기탄없이 양호를 도왔으며, 공구도 자진하여 도우려 했다. 노정공 7년 제나라는 지난날에 노나라 소공을 옮기기 위해 공략했던 운성을 또다시 공략하여 그것을 양호에게 제공했다. 양호는 마침내 성을 얻고 더욱 더 그 세력을 확대시켜 나갔다. 그리고 다음 해인 노정공 8년, 역시 계손씨의 가신이었던 공산불유(公山不狃)가 양호와 손을 잡았다. 그리고 삼환의 적자를 모두 폐적하고 양호와 공산불유의 영향권 아래에 있는 서자를 각각 삼환의 후계자로 내세우려고 기도했다. 그러기 위하여 공산불유는 먼저 계손환자를 붙잡아서 감금했다. 그러나 계손환자는 교묘하게 공산불유를 속이고 도주함으로써 계획은 좌절되었으나 공산불유는 공손씨의 거성 '비(費)'를 탈취하고 성주 자리에 앉아서 비읍을 지배했다.

그리고 공구를 비읍의 재상으로 등용하고자 6예학원에 사자를 보냈다. 공구는 오랜 세월 자기의 정치이상을 실현시킬 기회를 기다리고 있었다. 즉, 사관할 길이 열리지 않아서 초조하던 차에 공구는 드디어 기회가 왔다고 기뻐했다. 이미 49세, 그 자신의 말을 빌리면 이제 '천명을 아는 나이'였다.

"지난날 주나라의 문왕, 무왕은 풍호(豊鎬)라고 하는 소읍에서 입신하여 동주(東周)를 세웠고 천하의 왕이 되었다. 참으로 비(費)는 작다. 그러나 큰 뜻을 펼 수가 있지 않는가!"

하고 받아들일 마음이 생겨서 준비를 서둘렀다. 곁에서 제자 자로(子路)가 난처한 표정을 지었다.

"공산불유는 말하자면 반역도입니다. 생각을 바꾸십시오."

하고 반대했다.

"어쨌거나 그는 현재 비읍을 지배하고 있다. 게다가 멋대로 나를 불러내는 것은 아닐 것이니라. 나에게 일을 맡겨준다면 반드시 비읍을 제2의 동주로 만들어 보이겠다."

공구는 기쁨을 감추지 못했다. 그의 마음은 벌써 비읍으로 날아가고 있었다.

"모처럼 쌓아올린 명성과 학문에 오명이 생깁니다. 제발 단념해 주십시오."

자로는 필사적으로 반대했다. 할 수 없이 공구는 생각을 바꿔 비읍의 재상이 되는 것을 단념했다. 그 해가 다 지나갈 무렵 공산불유와 양호는 일시에 삼환을 말살하려고 병사를 양분하여 공격을 감행했다. 그러나 싸움에 패하여 공산불유는 자취를 감추었고, 양호는 도주하여 양관(陽關: 신산동성 영양현)에서 항쟁했다.

다음 해인 정공 9년에 삼환은 양관을 공격하여 양관을 무너뜨렸는데, 양호는 제나라로 도피하였다가 다시 진(晋)나라로 망명했다.

양관을 공략한 직후에 노정공은 삼환의 뜻에 따라 공구를 중도(中都: 산동성 문상현)의 재상으로 등용했다. 공구를 그대로 내버려두면 다시 반역도에게 이용당할 것이라고 염려했기 때문이었다. 공산불유에게 부름을 받은 일이 효과를 보게 된 것이었다.

중도의 재상으로 취임한 공구는 과연 자부했던 만큼 순식간에 뛰어난 업적을 올렸다. 공구가 등용된 지 1년이 지나자 중도는 주변 여러

읍으로부터 '정치는 중도에서 배워라'하며 모범으로 삼을 정도가 되었다. 그 업적에 의해 공구는 얼마 후 조정 예상(禮相)으로 승진되었다.

노정공 10년 정공과 제나라 경공이 협곡(夾谷)에서 회맹하게 되었는데, 공구는 예상으로 취임한 직후였으므로 수행을 명령받았다.

우호를 확인하는 회맹이었으므로 당연히 병거와 무기는 지참하지 않는다. 그러나 공구는 굳이 좌우 사마에게 무기를 가지고 동행시킬 것을 정공에게 진언했다. 안전 확보를 위해 조심한다는 것이 그 이유였다. 그러나 실은 다른 속셈이 있었다.

공구는 몇 십 년 만에 제나라 재상 안영과 대면하는 것이었다. 노나라의 예상이 된 자신의 그 성공한 모습을 보여주고, 그 옛날 자기의 취직을 방해한 안영에게 과시하려고 생각했던 것이다. 그러나 안영 역시 만만치가 않았다. 언쟁이 일어날지도 모르는 일이다. 그것을 대비하여 공구는 사마의 동행을 진언했던 것이다. 드디어 협곡에서 회맹이 시작되었다. 형식에 맞추어 회맹 단상에서 제경공과 노정공은 인사를 마치고 헌수(獻酬)의 예를 올린 후 준비된 여흥의 가무가 시작되었다. 그런데 연주된 음악을 듣고 공구는 안색이 변했다.

종종걸음으로 매우 급히 단상에 올라갔다.

"중원 제후가 회맹하는 자리에서 오랑캐의 가무라니 어찌된 일입니까! 무례는 용서받지 못할 것입니다. 그 흉측한 가무를 데리고 온 자를 즉각 처벌함이 마땅합니다."

공구는 사색이 되어 항의했다. 제경공은 순간 창백한 얼굴로 변했다. 그러나 음악과 가무는 그대로 계속되었다. 공구는 북소리에 맞추어 검과 창으로 춤을 추는 예인들을 노려보면서 눈썹을 추켜세우고 다시 항의했다.

그 때 갑자기 제경공이 왼손을 들어 가무를 중지시켰다. 그리고 즉시 노정공에게 무례를 사과했다. 그리고 공구가 말한 대로 책임자를 벌했다. 모처럼 우호를 확인하는 회맹의 분위기가 서먹서먹해졌다.

그러나 회맹은 무사히 끝났다. 그리고 실은 이 회맹에서 공구는 뜻하지 않게 공명을 세웠다. 그는 정공의 목숨을 구했던 것이다.

실은 가무를 추었던 예인들이 춤을 추던 칼과 창으로 노나라 정공을 죽이려는 '암살계획'이 있었다. 그래서 공구가 사색이 되어 항의했을 때 제경공의 얼굴이 창백해졌던 것이다. 다시 말해 암살계획이 탄로 났다고 생각했던 것이다. 시원스럽게 입안자를 범한 것은 그 책임을 전가시켰던 것이다. 물론 노정공이나 공구도 그런 사실을 알 리가 없었다. 즉 공구는 정공의 생명을 구한 대공을 놓친 셈이었다. 그 대신 면목은 크게 세웠다. 그러나 귀국 길에 오른 공구의 얼굴에는 희색이 없었다. 그렇게도 자기의 입신을 과시하려고 벼르던 상대인 안영이 노쇠하여 병석에 누워 나오지 않았기 때문이었다. 세상일이란 하여튼 뜻대로 되지 않는 법이며, 자기가 무슨 짓을 했는지도 모르는 법이다.

협곡에서 제나라·노나라 회맹이 있은 지 얼마 후 안영은 세상을 떠났다. 그의 생년을 알 수 없으므로 연령 또한 분명치가 않다. 그러나 제경공 밑에서 재상을 지냈던 그는 선대의 장공(莊公)과 그 선대의 영공(靈公)까지도 섬겼으니 적어도 60년은 관직에 있었던 것이다.

정변이 끊이지 않은 제나라 조정에서 안영이 기록적인 정치생명의 장수를 유지할 수 있었던 것은 참으로 기적적인 일이지만 우연은 아니었다. 즉, 안영에게는 실각하지 않고, 살해당하지 않은 이유가 있었다. 그는 여러 번 실각과 암살의 위기에 처한 적이 있었다. 그리고 군주와 정적(政敵)이 현실적으로 칼자루에 손을 댔던 절명의 위기에 적어도 네 번은 직면했었다.

그 최초는 제나라 영공 27년(기원전 555년)에 진(晋)나라가 송·위·노·조·정나라 등 연합군을 이끌고 제나라를 침입했을 때였다.

제나라로 침입한 연합군과 맞서 싸우던 제나라 군대는 평음(平陰: 산동선 평음현)과 시읍(邿邑: 산동성 비성현)을 함락 당하자 당황하여 도성 임치로 도피하려고 했다.

보기에 연합군은 오합지졸이고 싸울 뜻도 없었다. 열심히 싸우면 격퇴시킬 수 있다고 안영은 주장하여 필승의 대책을 제영공에게 진언했다. 그러나 겁을 집어먹은 영공은 받아들이지 않고 무조건 도성으로 도피하자고 우겼다.

안영은 양보하지 않고 강력히 제지하다가 실수로 영공의 소매를 잡아 찢어버렸다.

"무엄한 놈!"

하고 영공은 칼자루를 잡았다.

"군주께서 이리도 겁이 많으심은 당치 않습니다."

젊은 안영은 불쑥 말이 튀어 나왔다. 겁이 많다는 소리를 듣고 영공이 칼집을 던졌다.

"신을 베는 용기로 적과 싸우십시오."

안영이 말했다. 문득 그런 말을 듣자 영공의 노기는 사라졌다. 그리고

"그대를 죽일 용기가 없으니 성으로 들어가는 것을 말리지 말지어다."

영공은 말을 남기고 성으로 도피했다.

두 번째는 제나라 장공이 최저(崔杼)에게 살해당했을 때였다. 장공은 호색가여서 대부 최저의 아내와 밀통을 거듭하고 있었다. 그 사실을 알게 된 최저가 함정을 파놓고 장공을 그의 집으로 유인해 부하에게 장공을 살해하게 했다. 그 소식을 듣고 안영이 최저 집으로 달려갔다. 그리고 억지로 대문을 열게 하여 안으로 들어갔다.

집에 들어간 안영은 장공의 유체를 끌어안고 대성통곡했다. 그때 그의 등으로 최저의 부하가 활시위를 당겼다.

"죽이지 말라. 신망이 두터운 인물이니라. 살려두면 백성들이 소동을 일으켰을 때 진압하는 데 도움이 되느니라."

최저가 부하를 가로막았다. 대문이 약간 열려 있어 안영이 밖으로 나갔다. 대문 밖에 있던 장공의 무관장이 안영에게 물었다.

"군주를 살해한 반역도를 이대로 방치해도 되는 겁니까?"

"군주가 종묘사직을 위해서 목숨을 버리셨다면 함께 죽지만 사적인 일로 낙명한 군주를 섬길 필요는 없소."

안영은 대답하고 떠나갔다. 무관장은 신하들을 이끌고 안영 뒤를 따랐다.

세 번째는 그 며칠 후의 일이었다. 장공을 죽인 최저는 경봉(慶封)과 모의하여 장공의 이복동생인 경공을 추대했다. 그러나 최저와 경봉 두 사람은 신하들의 반란을 두려워한 나머지 최저와 경봉을 따르지 않는 자는 죽인다는 서약을 강요했다.

"군(君)에게 충성, 사직에 이로운 자라면 누구든 따르겠다."

고 하며 안영은 단호히 사약을 거부했다. 경봉이 본보기로 죽이려고 칼자루를 잡았다.

"그만두게!"

역시 최저가 제지했다.

그런데 이 사건에는 엉뚱한 것이 덧붙여 있다. 제나라 조정의 사관인 태사(太史)가 사책(史冊: 竹簡)에 '최저 장공을 시해'라고 기재했다.

"장공에게 손을 댄 것은 내가 아니다."

최저는 죽간을 파기하여 고쳐 쓰기를 요구했다. 그러나 태사는 이에 굴하지 않고 다시 똑같은 내용을 썼다. 이에 최저는 노하여 태사를 죽였다. 태사는 세습직이었다. 그 아우가 나와서 역시 똑같이 썼다가 최저에게 죽임을 당했다. 그 동생이 나타나서 또 같은 내용을 썼다. 최저는 등골이 오싹해짐을 느꼈지만 결국 '최저 장공을 시해하다'라는 기록이 제나라 사책에 남게 되었다.

안영의 네 번째 위기는 제경공 32년(기원전 516년)에 있었다. 이 해 제나라는 대가뭄을 만나 영공에 흉성이 나타났다. 파랗게 질린 경공이 궁전 뜰에 제단을 쌓게 하여 주술사에게 기도를 명했다. 신하들에게는 목욕재계를 명하여 기도의 과정을 지켜보게 했다.

"흉성이 사라지지 않으면 천재지변이 일어난다. 이 아름답고 당당한 제나라가 망한단 말인가."

경공이 탄식하면서 눈물을 마구 흘렸다. 그 모습을 보고 모든 조정 신하들이 훌쩍거리기 시작했다. 그 침통한 분위기를 깨버리려는 듯 안영이 느닷없이 깔깔대고 웃기 시작했다.

"무엇이 그리도 우습소?"

경공이 언짢은 얼굴로 안영을 나무랐다.

"울기 전에 모두가 정무를 열심히 볼 걸 그랬소. 이 자리를 잘 그려내면 굉장한 그림이 될 것이라고 생각하니 갑자기 웃음이 나와서…."

노재상 안영이 대답했다.

"신하들은 모두 심각하게 걱정하고 있소. 흉성이 사라지지 않으면 정말 나라가 망할지도 모르겠소."

"아닙니다. 사라지든 사라지지 않던 간에 제나라는 결코 멸망하지 않습니다. 단 전(田)씨 일족의 손에 넘어갈 것입니다. 공권력을 행사하여 사덕(私德)을 백성에게 베풀고 있어 지금 제나라 백성은 전씨가 있음은 알고 있으되 군주가 계심은 알지 못하나이다. 이제 곧 제나라는 전(田)씨의 천하가 됩니다."

안영은 옆에 있는 대부 전걸(田乞)을 일부러 쳐다보면서 말했다. 전걸은 떨떠름한 표정을 노골적으로 드러내고 있었다. 모든 신하들은 쥐 죽은 듯이 있었다.

"이 자리에 어울리지도 않는 말은 삼가시오."

경공이 나무랐다. 그러나 이번에는 안영이 경공에게 화살을 돌렸다.

"흉성은 멋대로 나타났으니 언젠가는 사라질 것입니다. 주술사가 아무리 진지하게 열심히 기도를 한들 흉성이 사라지지는 않습니다. 왜냐하면 주술사의 입은 물론 능변이겠지만 오로지 한 개의 입으로 열심히 사기(邪氣)를 떨치는 기도를 해도 천, 만을 넘는 백성들의 원성을 어떻게 막을 수가 있단 말입니까. 가뭄이 닥쳤는데 조정은 백성을 위해 무엇을 했습니까? 여전히 놀기 위한 연못을 파고, 정자를 짓고, 부역을 경감해 주려고도 하지 않고 아무런 구제도 하지 않았습니다. 항간에는 '굶어죽기 전에 전씨 저택으로 달려갈 정도의 힘은 남겨 두어라, 그러면 구제될 것이다'라고 하는 풍문이 유행어처럼 퍼지고 있습니다. 조정에 대한 백성들의 원성이 이러한데 주술사가 아무리 감언이설을 늘어놓아도 신들은 속지 않습니다."

안영은 날카롭게 비판했다.

이와 같이 경공과 모든 신하들을 신랄하게 비판했는데도 안영은 네 번째의 위기를 넘겼다.

아무리 3대에 걸쳐 섬겼던 원로라 해도 그와 같은 방약무도한 태도가 무사할 리가 없었다. 더구나 야망이 폭로된 전씨 일족이 그를 그냥 살려 둘 수 없게 되었음은 당연한 이치였다. 하지만 그는 무사했다.

이야기는 처음으로 되돌아가기로 한다. 역시 안영이 기록적인 정치 생명을 유지한 것은 그 나름대로의 이유가 있었다. 먼저 안영은 그 사람 앞에서는 신랄하게 비판해도 결코 남의 흉을 뒤에서 본 적이 없었다. 당당하게 대면하여 말을 한다는 철칙을 스스로 지키고 있었다. 그 때문에 그는 결코 특정한 개인과 가깝게 지내지 않았으며, 국왕과도 개인적으로 술을 마시거나 한담을 나눈 적이 없다.

그리고 정무에 정성을 쏟고, 정무 이외의 장소에서 권력을 남용한 일은 한 번도 없었다. 구체적으로 권력을 표징 하는 것은 돈과 여자 그리고 집과 옷차림이다. 그는 시장 옆에 있는 황폐한 집에서 늙은 아내와 단둘이서 빈곤하게 살고 있었다.

여기에서 전형적인 모신(謀臣)인 오나라의 태재비(太宰嚭)가 말한 것이 생각난다. 아무래도 춘추시대의 세상은 어차피 뇌물을 받아들일 것을 염두에 두어 모신의 대우는 그다지 좋지 않았던 것 같다. 그래서 안영은 재상이었으면서도 더욱 가난하게 살았던 것 같다. 이런 연유로 서민과 함께 항간에 살고 있었으므로 백성들은 그를 존경했고, 그의 인기는 날로 높아졌다. 그리고 사실 그것이야말로 그의 절대적인 정치자본이었던 것이다.

게다가 그는 원견명찰(遠見明察)로 식견이 높고 유능했으며, 근면

하고 그리고 보는 안목이 날카로웠고 무엇보다도 사심이 없었다. 즉 그는 참으로 쓸모 있고, 주위에 위험을 끼치지 않는 인물이었다.

면전에서 약점과 잘못한데 대한 힐책일지라도 지적받는 것은 불쾌한 일이었다. 그 대신 억울한 누명을 썼다거나 곤경에 빠졌을 때에는 서슴지 않고 변론과 변호를 아끼지 않았다. 그래서 원성보다도 칭송이 자자했다. 이와 같이 해(害)보다 이(利)가 더 많은 사람이어서 죽이는 것 보다 살려두는 게 낫다고 생각했던 것이다.

그 60년이 넘는 긴 정치생명은 그 때문에 유지할 수 있었던 것이다. 그것은 음모가 소용돌이치며 전쟁이 끊이지 않는 난세를 사는 참다운 지혜였던 것이다.

그렇다고는 해도 안영이 특히 그 후반기의 안전보장이 되었던 것은 뭐니 해도 역시 백성들의 지지였다. 성 안에서 성주(군주)의 비호하에 살아가는 백성들도 때에 따라서는 권력에 거역하여 집단으로 소요를 일으키는 때가 있었다. 다시 말해서 춘추전국의 세상도 마침내 민중의 지지를 염두에 두지 않으면 정치는 성립할 수 없는 시대로 접어들고 있었던 것이다.

덧붙여서 말하면, 그 법정(法鼎)과 형정(刑鼎)은 이런 시대의 흐름에서 산출되었던 것들이었다. 그리고 안영이 공구를 경멸한 것은 그 정치 강령 '예'가 진부하다기 보다도 '법은 백성에게 알리지 말아야 한다'는 사고 아래 형정(刑鼎)의 공개를 비판했던 공구의 시대감각이 둔했던 점이었던 것이다.

제40장

모란을 심었는데 가시나무가 되다

간신히 '관운'이 열리고 관성(官星)이 그 빛을 발하기 시작한 공구는 순조롭게 승진했다. 협곡회맹이 있었던 이듬해, 즉 노나라 정공 11년에는 조정 사공(司空)으로, 다음 해에는 사구(司寇)로 취임했다.

그래서 공구는 드디어 자기의 정치강령을 실행에 옮겼다. 예에 의하면, 제후인 경대부는 무기를 사장(私藏)해서는 안 되며 백치의 성을 쌓아서는 안 된다고 정해져 있었다.

백치의 성이란, 성벽 높이가 세 길이며 주위 한 면의 길이가 삼백 길인 큰 성을 말한다. 그런데 삼환의 거성, 즉 계손씨의 비성, 숙손씨의 후성, 맹손씨의 성성은 모두 그 기준을 넘고 있었다. 다시 말해서 예에 어긋났던 것이다. 그래서 세 성 모두 성벽을 허물어야 한다고 공구는 노나라 정공에게 진언했다. 그것을 받아들인 정공은 즉시 삼환들에게 그 거성을 허물라고 명했다. 그에 앞서 공구는 노련하게 제자 자로를 계손씨의 비읍 재상으로 천거하여 그 거성에 보내 놓았던 것이다.

삼환이란 그 이름 그대로 정공으로부터 9대 전인 노나라 환공(桓公)의 자식으로 태어난 삼형제이다. 그러나 삼환이라고 한 마디로 불렸지만, 계손씨는 그 수령격이었다. 그래서 조정의 명령을 행하기 위해서는 우선 계손씨를 굴복시키지 않으면 안 되었다. 그것을 위해 공구는 자로를 먼저 비성으로 보냈던 것이었다. 여러 생각 끝에 내린 결단이었다.

자로의 본명은 중유(仲由)라 하며, 문보다는 무에 뛰어나 6예학원에서 두드러진 용감한 제자였다. 그가 공문(孔門)에 들어오고 나서 공구를 흉보는 자가 사라져 버렸다고 전해졌을 정도였으니 그 완력은 대단한 것이었다. 사실 제후들 사이에서 뿐만 아니라 멀리 남방에 있는 초나라에 까지 그 용맹을 떨쳤던 공문의 수제자였다.

이제 성벽을 허물라는 명을 받은 계손씨는 그때 비로소 자로를 성에 맞아들인 것을 후회했다. 그리고 자로의 눈치를 살피면서 명령에 따를 것인가 아닌가를 망설이고 있을 때 뜻하지 않은 은인이 나타났다.

4년 전에 양호와 손을 잡고 난을 일으켰다가 자취를 감추었던 공산불유(公山不狃)가 자기 무리들과 함께 돌연히 비성으로 돌아온 것이다. 그리고 장공보죄(將功補罪)를 하고 싶다고 하면서 공손씨의 묵인하에 병사를 소집하여 인솔하고 도성 곡부를 공격하기 시작했다.

그러나 공구가 열성으로 조정신하들을 달래고 6예학원의 제자들을 동원하여 필사적으로 응전했다. 여기서 공자불유는 또 다시 패하고 이번에는 제나라로 도망쳤다.

이렇게 하여 계손씨는 성을 허무는 명을 따르지 않을 수가 없게 되었다. 그래서 그는 성벽의 한쪽 구석만 허물어 무마시키려고 했다. 그런 방법도 있구나 하며 숙손씨도 같은 방법으로 했다. 그러나 맹손씨는 단호히 명령을 거부했다. 맹손씨의 성(成)은 곡부 북쪽에 있었다.

"성성은 북쪽에서 제나라가 침입하는 것을 저지하는 장벽이다. 단지 맹손씨만을 위한 것이 아니라 노나라를 위해서도 그와 같은 무모하고 어리석은 명령에는 단연코 복종할 수가 없다."

성읍의 재상은 주장했다.

이에 공구는 강제 집행을 진언하여 조나라 군대가 성성을 포위하여 공격을 개시했다. 그러나 소용도 없이 어느 사이엔가 그 문제는 흐지부지 끝나 버려 비성과 후성 성벽이 얼마 후에는 수복되었다.

그래도 공구는 이듬해인 정공 14년에 계속 승진하여 대사구(大司寇)로 승진했다. 게다가 재상대행 섭상까지 겸했다. 나머지 반걸음으로 '일인지하 만인지상'의 자리에 오른 공구는 입이 저절로 벌어졌다. 득의만면하여 벌어진 입을 다물 줄을 몰랐다.

"스승님, 군자는 희로애락을 얼굴에 나타내지 말 것이라고 가르침을 받았습니다만, 이건 어찌된 일입니까?"

저자들이 물었다.

"분명히 그렇게 가르쳤느니라. 그러나 귀(貴)를 얻어 사람을 내려다보는 것 또한 즐겁다(樂以貴下人乎)고 가르치지 않았느냐? 가르침은 늘 두 갈래로 배워야 하느니라."

공구는 여전히 웃는 얼굴로 대답했다. 더욱 공구는 그 말을 그대로 실행하여 정적(政敵)이었던 노나라 대부 소정묘(少正卯)를 죽였다. 이때 공구의 나이 56세, 그의 생애에 있어서 가장 좋은 해였다.

물론 공구는 날마다 그냥 웃고만 지낸 것이 아니라 정무에 힘을 쏟아 치적을 올렸다. 그가 국정에 참여한 지 3개월 만에 도성 곡부에서는 가축을 파는 자들은 바가지를 씌우지 않았고, 길에 떨어진 남의 물건을 훔치는 자도 없어졌다. 또 성에 들어온 타향인들에게 구실을 붙여 돈을 뜯는 관리들도 없어지고 볼 일을 마치고 무사히 귀가할 수 있게 되었다. 그것은 백성들이 그의 덕치에 따른 것이 아니라, 예를 들면 재물을 길에 버려도 엄벌에 처했다고 기록되어 있듯이 형벌을 엄하게 했기 때문이었다.

그것을 보고 이웃 나라는 공구를 비난하기 시작했다.

제나라 대부 여서(黎鉏)가 제경공에게 진언하여 80명의 미인들로 편성된 오랑캐의 가무단에 문마(文馬: 곡예를 훈련시킨 말) 30마리를 딸려서 노나라 곡부에 들여보냈다. 그리고는 도성 남문 밖에 막사를 치고 공연을 시작했다.

첫날에 계손씨가 한 번 구경하고 나서는 재미에 빠져 정공을 불러내어 자주 보러 다녔다. 성 안의 백성 사이에서도 열광적인 인기였다.

그 협곡 회맹에서 격노한 것과 같이 오랑캐의 가무, 특히 그 음악은 공구에게는 너무도 흉측스럽고 사악한 음이었다. 당연히 공구는 그 공연을 금지시키고 즉각 강제 철거령을 명했다. 그러나 그 명령을 집행하려고 했던 관리가 성 백성들의 구타로 크게 다치는 소동이 벌어졌다.

정공과 계손씨가 가무에 빠져서 정치를 소홀히 하자 간신히 자리가 잡혀가는 풍기와 질서가 문란해지기 시작했다. 공구는 정공과 계손씨에게 간언했으나 두 사람은 들은 체도 하지 않았다.

"스승님, 이에 물러나실 때가 온 듯합니다."

자로가 말했다. 그래도 공구는 단념치 않고 사태를 만회하려고 노력했다. 그러다가 드디어 결단을 내려야할 때가 왔다.

그해 동지에 계손씨가 교제(郊祭: 천지제)를 올렸는데, 그 제육(祭肉)을 공구에게 보내지 않았다. 그것은 바로 해직의 예고였다. 본래 예에 의하면 천지제를 지낼 수 있는 것은 천자뿐이며 제후에게도 허락되지 않았다. 계손씨가 경대부의 신분으로 교제를 올린 것은 언어

도단이었다. 그래도 제육을 분배받으면 공구는 묵인할 작정이었다.

"해직을 예고하지 않더라도 그 같은 비례를 일삼은 조정에 남아 있을 생각은 추호도 없다."

공구는 격분하여 해가 바뀌는 것도 기다리지 않은 채 노나라를 떠나 위(衛)나라로 향했다. 물론 새로운 사관을 구하기 위해서였다.

여기에는 6예학원의 제자들이 수행했다. 취직운동의 대원은 상상을 초월한 대행렬이었다. 후견인은 자공(子貢)이었다. 그는 재화증식에 뛰어난 재능으로 부를 축적한 대단한 부호였다. 평소에 네 마리의 말이 끄는 수레를 타고 다녔으며 예물을 산더미처럼 싣고 제후와 대등한 교제를 하고 있었다. 6예학원과 공구의 체면은 사실상 자공의 재력과 자로의 주먹(권력)으로 유지되었다고도 할 수 있다.

그해 밖 공구 일행은 위나라로 들어갔다. 다행히도 노나라에서의 공구의 실적이 즉각 효력을 나타내어, 공구를 접견한 위영공(衛靈公)은 그 정치 강령을 듣지도 않고 곧바로 노나라에서의 대우를 묻고는 즉시 동등한 조 6만 두를 준다고 약속하여 채용을 내정했다.

그러나 조정신하들의 거센 반대에 부딪혀 더욱 난처해진 영공은 내정을 취소할 수도 없어서 녹만 봉하고 작위는 봉하지 않았다. 그리고 한편으로는 보낼 궁리로 공손여가(公孫余假)에게 무기를 들려서 특별히 볼일도 없이 공구 집에 드나들게 했다. 그 뜻을 알아차린 공구는 위나라 체류 10개월 만에 위나라 도성 제구(齊丘)를 떠났다. 10개월 동안의 허송세월이었지만 위나라 대부 거백옥(蘧伯玉)을 제자로 삼은 것이 유일한 위안이 되었다.

제구를 떠난 공구 일행은 남하하여 진(陳)나라로 향했다. 진나라는 고대의 현제(賢帝) '순(舜)'의 말예(末裔)가 봉해진 나라였다. 공구는 고대 제후들 중에서도 특히 요, 순 두 사람을 경앙하고 있었다. 요제후의 말예가 봉해진 계(薊)나라는 이미 멸망한 지 오래여서 공구는 진나라로 향했던 것이다. 현제의 유풍(遺風)에 접하고 싶었고, 그 유물(자료)을 찾아내려고 생각했기 때문이었다. 동시에 유서 깊은 나라라면 자기의 정치 강령을 받아주지 않을까 하는, 한 가닥의 희망도 품고 있었다.

그리하여 진나라로 향한 일행은 위나라 영내 광읍(匡邑: 하북성 장원현)에서 뜻하지 않는 사건을 맞게 되었다. 공구가 탄 수레를 몰고 있던 마부는 지난날 양호의 마부였던 안각(顏刻)이었다. 안각이 갈림길에서 수레를 세우고는 갈 방향의 길을 정하고자 지리를 설명하기 시작했다.

그 때 안각의 얼굴을 보고 그를 알고 있던 읍민들이 모여들었다. 공교롭게도 공구의 얼굴이 양호와 비슷했다. 양호는 노나라에서 사관하기 전에 광읍에서 나쁜 짓을 행한 적이 있었다. 그 양호가 다시 광읍에 나타났다고 오인한 읍민들이 무기를 들고 나와서 순식간에 공구 일행을 포위하기 시작했다. 열심히 오해임을 변명했지만 그들은 그 말을 곧이듣지 않은 채 포위를 3일 동안 계속했다. 그때 뒤를 따라온 제자가 지혜를 짜냈다. 거백옥 대부의 부하라고 거짓말을 해 겨우 공구 일행은 그곳을 벗어 날 수 있었다.

포위에서 벗어난 공구 일행은 광(匡)에서 포(浦)로 향했다. 그러나 잠시 후 포에 도착한 공구 일행에게 도성 제구로 돌아오라는 연락이 기다리고 있었다. 위나라 영공이 생각을 바꾼 것이라고 생각한 공구는 가슴을 설레며 제구로 향했다.

위영공은 잘 알려진 공처가였다. 거백옥은 기회를 포착해 위영공의 부인 남자(南子)에게 공구를 천거했다. 그 남자가 영공에게 공구를 천거하겠노라고 승낙했는데 그 전에 공구를 만나고 싶다고 말했던 것이다.

제구에 돌아온 공구는 사정 이야기를 듣고 망설였다. 그러나 일단 돌아왔으니 결심하고 남자를 알현했다. 남자는 당연하다는 듯이 발 너머로 남쪽을 향해 앉아 있었다. 그리고 신례(臣禮)를 요구했다. 아무리 사관을 위해서라지만 부복하지 않을 수 없던 공구는 속으로 굴욕감을 느꼈다. 평소 상대할 필요가 없다고 공언하고 있던 아녀자에게 머리를 숙이게 된 것이다.

또 다시 자로가 못마땅한 표정을 지었다.

"묘한 표정을 짓지 말거라. 그렇게 하지 않으면 나의 도(道)를 행할 수가 없느니라. 그것을 거부하면 하늘이 준 도를 행함에 있어서 충실치 않았다는 하늘의 원망을 면할 수 없다. 면할 수가 없단 말이다! (予所否者, 天厭之! 天厭之!)"

공구는 자로를 타일렀다.

하여튼 덕분에 대부로 임명되어 염원하던 사관을 하기에 이르렀다.

대부로 임명되어 예상(豫相)으로 취임한 지 2개월 쯤 지났을 때 일이다. 어느 날 공구는 영공의 성내 순시에 수행할 것을 명령받았다. 전부터 임금이 순시할 때는 예상이 함께 타고 수행하기로 되어 있었다. 그런데 영공은 남자와 내시를 자기 수레에 태우고 공구를 뒤에서 따르게 했다.

"미덕을 미인보다 낮게 보는 군주치고 제대로 된 군주는 없다."

공구는 화가 나서 어렵게 얻은 사관 자리를 미련 없이 버리고 위나라를 떠났다.

이해 노나라 정공 15년에 노나라에서는 정공이 물러나고, 애공(哀公)이 즉위했다. 공구 일행은 위나라를 떠나 조(曹)나라를 지나서 송(宋)나라로 들어갔다.

송나라에 들어간 공구는 배웠던 공부를 다시 시작하려고 제자들을 큰 나무 밑에 모아놓았다. 그때 송나라의 사마 환퇴(桓魋)가 나타나서 느닷없이 그 나무를 베어 버리는 바람에 하는 수 없이 제자들은 수레에 올랐다.

"서둘러야겠습니다. 무슨 짓을 당할지 모르겠습니다."

제자들이 말했다.

"하늘의 도를 행하는 우리에게는 하늘이 내려준 덕이 있느니라. 환퇴 따위가 무얼 할 수 있단 말이냐!"

공구는 유유하게 버텼다.

계속하여 공구 일행은 송나라를 빠져나가 정나라로 들어갔다. 그리고 정나라 도성 신정을 구경했다. 그동안 제자들과 떨어져 혼자 외로이 동문에 서 있는 공구에게 지나가는 사람들이 이상한 눈초리로 쳐다보았다.

"용모는 고대 제왕과 유사하고, 그 모습은 지금 죽어서 없어진 우리 재상 자산과도 흡사하고, 당당하면서도 어딘지 풀이 죽은 상갓집 개와도 같다."

하고 통행인 중 한 명이 말했다. 그 말을 들은 자공이 의기소침한 노스승을 격려하려고 공구에게 고했다.

"옳은 말이니라. 이 모습이 상갓집 개가 아니고 뭐란 말이냐?"

공구는 웃었다.

이윽고 일행은 정나라로 떠나 목적지인 진나라에 도착했다.

진민공(陳泯公)은 공구 일행을 객으로서 후하게 대우했다.

그러나 진나라는 오랫동안 초나라와 진(晋)나라, 그리고 오나라의 부용국이었던 탓에 나라가 망하기 일보 직전에 처해 있었다. 공구의 정치 강령을 시행하려고 해도 자주성을 상실해 어떻게 해볼 도리가 없었다. 그래도 공구는 현제(賢帝) 순의 유풍을 구하고 유물을 찾아서 3년을 진나라에서 지냈다.

그리고 귀국길에 올랐다. 그러나 위나라 국경지대 포를 지나려고 할 때 갑자기 길이 막혀 버렸다. 위나라 대부 공손씨가 위나라에 모반을 일으켜서 포에 할거하고 있었다. 그런데 공구 일행이 위나라의 사명을 받고 포를 정찰하러 나타났다고 오해했던 것이다.

오해라고는 하나 오해한 것 자체가 예의가 아니라고 공양유(公良孺)가 화를 냈다. 공양유는 자공과 자로를 합쳐서 반으로 나눈 것과 같은 인물이었다. 공양유는 수레 5대를 끌고 공구를 따르고 있었다.

이 공양유가 자로와 힘을 합쳐서 수레 5대로 길을 막은 포군에게 돌격을 가했다. 그 기세에 겁을 먹은 공손씨가 타협하기에 이르고 위나라에는 가지 않는다는 서약을 받고는 길을 열어주었다.

그러나 포를 지난 공구는 태연하게 위나라 도성으로 향했다.

"약속을 지키지 않아도 괜찮겠습니까?"

자공이 물었다.

"요맹자신불청(要盟者神不廳)이니라. 즉 강요당한 서약은 신도 상대 하지 않는다. 상관없느니라."

공구는 불쑥 대답했다.

공구 일행이 제구에 들어왔다는 소식을 전해들은 위영공은 웬일인지 성문까지 마중 나왔다.

"포를 쳐야 하겠소?"

하고 영공이 물었다. 포의 상황을 알아보려고 마중 왔던 것이다.

"쳐야 마땅합니다."

공구가 대답했다.

"실은 포는 진·초 두 나라의 침공을 늦추는 지대이니 치지 말아야 한다고 신하들은 주장하고 있는지라…."

위나라 영공이 의논을 했다.

"포를 치는 것이 아니라 포에서 반란을 일으킨 몇 명의 반역도를 치는 것입니다."

"옳거니! 참으로 명답이로다."

영공은 기뻐했다. 그래도 조정신하들은 끝까지 반대했다.

"공구는 학문이 깊다고 들었지만 정치는 전혀 알지 못 합니다. 반역도가 점거하고 있기 때문에 완충지대의 역할을 하는 것입니다. 완충이라고 하는 말의 정치적인 뜻도 제대로 모르고 있습니다."

하고 깔보았다. 결국 위나라는 포를 치지 않았고 공구는 잡으려 했던 사관의 기회를 놓치게 되었다.

"나를 등용하면 1년은 몰라도 3년만 지나면 그 치적은 클 텐데!"

애석해 하면서 공구는 제자들을 데리고 제구를 떠났다.

일행이 이번에는 방향을 바꾸어 서쪽으로 향했다. 공구는 황하를 건너 진(晋)나라에 가려고 했다. 진나라의 6경 중 하나인 조간자(趙簡子·趙鞅)를 섬기는 두명독(竇鳴犢)과 순화(舜華) 두 대부를 믿고 일자리를 찾으려 했기 때문이었다.

그러나 황하를 건너는 시점에서 그 두 대부가 오래 전에 살해되었음을 알고 황하를 건너지 않고 다시 제구로 돌아왔다. 그리고 다시

대부 거백옥의 객이 됐다. 이해 공구는 그 자신이 말하는 '이순(耳順)의 해', 즉 60세가 되었다.

그 여름 위영공이 승하하고 태손 첩(輒)이 즉위하여 위출공(衛出公)이라 칭했다. 그 직후에 진나라의 조간자가 위출공의 부친을 비밀리에 위나라 척성(戚城: 하북성 복양현)에 보냈다. 그 임무를 수행한 것이 가신(家臣) 신분에 노나라 조정을 뒤흔든 양호였다. 양호는 병사도 움직이지 않고 무기도 쓰지 않은 채 변장하여 태자를 척성에 들여보내는 어려운 일을 해냈다.

물론 척성과 도성 제구는 거리가 떨어져 있어 같은 위나라에 있다고는 해도 양호와 공구가 얼굴을 맞대는 일은 없었다. 그러나 역시 묘한 인연이었다. 만약 한 달쯤 전에 공구가 큰마음을 먹고 황하를 건너 진나라에 들어가 조간자의 성이 진양성에 모습을 나타냈다면 그곳에서 양호와 대면했을 것이었다. 그리고 양호는 기꺼이 조간자에게 천거할 수고를 아끼지 않았을 것이다.

양호는 마지막으로 농성을 한 양관(陽關)이 노나라 제후와 삼환 군사에게 패하자 제나라를 거쳐 진(晋)나라로 망명하여 조간자의 성에 몸을 의탁했다. 그리고 사관을 청원한 양호에게 조간자가 물었다.

"삼환에게 패한 것은 운성에서 원군이 오지 않았기 때문인가?"

"아닙니다. 성에는 병력을 별로 남기지 않았기 때문에 큰 기대는 하지 않았습니다. 그런데 거기까지 알고 계셨습니까? 놀랐습니다."

"놀랄 것까지는 없네. 세상이 참 기가 막혀서 가까운 주변에서 무슨 일이 일어났는지도 몰라서야 살아갈 수가 없네."

"지당하신 말씀이십니다. 그런데 그 점만 보아도 소인에게는 아직

일국일성(一國一城)의 주인이 될 자격이 없습니다."

"마음에도 없는 겸손은 하지 않는 편이 좋네. 그런데 패한 원인은 무엇이었는가?"

"그 하나는 모란이라 생각해서 심었는데 그것이 장미로 자랐기 때문입니다."

"자기가 심은 장미에 가시를 찔렸다는 뜻인가?"

"예. 그리고 모란으로 자란 것을 서두른 나머지 봉오리일 때 꺾어버렸습니다."

"시기상조였다는 말이지?"

"그렇습니다. 그래서 고배를 마셨습니다. 사람을 키우는 길을 잘못 알고 배신당한 것과, 너무 서둘러서 일을 한 것이 패배의 원인이었습니다."

"잘 알았네. 그대를 진양성 부수장으로 임명하고 진양의 태재를 겸하게 하겠소. 녹고는 직무에 따라 정하는 규칙이 있으니 그리 알게. 어떤가, 이의는 없겠지?"

조간자는 양호를 즉석에서 채용했다.

"감사합니다."

양호는 엎드려 충성을 맹세했다. 그러나 양호가 등용됐다는 소식이 전해지자 조씨 가신들이 들고 일어났다.

"도둑에게 창고를 지키게 해서는 안 됩니다. 양호는 성을 빼앗고 나라를 노린 전과가 있습니다."

"오! 알고들 있었군. 그렇다면 걱정할 것 없느니라."

"농담을 하실 때가 아닙니다. 나리."

"아니, 진심이오. 모두가 도둑임을 알고 있는 이상 그는 선불리 도둑질을 할 수가 없을 것이오. 그보다도 성을 빼앗고 나라를 노릴 정도의 야심가라면 그 야심을 달성시키기 위해 반드시 다른 사람의 배 이상의 일을 할 것이오. 열심히 일하지 않으면 신용을 받을 수가 없고, 신용을 받지 못하면 훔칠 수도 없을 것이오. 그리고 그보다 앞서 훌륭한 성과 나라로 만들어 놓지 않으면 훔칠만한 가치도 없을 것이 아니요."

"하오나 최후에 모조리 빼앗긴다면 안 될 일입니다."

"걱정 마시오. 도둑은 한 명이고 지키는 사람은 많이 있소. 감시만 제대로 하면 되오."

"그래도 역시 위험합니다."

"위험을 느끼면 그때는 주인집을 털지 말고 다른 사람의 것을 노리라고 눈을 밖으로 향하게 하는 것이 좋소. 좀도둑보다 천하를 노리는 대도둑 집단의 수령이 되는 편이 실속도 있고 보기 좋다고 깨닫게 하면 되는 것이오. 지금은 어지러운 세상이오. 도둑질할 물건은 얼마든지 있소. 일하는(도둑질) 장소에 마음을 쓸 필요는 없소. 야심가일수록 쓸모가 있소."

조간자는 가신들의 반대를 봉해 버렸다.

조간자가 생각한 대로 양호는 열심히 일했다. 그 이유 중 하나는 주군 은혜와 아울러 사람을 교묘하게 잘 부리는데 탄복했기 때문이다. 또 하나는 진나라의 정치운동이 일어나는 열기에 휘말렸기 때문이었다.

노나라의 삼환은 조정의 권력을 나누어 의좋게 국력을 좀먹고 있었다. 그러나 진나라의 6경은 보기에도 화려한 경쟁적 공존에 의해 각기 힘을 축적하면서 진나라의 국력 증강에 힘쓰고 있었다.

그것은 진나라의 영역이 광대한데다가 앞에서도 말했듯이 패왕 문공이 즉위하기 전에 공족의 모든 공자가 몰살당해서 공신이 공족으로 봉해졌기 때문이었다. 다시 말해서 광대한 영역은 당시 통치기술의 한계를 넘었고, 오히려 분할통치를 필요로 하고 있었다. 그런데 핏줄로 이어진 공실이 아니어서, 예를 들면 형정이 공개된 것에 나타나 있듯이 법이 질서로서 존중되었다. 그리고 동족끼리 특유의 친함과 만만함이 없었던 것이 다행이었다.

그렇다고는 해도 한 나라가 순조로운 발전을 달성하기에는 역시 그 시대의 통치기술에 어울리는 적정규모라는 것이 있다. 그런데 진나라의 경우는 아무리 영역이 광대하다고 해도 6경에 의한 6분할은 역시 철저했다. 그래서 양호가 조간자를 섬겼을 무렵에는 이미 상호도태가 시작되고 있었다.

양호가 진나라 양성의 부수장으로 취임한 진나라 정공 15년(기원전 497년)에는 조정을 둘러싼 6경의 격렬한 투쟁의 전초를 알리는 사건이 일어났다. 사건은 한단의 대부 오(午)가 조간자가 맡긴 포로의 반환을 거부한 데서 비롯됐다. 그 전년에 위나라를 쳤던 조간자는 포로 5백 가족을 얻어 그것을 한단성에 맡겼다. 그리고 그들을 자기 성인 진양으로 옮기려 했는데 그것을 대부 오가 거부했던 것이다.

여기에 격노한 조간자는 담판을 했지만 소용이 없자 마침내 대부 오를 잡아서 죽였다. 그래서 대부 오의 일족이 한단에서 반란을 일으켰다. 그것을 진압하기 위하여 조정이 적진(籍秦)을 파견하여 범씨(范氏)와 중행씨(中行氏)에게 측면 지원을 명했다.

그런데 대부 오와 친분이 있던 범씨와 중행씨는 한단 공략을 지원하기는커녕 오히려 병사를 진양성으로 보내서 조씨를 공격했다.

그 범씨와 중행씨를 조씨와 친분이 두터운 위(魏)씨와 한(韓)씨가 반격했다. 사태는 복잡하게 얽히고 전쟁터는 한단에서 진양으로 옮겨졌다. 그리고 범씨와 중행씨가 패배하여 조가(朝歌: 하남성 기현)로 도주했다.

범씨와 중행씨의 공격을 받은 진양성의 부수장 양호가 분전한 것은 말 할 나위도 없다. 그리고 이 사건에 또 다시 공구가 등장했다. 공구가 전쟁터에 달려갔던 것은 아니다. 이로부터 15년 후에 공구는 '조앙이진양반(趙鞅以晉陽畔)'이라고 그 사서(史書) 『춘추』에 기술했다. 즉, 조간자가 진양에서 반란을 일으켰다는 것이다. 새삼스러운 일은 아니었으나 공구는 또 다시 자기 신념에 따라 사실(史實)을 왜곡했던 것이다.

춘추전국시대는 이미 '패왕의 시대'를 지나, 새로운 '칠웅(七雄)의 시대'로 접어들었다. 진나라의 6경은 조·위·한의 세 성씨가 살아남아서 세 개의 독립국이 되고, 전국7웅(戰國七雄: 七大國)에 가입하기에 이르렀다.

동시에 좁은 의미에서의 본격적인 '제자백가'의 시대가 왔다.

공구와 제자들의 제국유세(諸國遊說: 취직운동)는 그 시작이었다.

공구, 즉 공자도 당연히 제자백가 중의 한 사람이었다. 그러나 제자백가 본래의 이미지로 본다면 그 제자인 자공이 전형적인 제자백가였다. 오왕 부차(夫差)를 그 말재주로 중원에 출병시켜서 오나라 멸망의 계기를 만들었던 것은 다름 아닌 자공이었다. 아니 오왕 부차를 말재주로 움직인 것만은 아니었다.

> 故子貢一出, 存魯, 亂齊, 破吳, 強晉而霸越.
> 고자공일출, 존노, 난제, 파오, 강진이패월.
> 子貢一使, 使勢相破, 十年之中, 五國各有變
> 자공일사, 사세상파, 십년지중, 오국각유변

즉, 자공이 한번 세객(說客)이 되면 노나라는 안정되고 제나라는 어지러워지고, 오나라는 패하고 진나라는 강해지고, 월나라는 패업을 이루었다. 그것이 원인이 되어 10년 동안에 그들 다섯 나라들의 정세는 크게 변동했다고 『사기(史記)』는 그 설봉(舌鋒)의 예리함을 칭찬했다.

그러나 설봉이 날카로운 것은 오로지 자공뿐만 아니라 제자백가들이 공유한 무기였다. 그 혀끝 세치로 그들의 권력에 접근했으며 제후를 조정하여 예를 들면 그 합종(合從)·연형(演衡) 등처럼 천하의 형세를 뒤흔들었다.

결론적으로 천하의 제후들이 정치적인 견식에 미흡했기 때문이었다. 또한 역사적인 전망이 아직 열리지 않았기 때문이었다.

제41장

기(夔)는 하나면 족하다

노애공(魯公) 11년(기원전 484년) 낙양(洛陽)에서 주나라의 자료실장으로 있던 이이(李耳)가 관직을 사임하고 낙양을 떠나 서쪽의 함곡관(涵谷關: 하남성 영보현)으로 향했다.

보기에 흉한 옷차림과 허황된 야심을 버리라고 낙양에서 3년간 유학을 마치고 노나라로 돌아온 공구(孔丘)를 타이르던 그였다. 살찐 소의 등에 올라타고 유유히 함곡관에 나타났던 이이를 관령(關令)의 윤희(尹喜)는 정중하게 맞이하여 융숭한 대접을 했다. 윤희는 이이와 안면이 있었고, 또 그가 현인이라는 것도 알고 있었다.

"이 세상을 과감히 떨쳐버릴 수 있는 분이라고 판단하고 있었습니다. 이 세상에서 얻은 지혜는 부디 이 세상에 남겨 주십시오."

윤희는 이이가 철학적인 사색에서 얻은 지혜를 글로 남기도록 애원했다. 그리하여 이이는 5천 자를 써서 남겼는데, 그것이 세상에 전해져 『노자(老子)』 또는 『도덕경(道德經)』이라 불렸다. 2천 수백 년이 지난 지금도 계속 읽혀지고 있는 어려운 철학서이다. 『노자』를 충분히 이해할 수 있다면 동양철학의 모든 것을 이해했다고 할 수 있을 만큼 학문으로 통하는 기본서인데 진실로 이해한 자는 아직까지 어디에도 없을 것이다.

그런 연유로 간단히 소개할 수는 없겠지만 대충 이야기하자면 서명이 된 도덕의 '도(道)'라는 것은 삼라만상의 깊숙한 곳에 내재한 존재론적인 실재이며, 우주에서 '무'와 '유', 거기서 '동'과 '정'의 상호보완 및 상호전화(相互轉化)에 따라 만물이 '저절로 자연 그대로이다' 또는 '스스로 그러한 이치이다.' 그리고 '덕'이란 '도'의 존재를 깨닫고 그 운동과 변화를 터득하는 선천적인 인간의 인식 및 대응능력 바로 그것이다.

실천론적으로는 우주가 '있는' 듯이 있고 '되는' 듯이 되기 때문에 쓸데없는 몸부림은 무용지물이다. 아니, 그것은 너무 어리석다는 '무위자연'을 설파했다. 그런데 누구도 완벽하게는 그 내용을 이해할 수 없기 때문에 역으로 누구나 자기 나름대로 생각할 수 있다는 점에서는 다행인지도 모른다. 예를 들면 출세가 늦은 남자가 '대기만성'을 '큰 인물일수록 출세가 늦다'고 이해하며 스스로 위안을 찾을 수도 있기 때문이다. 첫머리의 어구 '도(道)로서의 도는 평범한 도가 아니다'를 '일정불변의 도는 없다'라고 해석해도 '인륜의 도는 본래의 도가 아니다'라고 이해해도 될 것이다.

그러나 다양하게 해석할 수 있다는 것은 의미가 애매모호하기 때문이 아니라 함축성이 깊기 때문이다. 이해하지 못하는 것은 현대 사람들이 노자만큼 지혜가 없기 때문이다. 동시에 난해한 것은 동양사상이나 동양 철학이지 노자의 사상이나 철학 그 자체는 아니다.

일찍이 현대 사회과학의 아버지 막스 베버가 『논어』를 읽고 이것은 사상철학이 아니라 '인디언 추장의 잡담이다'라고 말했지만 노자의 논어와는 분명히 차원이 다르다. 『노자』는 서구의 수준까지 앞지르는 철학서이다. 따라서 서구의 사상계에서 이른바 모더니즘의 위기를 부르짖었을 때, 노자의 사상은 그것을 극복하여 여망(輿望)을 짊어진 '구조주의'가 고개를 쳐들 수 있도록 하는 촉매제 역할을 다했다.

아무튼 노자의 사상은 융통성이 있다. 중국에서는 『도덕경』으로부터 어느덧 '신선(神仙)사상'이 유추되어 나왔다. 『도덕경』을 입문서로 불멸의 자연 섭리를 이끌어내면 인간은 '불로불사(不老不死)'의 선인이 될 수 있다는 것이다. 그래서 이이 자신도 모르는 사이에 그는 사후 도교(道教)의 교주로 추대되었다. 어쨌든 노자가 선인이 사는 곤륜산(崑崙山)의 우두머리로서 군림하고 있다는 것은 지금도 중국 사회에 전해져 오는 뿌리 깊은 전설 '봉신연의(封神演義)'이다.

그런데 『도덕경』을 다 마치고 이이가 처음 나타났을 때와 마찬가지로 살찐 소를 타고 함곡관을 떠났다. 서쪽으로 떠난 후 그 모습을 감추었지만 사람들은 그가 곤륜산으로 들어갔다고 믿어 의심치 않았다.

노자가 함곡관 서쪽으로 떠난 해, 공자는 위나라에서 노나라로 돌아왔다. 직업을 찾아 만 13년이나 여러 나라를 두루 돌아다녔지만 결국 목적을 이루지 못하고 크게 낙담하여 자기 고향으로 돌아온 것이다. 이때 공자가 이전에 그에게 해준 노자의 말을 생각해냈는지 아닌지는 알 수 없다.

어쨌거나 분명히 그는 직장을 구하는 데는 실패했다. 그러나 그것만으로 그를 무능한 사람이라고 단정 지을 수는 없다. 왜냐하면 그에게 교육을 받은 제자들은 제각기 재능에 맞는 나름대로의 관직에 올라 그 직분을 다했기 때문이다. 말하자면 그의 경우는 단순히 직업을 구했던 것이 아니라 자신의 정치 강령을 실천하는 장으로서의 직장을 구했던 것이다. 하지만 그가 정치노선으로 내세운 이상은 현실과는 너무나 동떨어진 것이었다.

예를 들면 채나라에서 초나라로 가는 도중에 그는 제자들과 흥미로운 문답을 주고받았다.

"우리들이 들소도 호랑이도 아닌데 광야를 방황해야 하는 것은 어째서 인고? 설마 우리의 도(道)가 잘못된 것은 아닐 텐데. 하지만 어째서 이렇게 되었느냐?"

"혹 우리들이 인과 덕이 부족해서 신망 받지 못하고 지식이 부족해서 사용해 주지 않는지도 모릅니다."

자로가 대답했다.

"아니, 인자가 항상 신망 받아 왔다면 저 백이(伯夷)나 숙제(叔齊)가 굶어 죽지는 않았을 것이다. 지자(知者)가 늘 적재적소에 유용하게 쓰였다면 왕자 비간(상나라 최후의 천자 주왕의 숙부)은 어떠했느냐?"

공자는 낙담했다.

그리고 같은 질문을 자공(子貢)에게 던졌다.

"그것은 이상이 너무 높기 때문에 천하가 수용할 수 없는 것이라 생각합니다. 정도를 조금만 낮추었다면 괜찮지 않았을까요?"

자공이 대답했다.

"훌륭한 농부가 정성을 들여 농사를 지어도 수확에 대한 보장을 항상 받는 것도 아니고 솜씨가 뛰어난 장인이 솜씨를 부려 만들어낸 도구가 반드시 환영받는다고는 할 수 없다. 그렇다고 해서 손을 좀 덜 대면 어떻게 되겠느냐?"

공자는 말했다.

또 안회(顔回)에게도 같은 질문을 했다.

"그것은 노 스승님의 도가 너무나 커서 그것을 담을 만한 그릇이 천하에 없기 때문입니다. 그러나 그렇다고 심려하실 것은 없습니다. 오히려 그것이야말로 노 스승님이 위대하다는 증거입니다. 그것을 수용할 수 없는 나라의 임금이야말로 부끄러워해야겠지요."

안회가 대답했다. 공자는 자기도 모르게 무릎을 쳤다. 동시에 회심의 미소가 얼굴에 가득 피어올랐다.

"그렇지. 네가 대부호가 되었더라면 안씨 가문의 집사라도 되었겠지."

공자의 입에서 농담이 튀어나왔다.

그렇게 해서 공자는 실망낙담하여 귀국했지만, 날개가 부러진 새 같은 몰골은 아니었다.

귀국한 공자는 다시 6예학원의 경영에 힘을 쏟았다. 한편 그는 고대의 시(詩)와 서(書) 에 손을 대고 『시경』과 『서경』을 편찬했다. 그것이 교재로 채택되어 인기를 얻었다. 게다가 학원장 자신은 잘 안 되었지만 학생들의 취직률은 높았기 때문에 6예학원은 더욱 문전성시를 이루었다.

순식간에 학생 수가 늘어 금세 총 3천여 명에 달했고, 그 중에서 6예에 정통한 우등생이 72명에 이르렀다. 싫든 좋든 교사 겸 원장으로서의 공자의 명성은 높아만 갔다.

잠깐 사이에 2년이 지나고 노애공 14년, 따뜻한 어느 봄날에 공자는 숙손씨(叔孫氏)와 대야(산동성 거야현)로 사냥하러 나간 애공의 수행을 분부 받았다. 그런데 그곳에서 숙손씨의 마부가 사냥터에서 정체를 알 수 없는 괴짐승을 잡았다.

그것을 상서롭지 못한 짐승으로 보고 숙손씨는 어쩐지 기분이 안 좋다며 사냥터 관리인에게 넘겼다. 그러나 공자가 보니 상서롭지 못하기는커녕 성(誠)스러운 짐승 기린이었다. 기린을 잡고 게다가 불길한 괴수로 착각한 일로 인하여 공자는 눈앞이 캄캄해짐을 느꼈다.

'나의 도(道)가 마침내 끝나게 되는구나. 기린을 이 모양으로 만들어 놓았으니 드디어 세상도 끝이다. 이제는 하늘도 땅도 사람도 원망하지 않으리라. 오로지 학문에 정진하여 천명을 기다릴 뿐이다. 아무래도 나를 알아주는 것은 하늘뿐이로구나.'

공자는 속으로 중얼거렸다. 그러나 그렇다 하더라도 군자가 끝내 세상에 이름을 떨치지 못하고 끝나서야 되겠는가? 라며 공자는 한탄했다.

'아아! 결국 도를 행한다는 것은 불가능한 일이었던가? 그렇다면 후세들을 무슨 낯으로 본단 말인가?'

공자는 생각 끝에 『춘추』를 집필하기로 결심했다. 다행히도 노나라의 사관(史官)이 남긴 역사책이 구비되어 있어 공자는 그것을 자신의 생각과 신념에 따라 가감하여 써내려갔다. 그래서 결국 노은공(魯隱公) 원년(기원전 722년)부터 기린이 잡혔던 노애공 14년(기원전 481년)에 이르는 242년간의 역사를 노나라를 중심으로 하는 열국사로 만들어냈다.

그것이 바로 『춘추』로 불리는 사서(史書)이다.

가까스로 공자는 염원하던 대로 그 이름을 후세에 남길만한 책 한 권을 완성한 것이다. 그래서 즉시 힘들여 완성한 역작을 제자들에게 공개했다. 과연 6예학원의 으뜸가는 수제자 하(夏)도 그것에 일언반

구의 증감도 할 수 없었다. 아니 저자가 불필요한 참견이나 조언조차도 허락하지 않았던 것이다. 그 정도로 자신에 넘치는 걸작에 대한 평가를 공자는 세상에 맡겼던 것이다.

> 후세에 가슴이 있는 사람들은 이 책 한 권으로 나를 알게 될 것이다. 그리고 가슴이 없는 사람들은 어쩌면 이 책 한 권으로 비난할 것이다. 그러나 세상의 모든 악당들은 이로 인해 부들부들 떨 것임에 틀림없다.

공자는 장담을 했지만 그것은 자신의 표명이기보다는 드높고 고매한 권선징악의 선언이었다. 동시에 그것은 사서라기보다 사회를 위한 '수신(修身) 교과서', 공무원을 위한 '윤리교본'으로 쓰였다는 명쾌한 고백이다.

하지만 그것이 그리 대단한 것은 아니다. 실은 정치와 윤리와 도덕, 그리고 사실과 응해(應該)의 혼효(混淆)를 자백하기까지 한 것이다. 세속적으로 말하면 그것들을 뒤섞어 놓았던 것이다.

즉 육류와 어패류를 분리하지 않고 '팔보채'를 만든 것이다.

하지만 후에 '오경'의 하나로서 유교의 신성한 경전이 된 『춘추』가 실은 팔보채라는 것을 깨달아도 별로 놀랄 것은 없다. 대저 공자님에게는 처음부터 정치나 도덕이나 윤리를 구별하려는 의식은 없었다. 그것을 여실히 나타내주는 일화가 있다.

공자가 노나라에서 대사관(大司冠)을 지내고 있을 때의 일이다. 때마침 그는 탈주병이 처형되는 현장을 지나치고 있었다. 그 병사는 그때까지 군대에서 연속 세 번이나 탈주한 전과가 있었다.

네 번째 탈주로 붙잡혀서 군법회의에 넘겨져 '각참형(脚斬形)'을 선고 받은 것이다. 드디어 처형되는 순간이 되자 병사는 울며 탄식했다.

“어찌된 일인고?”

공자가 물었다.

“소인은 독자로서 집에는 병든 노모가 있습니다. 소인 외에는 달리 누구 한 사람 노모를 봉양해줄 사람이 없습니다. 그래서 탈주했습니다.”

병사는 울며불며 애원했다. 공자는 그 효심에 감동하여 옆에 있는 군법관에게 명했다.

“이 병사는 근래에 보기 드문 기특한 효자다. 죄를 면하여 노모가 기다리는 집으로 돌려보내주어라.”

“안 됩니다. 이 자는 군법회의에서 처형을 언도받았습니다. 군법을 어길 수는 없습니다.”

“그렇게 완고하게 군법을 방패삼을 건 없다. 다시 한 번 말한다. 석방해주어라.”

“아뇨, 소관에게는 아니 대사관 각하에게도 그런 권한은 없습니다.”

군법 관은 단호하게 거부했다. 공자는 정색을 하며 화를 냈으나 소인을 상대해봤자 결말도 안날 거라 생각하여 군법서로 발길을 옮겼다. 군정사와 강경하게 담판을 지은 끝에 겨우 탈주병을 무죄 방면시켰다. 그리고 천천히 품에서 돈을 꺼냈다.

“이것으로 어머니께 선물이라도 하여라. 더욱 효도하라.”

하며 돈을 건네주고 탈주병을 돌려보냈다. 춘추전국시대에서는 아니, 어느 시대에서나 결단코 있을 수 없는 미담이다. 이 미담의 소문이 진나라의 진양성에도 퍼졌다.

"공구라는 사나이가 신통한 짓을 흉내 내고 있는 게 아니냐? 그 때문에 노나라는 싸울 때마다 지는 게 아니냐?"

라며 조간자(趙簡子)와 양호(陽虎)는 큰소리로 비웃었다.

이 조간자와 양호의 웃음의 의미는 교양이 풍부하고 풍채 좋은 만능인재 공자가 왜 춘추전국의 세상에 섞일 수 없었던가 하는 의문이 적어도 반쯤은 풀리게 한다.

춘추전국도, 공자가 살았던 시대에는 이미 법치사상이 보급되어 있었고 당연히 덕치사상은 쇠퇴하여 사람들은 정치와 도덕윤리가 차원을 달리한다는 것을 어렴풋이 인식하고 있었다.

묘하게도 제나라의 재상 연자(宴子)가 지적했듯이 역시 공자는 시대감각이 둔했다. 아니, 그는 시대의 흐름 자체를 부정하면서 시대를 되돌리려고 생각하고 있었다. 그렇다면 그는 단순히 시대의 흐름에 둔감했을 뿐만 아니라 시대의 흐름으로부터 정치를 떼어놓으려고 했던 희망 없는 정치 무감각의 소유자이다.

아니, 공자는 전후 3백 년 정도 시대를 잘못 만난 것이다. 춘추로부터 3백 년 전의 덕치가 화려했던 시대, 그 때문에 그가 이상 왕국으로 동경했던 서주(西周) 초기에 태어났더라면 신분적인 장애로 그다지 훌륭하게는 될 수 없었을지도 모르지만, 그는 훌륭한 학자로서 그 이상 왕국에서 매일의 생활을 구가했음에 틀림없다.

그리고 만일 전국시대로부터 3백 년 후에 태어났다면 유교의 융성기 한나라 시대에 봉착하게 되기 때문에 그거야말로 정말 대단했을 것이다. 그는 국교인 유교의 대사제로서 군권에 대항하는 권위를 발휘하면서, 소정앙(小正仰)을 죽였을 때 자공에게 말했듯이 '권력을 가지고 인간을 헤쳐서는 아니 되느니라' 하며 천하를 노려보며 기세를 떨쳤음에 틀림이 없다.

확실히 공자는 시대를 잘못 태어났다. 그래도 노자가 그에게 가르쳐준 말을 교훈 삼았더라면 춘추전국의 세상에서도 아주 즐겁게 지낼 수 있었을 것이다. 그는 6예에 능통한 만능인이지만 그 중에서 특히 음악의 천재였다.

'기(夔)는 하나면 족하다'라고 공자는 노애공에게 가르친 적이 있었다. 기는 여러 가지 문제가 많은 남자였으나 그 탁월한 음악적 재능으로 인해, 요왕 시대에 낙정(의전장)으로 조정에서 비중을 차지했다. 즉 '음악적 재능 하나면 충분하다'는 것이다.

공자 또한 그 야망이나 사명감을 버렸다면 충분했던 것이다. 그는 고대 음악에 정통하여 세상에 알려져 있는 모든 악기를 연주할 수 있었기 때문이다.

어느 날 공자는 사양자(師襄子)라 불리는 음악의 대스승에게 거문고로 타는 어렵고 품위 있는 곡을 배웠다. 보통 사람이라면 3년이 걸려도 익힐 수 없을 그 곡을 공자는 3개월 만에 습득했다. 게다가 알려져 있지 않던 그 곡의 작가가 주문왕임에 틀림이 없다고 보기 좋게 작곡자를 알아맞힌 것이다. 그래서 사양자가 황송해하며 모자를 벗고 공자에게 상좌를 양보 하고 거꾸로 꿇어 엎드려 절했다는 놀라운 이야기가 있다. 실로 '청출어람'의 본보기였다.

공자는 헤아릴 수 없을 만큼 재능을 가지고 있었을 뿐만 아니라 음악에도 이만저만한 정열을 기울인 것이 아니다. 그는 제나라에서 취직운동을 하며 대기상태에 있던 때에도 역시 태사(太師)에게 소음(韶音: 제순의 곡)을 습득했다.

그때 공사는 '3월 부지육미(不知肉味)', 즉 3월에 고기 맛을 모를 정도로 정신을 집중했다. 지금도 중국인이 아이들에게 면학의 마음가짐을 가르칠 때 인용하는 고사이다.

그런 까닭에 하나면 충분한 것을 나머지 5예에도 뛰어난 그가 묘한 정치야심, 아니 시대착오적인 사명감을 버리고 6예학원의 원장으로 더욱 철저했더라면 춘추시대에 명성을 떨쳤음에 틀림이 없다. 그럼에도 불구하고 그는 동시대의 사람들에게는 인정받지 못했을 뿐더러 조소까지 받았다. 그의 시대착오적인 정치노선과 나중에 서술하게 될 그 완고한 고집 때문이며 그 인물 자체를 말하는 것은 아니다. 하지만 사명감이 너무 강한 연유로 스스로 비극을 연출한 것이다.

애석하게도 거성은 3백 년의 암흑 속으로 떨어졌다. 노애공 16년(기원전 479년)에 공자는 '천하에 도가 끊긴 지 오래되었고, 이제 내 주장에 따르는 자도 없다'라고 탄식하며 73세를 일기로 세상을 떠났다. 그가 3백 년 후에 부활하여 대낮과 같은 태양처럼 빛을 발하리라고는 그 자신도 생각하지 못했을 것이다.

공자는 죽었지만 이야기는 또 계속된다.

다음 해 노애공 17년, 애공은 제나라의 평공(平公)과 몽읍(蒙邑)에서 회견을 가졌다. 모임 인사로 제평공은 노애공에게 경의를 표하기를 고수했다. 즉 바닥에 이마를 대고 정중히 인사했다. 그런데 노애공은 양 손을 가슴에 얹고 팔짱을 낀 채로 몸을 숙여 인사를 되받았다.

왜 머리를 조아려 공손히 예를 다해 인사를 받지 않는가 하고 제평공은 대노했다. 그러나 애공을 수행한 노나라의 예상 맹손설은 예에 따라 천자 이외의 사람에게 제후는 머리를 숙이지 않는다고 그 '예'를 들고 나와 거부했다. 그러자 순식간에 회견장의 분위기는 험악해

지고 모임은 결렬되었다.

다행히 쌍방 모두 무기를 가지고 있지 않았기 때문에 유혈 참사는 모면했다. 그보다 제평공도 노애공처럼 실권을 신하인 전씨가 잡고 있기 때문에 앙갚음을 위한 병사를 일으킬 수 없었고 덕택에 양국은 전화를 면했다.

그로부터 2년 후에 제·노 두 나라의 임금은 장소를 고읍으로 바꾸어 재차 조우하게 되었다. 빈틈이 없는 제공평은 역사(力士) 한 명을 수행시키고 있었다. 노애공은 변함없이 고수를 거부했다. 역사가 신호를 받아 노래를 읊조리며 애공에게 다가갔다.

"노나라 사람들이여! 그대들의 옹고집에는 두 손 들었다. 언제쯤이나 깨닫게 될 것이냐? 언제까지 유서(儒書)를 움켜 안고 득의양양한 표정을 계속 지을 셈이냐? 참으로 딱한 이야기로구나."

라며 노래를 마친 역사는 갑자기 노애공의 뒷덜미를 잡았다. 그리고는 억지로 노애공의 머리를 숙이게 했다.

노래의 문구에 나온 '고집'은 공자도 노나라 사람이기 때문에 당연히 그 기질을 가지고 있었다.

어느 날 공자가 노나라 궁전에 초대되었다. 그때 수수와 복숭아가 접대 음식으로 나왔다. 공자는 먼저 공손하게 식사로 나온 수수를 들고 나중에 복숭아를 입에 댔다. 애공의 좌우에서 차 심부름을 관장하던 이들이 일제히 웃어댔다.

"수수는 복숭아의 털을 털어내기 위한 것이지 먹기 위해 내놓은 것이 아닐세."

애공이 말했다.

"그런 것쯤 알고 있습니다. 그러나 수수는 오곡 중의 으뜸이고, 복숭아는 6종의 풀열매과에 속하여 종묘 제사에는 올릴 수조차 없습니다. 때문에 수수로 복숭아털을 털어낸다는 것은 예의가 아닌 법, 따라서 수수를 먼저 들었습니다.”

라고 공자는 대답하면서 예를 설명했다. 못 말릴 공자의 고집에 같은 노애공과 좌우 시중인들의 벌어진 입이 다물어지지 않았다.

공자의 고집을 본격적으로 이야기하자면 이는 서두에 불과하다.

공자 문하의 고명한 제자 자로가 계손씨의 경비담당으로 근무하고 있을 때 영내에서 대대적인 수로파기 공사가 거행되었다. 그때 자로는 부역되어 동원된 백성들이 식사를 충분히 하지 못하고 공복상태로 힘든 일을 하고 있는 것을 차마 볼 수 없어서 자기 살을 베어 죽을 끓였다. 그것을 듣고 공자가 심하게 화를 내며 자공에게 죽을 뒤엎어 버리고 자로를 데리고 오라고 명했다. 자공은 분부대로 자로가 끓인 죽 냄비를 땅바닥에 쏟아 버렸다. 자로가 놀란 얼굴로 6예 학원의 원장실로 달려가서 공자에게 맹렬히 항의했다. 자로는 6예 학원에도 공자 버금가는 ‘뻗대는 고집쟁이’ 학생이었지만 원장은 움직이지 않았다.

“학원에서 배운 인의(仁義)를 베푼 것이 왜 나쁘냐고 말하지만 인의 이전에 예가 있다. 예에 의하면 천자는 천하의 백성을, 제후는 영내의 영민을, 경대부는 직인을, 선비는 가족을 사랑해야 하고 그 본분을 넘는 것은 ‘침(浸)’이라 한다. 그대가 영내의 백성을 사랑한 것은 월권행위이고 노나라 제후의 권위를 침해한 것이다. 백성들이 시장할 것이라는 생각으로 죽을 끓여낸 것은 예에 어긋난다.”

라고 공자는 타일렀다.

예를 들고 나와서 얘기하면 시비를 가릴 것도 없다. 자로는 잠자코 물러나올 수밖에 없었다. 그러나 자로가 마음속으로부터 진정 이해하여 물러난 것은 아니었다.

노나라 사람 특유의 고집이라고는 하지만 공자의 고집은 극히 중증이었다. 이미 언급했듯이 공자가 저 정도의 인물이면서도 세상에 융화할 수 없었던 이유라면 아마도 그의 고집에 있었다.

즉, 그가 주장한 정치 강령을 차치하고라도 탈주병에게 선물을 준 '빗나간 현실 감각'이나 복숭아를 먹는 방법과 죽 냄비를 엎어 버리게 한 '상식 밖'이 화근이 되었던 것이다.

마침 같은 무렵 이웃 제나라에는 만약 공자가 봤다면 분사했을지도 모를 일이 공공연히 자행되고 있었다. 일찍이 안영(晏瓔)이 지적했듯이 전씨는 부지런히 공권을 사용하여 공실의 재산으로 백성들에게 은혜를 베풀고 있었다.

그 전형적인 수법은 후세에도 전해졌다. 그 유명한 '대두소두(大斗小斗)'였다.

전씨는 부피가 다른 되를 준비하여 조정이 곡물을 받아들일 때는 소두를 사용하고 대부나 구제 등으로 조정이 지불할 때는 대두를 사용한다. 말하자면 자신의 몫은 지키면서 음흉스럽게 인심을 사로잡아 세력을 확대시킨 것이다.

제간공 4년 노애공 15년으로 기린을 잡던 해에 조정 세력을 양분하는 권력투쟁이 일어났다. 거기에 휘말린 간공은 도망쳐 행방을 감추지만 권력투쟁에 이긴 전씨의 병사에게 추격당해 서(徐: 산동성 등현)에서 죽었다. 제간공을 죽인 전씨의 당주(當主) 전상(田常)은 평공(平公: 간공의 동생)을 내세우고 자신은 재상의 자리에 만족해했다.

공자가 세상을 떠나기 2년 전의 일이었다.

재상에 취임한 전상은 이제는 만만찮은 정적(政敵)이 모두 없어진 것을 다행으로 여기면서 봉토(封土)를 마음대로 늘려 나갔다. 결국 전씨의 봉토는 제나라 영토의 반을 넘어서 공실이 소유한 영역보다 커지게 되었다. 게다가 전상은 여전히 공실 소유 영지를 삭감하여 자신과 관련이 있는 조정신하들에게 나누어 주었다. 또 조정의 신하나 제나라 수도의 저명인사를 농락하려고 그의 후궁들을 개방했다. 수십 명의 미녀를 후궁으로 모아놓고 출입문을 경계하지 않은 것이다.

후궁의 개방은 창의성이 풍부한 일석이조의 책략이었다. 조정의 신하나 저명인사들은 후궁에게 가는 출입을 허락받기 위하여 경쟁적으로 전씨의 비위를 맞추려고 노력했다. 순식간에 후궁들에게서 70여 명의 남자 아이가 태어나고, 그 아이들을 호적에 올려 전씨 진영의 인구를 늘려 나갔다. 실로 일기양득인 것이다.

더욱이 전상은 평공의 무지를 이용하여 군권의 가장 핵심을 손에 넣었다.

"상을 받고 작위를 추대 받아 녹봉을 늘리는 것은 누구나 바라는 바입니다. 그런 덕을 베풀어 사람들을 기쁘게 해주는 일은 전하께서 직접 하십시오. 한편 죄를 문책하기나 형벌을 주거나 하는 일은 누구나 싫어합니다. 그런 미움 받는 직책은 부디 저에게 맡겨주십시오."

라고 전상은 평공에게 진언했다. 속고 있는 줄도 모르고 평공은 기꺼이 그에 응했다. 전상은 교묘히 '생사여탈(生死與奪)'의 권한을 손에 넣었다. 문책의 권한을 전상은 손에 넣자마다 즉시 구씨, 연씨, 감지씨를 죽이고 그 일족을 멸했다.

생사여탈의 권리를 전상에게 부여한 제평공의 최후는 말하지 않아도 알 수 있을 것이다. 결국 제나라의 조정신하들이나 백성들은 제나라에 전상과 전씨가 있다는 것은 알고 있으나 평공과 공실이 있다는 것은 몰랐다. 전상은 계속해서 제나라 공실을 숙청함으로써 유력하고 유능한 많은 공자들이 죽음을 면치 못했다. 이렇게 해서 조정의 실권이 거의 완벽하게 전씨의 손에 넘어갔다. 즉 실질적으로 전씨는 강씨의 제나라 공실을 탈취하는 일에 성공했다.

그러나 전씨는 교묘하고도 급작스럽게 공실을 소멸시키지 않고 당분간 유명무실인 채로 남겨두었다.

제42장

모든 일에는 때가 있다

진나라의 공실로부터 실권을 빼앗은 6경은 어느덧 권력투쟁을 시작했다. 우선 범(范)씨와 중행(中行)씨가 탈락했다.

진출공(晋出公) 17년(기원전 458년)에 지(知)씨, 조(趙)씨, 위(魏)씨, 한(韓)씨의 4경이 도태된 2경의 영지를 멋대로 나누어주었다. 그 4경의 심한 횡포에 진출공은 화가 났다. 그래서 은밀히 노나라와 제나라로부터 병사를 빌려서 4경을 벌하려고 했다.

그러나 미리 그것을 간파한 4경으로부터 진출공은 역으로 쳤으나 패하여 제나라로 도망쳤다. 하지만 제나라 수도에 도착하지 못하고 도중에서 병사했다. 그리고 4경중에서는 유난히 세력이 강했던 지씨가, 남은 3경과 의논하지 않고, 자신과 친분이 있는 공자 교(公子驕)를 독단적으로 즉위시켜 진애공(晋哀公)이라 칭했다.

그래서 더욱 우위에 서게 된 지씨(지백)는 즉시 노골적으로 한씨(韓康子)에게 영토의 할양을 요구했다. 한강자는 격노하여 거부하려고 했지만, 모신(謀臣) 단규(段規)가 간하여 말렸다.

"거부하면 지백은 틀림없이 병사를 보내옵니다. 지금은 지씨와 싸워야 할 때도 아니고 싸워도 승산이 없습니다. 지백이 원하는 것은 오로지 우리들의 영지뿐만이 아닙니다. 제일 먼저 지씨와 충돌하는 것은 현명하지 않습니다. 일단 토지를 주고 상태를 관망해야 합니다."

"과연 그렇게 할 수밖에 없겠다."

한강자는 수락하고 기분 좋게 1만 호의 읍을 지백에게 주었다.

과연 단규의 예상대로 지백은 계속해서 위씨에게도 영지의 할양을 요구했다. 마찬가지로 위환자도 화를 냈지만, 역시 모신 임장(任章)이 충고를 했다.

"바야흐로 패하려고 할 때는 반드시 잠시 동안 이것을 돕고, 이기려고 할 때는 반드시 잠시 동안 이것을 주라고 했습니다. 한씨가 영토를 주었으니까 역시 우리도 주어서 지씨를 우쭐하고 거만하게 만듭시다. 그러나 잠시 맡겨두는 것뿐, 금세 찾을 수 있을 겁니다."

"그래, 찾게 된다면 주지."

위환자도 납득해서 역시 만 호의 읍을 지백에게 주었다.

승승장구한 지백이 이번에는 지역까지 지정하여, 조양자(趙襄子)에게 할양을 요구했다.

조양자는 진양 거성의 수장으로 취임한지 얼마 안 되는 장맹담(張孟談)에게 대책을 의논했다.

"한, 위 두 사람은 끈질기게 지씨와의 손익을 계산하여 우리들에게 결산의 결과를 맞추려고 획책하고 있습니다. 그 빤히 들여다보이는 엉큼한 계략에 넘어가 주는 것은 불쾌합니다만, 그러나 지씨로부터 요구된 마지막 차례여서 제일 손해가 많게 되었지만 이제 어쩔 수 없습니다. 여기서 토지를 주면 더욱 지씨를 강하게 만들기 때문에 이제 손을 쓸 수 없게 됩니다. 어찌 되었든 조식으로 지씨와 우열을 가리게 된 것을 피할 수 없습니다. 가능하다면 이 기회에 한, 위 두 사람을 끌어들여 단번에 승부를 내버립시다."

"하지만 만약 위씨와 한씨가 공동전선을 펴지 않는다면 어찌하지?"

"물론 한, 위 양씨는 우리들을 단독으로 지씨와 서로 겨루게 하여 어부지리를 얻으려고 할 것입니다. 아니, 경우에 따라서는 지씨와 짜고 우리들을 공격할지도 모릅니다. 하지만 한, 위를 어떻게 해서라도 우리들에게 동조시킬 수 있습니다."

"어떻게 해서?"

"우선 우리들이 지씨와 대등하게 싸울 수 있는 힘이 있다는 것을 두 사람들에게 짐짓 드러내 보이는 겁니다."

"그러나 유감스럽게도 지금 현재로서는 그건 불가능하겠지?"

하면서 조양자는 기가 죽었다.

"아뇨, 우리들의 진양성은 난공불락입니다. 성을 습격하면 지씨라 해도 힘이 부치게 됩니다."

"그러면, 그렇게 할까?"

"좋은 일은 때를 놓치지 말고 서두르라 했습니다. 아니, 도성에 머물러 있는 것은 위험합니다. 요구를 거부한다는 사실이 알려지면, 내일이라도 지씨의 병사들에게 관(館)을 포위당할지도 모릅니다. 즉시 진양성으로 되돌아가기로 합시다."

장맹담은 서둘러 떠났다. 그래서 다음 날 아침 조양자는 장맹담과 동행하여 진양성으로 돌아갔다.

오랜만에 진양성으로 되돌아온 조양자는 몇 년 전과는 몰라보게 달라진 성의 분위기에 놀랐다. 우선 황폐해진 성벽으로 눈을 돌렸다.

손길이 미치지 않았는지 무너져 내린 곳마저 있었다.

그리고 성으로 들어와 창고를 조사해 보고는 얼굴이 창백해졌다. 불과 얼마 안 되는 조가 한쪽 구석에 쌓여 있었지만, 창고는 텅 비어 있는 것과 다름없었다. 또한 부고(府庫)를 조사하고는 섬뜩해졌다. 무기는 하나도 없었다.

"이것이 난공불락의 성이냐? 어쩔 심산으로 말한 것이냐?"

장맹담을 힐책했다.

"전하도 그렇게 보셨습니까? 그렇다면 틀림없이 금성철벽입니다."

장맹담은 웃으며 대답했다.

"농담을 하고 있는 것은 아니겠지? 주사위는 던져졌어. 내일이라도 지씨의 군대가 밀려올지도 모른다. 어떻게 할 셈이냐?"

"예정대로 즉시 성을 방비할 준비에 착수합시다."

"이 성벽이 무너지고, 창고도 부고도 텅텅 빈 성에서 말이냐?"

"네. 터무니없는 소리가 아닙니다. 이것은 선군(先君: 趙簡子)의 명신하인 작년에 타계한 동대부(董大夫)가 동알우(董閼于)을 믿고 맡겨 심혈을 쏟아 부어 관리, 경영한 끝에 난공불락으로 완성한 명성이옵니다. 성벽이 화려하고 곳간에 양식이 넘치고, 금고에 돈이 흘러넘치고, 창고에 병기가 가득한 것만이 명성이 아닙니다. 6경이 서로 노려보며 적대시하기 시작한 시기에서는 모난 돌이 정을 맞게 되어 있습니다. 그러나 드디어 대결이 시작되었기 때문에 이제 발톱을 감출 필요는 없습니다. 즉시 동대부가 감추어 놓은 재산을 활용하여야 합니다."

장맹담은 즉시 백성들에게 성벽의 복구를 명했다.

일단 명령이 떨어지자 성 안의 백성들이 총동원되어 공사에 착수하여 3일도 채 지나지 않은 사이에 성벽은 그 모습을 일신했다. 성 안의 백성들은 오랜 기간 성의 수장으로서 근무했던 동알우를 존경하고 여태껏 그 유덕함을 기리고 있었다. 즉 말 그대로 성내의 재산이었다.

성벽이 복구되자 장맹담은 성 안의 백성에게 양식을 2년 치 정도만을 자기 집에 보유하고, 나머지는 모두 공출하라고 명했다. 순식간에 창고는 조와 재화로 흘러 넘쳤다.

10년 이상이나 성의 경영비용에 해당하는 것 이외에는 세금을 과하지 않고, 즉 성 안의 백성에게 맡겨왔던 것이다.

"그런데 병구와 무기는 어떻게 할까?"

조양자가 그래도 걱정이 되어 물었다.

"궁정의 기둥이란 기둥은 모조리 이상스러우리만치 굵고, 지붕은 이중으로 되어 있는데 알아차리지 못하셨습니까? 기둥은 모두 청동이나 철로 감겨져 있고, 기와지붕도 상층은 청동으로 되어 있습니다. 그것을 벗기어 다시 주조하면 병기의 재료로는 충분합니다."

"그래, 과연 동알우는 명신하일세. 그러나 그럴 시간이 없지 않은가?"

조양자는 근심으로 찌푸려진 양 미간이 아직 펴지지 않았다.

"궁전의 사방팔방에 둘러쳐져 있는 담장을 보십시오. 저 한 치 이상이나 뻗어 있는 억새풀과 쑥, 마른 엉겅퀴는 모두 훌륭한 화살이 됩니다. 실험해본 결과 정평이 난 대나무 화살보다 나으면 나았지 뒤지지 않습니다."

"그래. 한 사람의 명장은 백만 명의 병사보다 낫다더니 과연 그렇구나."

"어디 동알우의 묘에라도 가서 그 공적을 추모할 것인가?"

조양자는 비로소 빙그레 웃었다.

"전하가 성묘하시는 것은 그런 선례도 없으므로 동대부가 황송하여 몸 둘 바를 몰라 할 겁니다. 신이 대신 성묘하지요."

장맹담은 이렇게 말하고 약삭빠르리만큼 빈틈이 없는 자신을 돌아보고 웃음을 지었다.

이윽고 성을 습격할 준비는 완료되었다.

그를 기다리고 있기라도 했다는 듯이 드디어 지백이 대군을 이끌고 진양성에 나타났다. 게다가 한씨와 위씨가 군대를 이끌고 뒤따르고 있었다. 아니 한씨와 위씨는 징발당한 것이었다. 그래서 즉시 3경 연합군에 의한 역사적인 '진양 공략'이 시작되었다. 진애공 4년(기원전 453년) 봄의 일이다.

역시 진양성은 장맹담이 호언장담했듯이 역시 금성철벽이었다. 3경 연합군은 필사적으로 몰아붙였으나 성은 꿈쩍도 하지 않았다. 한 달이 지나고 두 달이 가고 석 달이 지났다. 기껏 진양성 하나쯤이야 하면서 자신만만해 하던 지백은 성을 공격하다 지쳐 곤란한 지경에 빠졌다. 그래서 어느 날 묘수는 뭔가 없을까 하고 여러 모로 궁리하고 있던 중 문득 50년 전에 손자(손무)가 행했다던 그 이름 높은 '초도 3성의 공격'을 생각해 내고 무릎을 쳤다. 그리고 그 즉시 한강자와 위환자에게 의논했다.

"진나라의 물은 동쪽으로 흐르고 진양은 북쪽에 있소. 수공격은 불가능하오?"

한강자가 즉시 의견을 말했다. 실은 가능하다, 불가능하다의 문제가 아니었다. 언제까지라도 계속 진양에서 병사를 꼼짝 못하게 묶어두면 병사들이 견딜 수 없을 것이라고 생각했던 것이다. 그러나 지백은 상관하지 않고 수공격을 위한 답사를 시작했다.

확실히 진나라의 물은 동쪽으로 흘러서 분수(汾水)로 흘러들고 있었다. 그러나 수원(水源)은 여러 개가 있고, 그 하나는 현옹산(懸甕山) 계곡에 있는 거대한 샘에서 발하고 있었다. 그 물이라면 진양으로 끌어올 수 있다고 지백은 생각하고 빙그레 웃었다.

당장 그 물을 진양성으로 끌어오기 위해 수구와 저수지, 제방을 쌓는 공사가 진행되었다. 주야를 가리지 않고 작업을 감행한 결과 공사는 3개월 정도 사이에 완성되었다. 그리고 드디어 물이 진양으로 떨어져서 성은 이윽고 물에 잠기게 되었다. 그러나 물에 잠겼을 뿐 수량은 전혀 떠오르지 않았다. 그냥 그대로였다. 동알우의 간에 의해 진양성에는 거대한 지하 배수로가 뚫려져 있었다.

그런 줄도 모르고 오늘 내일하며 그것을 바라보면서 지백이 아니 그 이상으로 한강자와 위환자가 안달복달하고 있는 사이에 일 년이 지났다. 하지만, 일 년 가까이나 물에 잠기게 되었으나 성내에서 수비하는 병사나 성내의 백성들의 동요의 기미는 전혀 없었다. 그러나 봄에서 여름으로 옮겨가는 길목에서 갑자기 호우가 퍼붓기 시작했다. 성으로 흘려드는 노도와 같은 물로, 순식간에 물의 양이 불어났다. 지백은 뛸 듯이 기뻐하며 한, 위 양씨를 재촉해 수로를 점검하면서 성이 물에 함몰되는 광경을 바라보았다.

"성 안에 있던 병사들은 물고기나 자라가 되었겠지. 앞으로 3판(三版: 6척)이면 성은 도로 아미타불이다."

지백은 자신 있게 웃어댔다. 그리고 지백은 너무 자신 있는 나머지 해서는 안 될 말을 지껄이게 되었다. 아니 고의로 실수한 척 하면서 공갈을 한 것인지도 모른다.

"손자는 실로 멋있는 발견을 했어. 역시 성을 치는 것은 수공격밖에 없어. 수월하기 때문이 아니라 보고 있노라니 통쾌한 일이야. 이런 상태로 가면 분수(汾水)의 물을 안읍(安邑: 위씨의 거성)으로, 강수(絳水)의 물을 평양(平陽: 한씨의 거성)으로 떨어뜨릴 수가 있겠군."

지백은 말하고 더욱 소리 높여 웃었다. 이 말을 듣고 새파래진 한강자가,

"들었는가?"

팔꿈치로 위환자를 쿡 찔렀다.

"음, 잘 기억해 두오."

위환자가 살짝 발을 들어 한강자의 발가락을 밟았다. 이때부터 '중대한 결의'를 의미하는 말로 '천하가 바야흐로 팔꿈치로 찌르고 발을 밟을 때'라는 말이 생겨났다.

즉, 이때는 실로 천하가 중대한 결의를 할 때에 이르렀던 것이다. 그런 줄도 모르는 지백은 안읍과 평양의 수공격의 광경을 눈앞에 그리면서 호우 속에서 계속 웃어댔다.

호우는 계속되었다. 한, 위 양씨를 동반하고 중군의 본지로 돌아온 지백은 실로 득의양양했다.

"이런 상태라면 날이 저물어 밤이 되면 진양성은 함몰된다."

지백은 성급히 축하의 잔치를 열었다. 그리고 소맷부리와 옷자락이 젖는 줄도 모른 채 자못 기쁜 듯이 술을 들이켰다. 그러나 한강자와 위환자는 승리의 전야제에 있을 계제가 아니었다. 그들은 안읍과 평양성도 수공격을 당할 수 있다'고 말했던 지백의 말이 가슴에 맺혀 술이 넘어가지 않았다.

다행히 옷이 비에 젖었다는 구실로 두 사람은 서둘러 연회석을 떠

났다. 마침 나오려고 하는데 문으로 들어온 지과(智過: 지백의 오른팔로 방계 일족이기도 한 지혜 있는 자)와 부딪쳤다.

그 지과와 두세 마디 나누고 두 사람은 원문을 나왔다.

원문을 나오자마자 두 사람은 좌우로 헤어져 각자의 본진으로 되돌아갔다. 제방을 따라 지씨의 중군을 사이에 두고, 한씨의 좌군과 위씨의 우군은 각각 중군의 양 날개에 진을 치고 있었다.

두 사람이 좌우로 나뉜 것을 지켜보고 있던 지과가 본진으로 들어가 지백에게 면회를 요청했다.

"한, 위 양씨는 심상치 않은 걱정거리가 있는 듯합니다. 뭔가 중대한 결단을 강요받고 있으나, 그것을 하지 못해 고통스러워하고 있는 모양입니다. 어쩌면 모반을 꾀하고 있는지도 모릅니다. 몸조심하십시오."

지백에게 진언했다.

"아니, 비에 젖어서 기분이 나쁠 것이야. 감기에 걸렸을지도 모르지. 그대의 속단이니 신경 쓸 것 없다."

지백은 웃어넘겼다.

무서운 호우는 꼬박 하루 낮밤을 계속 내리더니 겨우 그쳤다. 그러나 가랑비는 여전히 계속 내렸다. 진양성 안에서는 수공격이 시작되자 곧 물이 넘칠 것에 대비하여 집집마다 성루(성벽, 성문 위에 지은 다락집)를 축조하게 했다.

그래서 아궁이가 수몰되어도 어떻게든 취사는 할 수 있었으나, 그것도 3, 4일 계속되자 민심은 동요하기 시작했다. 그렇지 않아도 장기 수침으로 성 안의 백성은 지쳐 있었다. 그보다 악성 열병이 발생하여 만연하기 시작했다.

"어째서 항복하지 않는 것이지? 지금 성민이나 병사들도 야단법석이야."

조양자는 빨리 한, 위 두 사람과 교섭하러 가자고 장맹담을 재촉했다.

"이를 악물고 조금만 참아주십시오. 지금이 바로 참고 견뎌야 할 고비 입니다. 비가 그치고 나서 나가지요."

장맹담은 역시 동요하지 않았다. 움직이지 않았던 것은 먼 장래까지 깊이 생각하여 세운 그의 계략에 있었다.

입만 열면 한, 위 두 사람이 지백을 치는 계획에 동조해주리라는 것은 처음부터 알고 있었다. 그러나 한, 위 두 사람에게는 조씨가 수공략에 굴했다는 약점을 보여서는 안 되었다. 비가 계속 내리고 있는 사이에 교섭 하러 나가면 아무리 강한 척 해봐도, 역시 수공략으로 손을 들게 된 약점을 보이게 된다. 그렇게 되면 두 사람에게 저자세로 협력을 부탁하지 않으면 안 되고, 섣불리 하면 묘한 조건을 달게 되기 십상이다. 그러나 비가 그치고 물이 빠진 뒤면 대등하게 협력을 구할 수 있을 뿐 아니라 경우에 따라서는 위압적인 태도로 선택을 강요할 수조차 있을 것이다. 즉 최후의 순간을 견디게 됨에 따라 주도권을 손에 쥘 수 있다고 장맹담은 생각했던 것이다.

비는 3일 동안 계속 되었고 4일째에 그쳤다. 날이 맑아지자 수위는 점점 내려가기 시작했다. 물이 빠지고 5일 후에 장맹담은 겨우 자리에서 일어났다.

그 후 장맹담은 지백군의 군사로 변장을 해 지백의 긴급지령을 전달하는 특사라고 거짓말을 해 좌군의 원문에 나타났다. 그리고 어렵지 않게 본진으로 향했다.

장맹담의 얼굴을 보고 한강자는 새삼스럽게 경악하는 안색이었다.

장맹담은 느긋하게 미소를 지었다.

"순망치한(脣亡齒寒)이라 했습니다. 우리들은 수공격에 끝까지 견뎌냈습니다. 이번에는 한, 위 두 사람이 결단할 차례입니다. 자, 어떠하십니까? 우선 위씨와 의논해 주십시오."

장맹담은 말했다. 한강자는 할 말이 없었다.

"지금 당장 대답하실 필요는 없습니다. 결정이 되시면 제방을 터주십시오. 그것을 신호로 성에서 병사를 내보내겠습니다. 그럼, 실례했습니다."

장맹담은 그대로 떠났다.

다음 날 아침, 한강자는 일찍 좌군의 본진에 나왔다. 순찰을 준비하고 중군의 본진에서 개최되고 있던 정례의 군사회의에 나가기 전에 우군의 본진에 잠깐 들렀다. 그리고 위환자와 밀담을 나눈 후에 중군에서의 군 회의에 가담했다.

지백은 조씨가 왜 투항하지 않는가를 의아스럽게 여기며 초조해하고 있었다.

"군량미는 물에 잠겨서 썩었을 테니까 아무리 완강하게 버려도 앞으로 3일은 가지 못할 것이다."

한강자가 위로의 말을 했다.

"맞아. 투항하는 조건을 조정회의에서 결정하는 데에 아마 시간이 걸리겠지."

위환자가 맞장구를 쳤다.

"그럴 거야. 그 이외의 일은 생각할 수 없어."

지백은 고개를 끄덕이며 스스로 긴장을 풀었다. 앞으로 3일 정도 기다려 상황을 살펴보자고 결론을 내리고 군사회의는 폐회되었다. 그리고 원문을 나가려고 했던 한, 위 두 사람이 또 다시 지과와 대면했다. 지난번과 같이 두 사람은 지과와 간단한 인사를 주고받고 헤어졌다.

지과가 역시 본진으로 들어와 지백에게 말했다.

"한, 위 두 사람의 얼굴에서 지난번에 비쳤던 근심의 빛이 사라졌습니다. 득의양양한 표정을 하고 있었습니다. 고뇌 끝에 모반의 방법을 생각해냈음에 틀림이 없습니다. 선수를 써서 처리하지 않으면 돌이킬 수 없는 일이 됩니다."

"설마, 두 사람에게는 진양성이 함락되면 조씨의 영지를 삼등분하기로 약속했다. 그것이 손에 들어오기 직전에 배신할 바보가 아니다."

지백은 상대하지 않았다. 지과는 정색을 하며 화를 냈다. 그러나 지과는 다음 날 한, 위 두 사람의 표정을 찬찬히 살피려고 두 사람이 군회의석에서 나오는 것을 원문에서 기다리고 있었다.

그러나 두 사람은 지과를 전혀 모른다는 듯 말도 걸지 않았다. 지과가 서둘러 본진으로 뛰어들었다.

"제가 진언한 것을 저 두 사람에게 누설하셨습니까?"

창백한 얼굴로 물었다.

"어떻게 알았느냐?"

지백이 물었다.

"그렇게 얼굴에 쓰여 있었습니다. 그러나 저의 진언을 타인에게 누설하는 것은 신중하지 않은 태도이입니다."

"아니다. 충성을 확인하기 위해서 발설한 것이다. 걱정할 필요 없다."

"아니, 두 사람은 틀림없이 음모를 꾸미고 있습니다. 감시를 하지 않으면 안 됩니다."

"아니다. 그럴 필요는 없다. 게다가 충성을 맹세했기 때문에 감시를 하면 의리상 체면이 서지 않는다."

"임의대로 영토 할양을 요구하면서 의리를 운운하는 것은 어떤 이치입니까? 무튼 방치해 두면 화가 될 것입니다."

"그렇게 과장해서 일을 복잡하게 만들지 말아라."

"아닙니다. 감시를 한다고 해도 우리 쪽에서 사람을 붙일 필요는 없습니다. 한씨에게는 단규, 위씨에게는 임장이라는 신하가 있습니다. 그 두 사람에게 조씨를 멸망시키면, 각자에게 만 호의 읍을 준다고 약속하십시오. 그렇다면 부탁하지 않아도 두 사람은 각각 한씨와 위씨의 배신을 감시하고 방지해 줄 겁니다."

지백은 지과의 진언을 받아들이지 않았다.

지과는 암담해져서 본진을 나왔다. 그리고 그날 밤 은밀히 중군의 진지를 빠져나와 가족과 가산을 수레에 싣고 성을 보(輔)씨로 바꾸어 진나라를 버리고 제나라로 도망쳤다.

마침 다음 날 한밤 중 수로의 망을 보고 있던 지백의 군사가 한, 위 두 사람의 병사에게 죽음을 당하고 진양성으로 흐르고 있던 물이 중진의 진지로 뒤바뀌어 흐르게 됐다. 이윽고 중진의 진지가 물바다가 되었다. 사고로 수로가 터졌을 것이라고 지백은 신경도 쓰지 않았지만, 별안간 좌우에서 싸우는 소리가 나는 것을 듣고 벌떡 일어났다. 좌우 양군의 반란임을 알고 응전을 명했지만 잠이 덜 깬 병사들은 물로 인해 중심을 잃고 우왕좌왕했다.

더욱이 새벽과 동시에 성을 나온 조씨의 군대가 중군의 진지로 쇄도했다. 중군은 어처구니없게 무너지고, 지백은 붙잡혀서 즉각 목이 떨어졌다.

이 진양의 수공격과 그 의외의 결말로써 지백이 죽음을 당한 역사적 사건에는 그에 걸맞은 사족이 두 개 붙었다. 그 하나는 조양자가 잘라낸 지백의 두개골에 옻칠을 하여 그것을 변기로 사용한 것이다. 또 하나는 그 도리에 어긋난 처사로 유명한 예양(予讓: 지백의 호위병을 하고 있던 남자)이 조양자의 암살을 기도한 것이다. 모두 4천 년 역사를 장식하는 유명한 이야깃거리이다.

조양자는 조씨의 가문을 잇기 전에 태자 무솔이라 불렸다. 그래서 아버지 조간자가 병을 얻었을 때에 아버지 대신 지백과 함께 정나라를 친 적이 있었다.

그때 적진에서 술에 취한 지백에게 태자 무솔이 타이르자 어린 주제에 건방지다며 술병으로 냅다 쳤다. 그뿐만이 아니다. 진나라 수도로 개선했던 지백은 무솔은 변변치 못하다고 그 아버지 조간자에게 일러바쳤다. 더욱이 저런 불초한 자식은 일찍이 폐적시켜야 하며 후사를 잇게 해서는 안 된다고 부당한 간섭까지 했었다.

그런고로 조양자는 적으로서 뿐만이 아니라, 지백을 마음속으로부터 증오하고 있었다. 그래서 지백의 두개골을 변기로 사용한 것이다.

그리고 이번에는 두개골이 변기로 사용당한 주군의 원한을 풀어주려고 예양이 조양자의 목숨을 노리고 있었다. 아니 생전의 주군에게 인격과 학식을 인정받아 홀대받은 일에 보답하려고 복수를 하기로 한 것이다. 지백의 군대가 진양성에서 전멸했을 때, 예양은 일단 산중으로 도망가 난을 피했다. 그리고 이름을 수형자로 바꾸고 뒷간의 물 긷는 사람으로 가상하여 진양싱의 궁전에 잠입한 것이다.

순조롭게 궁전에 잠입한 예양은 비수를 품고 조양자가 뒷간에 나타나기만을 기다렸다. 그러나 금세 조양자에게 들켜 꽁꽁 묶였다.

붙잡힌 예양은 정직하게 지백의 원수를 갚기 위해 조양자의 목숨을 노렸노라고 실토했다. 신하들은 예양의 목을 쳐야 한다고 했다.

"기다려라, 죽이지 마라. 주군의 원한을 갚기 위한 것은 근래에 드문 행동이다. 예양을 풀어 주어라."

조양자는 예양의 석방을 명했다.

후일 이 이야기를 들은 장맹담이 조양자에게 말했다.

"조심하십시오, 예양은 꼭 다시 목숨을 노립니다."

"죄를 묻지 않고 용서했는데 왜?"

"정직하게 고백한 것이 수상합니다. 그것은 형태를 바꾼 교묘한 취직운동입니다. 그의 행동에 의거라고 칭찬을 했지만 등용하지는 않았습니다. 이번에는 그 원한을 갚으려고 할 것입니다."

"설마? 그렇게?"

조양자는 설마 했지만, 과연 다시 예양에게 목숨을 위협 당했다.

두 번째는 조양자가 자주 지나다니는 다리에서였다. 죽은 척하며 멍석에 둘둘 싸여 잠복하여 기다리고 있었는데 조양자의 영리한 말에게 들켰던 것이다. 말이 갑자기 멈추고 울부짖는 것을 이상히 여긴 좌우 신하들이 이를 알아차리고는 예양을 체포했다.

"지난번에는 목숨은 살려줬지만, 이제 용서할 수 없다. 게다가 그대는 이전에는 중행씨에게 속해 있었다. 그 중행씨가 지씨에게 멸망 당했을 때에는 즉시 지씨에게 중행씨의 원한을 갚지 않았는데 이번에는 왜 지씨의 원수를 갚으려 하는고?"

조양자가 물었다.

"중행씨는 저를 평범한 호위병으로서 취급했습니다만, 지씨께서는 국사(國士)로서 후대했습니다. 선비는 자기를 알아주는 사람을 위해

죽습니다."

"그래. 그대는 이미 의사로서 이름을 떨쳤다. 이제 두 번 다시는 만나지 않게 될 것이다."

조양자는 신하들에게 예양을 죽일 것을 명했다.

"청할 것이 있습니다."

예양이 갑자기 무릎을 꿇었다.

"어차피 원한은 갚을 수 없기에 볼 면목이 없습니다. 부디 상의를 빌려주십시오."

예양이 애원했다.

조양자는 문득 장맹담의 말을 생각해내고 이것도 속셈이 있는 취직운동인가라고 생각했다. 그러나 그것에 또 속는다면 장맹담에게 비웃음만 당할 거라고 각하고 원하는 대로 상의를 벗어주었다.

예양은 세 번 뛰어올라와 조양자의 상의에 세 번 비수를 댔다. 그리고 조양자에게 고개를 돌려 간단히 목례했다. 조양자는 얼굴을 돌렸다. 예양은 비수로 자기 가슴을 찔러 자살을 했다.

조양자는 좌우 신하들에게 명하여 찢어진 상의를 되돌려 받았다. 그리고 그것을 충신 의사의 출현을 원하는 주술적인 의미로서 궁전에 전시시켰다.

아무튼 지백이 죽고 지씨 일족은 멸망했다. 그것을 계기로 조, 한, 위 3씨는 지씨의 소유 영지뿐만 아니라 공실의 영지까지도 분배하여 사실상 각각 독립하게 되었다.

이 독립된 3국이 춘추전국사에 '3진'이라 불렸다. 불과 강(絳)과 곡옥(曲沃) 2개성을 남긴 진나라의 공실은 역으로 삼진에게 아침에 알현하는 것을 어쩔 수 없이 하게 되었고, 신하의 예를 갖추지 않으면 안 되게 되었다. 갑자기 신분이 역전된 것이다. 역시 권력이 신분을 결정하는 것으로, 신분에 권력이 부수해 있던 것은 아니었다. 3진의 출현을 가리켜 하극상의 극단이라고 한다. 결국에는 경대부가 공실의 정권을 찬탈했다고 칭하는 것은 역사의 실태에 걸맞지 않는다. 세태가 변했던 것이다. 씨족공동체적인 국가가 붕괴하고 전혀 형태를 달리하는 새로운 국가가 역사에 탄생한 것이다.

- 3권에서 계속 -

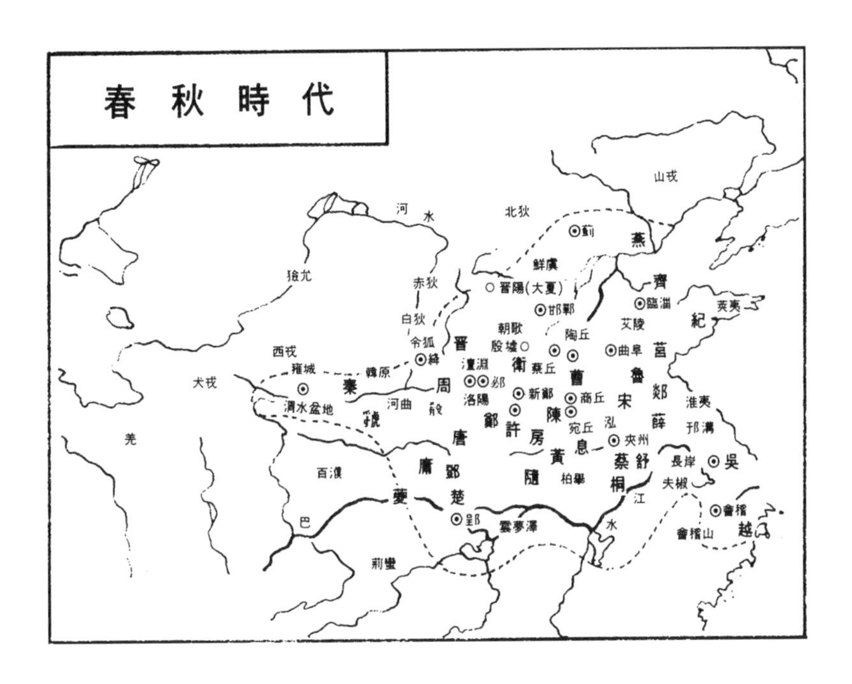

春秋時代
河水
北狄
山戎
薊
燕
鮮虞
獫允
赤狄
晉陽(大夏)
齊
邯鄲
臨淄
萊夷
白狄
朝歌
艾陵
紀
令孤
晉
殷墟
陶丘
曲阜
莒
西戎
絳
衛
澶淵
蔡丘
曹
魯
雍城
韓原
周
郊
秦
新鄭
商丘
宋
犬戎
洛陽
渭水盆地
河曲
陳
淮夷
鄭
許
宛丘
泓
薛
羌
唐
房
息
夾州
邗溝
黃
舒
長岸
吳
百濮
庸
蔡
隨
柏擧
桐
夫椒
夔
楚
江
會稽
巴
郢
雲夢澤
水
會稽山
越
荊蠻

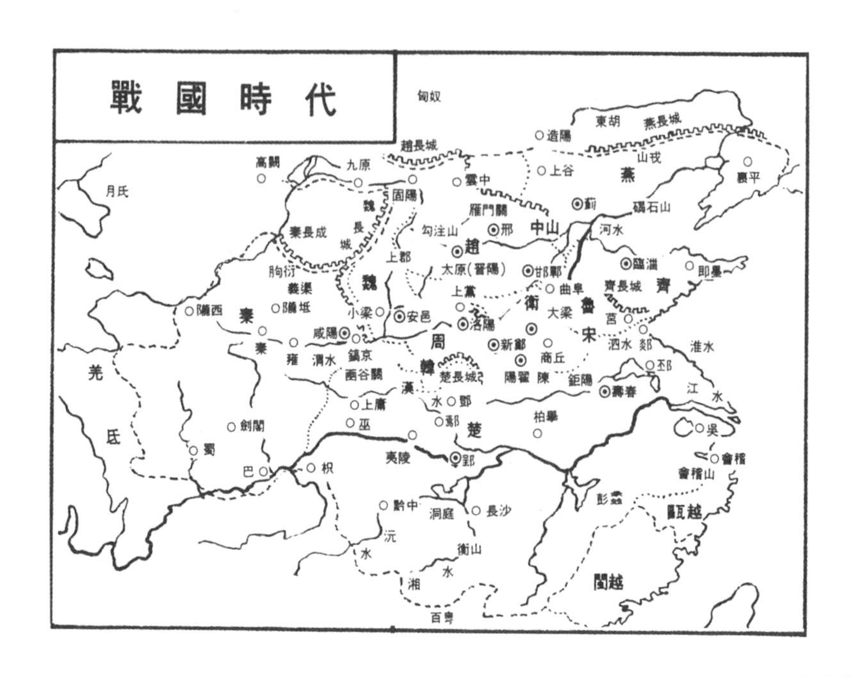
戰國時代
匈奴
東胡
燕長城
造陽
趙長城
山戎
高闕
九原
雲中
上谷
燕
襄平
月氏
固陽
魏長城
雁門關
薊
碣石山
秦長成
勾注山
邢
中山
河水
上郡
趙
太原(晉陽)
邯鄲
臨淄
即墨
朐衍
魏
上黨
曲阜
齊長城
齊
義渠
隴西
秦
隴坻
小梁
安邑
衛
魯
大梁
莒
咸陽
洛陽
周
新鄭
宋
泗水
郯
淮水
雍
渭水
鎬京
商丘
邳
羌
韓
函谷關
楚長城
陽翟
陳
鉅陽
漢
水
上庸
鄧
壽春
江
水
氐
劍閣
巫
鄢
柏擧
楚
吳
蜀
夷陵
郢
會稽
巴
枳
會稽山
彭蠡
甌越
黔中
洞庭
長沙
沅
水
衡山
湘
水
閩越
百粤